《中国共产党榆林历史文库》
（1919-1949）

丰碑

榆林革命纪实

中共榆林市委党史研究室　编

姚金果　编著

中共中央党校出版社

图书在版编目（CIP）数据

丰碑：榆林革命纪实 / 中共榆林市委党史研究室编；
姚金果编著 .-- 北京：中共中央党校出版社，2024.8
ISBN 978-7-5035-7527-3

Ⅰ.①丰… Ⅱ.①中… ②姚… Ⅲ.①纪实文学—中
国—当代 Ⅳ.①I25

中国国家版本馆 CIP 数据核字（2023）第 069423 号

丰碑：榆林革命纪实

策划统筹	任丽娜
责任编辑	桑月月　马琳婷
责任印制	陈梦楠
责任校对	魏学静
出版发行	中共中央党校出版社
地　　址	北京市海淀区长春桥路 6 号
电　　话	（010）68922815（总编室）　　（010）68922233（发行部）
传　　真	（010）68922814
经　　销	全国新华书店
印　　刷	中煤（北京）印务有限公司
开　　本	710 毫米 × 1000 毫米 1/16
字　　数	338 千字
印　　张	22.5
版　　次	2024 年 8 月第 1 版　2024 年 8 月第 1 次印刷
定　　价	52.00 元

微 信 ID：中共中央党校出版社　　　　邮　　箱：zydxcbs2018@163.com

序言

在庆祝中华人民共和国成立七十五周年之际,《中国共产党榆林历史文库》(1919—1949)即将付梓成书,出版发行,这是榆林人民政治和文化生活中的一件大事,也是榆林党史领域的一件盛事。

评述榆林革命风云,纵论陕北革命历史,人们自然会想起毛泽东那句"我说陕北是两点,一个落脚点,一个出发点"[①]的著名论断。毛泽东关于陕北革命的历史定位,准确揭示了中国革命进程的历史轨迹,那就是,新中国从这里走来。

在中国的版图上,陕北黄土高原无疑是恢宏的,也是苍凉的。深山沟壑,把这里分割成一个个黄土高阜所构成的山脉,横山山脉、梁山山脉和桥山山脉纵横其间,黄河及其支流洛河、无定河川流不息,滋养着这片土地。这里是中华民族的重要发祥地,是5000多年文明古国的起源地之一。

历史进入20世纪二三十年代,边陲之地的陕北生产和经济依然十分落后,几乎没有近代工业,小农经济占主导地位。在封建军阀和地主的统治下,土地高度集中,重租、高利贷和数不清的苛捐杂税压榨,使得广大穷苦百姓处于水深火热之中,挣扎在死亡线上。

哪里有压迫,哪里就会有反抗,最穷苦的地方最容易爆发革命。寻找出路,解救穷苦百姓,始终是这片土地诸多时代弄潮儿的理想。五四爱国运动爆发前后,陕北23县仅有的一所榆林中学,在校长杜

---

① 《毛泽东文集》第3卷,人民出版社1996年版,第297页。

斌丞的支持下成为宣传新思想、新文化，传播马克思列宁主义的新沃土，为陕北党团组织的创建作了思想上的准备。1924年冬，受李大钊委派，绥德籍共产党人李子洲与王懋廷、田伯英在陕西省立第四师范学校（绥德四师）创建了西北地区第一个党小组，并在此传播马克思主义，培育革命英才，发展党团组织，使绥德四师成为西北革命策源地。1925年春，中共绥德支部成立，是年夏，组建了中共绥德特别支部。这一年，仅在绥德四师工作和在绥德四师入党的党员就有李子洲、王懋廷、田伯英、王复生、韩叔勋、白明善、杜嗣尧、乔国桢、王兆卿等30名。1926年6月，在中共绥德特别支部的基础上组建了中共绥德地方执行委员会。到大革命失败前夕，陕北地区的绥德、榆林、延安，均已建立起党团地委，党组织已遍布陕北，乃至发展到山西汾阳、宁夏银川等地，革命呈星火燎原之势。其中，绥德、榆林两地委及共青团绥德地委所辖党、团组织就达36个，有党、团员360多名，中共延安地委下辖组织10个，有党员110名。

1927年3月，中共陕甘区执行委员会成立，先后辖西安、绥德、榆林、延安、三原、渭南、泾阳7个地委、4个部委和4个直属支部、17个特别支部。到1927年6月底，中共党员已发展到2177名，分布在陕西33个县市和甘肃4个县市。这些党的组织，广泛宣传群众，选派共产党员进入国民革命军开展工作，支援北伐，积极开展反帝反封建斗争。

1927年4月和7月，蒋介石、汪精卫相继背叛革命。国民党陕西驻军也宣布解散农会、工会，进行"清党"。刘含初、史可轩等一大批共产党员壮烈牺牲，轰轰烈烈的大革命在陕西也遭到失败。

然而，中共陕甘区委对即将突变的革命形势有较清晰的预判，提出"工作集中，人才集中"的工作原则和"党到农民中去"的口号，为应对即将到来的革命低潮做了思想上的准备。1927年7月，中共陕甘区委撤销，中共陕西省委在西安红埠街秘密成立。9月26日，陕西省委在西安召开了第一次扩大会议，会议提出了"党到农民中去""党到军队中去"的口号。这次会议成为陕西地区土地革命战争兴起的转折点。从此，陕西地区的革命斗争进入了一个新的历史时期。

1927年10月12日凌晨，在中共陕西省委领导下，共产党员唐澍、李象九、谢子长、白明善等领导发动了清涧起义，打响了西北地区武装反抗国民党反动派的第一枪。这是中国共产党领导的继南昌起义、秋收起义后的第三次规模较大的武装起义。起义历时3个多月，先后转战清涧、延川、延长、宜川、韩城、安定（今子长）、安塞、保安（今志丹）等县，队伍发展到1000多人。因党处于幼年时期，在敌强我弱的情况下，起义最终失败，但这次起义却点燃了西北地区武装斗争的火种。

清涧起义失败后，面对日益严峻的白色恐怖，陕北共产党人继续坚持斗争，秘密恢复、发展和壮大党、团组织。1928年4月，中共陕北第一次代表大会在绥德西川南丰寨的一个古庙（今子洲）召开，选举成立了中共陕北党团特委，从此陕北各地党、团组织实现了集中统一领导，标志着陕北革命进入新阶段。

在陕北特委的领导下，各级党组织不断在斗争实践中总结经验和教训，抵制党内"左"倾错误的干扰，坚持从陕北的实际出发，积极开展革命斗争，探索革命道路。特别是以刘志丹、谢子长等为代表的一大批杰出的陕北共产党员参与特委工作后，能根据陕北敌强我弱、游杂武装多、到处布满革命"干柴"等实际情况，及时大胆地提出了以"白色""灰色""红色"三种斗争形式，建立革命武装的建议，并出生入死，付诸行动，开展兵运工作，创建了红二十六军和红二十七军两支革命正规武装和26支陕北红军游击队。这些革命武装历尽千难万险，付出巨大牺牲，创建了陕甘边和陕北革命根据地，并最终汇聚成土地革命战争后期全国硕果仅存的陕甘革命根据地（即西北革命根据地），为党中央和各路红军的长征提供了落脚点，为革命队伍的休养生息、整合力量，实现新的发展、构建新的战略布局提供了战略基地。

1935年10月16日，在曾任陕北特委委员、榆林神木籍共产党员贾拓夫的引领下，中共中央和中央红军进入陕北革命根据地的定边县张崾先镇木瓜城，定边成为中共中央和中央红军入陕第一站。19日，到达吴起镇（时属靖边县），陕北革命根据地在党中央的直接领导下进入一个全新的发展时期。

从1935年10年至1948年3月，人们习惯地把这一时段称为延安时期。延安时期，党中央、毛泽东明确把陕甘宁边区作为"试验区"。毛泽东说："陕北已成为我们一切工作的试验区，我们的一切工作在这里先行试验。"[①]1940年3月初，毛泽东在陕甘宁边区党政联席会议上明确提出："陕甘宁边区的方向就是全国新民主主义的方向。"[②]由此开始了各项政治制度的探索和实践，通过立法、选举、施政等一系列工作，逐步使陕甘宁边区成为"新中国的雏形"。而作为边区重要组成部分的神府特区、三边分区和绥德分区不仅为中国共产党的执政提供了试验田，而且在保障边区安全、支撑边区财政、支援军事斗争方面发挥了极为重要的作用。

神府特区（统辖神木县城以南及府谷县、佳县、榆林县的部分地区）是陕甘宁边区的重要组成部分。中央红军长征胜利到达陕北后不久，党中央于1935年12月17日在瓦窑堡召开会议，在讨论神府的工作时，毛泽东指出："神府虽然不大，但这个地区很重要，是抗日的前哨。"[③]之后，神府革命根据地作为陕甘宁边区的抗日前哨，充当了八路军一二〇师和晋绥抗日根据地的可靠后方、华北及其他抗日民主根据地与延安联系的重要纽带。

三边分区（统辖今吴起县全部，定边、靖边、盐池县大部分及伊克昭盟部分地区）是陕甘宁边区的西北门户和前哨阵地，是陕甘宁边区的经济重心（特别是三边的食盐生产）和财政支柱，是中共中央民族宗教政策的试验基地和民族干部的培养基地。

---

① 《毛泽东文集》第3卷，人民出版社1996年版，第297页。
② 《毛泽东年谱（1893—1949）（修订本）》中卷，中央文献出版社2013年版，第175页。
③ 《神府革命根据地　抗日烽火的燎原之地》，神木新闻，2015年8月28日。

　　绥德分区（统辖绥德、米脂、佳县、清涧、吴堡五县，1944年，增辖新成立的子洲县）是全民族抗日战争时期延安的北大门。中共绥德地委模范地执行了党中央所制定的"三三制"建政原则，团结并吸引了一大批开明绅士、知识分子参与分区政权、经济和文化建设。同时，坚持"把屁股端端地坐在老百姓的这一面"，开展了轰轰烈烈的大生产运动，兴办了数量众多的冬学、小学，创办了纺织、采盐和煤矿等企业，使分区的经济、文化得到迅速恢复和发展，军民欢欣鼓舞，呈现出一派朝气蓬勃的繁荣景象。

　　中共中央转战陕北是中国革命历史的伟大转折点。从1947年3月18日到1948年3月23日，毛泽东率党中央机关和解放军总部历时一年零五天，行程1000多公里，曾在陕北12个县、38个村镇驻留。其中，在榆林境内停留近一年时间，宿营居住超过一个月的有王家湾（按照当时陕甘宁边区行政区划属靖边县）、小河、神泉堡和杨家沟。在清涧枣林则沟，党中央召开了著名"枣林则沟会议"，作出了党中央坚守陕北，中央机关实行分兵的重大决策。在靖边小河村，召开中共中央扩大会议，认真分析了全国战场形势，总结了作战经验，并根据战局的变化，调整了战略部署，为形成"中央突破，两翼牵制，三军挺进，互为犄角"的战略进攻态势、将战争引向国统区，推动解放战争由战略防御转入战略进攻创造了有利条件。在佳县，党中央和毛泽东指挥并取得了沙家店战役的胜利，扭转了西北战局。同时，提出了"打倒蒋介石，解放全中国"的政治口号，颁布了《中国土地法大纲》等一系列重要文件。其间，留下了许多与老百姓共渡难关、生死相依的佳话，给佳县县委写下了"站在最大多数劳动人民的一面"[1]的光辉题词。在杨家沟召开了著名的"十二月会议"，制定了"打倒蒋介石，建立新中国"的一系列政策和策略，初步擘画了新中国蓝图。1948年3月23日，渡过黄河的毛泽东，回望西岸，无限感慨道："陕北是个好地方。"

---

　　[1]　《毛泽东年谱（1893—1949）（修订本）》下卷，中央文献出版社2013年版，第244页。

　　凭栏回首，审视来路，在革命战争年代，榆林乃至陕北历史，是一部出生入死、波澜壮阔的革命史，是一部敢为人先、开拓进取的奋斗史，是一部与人民同呼吸、共命运的创业史，历史长河赋予这片热土厚重的红色积淀和丰富的精神宝库。西北革命的星星之火在这里点燃；符合陕北地情独具特色的革命道路在这里探索形成；硕果仅存的革命根据地在这里开辟；马克思列宁主义的基本原理同中国革命的具体实践相结合的毛泽东思想和延安精神在这里孕育和成熟；大批德才兼备的领导骨干在这里培养；新民主主义革命的示范区、模范的抗日民主根据地在这里形成；新中国的蓝图在这里描绘。

　　习近平总书记指出："历史是最好的教科书。学习党史、国史，是坚持和发展中国特色社会主义、把党和国家各项事业继续推向前进的必修课。这门功课不仅必修，而且必须修好。"[①]陕北榆林作为延安精神的原生态发祥地之一，中国共产党榆林历史作为中共历史的重要组成部分，是新时代中国特色社会主义建设的宝贵精神食粮。今天，作为抒写红色传奇的榆林，只有不断汲取历史养分，总结好历史的经验和教训，才能走好赓续红色血脉之路，创造新的时代奇迹。

　　为了贯彻落实习近平总书记的系列重要论述和指示精神，挖掘好、利用好榆林的红色历史资源，赋能榆林经济转型升级高质量发展，中共榆林市委、榆林市人民政府决定编撰出版《中国共产党榆林历史文库》(1919—1949)(以下简称《文库》)，并多次研究《文库》的编撰工作，对人员和经费给予了充分保障。中共榆林市委党史研究室组织国内知名党史专家、学者编写了《文库》。《文库》分资料集、图集和纪实作品三类，纵跨30年，集辑15卷，字数近500万，其中资料集9卷，图集3卷，纪实作品3部。资料集按照历史分期和行政区域分卷，选录了五四运动前后至新中国成立前夕，中国

---

　　① 习近平：《在对历史的深入思考中更好走向未来　交出发展中国特色社会主义合格答卷》，《人民日报》2013年6月27日。

共产党在榆林开展革命活动的相关档案文献、回忆录、报刊文章、敌伪档案和少量的国际史料等。图集按照历史分期分卷，选录了五四运动前后至新中国成立前夕珍贵历史照片和部分革命旧址遗址照片，采用图文结合的方式，全面反映了中国共产党在榆林的革命斗争史实。纪实作品分别是《转战——1947年中共中央在陕北》《丰碑——榆林革命纪实》《风起陕甘宁》。其中《转战——1947年中共中央在陕北》以丰富的史料为基础，独特的历史视角、权威的历史论述、生动鲜活的语言，再现了中共中央转战陕北的光辉历程和解放战争的伟大转折。《丰碑——榆林革命纪实》以重大历史事件为线索，融合革命先辈的英雄事迹、大众百姓的朴素情感、战争与和平的生动故事，全景式反映了中国共产党带领榆林人民开展的艰苦卓绝的革命斗争史实。《风起陕甘宁》以大历史视角切入，从"陕北是中华文明的发源地，又是中国革命的圣地"这一话题出发，综合利用历史、地理、政治经济学、辩证法等多领域专业知识，结合作者实地考察，以生动的描述、深入的哲学思考，探究了"马克思主义为什么行""中国共产党为什么能"等中国近现代历史上重大命题。《文库》的出版问世，丰厚了榆林红色文化资源内容，填补了榆林党史资料的空白，提供了深入研究榆林革命历史的可靠工具书。

　　《文库》编撰工作历时五年。刘统、韩毓海、姚金果、李东朗等国内党史、军史大家领衔担纲编撰工作，石和平、魏建国、任德存、赵旭东、钟自鸣、任增荣、张渊、马举魁等陕北地方党史专家鼎力相助，榆林市县党史系统干部职工群策群力，付出了极大的心血。在《文库》即将出版付印之际，编委会向为《文库》编辑出版工作作出贡献的各界人士致以崇高的敬意！

《中国共产党榆林历史文库》(1919—1949) 编委会

2024年7月

前言

在中国共产党领导人民进行争取民族独立和人民解放的新民主主义革命时期，榆林地区涌现出一大批为实现党的初心使命而矢志奋斗的共产党人。这些人为了冲破封建军阀的黑暗，为了反抗国民党反动派对革命力量的疯狂绞杀，为了阻止日军侵略者突破黄河防线，为了新中国的诞生，付出了巨大的代价和牺牲。

在艰苦的革命斗争年代，由于榆林地区特殊的地理位置和政治环境，这里的共产党人面临着错综复杂的斗争形势，经历着坎坷曲折的生死考验，在跌宕起伏中艰难跋涉：有在上级党组织正确领导下取得的重大成就，也有因上级领导的"左"倾错误导致的重大损失；有成功时的喜悦，也有失败后的消沉；有为崇高理想而战斗到最后一息的坚定革命者，也有抛弃初心使命而投敌叛变者。

《丰碑：榆林革命纪实》一书，在广泛搜集大量资料的基础上，筛选出榆林革命历史上15个具有重大历史意义的事件，以纪事本末体的写作手法，将榆林地区共产党人波澜壮阔的斗争历史予以集中呈现。书中有对每个事件来龙去脉的整体记叙，也有当事人回忆的细节描述，既充分展现了榆林共产党人披荆斩棘、筚路蓝缕，为实现党的奋斗目标而浴血奋战、奠基立业的革命历程，也详细记述了榆林地区人民群众对中国共产党及其领导的武装力量的热情帮助、倾力支持。

谨以此书献给在榆林革命斗争历史中曾经奋斗过奉献过的所有共产党人和人民群众。

目录

榆林中学：马克思主义在陕北传播的最早基地

⊙ 杜斌丞："开拓新文化的处女地"

⊙ 在榆林中学点燃新文化运动火炬

⊙ 共产党员魏野畴

⊙ 打造宣传马克思主义的阵地

⊙ 让学生享受"新文学"幸福的王森然

⊙ 李子洲：在思想启迪中带领学生共进

⊙ 培养睁开眼睛看世界的先进分子

当历史进入1917年的时候，中国还是一个由北洋军阀统治，战乱频仍，经济文化极其落后的国家。不过，两年前（1915年）由陈独秀创办《新青年》形成的新文化运动，已经在一些大中城市的青年知识分子中激起了"睁开眼睛看世界"的热情和希望改变中国面貌的激情。尤其是在北洋军阀统治的中心——北京，各学校先进师生中崇尚民主、科学，追求新文化、宣传新文化，提倡新道德、反对旧道德，已经蔚然成风。

这年夏天，一个叫杜斌丞的青年学生，裹挟着新文化运动之风，从北京回到陕北故乡。

杜斌丞1888年5月出生在米脂县城内一个破落地主家庭。7岁时入私塾读书，后就学于绥德中学堂。绥德中学堂当时的办学宗旨是："勤学进取，崇文崇理，尚实尚武，树立完全之人格，为爱国之志士，任救国之前驱，使我五千年文明古国，一洗东亚病夫之羞，崛起于东方，屹立于世界强国之林。"正是在这里，杜斌丞接受了爱国主义的启蒙教育。1907年，杜斌丞以优异成绩考入著名的三原宏道高等学堂。在校期间，他阅读了一

榆林中学校门

些反清的革命刊物，如《夏声》(陕西留日学生在东京创办)《关陇》《民报》(中国同盟会机关报)等，并结交了一些进步学生，民主革命思想开始萌芽。

1913年夏，杜斌丞考入北京高等师范学校史地部。就学期间，他阅读了大量有关中外历史的书籍，研究世界先进国家的民主教育思想和学制，逐渐形成了"教育救国"的理想。四年的刻苦学习和思想升华为他后来成为著名的教育家和民主运动活动家奠定了坚实基础。学成毕业后，他放弃北京等地良好的就业发展机会，毅然接受陕西省督学袁刚的聘请，回到偏僻、落后的家乡陕北，在榆林境内唯一的一所中学——榆林中学，担任了教务主任兼史地教师。榆林中学，其前身是创建于1495年的榆阳书院。"榆阳"是"榆林"的别称。在榆阳书院建成后的200多年间，经历了数次停办和复办。到清乾隆二十三年（1758年），由榆林知府屠用中倡导，地方绅士赞助，重修学舍，复称"榆阳书院"。嘉庆、道光、同治年间经过三次维修扩建，规模渐盛，学生来自榆林本地和周围各县。清末榆林的名儒黄晴磷、黄献瑞、田万宝、刘衡轩等曾就读于此。在明清两代，共培养出进士38人（文10人、武28人）；举人285人（文40人、武245人）；贡生43人。光绪二十四年（1898年），光绪皇帝接受康有为等人提出的变法主张，诏谕全国将"书院"改为"学堂"，"榆阳书院"遂改名"榆阳学堂"。1903年，"榆阳学堂"又改名为"榆林中学"。10年后，1913年，榆林中学成为陕北23个县的联合县立榆林中学。

在北京接受了新文化运动洗礼的杜斌丞，怀着"教育救国"的雄心壮志，抱着在榆林"开拓新文化的处女地"（杜斌丞语）的决心，踏进了有着400多年历史的榆林中学。他将要以榆林中学为基地，在中国偏远的榆林地区点燃冲破黑暗、照亮人心的新文化火炬。

历史似乎注定要给杜斌丞一个实现自己愿望的平台。

就在杜斌丞到榆林中学的第二年，便担任了该校校长。当时，陕北经济文化落后，消息闭塞，榆林中学虽为陕北最高学府，但仍沿袭着旧的教育内容和方式，师生们读经尊孔，校园里死气沉沉。

接受了先进教育理念的杜斌丞走马上任后，决心要打破这种格局。他大刀阔斧地对学校的教育进行改革，提出德、智、体"三育并重"的治学方针，积极培养学生活泼、大胆、勇敢、坚韧、进取的品格。他经常以"国家兴亡，匹夫有责"的名言，激发学生的爱国热情。他教育学生要树立救国救民的远大抱负，努力做到"博学、审问、慎思、明辨、笃行"。他主张"兼容并蓄"，引导学生既学习中国古代的文化知识，又学习世界近代的先进科学技术。他提倡新文化、新风尚，批判旧文化、旧礼教，提倡科学实验，注重社会实践，有目的有计划地培养学生树立民主、科学、自由的新理念。

1919年，以北京学生为首掀起的五四反帝爱国运动，很快得到全国许多地方青年学生的积极呼应。杜斌丞从报纸等渠道得知这个重大消息后，对巴黎和会无视中国权益以及中国政府的软弱表现极为愤慨，遂决定率全校师生予以响应。他组织召开全校师生大会，介绍北京等地学生反帝爱国运动的有关情况，并支持学生组成宣讲团，上街对群众进行爱国主义宣传、到商店检查日货等。

榆林中学在五四运动期间的活动，是中国现代史上榆林地区知识分子开展政治活动的先声，具有划时代意义。

在杜斌丞的努力下，不仅开拓出了榆林中学这块"新文化的处女地"，而且在榆林地区乃至陕北地区为马克思主义的传播和中国共产党榆林地方组织的建立奠定了坚实基础。

榆林中学成为陕北最早的马克思主义传播地，还与杜斌丞聘请到魏野畴[1]到榆林中学任教有直接关系。

魏野畴于1917年考入北京高等师范学校。在他求学期间，正是苏俄十

---

[1] 魏野畴（1898—1928），陕西省兴平县人。

杜斌丞

月革命取得胜利并在中国知识分子中产生重大影响之际，也是马克思主义开始在中国传播和新文化运动深入开展之际。身处北京的魏野畴，受到先进思想文化的影响和熏陶，又经过1919年五四运动的锻炼，成为具有先进觉悟的知识分子。

1920年1月，为了把新文化、新思想及时传播到自己的家乡，魏野畴和北京大学的陕籍同学杨钟健①、刘天章②、李子洲③等人一起，创办了《秦钟》月刊，确定《秦钟》的宗旨是：（一）唤起陕人自觉心；（二）介绍新知识于陕西；（三）宣布陕西社会状况于外界。魏野畴在《秦钟》第1期发表了《潼关外之新思潮》一文，明确提出，陕西青年要学习新思想，以科学的态度研究社会、改造社会，并且严厉批判"以古为好""以偏为全""以变为不变"等论调。这表明他已经开始学习初步运用唯物辩证法的观点来分析社会现象，说明社会问题。

1920年3月，李大钊在北京大学组织马克思学说研究会后，魏野畴成为研究会的成员。1920年冬，魏野畴在北京加入中国社会主义青年团。1921年夏，魏野畴由北京高等师范学校毕业后回到陕西，在咸林中学任教务长兼历史教员。在咸林中学执教的一年时间里，他积极宣传马克思主义和社会主义，践行五四新文化运动的民主和科学精神，为该校以后的发展和马克思主义在陕东地区的早期传播作出了积极贡献。

1922年下半年，魏野畴离开咸林中学，前往北京编写《中国近世史》一书。在这部15万字的著作中，他初步运用马克思主义的立场、观点和方法，论述了研究历史科学的目的和方法，历数了1840年鸦片战争以来帝国主义侵略中国的罪行，肯定了孙中山领导的辛亥革命的功绩，歌颂了五四运动的伟大历史作用。其间，魏野畴还参与发起组织陕西旅京学生的进步团体——共进社和创办《共进》半月刊的活动。

---

① 杨钟健（1897—1979），陕西省华州人。
② 刘天章（1893—1931），陕西省高陵县人。
③ 李子洲（1892—1929），陕西省绥德县人。

　　1923年初，魏野畴由李大钊、刘天章介绍加入中国共产党。不久，他接受杜斌丞聘用，来到榆林中学担任国文和历史教员。

　　魏野畴在榆林中学任教后，成为杜斌丞传播先进文化的得力助手。在国文课上，他大量选用《新青年》《向导》《独秀文存》上的文章作教材和范文。在历史课上，他开设了社会发展史讲座，向学生讲授文艺复兴、工业革命、明治维新，以及苏俄十月革命等。他待学生们亲如兄弟一般，经常利用课余饭后的时间，或到学生宿舍谈心，或与学生一起散步，鼓励学生们向往光明、追求进步。

　　在魏野畴指导下，学校改组了学生自治会，品学兼优的学生刘志丹当选为学生自治会主席。他还在学生中成立了读书会、社会科学研究会等组织，把一些进步报刊介绍给学生阅读，引导学生就社会、历史、时事以及数理化等多门学科问题进行讨论，鼓励大家各抒己见、互相辩论，使很多学生受到了先进文化和共产主义思想的启蒙教育。

　　魏野畴还利用课余时间，带领学生走出校门。他在学生中成立话剧研究会，指导学生排练了《孔雀东南飞》《麻雀和小孩》《可怜闺里月》《爱国贼》等话剧，利用假期到农村演出，鼓励农民开展反对帝国主义利用宗教欺骗人民的斗争，开展破除迷信、反对苛捐杂税和拉夫拉差的斗争。这些活动既开拓了学生的视界、活跃了学习氛围，也揭露了帝国主义和封建势力的丑恶嘴脸，有效激发了民众的爱国心。

魏野畴

　　魏野畴在榆林中学的革命活动，遭到校内顽固坚持封建文化教育的老师们的痛恨，也被陕北的军阀井岳秀[①]所察觉。杜斌丞很关心魏野畴的安全，但一时也无能为力。1923年秋[②]，魏野畴为避

---

　　①　井岳秀（1879—1936），陕西省蒲城县人，早年曾参加同盟会。1917年被黎元洪任命陕北镇守使，驻榆林，人称"榆林王"。1923年被吴佩孚任命为西北联军总司令。1924年被冯玉祥任命为陕北国民革命军总司令。1927年7月，第一次国共合作破裂后，先后镇压清涧起义，瓦解红二十四军，制造榆林东山惨案、米脂十铺惨案等。1932年，被蒋介石任命为八十六师师长。1936年2月1日，因手枪走火击中胸部去世。

　　②　一说是1923年暑假。

免遭到旧势力的迫害，不得不离开榆林再到北京，以共进社为阵地，继续进行革命活动。[①]

魏野畴在榆林中学任教时间不长，但在杜斌丞支持下，他给榆林中学带来了前所未有的生机和活力，将榆林中学初步打造成了宣传马克思主义、培养先进分子的阵地。

1923年冬，杜斌丞又亲自到北京，在蔡元培、李大钊、林语堂等人的帮助下，聘请到了王森然[②]到榆林中学任教。

王森然在12岁时即写出了"振衣帕米尔，濯足太平洋"的豪言壮语。1911年辛亥革命爆发后，正在河北定州高等学校读书的王森然带头剪掉发辫，并鼓励同学响应革命，因此被学校开除。1919年初，王森然考入保定直隶高等师范国文专修科。在启蒙老师邓中夏的影响下，他在1921年3月与进步学生组成新文化研究会、新教育协进会两个进步团体，并担任会长。1922年6月，王森然到保定甲种工业学校任教，后又兼任直隶保定第二女子师范学校国文教师。1923年8月，王森然应邀到冀州创办直隶省立第六师范学校。1923年冬，他接受杜斌丞的邀请后，遂离开河北，远赴榆林中学任国文教员。

聘请到王森然到榆林中学任教，这是杜斌丞继聘请魏野畴之后，在开拓榆林这块"新文化处女地"过程中又一得意之举。可以想见，像王森然这样一个具有丰富经历和先进理念的人来到榆林中学，会给这座学校带来怎样的变化！

王森然在学校大力推广白话文，他以当时的新文学作品为主要教学内容，选取鲁迅、陈独秀、胡适等人的短文和创造社的一些诗歌，印成讲

---

　　① 魏野畴离开榆林后，到北京以共进社为阵地，进行革命活动。1924年春至1926年春，魏野畴先后在西安市省立第三中学和第一中学任教务主任与教员。在此期间，他除搞好教学外，主要精力都倾注在建立党团组织，领导群众进行革命斗争的工作上。1926年初，任中共西安地委委员，负责宣传工作。4月至11月，直系军阀刘镇华率部围困西安，他协助杨虎城等坚持守城斗争。西安解围后，出任国民军联军驻陕总司令部政治部副主任。1927年，先后任中共陕甘区委委员、中共陕西省委委员、国民革命军第十军政治部主任和该军中的中共军委书记、中共皖北特委委员。1928年2月，任中共皖北临时特委书记。4月，任皖北革命军事委员会总指挥。4月8日，组织领导皖北暴动。4月9日，在率领起义部队转移途中被捕，后壮烈牺牲。时年30岁。

　　② 王森然（1895—1984），河北省定州人。

义，发给学生随堂学习。同时，他也向学生介绍西方文学作品和流派，给学生讲著名的诗人雪莱、歌德等及其作品。为了使学生摆脱传统的经学思维模式，培养学生的自学能力和分析问题的能力，王森然常常出一些与学生日常生活和志向息息相关的作文题，引导学生收集材料，自由发挥自己的想象力，使学生在思考中表达自己的思想和对人生和理想的追求。

在王森然的引导下，学生们认识到文学已经"成了平民的，自由的，也可以说是平易的，明瞭的新文学了！我们要促进我们底新文学，把他介绍给我们陕北一般可敬可爱，有作为的兄弟姐妹们，使他们也享'新文学'的幸福"①。很快，学写白话文、新诗在学生中蔚然成风。从现存的《榆林之花》《榆中旬刊》刊载的内容来看，不仅有散文、诗歌等文学作品，还有政治色彩很浓的时评，都是用白话文写成，既表达了作者的新思想，读来也朗朗上口。由此，足以看出榆林中学在新文化运动方面取得的成就。

王森然还把自己当年在学校组织学生团体的经验运用到对学生的培养方面，在学生中组织了青年学社、青年文学研究社、陕北教育改进会等团体。他经常组织这些团体进行学术活动，开展各种学术讨论，鼓励学生们大胆发言、各抒己见，倡导互相论争的学术风气。学生们对真理的渴望和探求精神就在这一次次的讨论中被激发出来，校园里也随之充满了勃勃生机。

1924年春，杜斌丞在开拓榆林新文化处女地的事业中又迎来一员得力干将——李子洲。

李子洲于1892年出生于绥德城内一个贫穷的银匠之家，10多岁时才进私塾读书。他凭着刻苦努力的精神，学习成绩十分优秀，被誉为"寒门才子"。1917年，25岁的李子洲考入北京大学预科，两年后进入哲学系学习。1919年五四运动爆发后，北京大学成为反帝风暴的中心，李子洲被选为北京大学学生会干事。

5月4日，当学生游行队伍来到位于赵家楼胡同曹汝霖住宅时，曹门紧闭，后来发生了火烧曹宅的事件。据陈江鹏、和谷撰写的《李子洲传》

---

① 刘训经：《我们为什么要出周刊》，《榆林之花》1924年5月13日。

记载：

  李子洲和同学们满腔怒火，用手中的旗杆把曹宅沿街一排房上的屋瓦给揭了下来，摔了一地，又把碎瓦扔进了院子里。紧接着，行动小组在一起碰头，商量用踩"人梯"的办法，登上高台，打破窗户跳进去，再从里边打开大门。最先跳进去的是匡日休，接着，李子洲、罗章龙、呼延震东等人也跳了进去，打开了大门。大队学生随即一拥而入，一片喊打之声。此时，曹宅只有曹汝霖和另外一个卖国贼，即是驻日公使、参与把中国铁路主权出卖给日本罪恶活动的章宗祥和亲日派陆军部航空司司长丁士源及日本新闻记者。他们听到学生们的呼号声，都吓得躲了起来。学生们没有找到曹汝霖，把章宗祥和丁士源包围了起来。

  李子洲和同学们不认识曹汝霖和章宗祥，把章宗祥当成了曹汝霖，围上去便打，有的用棍子，有的用拳头，有的用砖头瓦块，还有的从隔壁杂货铺里拿来许多鸡蛋往这个家伙的脸扔去。直把卖国贼章宗祥打得头破血流，蛋汁满脸满身，三分像人七分像鬼，倒在地上装死。……

  随后，李子洲和同学们来到曹汝霖卧室，仍然未找见曹汝霖。有个同学气愤不过，就用火柴把丝罗纱帐点着了，顿时大火熊熊，房子也燃烧起来了。①

对于李子洲在五四运动中的表现，屈武也有回忆。他说："我是在一九一九年'五四'运动中与李子洲同志相识的。当时，他是北京大学学生会的干事，在北大及整个北京学生界，是一位很出色、很活跃、很有影响的人物，是公认的陕西学生运动的领袖。李子洲同志不仅是'五四'运动的积极参加者，是一名先锋战士，是'火烧赵家楼'的一员勇敢的闯

---

  ① 陕西省革命烈士事迹编纂委员会编：《李子洲——传记·回忆·遗文》，陕西人民出版社1985年版，第7页。

将，而且，他也是这一伟大运动的组织者、发动者之一。在那些激动人心的日子里，李子洲和其他学生领袖们一起，写标语，制旗子，散传单，作讲演，组织罢课、游行、请愿、示威，营救被捕学生……协助'五四'运动的领导人、他崇敬的老师——李大钊同志，做了大量具体、细致的工作。"①

五四运动后，在中国先进分子中掀起一股热烈讨论并积极践行"改造社会"的热潮。已经是陕西旅京学生联合会成员的李子洲，于1921年10月与刘天章等人创办了《共进》半月刊，明确提出以"提倡桑梓文化，改造陕西社会"为宗旨，主张"我们现在所有的力量，就是借共进的使命，来直接做我们所做的事了。我们认为，无论解决现在什么问题，除自己起来，直接行动，做所能做所应做的事情外，莫有第二个更好的方法了"。

1922年10月，李子洲、刘天章、杨钟健和杨明轩等发起成立共进社，将原《共进》杂志的宗旨改为"提倡文化，改造社会"，显示出旅京学生的改造主张已经不再局限于陕西局部的改造，转而积极表达学生群体的政治诉求，倡导一种全面的、政治的社会改造。《共进》杂志改变宗旨后，开始宣传马克思主义，介绍社会主义思潮。《共进》半月刊和共进社是当时在全国影响较大，持续时间较长的进步刊物和革命团体之一。李子洲为《共进》的出版发行和发展共进社会员做了大量工作，被誉为共进社的"大脑"。

李子洲在担负繁重的社务工作的同时，还参加了李大钊领导成立的北京大学马克思学说研究会，在学习和讨论的过程中，他对马克思主义基本原理有了初步认识。1923年初，经李大钊、刘天章介绍，李子洲加入中国共产党。

1923年2月7日，京汉铁路工人大罢工遭到吴佩孚残酷镇压。3月22日，李子洲参加了北京党、团组织在北京师范大学举行的追悼林祥谦、施洋等"二七惨案"烈士大会。会后，他愤然挥笔写下《施、林②二七被害诸烈士追悼会感》的长诗。诗中写道：

① 陕西省革命烈士事迹编纂委员会编：《李子洲——传记·回忆·遗文》，陕西人民出版社1985年版，第75页。

② 指在"二七惨案"中被害的施洋、林祥谦。

阶级战争开始了，

我们平民阶级的先锋已被敌人戕害了！

我们站在后线的人呵！

鼓舞起奋斗的精神，

拿定牺牲的决心，

手枪、炸弹，

前仆、后继，

争我们最后的胜利！

那才对得起我们牺牲的诸烈士。①

1923年夏，李子洲从北京大学毕业后，受中共北京区委和李大钊的派遣回到陕西，从事传播马克思主义和创建中共地方组织的工作。他先在三原的渭北中学任教，后受杜斌丞邀请，到榆林中学任教务主任兼国文、历史教师。

李子洲的到来，给榆林中学带来了新的气象。在学校，他没有公开自己共产党员的身份，但他着意将马克思主义理论和无产阶级革命思想贯穿于自己的教学之中。他的学生王子宜曾回忆说：李老师上课从来不拿讲义，从不死背陈腐的教条，而是从社会进化史的角度，选择历史长河中若干扣人心弦、娓娓动听的历史事件和历史故事，用辩证唯物主义和历史唯物主义的观点加以剖析，从而阐明人类社会发展的一般规律，得出"将来的环球，必是赤旗的世界"（李大钊语）的结论。他的每一节课都重点突出，观点鲜明，讲得头头是道，绘声绘色，同学们都听得入了迷，在不知不觉中受到马列主义的启蒙和陶冶。②

李子洲对学生会的工作和平民学校也十分关心和重视，给予了具体指

---

① 陕西省革命烈士事迹编纂委员会编：《李子洲——传记·回忆·遗文》，陕西人民出版社1985年版，第15页。

② 陕西省革命烈士事迹编纂委员会编：《李子洲——传记·回忆·遗文》，陕西人民出版社1985年版，第102—103页。

导和帮助。王子宜当时担任平民学校的主任。他回忆说：

> 李老师经常找我和刘志丹、曹力如、宜世杰、柳年青等同学谈心，教给我们工作方法和斗争策略，让我们在实际工作中去经受锻炼，提高自己的政治思想觉悟和工作本领。李老师还在榆中建立起共进社榆中分社，发展了一批社员。我和榆中学生会的许多干部，都是共进社社员。①

为了激发学生的写作热情，引导学生关注社会现实，李子洲和王森然指导学生创办了《榆林之花》《榆中旬刊》和《塞声》等校园刊物，其中《榆林之花》共出版七期、《榆中旬刊》共出版六期，主要登载学生们创作的诗歌和文章。这些校园刊物在当地学生中间广为传阅，成为宣传民主与科学、提倡新文学新道德的文化武器，也成为鼓励青年人勇于探索，勇于破除黑暗、寻求光明的精神武器，为榆林乃至陕北的新文化运动增添了丰富的色彩。

现在来看，当年一个中学能有这么多刊物，在中国恐怕也是不多见的，更何况是在陕北这样一个经济文化相对落后的地方。

像魏野畴一样，李子洲也很注重锻炼学生们的社会实践能力。他常常利用星期天的时间，与王森然带着学生出城去考察民情。一次，他们在参观惠记地毯厂时，看到童工的悲惨生活境遇，便向校方提出创办一所平民学校的建议。这一建议得到校方的支持。平民学校成立后，他引导学生团体筹划安排平民学校的课程，编写简单的教材，并且坚持让学生上讲台讲课。这样的教学实践活动既锻炼了学生的学习能力，也使学生更深入地了解了社会实际。

就这样，榆林中学在魏野畴、李子洲、王森然以及后继者，如毕业于

---

① 陕西省革命烈士事迹编纂委员会编：《李子洲——传记·回忆·遗文》，陕西人民出版社1985年版，第103页。

北京师范大学的高宪斌①、毕业于北京大学的呼延震东②、毕业于北京平民大学的曹又参③等共产党员和进步知识分子的努力工作下，教育和培养了一大批具有先进思想、科学知识且敢于斗争的榆林籍青年学生，其中有一些学生成为马克思主义的信仰者。

青年学生们以学到的新文化新思想新道德为武器，不再甘心屈服于封建礼教的束缚，而是高扬起个性解放的旗帜，迫切希望过上自由解放的新生活。他们认为，从前的道德因循守旧、陈规不变从而阻碍社会进化，提出自今以后，要另从人生的天性中认定一种新美的道德，来适应社会趋向和人生的环境。

青年学生们的婚姻观也因为接受了新文化而发生了质变。他们揭露封建婚姻制度的罪恶与虚伪，表示不愿意再接受封建婚姻制度对自己的束缚与迫害，号召青年人共同奋起进行反抗，追求这样一种爱情生活："要趋赴在纯洁的，自由的，高尚的，神圣的，恋爱的基础上，任飞海天，共享人格的结合。"④他们不顾父母的反对，坚决鼓励自己的妻子放脚。有的学生不再把妇女仅仅当成生儿育女的工具，当得知妻子怀孕时，告诉妻子"有儿无儿我倒没有什么喜悲的观念，只望伊肚子里的胎儿平安出世，伊能与我相依相终"⑤。有的学生反对封建的包办婚姻，当家里逼他回去完婚时，明确向父母表示婚姻需要"自由""恋爱"⑥。

新文化的启蒙和马克思主义的传播，使青年学生们的眼界跳出了狭小的个人世界和家乡榆林，对世界和中国社会给予了更多的关注，成为榆林地区睁开眼睛看世界的一批先进分子。

青年学生们以拳拳爱国之心，表达了对中国社会现状的强烈不满，认为是帝国主义的压迫造成了中国落后，而军阀割据则是中国社会的祸根。他们抨击当时北洋政府对内残害人民，对外卖国求荣、出卖国家利

---

① 高宪斌（1895—1970），陕西省米脂县人。
② 呼延震东（1894—1977），陕西省清涧县人。
③ 曹又参（1901—1970），陕西省怀远县（今横山县）人。
④ 《青年的婚姻问题》，《榆林之花》1924年5月27日。
⑤ 陈创业：《替她愁》，《榆林旬刊》1924年6月19日。
⑥ 王祖训：《我的婚姻小史》，《榆林之花》1924年5月13日。

益的行径，发文控诉："人民享的什么治安？被那万恶底军阀，任意杀戮、任意侵夺；被那军阀的走狗官僚，刮尽地皮，害尽人民。他们讲什么公理，行什么公法，把人民当成牛马看待。人民血汗换的那点金钱怎样能够充满他们的私囊，满足他们的浪费。他们老是捣乱，老是横暴，使人民日不聊死。"①他们号召青年们："别再做那无用的好人无益的让步了，我们赶快联络起来，站在一条线上，打倒这些无耻的国内帝国主义者的走狗！"②

青年学生们运用初步掌握的世界历史知识和十月革命成功的经验，希望从中找到拯救中国的方案，大胆地提出："英国人民受资本家压迫，现在转而'工党'组阁，俄国人民受政府和资本家的压迫，现在'虚无党'成功。中国的青年能有像'工党'和'虚无党'那样坚持勇敢的精神，也一定要有像'工党'和'虚无党'成功的日子。"③

有了独立个性和初步政治追求的学生们，也有了敢于反抗一切不合理不公平事情的勇气和胆略。于是，从1924年到1926年，榆林中学发生了三次学潮。这在当时的一般中学是极少有的。

第一次学潮发生于1924年冬

当时，学校开始试设洗澡堂，由学生会排列轮流洗澡名单并公告全校。在戊班读书的杜自生，是杜斌丞校长的族叔，他不满自己被排在后面，便公然撕毁了公告牌。这一行为引起除米脂籍学生外（因杜斌丞、杜自生是米脂人）其他学生的公愤，一致要求校方开除杜自生。事情发生时，杜斌丞正处于离校休养期间，暂时代理校务的教务主任高宪斌表示，杜斌丞校长不在学校，自己不能做主。但激愤的学生们根本不能等待杜校长回校再处理，便开始举行罢课。罢课持续了四五天后，在呼延震东老师的有力协调下，才暂时平息了风波。

---

① 陈创业：《二十年后之中国》，《榆中旬刊》1924年8月8日。
② 霍世春：《〈榆林之花〉〈榆中旬刊〉和〈榆钟〉评介》，《陕西史志》2005年第1期。
③ 陈创业：《二十年后之中国》，《榆中旬刊》1924年8月8日。

杜斌丞得知学生罢课的消息，立即赶回学校。他在了解到事情的起因后，便召集全校师生开会。据《榆林中学校史》记载：杜斌丞威严地走上讲台，目视"博学、审问、慎思、明辨、笃行"的木匾，然后面向学生用目光巡视了一周，当众宣布开除杜自生的学籍。事态遂得以平息，学校方才恢复正常教学秩序。①

第二次学潮发生于1925年冬

当年7月，榆林中学学生会收到全国学生代表大会作出的要求学生参加学校校务会议的决议案，以及西安学生联合会发出的要求学生参加学校校务会议的倡议。11月，榆林中学党、团支部以学生会的名义出面，向学校提出校务会议应该允许学生代表参加。当时杜斌丞校长因治病未在学校，校务暂由总务主任高崇主持。高崇对学生会的要求予以严厉拒绝。此时，刘志丹已经是共产党员，公开身份仍然是学生会主席。他以学生会主席的名义带领学生坚持斗争，一再要求校方满足学生的要求。寒假将至，学生的要求更加强烈。校方不得已，决定召开学校全体师生大会进行商讨。

在全校师生大会上，高崇声称学生年龄小、经验少，全陕西的学校和全国学校的校务会议都没有学生代表参加，因此榆林中学不能开这个先例，不能破坏国家的教育行政制度。学生代表李登霄、栾本植、杜鸿章在发言中据理力争，在场的学生们也不满校方的态度，会场气氛十分紧张。这次会议不仅没有解决问题，反而加剧了校方和学生之间的矛盾。

会后，高崇煽动部分教师提出辞职，以此威胁学生。学生会则发动学生到处散发传单，揭露高崇的罪行，要求地方当局对高崇给予处分。在要求不能满足的情况下，学生们开始罢课，并把参加校务会议和撤换高崇等要求印成宣传材料，向陕北各县和西安等地分发。

校方见学生态度强硬，便决定以更强硬的手段镇压，请陕北镇守使井岳秀派兵包围学校，并对学生大打出手，进而将王子宜、龙施普、汤登

---

① 参见陕西省榆林中学编：《榆林中学校史》(征求意见稿)，1993年，第15页。

科、焦维炽、霍学光、王怀德、周发源、李登霄、周梦雄、周家骐、李含芳、王俊让、樊俊、霍作霖等29名学生强行开除，并采取两兵绑一、辱骂打拉等方式，强行将被开除的学生押送出榆林城。①

这次学潮就这样被镇压了下去。陕北旅京同学会对此次事件非常重视，先后在《西安评论》和《共进》发表文章，痛斥井岳秀"迷信武力，滥用威权破坏学校"，强烈呼吁坚决反对榆林的反动势力相互勾结，镇压学生。

第三次学潮发生于1926年夏

这年的农历六月十九，是佛教界的重大纪念日——观世音菩萨成道日，因此这一天被认为是陕北地区的佛教节日。当天，榆林城熙熙攘攘、人来人往，唱庙戏的万佛楼前广场上，更是人头攒动、十分热闹。大戏开幕后，榆林中学一个叫井文龙的学生才带着随从士兵横冲直撞地进入广场。看到前面有个同学苗从权挡了路，井文龙便吆喝苗从权让路。苗从权看不惯井文龙仗势欺人的霸道行径，顶撞了几句，井文龙便和他的护兵当众殴打了苗从权。

井文龙何以敢殴打同学？因为他是井岳秀的儿子。苗从权挨打事件在榆林中学迅速传开，引起全校学生的公愤。中共榆林中学支部以学生会名义召集全校学生在礼堂开会，武开章在会上宣读《告同学书》，提出五项要求：（一）开除井文龙学籍；（二）严惩打人凶手；（三）井岳秀必须向被打学生苗从权和全体学生道歉，保证以后不再发生类似事件；（四）保证学生人身安全；（五）给学生言论、出版、集会、结社及一切社会活动自由。会后，学生会把《告同学书》印发到绥德四师、延安四中及陕北各县和西安等地。②

井岳秀见事情越闹越大，希望尽快息事宁人，便派榆林县长王卓儒到学校与学生会进行谈判，表面上答应学生的要求，企图以哄骗的方式了结

---

① 参见陕西省革命烈士事迹编纂委员会编：《李子洲——传记·回忆·遗文》，陕西人民出版社1985年版，第103页。

② 参见刘亮、武南耀：《武开章》，中央文献出版社2015年版。第27页。

此事，但实际上并没有采取任何满足学生要求的行动。在这种情况下，学生会便号召学生进行罢课，并动员学生搬出学校，借住在居民家里或店铺里，坚持斗争达一个月之久。

当杜斌丞得知学校出事后，当即回校处理。在杜斌丞的多方周旋下，井岳秀才派其旅长刘润民到榆林中学宣布：井文龙从此离校，向被打的学生苗从权赔礼道歉，答应惩办打人凶手。学生们的斗争终于取得了胜利。

因为这次学潮斗争的矛头直指陕北军阀井岳秀，因此这一斗争胜利在社会上产生了很大轰动。

榆林中学培养了一大批如刘志丹等有血性、有志向、有爱国情怀的先进学生。这些信仰马克思主义、具有革命精神的学生骨干，很快成为榆林地区最早的一批共产党员，其中有的还成为陕北革命事业的著名领导者。

在先进思想引领下不断变革的榆林中学，其进步和发展的速度与程度都已经远远超出了校长杜斌丞①当年的预期，榆林中学不仅成了陕北开拓新文化的发源地，更成了陕北最早传播马克思主义的重要基地。

---

① 杜斌丞在辞去榆林中学校长后，于1930年11月任中国国民党第十七路军杨虎城部高级参议和陕西省政府参议。12月任甘肃宣慰使孙蔚如的秘书长，暗中援助刘志丹、谢子长在陕甘边的革命活动。1935年，中央长征到陕北，杜斌丞促成杨虎城与中共中央进行合作。1936年，张学良、杨虎城发动西安事变后，杜斌丞出任陕西省政府秘书长。1941年，在重庆加入中国民主政团同盟。1944年10月，与杨明轩筹建民主同盟西北总支部，提出"亲苏、友共、努力实现新民主主义"的政治纲领。1945年10月，在民盟第一次代表大会上当选为中央委员、中央常务委员兼西北总支部主任委员。1946年2月回到陕西，公开宣布为实现民主政治斗争到底。1947年3月20日，被胡宗南逮捕。10月7日，在西安玉祥门外被害，时年59岁。

李子洲与陕北党团组织的建立

1922年春，陕西省当局开始筹备成立省立第四师范学校，地址拟设在陕南或关中地区。正在北大读书的李子洲获悉这个消息后，考虑到陕北23个县只有一个榆林中学，各县小学毕业的学生远赴他乡升学极为困难，便发动在北京、天津上学的陕北籍学生，力争把省立第四师范学校办在绥德。

陕北旅京学生推出李子洲、呼延震东为代表，陕北旅津学生推出白超然为代表。三人利用暑期之便，回陕北榆林各地四处游说力争，向政界、教育界说明陕西省立第四师范开办在绥德的重要性和必要性，得到了陕北知名人士杜斌丞等人的大力支持，最终使陕西省当局改变初衷，同意将省立第四师范设在绥德。1923年5月，陕西省立第四师范学校①正式开办，

---

① 1930年12月停办，1934年夏恢复。1941年2月由陕甘宁边区政府接办，校名改为"陕甘宁边区绥德师范学校"。

因学校设在绥德，又称"绥德四师"。

绥德四师面向榆林道所属陕北23县，招收具有小学文化程度的学生，于1923年秋季正式开学。由于师范学校是官费的，所以有较多家境贫寒的平民子弟得以报考入学。

绥德四师第一任校长是陕西省政府的督学高竹轩。学校开办伊始，由于是新办学校，学生学习情绪较高，教员也较认真，颇有一种生机。但一个学期还未结束，旧的教育思想和教学体系之弊便开始显露出来，加之管理不善，出现了克扣学生膳食费的事情。在放寒假时，学校又要求学生在第二年春天开学时，必须穿上自行缝制的由学校规定的统一颜色和样式的制服。

1924年春，学校开学后，家庭条件稍好的学生来时都穿上了校方规定的新制服，但一些家庭生活困难的学生没有这样的衣服。于是，学校就不允许没穿制服的学生上课。这一规定引起了学生们的强烈不满。他们推举白明善、刘嘉善、杜嗣尧、高光祖等同学为代表，与校方展开斗争，并上书陕西省教育厅，揭发学校存在的问题，要求撤换校长。

正是在这样的背景下，经杜斌丞推荐，李子洲于1924年夏来到绥德，就任绥德四师第二任校长。李子洲的到来，成为绥德四师历史上具有里程碑意义的重大转折。

一、改革教育、改造社会

早在1922年，李子洲就在《共进》杂志上发表《陕西师范学校应改革的几点》一文，从发展陕西教育的目的出发，就"应采新学制""减少每日授课钟点""应授的课程和选题的规定""设立图书馆""筹备实验室"这五个问题，对陕西师范学校的改革作出了详细的规划。[①] 如今，历史给了李子洲一个施展才华、实现抱负的舞台，他也会以卓越的成就给历史一个回报，给陕北的父老乡亲们一个惊喜。

---

① 参见《共进》第14号，1922年4月25日出版。

陕西省立第四师范学校（绥德四师）大门

身为共产党员的李子洲，在走马上任后的第一次全校师生大会上就郑重宣布，自己办绥德四师的目的，不仅是为陕北教育事业培养新的师资，改变陕北文化落后的面貌，更重要的是为了用科学的知识武装学生，唤醒工农劳动大众起来改造中国。

李子洲明白，要办好绥德四师，最关键的是要有一支具有先进思想和高水平文化素养的教师队伍。于是，他专程到北京向中共北京区委作了汇报，请求为四师推荐进步教师，同时请示在陕西创建中共地方组织事宜。在中共北京区委委员长李大钊的支持下，《北京大学日刊》刊登了绥德四师招聘教师的启事。与此同时，李大钊还决定将当时在陕西华县咸林中学任教的共产党员王懋廷①调到四师，协助李子洲创建共产党组织，同时决定李子洲和王懋廷为中共北京区委直属特别通讯员，他们创建的党组织直接受中共北京区委领导，并且商定了秘密通信的方法和联系地址等。

经过多方努力，加之一些旅京的陕西学生积极联系，李子洲逐渐组织起一支先进的教师队伍。他聘请杨明轩②任教务主任、常汉三③任训育主任，使自己有了得力的左膀右臂，还聘请到呼延震东、王懋廷的兄弟王复

①　王懋廷（1898—1930），云南省祥云县人。1922年加入中国共产党。1930年11月19日，时任中共云南省委书记的王懋廷因叛徒出卖被国民党逮捕，同年12月31日在昆明就义。

②　杨明轩（1891—1967），陕西省户县人。

③　常汉三（1893—1943），陕西省绥德县人。1926年加入中国共产党。1942年奉命在国民党第三十八军从事地下工作，任军法处处长。1943年9月8日，因患肺病在河南荥阳去世。

生①，以及田伯英②、韩叔勋③等10余人到校任教。这些教师中，有的是李子洲在北京大学共进社的同学，有的是他在三秦公学的同窗，有的是共产党员或青年团员，都是既有渊博学识，又有先进思想的知识分子。

在李子洲主持下，绥德四师显现出一派生机盎然的景象。学校购置了先进的教学仪器，订购了《向导》《政治生活》《共进》《中国农民》《中国青年》等刊物和一些宣传马克思主义的书籍，编辑出版了《陕北青年》杂志。李子洲还把在北大读书时组织学生社团的经验运用到绥德四师，鼓励和指导学生成立学生会以及学习讨论会、讲演会、辩论实习会、文艺演习会等组织，并且在学校成立了共进社绥德分社。

为了改革绥德四师教育，引进新的办学理念和教学方法，李子洲设法找到有关苏俄十月革命后教育方面的文章进行研读，并将苏俄的教育思想和方法同英国、德国、日本等国的教育思想和方法进行比较研究，总结提炼出新的教育思想和教学方法，用于绥德四师的教学实践中。如在学校的管理上，李子洲引进了先进的民主管理学校模式。在召开校务会议时，吸收学生代表参加，征求他们的意见，认真开展讨论，共同改进教务。他还将绥德四师一年一度的招生制度改为春、秋两季招生，吸引来自陕北23个县及关中、邻省山西汾阳一带的学子到校学习。

在教学安排上，马列主义课程是每个学生必修的一门主课，李子洲亲自授课。他以鲜明的观点、深刻的哲理，向学生们讲解《共产党宣言》《马克思主义浅说》《社会主义浅说》等经典著作，教育学生运用唯物辩证法，透过现象去认识社会，努力学习，培养改造社会和建设社会的本领。他还善于借助校外的力量。在杜斌丞、耿炳光④、魏野畴、惠又光⑤等著名学者路经绥德时，李子洲都要请他们到学校进行演讲。因此，尽管绥德四师地处偏僻，但师生们的视野却非常开阔。

---

① 王复生（1896—1936），云南省祥云县人。1921年加入中国共产党。1936年在齐齐哈尔被日军逮捕杀害。
② 田伯英（1897—1969），陕西省蓝田县人。
③ 韩叔勋（1893—1963），陕西省宝鸡县人。
④ 耿炳光（1899—1972），陕西省澄城县人。
⑤ 惠又光（1884—1927），陕西省清涧县人。

李子洲以自己高尚的品格和严谨的作风，将绥德四师打造成了一个与传统的封建教育有着本质区别的、完全新型的学校。曾在绥德四师工作过的李瑞阳是这样描述当时的李子洲和绥德四师的："子洲同志对人宽厚温和。他除了关怀同学们的学习，老师们的教学而外，还处处注意老师们的生活，所以整个学校，真如一个融合的家庭一样。这种气息对人有极大的感染力。我在这里工作了一年，从未见过学校领导人有过任何利用职权而假公济私的行为，也从来未见过老师或学生相互之间闹过无原则的纠纷。因为大家都有一个同样的远大目标，都正在热烈紧张，顽强而忠诚地奔向光明前途。"①

在李子洲和老师们的精心培养下，绥德四师的学生中成长出一批批优秀的人才。当年曾在绥德四师停留过一个多月的北大学生王子休，在后来的回忆中这样写道："在一个多月的时间里，我有机会与四师学生进行广泛的接触和了解。四师学生不但思想开阔，富予理想，善于思考，勤学好问，学习成绩优良，而且懂礼貌，讲道德，爱劳动，守纪律，忠诚老实，艰苦朴素，已蔚然成风，成为每个学生的自觉行动。我曾暗暗惊叹：这样的好学生！这样的好校风！"②

学校培养出来的学生是要为社会服务的。为了支持当时国共两党共同领导的反对北洋军阀的斗争，李子洲从绥德四师和榆林中学挑选出优秀的学生骨干，把他们输送到广州农民运动讲习所、黄埔军校和冯玉祥在兰州创办的第二军政学校、杨虎城在耀县创办的三民主义军官学校，参加革命斗争，为国效力。

在学校工作之外，李子洲对绥德当地的教育事业也倾注了大量心血。他联合当地的进步士绅和学生，成立了绥德教育会等组织，推进当地教育的改革。他大力提倡社会教育，发动群众造成舆论，迫使当局把绥德劝学所改组为教育局，撤换把持教育专款的劣绅，将经费用于创办简易师范学

---

① 陕西省革命烈士事迹编纂委员会编：《李子洲——传记·回忆·遗文》，陕西人民出版社1985年版，第121页。
② 陕西省革命烈士事迹编纂委员会编：《李子洲——传记·回忆·遗文》，陕西人民出版社1985年版，第106—107页。

校、成人补习学校、改造私塾和开办平民学校、平民夜校等，为没有条件上学读书的贫困农家子弟和有学习需求的广大群众提供受教育的机会。

推动社会教育离不开教师，李子洲便把绥德四师作为培养和输出社会教育师资的基地，把学校的老师和学生作为社会教育的骨干力量。他组织绥德四师的老师们编写出适合平民教育的教材，组织学生担任平民学校的义务教员。考虑到平民学校的学生年龄相差悬殊，他让义务教员将学生按年龄分班，不同班次施以不同教育内容。这种以四师为主、校内校外相结合的教育模式，不仅推动了社会教育的发展，也使四师的学生在平民学校的教学实践中更快地成长了起来，并且在与劳动群众的深入接触中，体会到了改造社会的重大意义。许多学生就是在这个认识的思想基础上，选择了自己的政治理想——加入中国共产党，为劳苦大众谋幸福。

总之，在李子洲精心策划和部署下，绥德的教育事业得到前所未有的发展，曾经死水一潭的边塞小县城，从此显现出新的生机。绥德教育事业的发展对绥德乃至陕北社会的发展具有重大的推动作用。

二、建党工作

李子洲曾对自己的学生表示，要把革命的种子撒遍陕北！把陕北变成赤旗的世界！① 为此，在办好绥德四师，为陕北文化事业的发展培养人才的同时，李子洲开始着手创建陕北的共产党和青年团组织，以为革命事业培养骨干力量。

为了以校长身份作掩护，李子洲不能公开在校内进行建党、建团活动，王懋廷便成为他创建党团组织的有力助手。王懋廷在绥德四师任国文教员，他不仅在课堂上向学生传授革命思想，还利用课外辅导的机会，组织学生阅读《共产党宣言》《向导》《新青年》等。他还经常同教师和学生谈心，了解其基本情况，从中挑选可以发展为党、团员的对象。由魏野畴推荐到绥德四师任教的田伯英，就是王懋廷发展的第一个党员。

---

① 陕西省革命烈士事迹编纂委员会编：《李子洲——传记·回忆·遗文》，陕西人民出版社1985年版，第105页。

1924年10月，李子洲得到北京党组织的回
信，批准田伯英入党。按照1923年6月召开的中
国共产党第三次全国代表大会通过的《中国共
产党第一次修正章程》规定①，1924年11月②，李
子洲、王懋廷、田伯英组成陕北第一个共产党
组织——中共绥德小组，隶属于中共北京区委，
由田伯英任组长③。

中共绥德小组是陕北地区第一个中国共产党
组织。

李子洲

此时，中国的两个革命党——共产党、国
民党，为了共同反帝反封建，已经于1924年1月正式建立合作关系④。在国
共两党共同领导下，中国大地上掀起了前所未有的反帝反封建的大革命高
潮，工人运动、农民运动、学生运动、妇女运动等迅速开展。李子洲领导
的陕北建党工作，也因此进入一个迅速发展期。

1925年春，受李大钊指派，在北大读书的陕西籍学生、共产党员耿炳
光来到陕北。在榆林，他以于右任代表的身份同井岳秀进行了接触。之后

---

① 党的三大通过的《中国共产党第一次修正章程》第二章"组织"规定："各农村、各工
厂、各铁路、各矿山、各兵营、各学校等机关及附近，凡有党员五人至十人均得成立一小组，每
组公推一人为组长，隶属地方支部，不满五人之处，亦当有组织，公推书记一人，属于附近之区
或直接属于中央。如各组所在地尚无地方支部时，则由区执行委员会直辖之，未有区执行委员
会之处，则由中央直辖之。"（中央档案馆编：《中共中央文件选集》第1册，中共中央党校出版社
1989年版，第123页。）

② 关于中共绥德小组成立的时间，目前有不同说法，本书采用中共榆林市委党史研究室的
说法。见中共榆林市委党史研究室、任德存主编：《中共榆林历史（1919—1949）》，陕西人民出版
社2004年版，第14页。

③ 关于田伯英担任党小组长的原因，中共榆林市委党史研究室认为："由于王懋廷担任的
国文课程较重，还要负责向外发展组织和开展青年运动，李子洲为了避开各方面的注视，因此决
定由不易引人注目的田伯英担任党小组长。"（中共榆林市委党史研究室、任德存主编：《中共榆林
历史（1919—1949）》，陕西人民出版社2004年版，第16页。）

④ 1924年1月，中国国民党第一次全国代表大会在广州召开。此前，国共两党经过多方联
系，决定以共产党员加入国民党的方式进行合作。国民党一大标志着国共第一次合作正式形成。
加入国民党的中共党员有着双重身份，既是共产党员，又是国民党员。1927年7月15日，国民党
领导人汪精卫宣布"分共"，第一次国共合作破裂。

来到绥德，听取李子洲关于绥德四师党组织活动的情况汇报。根据党的四大通过的党章中关于党的基层单位由小组改为支部的规定，耿炳光和李子洲决定，在原中共绥德小组的基础上，成立中共绥德支部。当时，指定李子洲为支部书记。春季开学后，李子洲仍将书记一职交由田伯英担任。

中共绥德支部是陕北地区第一个党支部。

中共绥德支部成立后，按照党的四大提出的积极发展党的组织、努力扩大党员数量①的要求，开始在校内外大力发展党员。到1925年底，绥德四师的党员已经有教职工中的李子洲、王懋廷、田伯英、王复生、李瑞阳、韩叔勋和学生中的白明善、杜嗣尧、乔国桢、马明方、霍维德、高光祖、王兆卿、邓重庆、白作宾、张肇繁、马瑞昌、赵通儒等26人，成立了三个支部。在校外，发展了绥德县立第一高小的王士英，以及石谦团（属井岳秀部）的李象九入党。同年夏，由李子洲主持，在中共绥德支部的基础上，成立中共绥德特别支部，由田伯英任书记、李瑞阳负责组织工作、王懋廷负责宣传工作。

从1924年到1926年，在李子洲领导下，绥德四师的400多名学生中有80%以上加入了党、团组织，绥德四师完全为共产党人所掌握②，成长出一大批陕北早期的著名共产党人，如乔国祯、白明善、杜嗣尧、杜振庭（杜衡）、邓重庆、高光祖、安子文、冯文江、马明方、王兆卿、刘澜涛、贾拓夫、马文瑞、常黎夫、白如冰、张达志等。

榆林党组织的建立和发展，也是在李子洲和王懋廷的精心组织下实现的。

1925年3月，王懋廷亲自到榆林中学指导发展党员的工作，成立了中共榆中支部，由张肇勤任支部书记，归中共绥德特别支部领导。榆中党支部成立后，发展刘志丹、郭洪涛、武开章、王季明、刘景象、苗从权、周梦雄、周发源、庄培、李含芳、李力果、焦维炽、杨国栋等10多人加入中国共产党。

---

① 参见中央档案馆编：《中共中央文件选集》第1册，中共中央党校出版社1989年版，第308—310页。

② 参见中共绥德县委史志编纂委员会编：《绥德县志》，三秦出版社2003年版，第11页。

1924年1月，国共合作正式形成后，孙中山接受共产国际[①]代表的建议，决定创办黄埔军校。苏联为了支持黄埔军校建设，派出一批军事、政治顾问到广州帮助建校。1924年5月，黄埔军校正式开学。为了培养革命的军事人才，中国共产党对黄埔军校的建设给予了有力支持，要求各地党组织抽派大批先进青年进军校学习。

1925年秋，中共绥德特别支部收到中共北方区委的指示，要求选派优秀学生进黄埔军校学习和去苏联留学。为了落实这一指示，绥德四师教师、共产党员王复生借带领学校体育代表队到榆林参加体育运动会的机会，召集榆林中学的20多名党、团员开会。会上，决定将部分团员转为党员，同时决定派刘志丹、张肇勤、柳长青、杨国栋、郝长有等学生党员赴苏俄留学和到广州黄埔军校学习。后来赴苏留学未能成行，刘志丹和杨国栋等人进入黄埔军校，成为第四期学员。

在发展榆林中学党组织的同时，李子洲还组织成立了中共榆林女子师范党小组和榆林街道党小组。此外，绥德四师和榆林中学的学生党员还利用寒假回家乡的机会，成立了中共店镇支部（在佳县）、中共定边支部。这样，中共绥德特别支部除领导绥德四师校内的三个支部外，还领导中共榆林中学支部、中共榆林特别支部和中共店镇支部、中共定边支部。

在李子洲领导下，绥德四师既是陕北最早建立共产党组织之地，又是陕北党组织发展的策源地，还是指导陕北革命力量成长壮大的中心。

三、建团工作

同全国不少地方先建党后建团的模式相同，陕北党、团组织创建的顺序，也是先有党后有团。

1924年11月，中共绥德小组建立后，创建社会主义青年团的工作即提上了议事日程。到年底放寒假时，已经发展白明善、杜嗣尧等学生团员14人。此后，以绥德四师为中心，青年团队伍开始在陕北逐渐发展起来。

---

① 共产国际，又称第三国际，1919年3月在列宁领导下正式成立，为世界共产党组织的最高领导机关，中国共产党是其支部之一。1943年6月解散。

1925年初，共产党员张肇勤、李登霄在榆林中学学生中发展刘志丹、王子宜、霍世杰、焦维炽等人入团，并成立了团小组，不久改为共青团[①]榆中支部，属绥德四师团组织领导。

1925年2月，在李子洲指导下，绥德四师成立中国共产主义青年团陕北特别支部，由王懋廷任书记，田伯英和李瑞阳分别负责宣传和组织工作。

2月25日，王懋廷向团中央呈送了书面报告，从组织、训练、活动、环境四个方面汇报了陕北团组织的工作，反映了组织团员和青年学习马列主义、订购《共产党宣言》《中国青年》《向导》等书籍刊物，以及在绥德县城创办平民学校等工作。由此，共青团陕北特别支部直接归团中央领导[②]。1925年秋，北京党组织调王懋廷回京，共青团陕北特别支部书记改由学生党员马瑞昌担任。

此时，正是在国共合作的形势下，大革命高潮掀起之际。李子洲顺应革命潮流，乘势大力发展陕北的团组织。在他的大力推动下，包括延安四中在内的一些学校中、县城的店员中，甚至在驻瓦窑堡的国民党军队李象九[③]连里，也建立了青年团的组织。到1925年8月前，陕北的共产主义青年团员已发展到75名，团员中有学生、店员，也有军人。

在团组织不断增多和团员数量不断扩大的情况下，经共青团陕北特别支部请示团中央批准，于1925年8月9日成立共青团绥德地方执行委员会（简称共青团绥德地委），设书记、组织、宣传、经济斗争委员，后又增设学生运动委员，活动范围为陕北各地。[④]

1926年4月，共青团绥德地委正式改由共青团北方区委领导，其下属

---

① 1922年5月，青年团的第一次代表大会在广州举行，正式成立中国社会主义青年团；1925年1月26日，中国社会主义青年团改称中国共产主义青年团，简称"共青团"。

② 根据中共榆林市委党史研究室、任德存主编：《中共榆林历史（1919—1949）》，陕西人民出版社2004年版，第22页载："团陕北特别支部成立时，北京团组织出了问题，中央宣布解散，所以王懋廷便与在上海团中央任组织部部长，曾介绍自己入党的邓中夏取得联系。"

③ 李象九（1897—1954），陕西省白水县人。

④ 参见中共榆林市委党史研究室、任德存主编：《中共榆林历史（1919—1949）》，陕西人民出版社2004年版，第22页。

组织包括绥德县的五个支部，苗家坪高小团支部，清涧第二高小特别支部，榆林特别支部（下辖榆林中学支部、榆林女子师范学校支部、神木第一高级小学支部、横山第一高级小学支部），此外，还有宜川、定边、安边、佳县、米脂高家村的支部或特别支部，共有团员近百名。

四、在国民党军队中的工作

李子洲在陕北学校和社会上领导创建党、团组织的同时，还非常重视在驻陕北的井岳秀部队中培养革命力量，建立党、团组织。

李子洲同井岳秀部下的军人李象九相识于1919年。当年，李象九到北京游历，同陕西旅京学生李子洲、魏野畴、刘天章、刘含初、耿炳光、呼延震东等人相识，因为受到他们先进思想的影响，由李子洲介绍参加了进步学生社团共进会。1924年，李子洲到榆林中学任教时，李象九在安定县任警佐，便介绍李象九加入社会主义青年团，1925年又发展李象九为中国共产党党员。1926年，李象九升任石谦[①]团第三（补充）连连长后，鉴于其兵员编制不够，李子洲趁机动员榆林中学等校的青年学生加入该连。之后，李象九根据李子洲的指示，在连队先后建立起共青团特别支部和中共特别支部，并亲自担任中共特别支部书记。

此外，在石谦部的谢子长连里，也建立了中共组织。谢子长1897年生于安定县，1922年秋考入山西阎锡山创办的太原学兵团。1924年回安定办县民团，任团总。1925年，为反对陕北军阀的统治，谢子长赴京、津两地，联络陕北旅京、津的军界和学界人士，因而与陕西旅京学生中的中共党员及中共北京党组织负责人有了较多接触。同年，经白超然[②]、白志诚介绍，谢子长加入了中国共产党。

1925年底，谢子长受中共北方区委派遣，回到陕北，与李子洲取得了联系。根据党的指示，谢子长在安定县继续担任县民团团总。不久，在李

①　石谦（1883—1927），陕西省白水县人。参加反清武装。1915年投奔井岳秀，任排长。因带兵有方、作战勇敢，深得井岳秀赏识，1920年升任连长，1924年升任营长，1926年升任团长。

②　白超然（1903—1981），陕西省绥德县人。

象九的运作下，谢子长的安定县民团成为井岳秀部石谦团的第十二连，谢子长任连长。谢子长在部队中对士兵进行政治、文化和军事教育，并把其中的优秀分子发展为党员，成立了中共特别支部，并亲自担任支部书记。

1926年7月9日，国民革命军誓师北伐，由此拉开了北伐战争的序幕。9月17日，从苏联考察回国的冯玉祥在绥远的五原召开北伐誓师大会，宣布就任国民军联军总司令，国民军联军全体加入国民党，遵照孙中山遗嘱，进行国民革命。五原誓师后，冯玉祥开始分兵出击陕、甘、宁地区。

为了改造冯玉祥及其领导的军队，中共中央和中共北方区委先后派刘伯坚、邓小平、刘志丹等200余名党、团员到国民军中进行工作，举办政治训练队和军事学校，开展政治宣传和教育工作，培养军政干部。苏联政府也派遣军事顾问和政治顾问到冯玉祥部工作。

1927年春，国共两党领导的北伐战争取得决定性胜利。同全国的形势一样，陕西省的大革命运动也进入蓬勃发展时期。此时，冯玉祥将其驻陕西的国民军整编为12路大军，井岳秀部被编为国民军联军第九路军，由井岳秀任司令。井岳秀部下的石谦，升任步兵第六旅旅长，李象九也随之升任第六旅第二营营长。

在大革命高潮中，李象九和谢子长在部队中进一步发展壮大党的组织。在有的连队中，班长和排长全部由共产党员担任，士兵中也有相当数量的党员和团员。这些党、团员定期召开会议，经常举行时事报告会、讲演会等，还到部队驻地附近的农村组织农民协会，领导农民反对苛捐杂税。李象九和谢子长还利用国共合作的大好形势，尽可能以先进思想影响石谦，使其逐渐倾向革命。

除了在井岳秀部队中积极发展党的队伍外，李子洲还开展了对杨虎城的工作。

当年，李子洲受杜斌丞邀请到榆林中学任教后，就很注意当地军政方面的事态变化，希望能够通过有效的沟通和思想工作，使陕北地方的军事首领具备先进的思想意识，从而使其所部成为革命的武装力量。后来，李子洲为争取省立四师设在绥德而四处奔走时，就通过杜斌丞的介绍，见到榆林镇守使井岳秀，争取到了井岳秀的支持。也就是在这次与井岳秀见面时，他很意外地碰到了在这里蛰居的杨虎城。这以后，杨虎城经常到榆林中学李子洲和王森然的住处来聊天，接触到了在北京、上海、天津等地出版的进步报刊，从而开阔了眼界，也激发了爱国热情。

1924年9月，冯玉祥从直奉战争的前线倒戈回师，发动北京政变，成立了国民军联军，北方革命形势随之出现新的局面。在中国共产党领导下，陕西的革命力量将从1921年就开始的驱逐陕西省省长刘镇华的斗争再次推向高潮。

为了切实配合这一斗争，李子洲根据党组织的要求，亲自写信给杨虎城和惠又光（李子洲的好友，时任杨虎城的参谋长），表示支持杨将军率部南下驱刘，提出这不仅是绥德四师广大师生和陕北民众的愿望，也是三秦百万父老的愿望。为了动员杨虎城，李子洲还以给绥德四师办交涉为名，亲赴榆林拜见杨虎城。

当时，杨虎城正对是否率军南下举棋不定。李子洲向杨虎城介绍了全国及陕西的形势，分析南下的重要意义，从而使杨虎城增强了信心，决定以陕北国民军前敌总指挥名义，率领自己的部队由陕北南下驱刘，并争取井岳秀派部分兵力增援。李子洲遂通过杜斌丞找井岳秀商议。当时井岳秀正担心杨虎城有朝一日可能反客为主来夺取他的地盘，也乐意送个顺水人情，表示同意派兵随杨虎城回师关中。

当杨虎城率部南下路经绥德时，李子洲组织绥德四师全校师生和绥德城镇居民，在绥德四师的图书馆举行了盛大的欢送大会，李子洲和杨虎城都发表了慷慨激昂的演说。李子洲还陪着杨虎城拜谒了秦扶苏墓、蒙恬将军墓和南宋抗金名将韩世忠的故里。

当杨虎城部开拔时，李子洲带着部分师生和当地群众前来送行。在大风卷起的漫天黄沙中，杨虎城高擎酒碗，向李子洲和绥德父老致意，随后便率部南下。在此后的驱刘、阻刘入陕，特别是在驰援西安、解除刘军对西安的包围中，杨虎城部都作出了重要贡献。

1926年12月，李子洲接到中共北方区委通知，决定派他到西安担任国民党陕西临时党部组织部部长，并参与筹建国民军联军驻陕总部和创办中山学院。他连忙整理行装，辞别绥德四师师生，骑着骡子奔向了西安城。

李子洲离开绥德四师，离开了陕北。然而，在他身后的陕北，已经不再是他刚到绥德四师任校长时的陕北了。他播下的一个个革命的种子，正在茁壮成长！他点燃的一团团革命火焰，正在燃成熊熊烈火！

从李子洲对中国共产党组织发展的贡献来看，到1927年7月，陕北党的组织已经有中共绥德地方执行委员会、中共榆林地方执行委员会和中共绥德县委，标志着陕北各地党组织有了统一的领导机构。

中共绥德地方执行委员会下辖中共四师支部、中共定边特别支部、中共苗家坪高小支部、中共米脂支部、中共桃花峁支部、中共佳县特别支部、中共清涧县第一高小支部、中共石台寺支部、中共吴堡支部、中共石谦旅特别支部、中共绥德义合特别支部、中共绥德米家沟特别支部、中共绥德吉镇特别支部、中共周家硷支部、中共杨家沟支部、中共石咀驿支部。

中共榆林地方执行委员会下辖中共榆林中学支部、中共榆林高级师范支部、中共榆林女子师范支部、中共榆林高级小学支部、中共神木支部、中共神木县第一高小特别支部、中共横山县第一高小支部、中共府谷县第一高小支部。

从李子洲对共产主义青年团组织发展的贡献来看，到1927年7月，陕北团的组织已经有共产主义青年团绥德地方执行委员会和共产主义青年团榆林特别支部。

共产主义青年团绥德地方执行委员会下辖共青团四师支部、共青团苗家坪高小支部、共青团清涧县第二高小特别支部、共青团榆林特别支部、共青团定边特别支部、共青团神木特别支部、共青团定边特别支部、共青团佳县支部。

共产主义青年团榆林特别支部下辖共青团榆林中学支部、共青团榆林女子师范支部、共青团神木县第一高小支部、共青团横山县第一高小支部。

李子洲离开绥德四师后，于1927年2月担任中共陕甘区委组织部部长。蒋介石发动四一二反革命政变后，李子洲转入地下，担任中共陕西省委常委兼组织部部长。1927年秋到1928年春，李子洲代理中共陕西省委书记，领导了清涧、渭华等地的武装起义。1929年2月2日，由于叛徒出卖，李子洲被捕入狱。因精神和肉体均遭到摧残，于1929年6月18日病逝于狱中，时年37岁。1944年，为了纪念李子洲烈士，陕甘宁边区政府决定将绥西县改名为子洲县。

1944年2月7日《解放日报》刊登的报道《绥西改为子洲县》

李子洲——陕北共产党和青年团组织的奠基人，其丰功伟绩将永远镌刻在中国共产党的史册上，永远镌刻在陕北人民的心中。而由他主持的绥德四师，则毫无疑问是陕北共产党和青年团组织的摇篮，也是榆林乃至陕北人民的骄傲！

清涧起义：中国共产党在西北打响反抗国民党反动派第一枪

⊙白色恐怖局面形成

⊙井岳秀在陕北的反共暴行

⊙中共陕西省委九二六会议

⊙石谦遇害

⊙策划清涧起义

⊙谢子长整顿军纪

⊙清涧起义爆发

⊙唐澍与李象九的分歧

⊙固守宜川的错误决策

⊙二次起义

⊙失败：从1000余人到20余人

⊙感天动地的生命乐章

1926年7月9日，国共领导的北伐战争在"打倒列强，除军阀"的雄壮口号中正式开始。当时，中国有吴佩孚、段祺瑞、张作霖三大北洋军阀主力。军阀们为了争夺地盘和权力屡起战端，搞得国无宁日、民不聊生。此次北伐的目的，就是要推翻帝国主义支持的北洋军阀反动势力，实现中华民族的独立、自由和统一。

为了使北伐战争顺利推进，中国共产党动员北伐军所到地区的人民群众组织向导队、侦察队、运输队、破坏队等，积极支持北伐军。到1926年底，北伐军已经占领武汉，消灭了吴佩孚、段祺瑞所部，北伐战争取得决定性胜利。

　　然而，从1927年春开始，北伐军总司令蒋介石，这个本来就野心勃勃的军事将领，由于受到日本、美国、法国、意大利等帝国主义列强的高压和拉拢，又受到北伐军中一些高级军官的鼓动，便调转枪口，指向了中国共产党人。

　　1927年4月12日，蒋介石在上海发动反革命政变，3天时间逮捕500多人、杀害300多人，还有5000多人失踪。受蒋介石影响，4月15日，李济深开始在广州制造反革命政变，7天时间逮捕2100人、杀害100多人。5月21日，湖南的许克祥在长沙发动反革命叛乱，15天时间屠杀了共产党员和革命群众100多人，酿成轰动一时的马日事变。此外，江西、四川、江苏、浙江、安徽、福建、广西等省也发生了对共产党人逮捕和屠杀的事件。

　　1927年7月15日，国民党领袖汪精卫宣布"分共"，第一次国共合作破裂，轰轰烈烈的大革命失败。此后，汪精卫提出"宁可错杀一千，不可放过一人"，与蒋介石等人联手，对共产党人疯狂捕杀。据1928年6月至7月间召开的党的六大不完全统计，从1927年3月到1928年上半年，被杀害的共产党员和革命群众达31万多人，其中有共产党员2.6万多人。中国共产党著名活动家汪寿华、萧楚女、熊雄、陈延年、陈乔年、赵世炎、夏明翰、郭亮、罗亦农、向警予、周文雍等，为坚守党的初心使命，为崇高的理想，献出了年轻的生命。

　　在白色恐怖局面下，中国共产党的各级组织遭到严重破坏。许多地方党的组织被打散，一些理想信念不坚定的党员纷纷脱党或叛党，报纸上经常可以看到他们的"悔过"启事，有的甚至带领敌人搜捕自己原来的同志。1927年4月至5月间召开党的五大时，全国党员共有57967人，但是半年之后，11月召开的中共中央政治局扩大会议统计，全国的党员仅剩1万余人。

　　在北方，冯玉祥自1926年9月五原誓师后，曾一度倾向革命，联络共产党人，支持农民运动，因而也得到苏联和中共中央的支持。在国共合作的大背景下，冯玉祥的国民军中既有苏联顾问，也有中国共产党党员，一些共产党员还在军中担任了领导职务。但是，当冯玉祥控制的陕甘地区农民运动兴起，并多次爆发抗粮、抗捐和打击土豪劣绅的斗争后，冯玉祥认为农民运动妨碍税收、扰乱社会秩序，命令加以限制和取缔。

蒋介石制造四一二反革命政变后，当时还处于国共合作状态下的武汉国民政府采取了反蒋的立场。冯玉祥表面上拥护武汉政府，暗中却又与蒋介石取得联系。1927年5月，冯玉祥率部参加武汉国民政府举行的第二次北伐，不久即与武汉国民政府领导的北伐军会师。在有冯玉祥参加的徐州会议上，以汪精卫为主席的武汉国民政府决定把北伐军占领的河南、陕西、甘肃三省党政军大权全部交给冯玉祥。随后，冯玉祥又同蒋介石在郑州会面。在蒋介石的拉拢下，冯玉祥又抛弃了武汉国民政府，采取了拥蒋的态度，并且开始公开反共。

为了在国民军中彻底"清共"，冯玉祥亲自审订了对共产党员的三条办法：（1）自己报告是否中共党员；（2）凡是中共党员，一律脱离政治部；（3）如有共产党员仍欲继续国民革命者，须宣布脱离共产党并宣誓忠于国民党。就这样，曾经被冯玉祥重用的中共党员和苏联顾问们，开始被清除出国民军联军。

与此同时，冯玉祥还提出反共"清党"的三项规定：（1）不准共产党员跨党加入国民党；（2）共产党员跨党加入国民党的领袖一律解除职务，开除党籍，遇必要时加以严密监视；（3）在国民革命时期不准以共产党名义活动，亦不准假国民党名义做共产党工作，违者按反革命条件治罪。1927年7月初，冯玉祥电令国民革命军第二集团军总参谋长、陕西省代理主席石敬亭，强调要在陕西各地实行反共"清党"。石敬亭随即发令通缉李子洲、魏野畴等在西安活动的共产党员。

冯玉祥的政治态度直接决定了陕北的政治形势。

在陕北，担任国民革命军第二集团军第九路军军长的井岳秀，紧随冯玉祥公开进行反共活动，迅速在榆林和绥德等地开始"清党"运动，对陕北的中共党、团组织和进步群众团体进行疯狂破坏，命令部下四处搜捕共产党员和共青团员。

井岳秀派兵强行封闭了执行三大政策的国民党榆林县党部、县总工会、县商民协会，逮捕了工会委员长李文正、商会会长康治臣，并且下令通缉中共榆林地方执行委员会主要负责人马云程①、郭洪涛、周家干。紧接着，他又宣布禁止各校学生会等进步组织进行活动，下令通缉榆林中学党组织负责人刘景象、杜聿德等人。著名共产党员、西安中山学院院长刘含初②在回乡探亲时，被井岳秀指使其部下杨衮杀害。

对于陕北中共党、团组织的诞生地——绥德四师，井岳秀更是采取了严酷手段。1927年8月4日，井岳秀部第二五八旅旅长刘润民派兵闯进绥德四师，先把全体教师、学生集中起来，挨个搜查、押送出校，接着向绥德四师校长、共产党员常汉三宣布井岳秀的严令：三年内不准任教、不准担任公职、不准离开绥德；还闯进同绥德四师部分教职员相识的高伯定家里，将正在吃饭的中共绥德县委书记蔡南轩、宣传部部长关中哲，以及雷五斋、赵少西四人逮捕。

在井岳秀的反共高压之下，中共榆林地方执行委员会书记马云程不得不离开榆林，赴北京继续上大学。③郭洪涛、周家干、武开章、王振华等党团员骨干分子也被迫离开榆林，以不同职业继续从事革命工作。榆林中学、绥德四师和其他各学校的党、团员和进步青年，也都被迫出走。在白色恐怖下，中共绥德县委、中共榆林地委被迫解体，农民协会、学生会等群众团体也被迫解散。

井岳秀的反共"清党"活动还殃及榆林地区的其他各县。在佳县，井岳秀密令驻螅镇的一个连火速进驻县城，逮捕中共佳县县委书记杜嗣尧④。消息被杜嗣尧的好友高文宏获悉后，派人昼夜兼程到佳县报信。杜嗣尧得信后，扮作商人，与抓捕他的部队擦肩而过，方才脱离险境。井岳秀的部

---

① 马云程（1899—1935），陕西省米脂县人。1925年加入中国共产党。

② 刘含初（1895—1927），陕西省中部县（今黄陵县）人。1916年考入北京大学文史系。1919年参加五四运动。1923年加入中国共产党。1924年国共合作后，先后在西北大学和杨虎城部三民军官学校任教。1927年2月任国民党陕西省党部常务委员，后主持西安中山学院工作。蒋介石四一二反革命政变后，他拒绝国民党右派的拉拢。1927年6月中山学院被封闭，他被撤职。8月15日回乡探亲时，在宜君县石堡村被陕北军阀井岳秀派人杀害。

③ 1928年，马云程大学毕业后，到山西运城教书。1932年冬，因涉嫌转运枪支被运城警察局逮捕，因查无实据，被释放。后受党组织派遣到西安，以教书作掩护从事革命工作。1935年4月，在北平搞兵运时因叛徒出卖被捕，5月1日壮烈牺牲。

④ 杜嗣尧（1900—1969），陕西省佳县人。

下没有抓到中共佳县组织的领导人，便捏造罪名，将杜嗣尧连同中共佳县县委其他负责人高锡爵、高光祖等数十人控告到榆林。新任佳县县长陈官到任后，在全县驱逐共产党人，破坏基层组织，解散农民协会、学生会等群众团体。在神木，党组织的活动因受到反动势力的监视，主要负责人和部分党员不得不离开，留在当地的党员则思想消沉、工作消极，党的工作陷于停顿状态。在定边，驻军营长李发荣奉井岳秀之命逮捕了"共党嫌疑"丁子齐、龙惠民、李临铭等20余人。在狱中，他们遭受了严刑审讯，但没有暴露党的秘密。后经当地绅士佘鼎等营救，被保释出狱。之后，他们多以医生、教师身份为掩护，继续从事秘密工作。

在中国革命处于严重危机的情况下，1927年8月7日，中共中央在湖北汉口召开紧急会议（史称八七会议），确定了实行土地革命和武装反抗国民党反动派的总方针。此次会议向全党吹响了发动武装起义、坚决与国民党反动派进行斗争的号角。

英勇的中国共产党人迅速行动起来了！毛泽东于1945年在党的七大上回顾这段历史时，曾满怀激情地说道："就是这样，背信弃义地向着中国共产党和中国人民来一个突然的袭击：生气蓬勃的中国大革命就被葬送了。从此以后，内战代替了团结，独裁代替了民主，黑暗的中国代替了光明的中国。但是，中国共产党和中国人民并没有被吓倒，被征服，被杀绝。他们从地下爬起来，揩干净身上的血迹，掩埋好同伴的尸首，他们又继续战斗了。"[1]

八七会议召开之前，1927年7月20日，中共陕西省委决定派李子洲[2]前往武汉，向中共中央汇报工作。八七会议结束后，8月12日，中共中央临时政治局候补委员张太雷接见了李子洲。张太雷听取了李子洲的汇报，并向李子洲传达了八七会议精神和中央对陕西工作的指示，要求在民众力量较大的县份举行暴动，推翻冯玉祥的反动统治；在组织上要改变党员的质量和成分，洗刷消极分子，吸收斗争中的积极分子，加强党的领导机

----

[1] 《毛泽东选集》第3卷，人民出版社1991年版，第1035—1036页。

[2] 李子洲时任中共陕西省委常委兼组织部部长。

关等。随后，李子洲带着八七会议文件和中央对陕西工作的指示精神迅速返陕。

9月上旬，李子洲回到西安后，即向陕西省委常委汇报了武汉之行以及中央八七会议和中央指示等有关情况。省委遂决定由李子洲代表省委起草文件，为召开省委扩大会议作准备。

1927年9月26日至28日，中共陕西省委召开第一次扩大会议（史称九二六会议）。会议根据李子洲传达的八七会议精神和中央对陕西工作的指示，认真检查并决心纠正大革命失败以来陕西党内存在的右倾错误，制定了比较切合实际的方针政策，提出当前的任务是："在党的总政治口号之下，勇猛的继续反帝国主义、反新旧军阀的斗争，以期建立工农的民权独裁，促进中国革命"；"在西北坚决的反冯①，使冯的统治不能稳定以至于崩坏"；要大力发展和健全党在军队中的组织，"在西北培植革命的军事基础，是中国共产党目前重要任务之一，更是党在陕西的特要任务"②。

中共陕西省委的九二六会议是陕西省由大革命失败向土地革命兴起的转折点。从此，陕西的革命斗争进入武装反抗国民党反动派统治的新阶段。

为贯彻中共中央八七会议和陕西省委九二六会议精神，在军队中发展党的组织、培植革命力量，中共陕西省委决定，派曾在国民军联军军事政治学校担任过政治部主任兼教官的唐澍③和曾在国民军联军总政治部工作过的白明善④，到驻防清涧的石谦第十一旅，与李象九、谢子长一起领导部队党的工作，适时发动武装起义；将李象九部的党支部划归省委军事部

---

① 即冯玉祥。

② 中共陕西省委党史研究室：《中国共产党陕西历史》第1卷（1921—1949）（未刊稿），第108页。

③ 唐澍（1903—1928），河北易县人。1924年入黄埔军校第一期，同年加入中国共产党。1925年任广州农民运动讲习所军事教官、省港罢工委员会工人纠察队总教练兼模范大队大队长。参加两次东征。1926年秋，受党派遣到冯玉祥国民军中工作，任秘密的中共党团书记。

④ 白明善（1897—1932），陕西清涧人。1923年考入绥德四师。1924年10月加入共进社，同年冬加入社会主义青年团，次年转为中国共产党党员。1925年夏，被党组织派往上海大学学习，后在中共中央发行部工作。1926年8月到黄埔军校政治部宣传科工作，同年冬到国民军联军总政治部工作。

（军委）直接领导，与陕北党组织发生横的关系。

正当陕西省委把军事工作的重点放在石谦第十一旅之时，这个旅却正在经历着一场重大变故。

原来，在共产党员的长期影响下，石谦开始逐渐同情和倾向革命。他在向部队的讲话中号召人人要革命，以争取人人有饭吃的未来社会。他逼走了井岳秀派来的中校团副董卓五，委任李瑞阳、阎揆要（均为共产党员）分别为中校团副、少校团副，还让他们住进他设立的"招贤馆"，优礼有加。石谦的儿子石介和干儿子王有才，以及护兵李瑞成、王正娃，都是共产党员，李瑞成、王有才、王正娃还都担任了连长。石谦虽然对井岳秀的反动统治尤其是反共行动有所不满，但因他是井岳秀一手提拔起来的，怀有报恩心理，因此不愿公开反对井岳秀。

不过，井岳秀对石谦还是存有戒心的。1926年底，井岳秀派亲信高双成来到清涧，侦察到石谦第十一旅中不仅有共产党员在公开活动，而且还受到石谦的重用。高双成觉得这个现象很反常，便密报井岳秀。不久，井岳秀又陆续从不同渠道得知：石谦在向士兵讲话时曾公开表示对井岳秀不满；石谦的部队在支持农民运动，领导农民抗粮抗税，反对衙门拉夫拉差等。井岳秀认为，石谦的政治倾向已经威胁到他在陕北的统治地位。但因当时是国共合作时期，井岳秀只得暂时隐忍。

1927年7月，国共合作破裂后，井岳秀追随冯玉祥反共"清党"，便决定找机会除掉石谦，并进一步消灭第十一旅中的共产党力量。

这年的农历八月十九，是井岳秀的生日。按照以往惯例，每年的这天井岳秀都要举行"拜寿"大典，凡军中营以上军官、陕北各县知事以及有名望的绅士富豪等，都要亲自到榆林城向井岳秀奉献礼品、表达忠心。井岳秀决定利用这个特殊的日子，翦除石谦这个心腹之患。

对于石谦要不要去榆林为井岳秀祝寿这件事，李象九等人是反对的，但石谦自认是井岳秀提拔起来的，对井岳秀毫无防备。因此，他不仅如往年一样亲自到了榆林城，而且一连数天猜拳行令、吞云吐雾。农历八月二十二夜间，趁石谦正在床上吸大烟时，井岳秀的侄子井继先等身穿便衣、头裹黑巾突然闯了进来，举枪便向石谦射击。待石谦的骑兵连长王正娃闻声赶到时，石谦已经身亡。

石谦遇害后，井岳秀为了掩人耳目，命人将石谦的遗体装殓起来，令王正娃等护送回石谦的原籍白水县后洼村安葬。同时，立即任命他的亲信营长康子祥到石谦部代理旅长。为了麻痹共产党人，他先是将李象九和反动分子齐梅卿都升为营长，接着令高双成调李象九营到延安接受骑兵团"改编"，调李象九本人北上榆林"商议"，调谢子长连去宜川"换防"，暗中又布置其驻绥德、安定、延安的部队，准备寻机将李象九部、谢子长部分而歼之。

恰在此时，唐澍、白明善到达李象九部。他们向李象九、谢子长等传达了陕西省委的决定，成立了由唐澍、李象九、谢子长、白明善等组成的陕北军事委员会，由唐澍任书记兼中共军支书记。

在得知石谦遇害的情况下，陕北军事委员会决定利用这个契机，发动武装起义。但在具体制订起义计划时，出现了不同意见。李象九认为，目前是敌强我弱，应采取先打弱敌的办法。他建议，借运送石谦的灵柩回白水途经延安的机会，先派遣护灵人员暗藏器械，埋伏进入延安城内，然后大军轻装开进延安，与先遣人员内应外合，袭占延安城。此时延安的驻军是战斗力不强的高双成旅，起义军一定能够攻克。之后可与高志清师会合，北上取绥德、榆林及其所属的十余县，然后再向南发展。然而，唐澍不赞成李象九的意见，他认为应先南下宜川，肃清由井岳秀的心腹康子祥控制的第十一旅旅部。会议最后决定，以"为石谦报仇"作为起义的契机，在起义开始后先迅速控制第十一旅防区各县城，肃清康子祥等反动势力。方案确定后，陕北军委召开李象九部队中党员和排以上干部会议，对起义作出具体部署。

为执行起义计划，李象九等人利用石谦遇害引起的第十一旅官兵的反井（编者注：井岳秀）情绪，将石谦的遗体在清涧停放两天，进行公祭，揭露井岳秀的反动暴行，喊出"为石旅长报仇"的口号，鼓动官兵的士气。同时，加紧进行起义的一系列准备工作：加强对部队的革命思想教育和军纪教育，强调不许侵犯人民群众的利益，不拿群众一针一线，不许违法乱纪；派李维俊、白锡林去宜川，联络由共产党员李瑞成率领的第十连配合起义；派白乐亭联系地方上的党团员参加起义。

10月11日，驻清涧县城的李象九营封锁交通要道，割断清涧与榆林的电话联系。利用当天是农历九月十六，清涧城内正逢集的机会，集中人员和牲口向城外运输武器装备和物资，同时查封清涧县城内几个大商号的银柜，没收了浮财，共筹集到辎重200多驮。

当晚，领导起义的军事委员会召集李象九营的党员和排以上干部紧急会议。在会上，唐澍、李象九、谢子长、白明善分析了当时的形势，传达了省委关于武装起义的指示，强调现在到了部队生死存亡的关键时刻，宣布了起义的具体部署。

彼时，第十一旅共有3个营，辖12个步兵连、1个骑兵连。驻清涧的是白雪山的第三连、王有才的第四连、杨重远的第八连和谢子长的第十二连，共4个连；驻延川的是韩起胜第十一连；驻宜川的是李贵荣的第九连、李瑞成的第十连，以及代理旅长康子祥率领的旅部；驻延长的是康子祥的亲信营长齐梅卿率领的两个连。在这些队伍中，第三、第四、第八、第十一、第十二连的连长和大部分班长、排长都是共产党员，九连、十连、骑兵连也受旅中国共产党组织的影响和领导。

根据部队的实际情况，唐澍、李象九、谢子长、白明善等起义领导人决定：首先由驻清涧的四个连发动起义，然后会合驻延川的韩起胜连一起南下宜川，与在宜川的其他连会师。起义前夕，谢子长怀着十分激动的心情，挥笔写下"大地民方醒，中原鹿正肥"的对联，贴在连部门上。[①]

当晚，谢子长在巡夜时，发现有个叫黄福才的士兵抢了一个店铺里的物品和钱财，经过同李象九商量，遂决定杀一儆百。据亲历此事的史唯然回忆：

> 天快亮了，队伍集中在院里，先由营长下命令，接着是子长讲话。他说："大家听着，清涧是我们的革命纪念地，我们从今天起，便成了脱离封建军阀束缚的一支革命军，我们不是孤军，凡是革命者都是

---

① 参见张化民编著：《谢子长传》，中共中央党校出版社2015年版，第67页。

清涧起义指挥部旧址

我们自己人。我们时时刻刻不要忘记老百姓，我们也是老百姓出身，咱们的大和妈哪个不是老百姓呢？所以我们无论走到哪处都要爱护他们，要给他们办好事，谁要是乱抢胡搞害百姓，谁就是害咱们大和妈，谁就要如黄福才一样受到严重的处罚，大家记住了没有？"①

10月12日清晨，在"为石谦旅长报仇"的口号声中，李象九向部队宣布南下攻打宜川的命令，部队随即沿清涧河南下。一路上，部队官兵精神振奋，高唱预先学会的由白明善编写的《清涧起义歌》：

陕北有个害民贼，

名叫井岳秀，

甘做军阀奴；

怂杨衮②，

杀名流③，

罪属莫须有。

---

① 史唯然：《谢子长在清涧起义中的一件事》，《解放日报》1946年2月23日。
② 杨衮为井岳秀部下的一个团长。
③ 指共产党员刘含初。

先打高双成，

活捉井岳秀；

志愿不遂，

目的不达，

至死不回头。①

当天下午，起义部队抵达延川县城，与韩起胜连会合后向西疾进。晚上，在老庄河宿营。部队一路上军纪严明，秋毫无犯，不少战士路过家门而不入。

10月13日，部队经杨家沟抵达延长县城附近。驻延长县的是康子祥的亲信齐梅卿营。谢子长先派班长周增玉等前往接洽，以换防的名义把营长齐梅卿骗出城，然后由谢子长借和齐梅卿谈话之机，缴了齐梅卿的枪并将其逮捕。部队随即迅速进入城内，又收缴了齐梅卿营部及所属两个连的枪械。

10月14日，起义部队在处决了齐梅卿后，继续向宜川挺进。在宜川城内，驻有康子祥的旅部及其控制的第五、第六两个连，此外还有该旅中由共产党员李瑞成等领导的第十连、第九连和骑兵连。在李维俊、白锡龄的联络下，李瑞成于清涧起义的当天晚上，带领第十连分三路突然冲进第五连营区，打死连长雷克让等人。经一夜激战后，最终控制了半个县城以及西门和北门，与康子祥控制的部队形成对峙状态。

10月15日下午，清涧起义部队到达宜川城外，与城内起义部队互相配合，向敌人发起进攻。康子祥见大势已去，带着十几个随从仓皇逃跑，其追随者见情况不妙，也纷纷缴枪投降。至此，清涧、延川、宜川三路起义部队共八个连在宜川城内胜利会师。

起义军占领宜川后，井岳秀极为震惊，立即调遣军队向宜川发起围攻。而此时，起义部队领导人之间却在下一步如何行动上发生了意见分歧。分

---

① 中共靖边县委史志办公室编著：《中国共产党靖边历史》第1卷（1925—1949），陕西人民出版社2017年版，第12页。

歧以唐澍为一方，以李象九为另一方。谢子长基本支持唐澍的意见。

首先，在部队建设上。唐澍提出，要清理内部，撤换政治上反动或不可靠的连长、排长，改由党、团员担任。李象九则认为，大敌当前，应维持部队现状，不应该大量撤换干部，以免影响部队团结，扰乱军心，使起义军内部产生对立面。另外，第十一旅中的军官和他的关系都很好，撤换这些人在他的感情上也过不去。

其次，在部队行动上。唐澍提议，要公开打出共产党的旗帜，主动出击，利用陕北交通不便的条件，对围歼敌军采取集中力量、个个歼灭的方针，待消灭几个营后，其他敌军就不敢轻举妄动了。李象九则主张，仍使用第十一旅的番号，避免与井岳秀直接对立，部队应守住宜川，以利于保存实力。

最后，在部队的部署上。唐澍认为，应将部队拉到离县城30里的交道塬设防，这样可以居高临下，既能扼住交通要道，又便于进退。如果强敌猛攻，就把部队撤上黄龙山。李象九则提出不同意见。他在进入宜川城后，就准备固守宜川城，已经命令李瑞成、王有才两连防守宜川城外围的虎头山，韩起胜、雷进才两连防守凤翅山，谢子长连的一个排和李象九连（老三连）守城内的七郎山。

在意见不能统一的情况下，李象九即对部队进行整编。他仍打出第十一旅的番号，并自任旅长，任命原旅部参谋孟微斋为参谋长。[①] 旅部下辖三个营，分别由谢子长、韩起胜、李瑞成任营长；三个营下辖八个连，原来的班、排长基本留任。整编后的第十一旅近千人，有长短枪1000余支、辎重弹药近300驮。与李象九意见相左的唐澍，被任命为有职无权的参谋。在这种情况下，唐澍决定离开部队，前往西安向中共陕西省委汇报。唐澍走后，部队按照李象九的部署，固守宜川城。

奉井岳秀之命向起义部队所在地宜川发起围攻的，是驻守延安的高双成部，共有6个营，约3000兵力。高双成亲自到前线督战。他一面命令部

---

① 孟微斋原是司务长，不懂军事，只会写八股文。石谦因为不识字，便重用他，使他在石部有着一定影响。

队加紧攻势，一面派人给起义军各连干部写信，煽动投降叛变。他还亲自给李象九写信，麻痹李象九。结果，李象九竟错误地放弃了反围攻的准备工作。

宜川城被围后，起义部队由于行动方向不够明确，战术应变不够灵活主动，造成滞留宜川城被围挨打的局面。扼守城防要害凤翅山、虎头山的五连连长雷进才（土匪出身）和部分班长、排长便与敌军暗中勾结。当高双成部发动总攻后，雷进才的五连一枪不发，主动放弃阵地，退到城内七郎山。雷进才还向守七郎山的起义军喊话，要他们"不要乱放枪，听我指挥！"守七郎山的起义军仅抵抗了十几分钟便后撤了。凤翅山原布置了两道防线，但由于一些班长、排长在高部进攻时主动率士兵投降，也失守了。

在坚守宜川城无望的情况下，李象九决定突围。因杨虎城部在韩城的后方留守司令王保民旅曾派人来联络过，李象九便命令部队向韩城转移，到韩城西庄镇一带去整训。为了打开突围的道路，李象九命谢子长率领一营，担任突围先头部队。

谢子长率部从宜川城的南门冲出后，紧随其后驮辎重的100匹骡马因受到枪声惊吓，四散狂逃，冲散了后面续出的突围部队。后续部队不知前锋的情况，又折回城内转由西门突围。高双成部的重机枪正部署在西门，结果导致起义部队遭受重大损失。最终，除谢子长和韩起胜营有290多人冲出包围外，其他人均被冲散或牺牲；200多驮辎重全部丢失，仅剩十几匹马。

谢子长

突围出来的部队在去韩城的途中，在黄龙山孙家沟暂时休息。此时，曾经煽动不战而退的五连连长雷进才，又私下召集他手下的班长、排长开会，图谋叛变投敌。在这个连任排长的共产党员雷恩均得知情况后，迅速向谢子长作了汇报。谢子长在转报李象九后，立即将雷进才处决，并撤掉了一些非共产党员军官。10月中旬，起义部队撤到韩城。

驻守韩城的是杨虎城的后方留守部队王保民旅。其旅长王保民是李象九的同乡①，土匪出身，后来投靠了杨虎城，又收编了一些地方土匪队伍，遂被杨虎城委任为旅长。王保民虽与井岳秀有矛盾，但只是袖手旁观，坐山观虎斗，并不愿出手帮助李象九。现在见李象九带着两三百人投奔自己而来，更是产生了收编李部的野心。李象九此时也无心重整队伍，准备死心塌地地投靠王保民。只是由于谢子长的反对，起义部队实行单独驻扎，才一时没有得手。

再说唐澍。在他辗转到达西安后，向中共陕西省委汇报了清涧起义部队的情况。省委经过慎重研究，作出两项决定：一是派许权中和甄寿珊师一部北上支援清涧起义部队，尔后去延安、宜川一带建立陕北革命根据地，成立革命委员会；二是派阎揆要、白志强随唐澍速去宜川，整顿部队，举办军事政治学校。②

11月，唐澍携带省委的指示，同阎揆要、白志强一起前往宜川。在途中，他们得知起义部队已突围到了韩城，遂转赴韩城西庄镇找到部队。到部队后，他们宣布了省委的指示，决定对部队进行改编。李象九则向唐澍提出，将部队交给唐澍领导，他自己到外地去。鉴于李象九的选择，遂由唐澍、谢子长、阎揆要、白明善、史唯然组成新的军事委员会，由唐澍任参谋长，阎揆要任教导队队长，并决定将部队拉到清涧、安定一带党组织和群众基础较好的地方开展游击战争。

经过10多天的准备后，以谢子长营为基础，将起义部队改编为西北工农革命军游击第一支队，分编为四个队，由唐澍任总指挥、谢子长任副总指挥、阎揆要任参谋长、史唯然任大队长。1928年1月1日，起义部队公开打出革命军的旗帜，在新的军委领导人率领下，喊出"打倒贪官污吏和土豪劣绅"的口号，举行二次起义，从韩城出发北上。起义部队走后第二天，李象九及其所控制的部队被王保民部缴了械。

起义部队北上途中，唐澍等事先派人了解沿途的情况。当得知宜川守敌现只有一个连后，起义军领导人便决定突袭宜川县城。没料到这个情报

---

① 两人都是陕西省白水县人。

② 陕西省革命烈士事迹编纂委员会编：《李子洲——传记·回忆·遗文》，陕西人民出版社1985年版，第50页。

有误，经过战斗接触后，才了解到城内驻有高双成的师部、直属连队等众多兵力。在激战半日攻城未克的情况下，起义部队遂向西北撤去。

从延长到安定，从安定到安塞，再从安塞到保安，起义部队一路上多次遭到敌军的袭击，加之天寒地冻、缺衣少吃，部队减员甚多，史唯然、阎红彦、白雪山等人失散。1928年1月底，当部队到达陕甘交界的豹子川时，仅剩下20多人[①]。唐澍、谢子长、阎揆要等先后回西安向省委汇报，其余暂时分散隐蔽到群众当中，等待时机。

清涧革命历史纪念馆

清涧起义在中国共产党历史上具有非常重要的地位。清涧起义是中国共产党在西北地区打响武装反抗国民党反动派的第一枪。此次起义历时三个多月，参加起义的部队先后转战清涧、延川、延长、宜川、韩城、安定、安塞、保安等县，点燃了西北地区革命武装斗争的星星之火，对陕北地区后来革命运动的发展产生了重大影响，作出了不可磨灭的贡献。

清涧起义表现了陕北共产党人和革命战士坚强的革命意志和大无畏的英雄气概。在蒋介石、汪精卫联手对共产党人和革命群众进行大逮捕和屠杀的情况下，全国处于白色恐怖局面，陕北的形势也万分严峻。但是，陕北的共产党人和革命战士不畏强敌，在腥风血雨中毅然高擎革命大旗，向

---

① 此处采用的是大多数相关著述记载的人数。另据雷恩均在2018年第2期《社会科学》发表的《民族英雄谢子长同志虽死犹生》一文，具体人数为29人。

着反动势力发起进攻，为复兴革命挺身战斗，奏响了感天动地的生命乐章。他们中大多数幸存者后来在陕西和西北开展武装斗争，进行土地革命，在建立陕北、陕甘边革命根据地的斗争中作出了新的贡献。

清涧起义是中国共产党尚处于幼年时期发动的一次武装起义。如这一时期中国共产党在南方发动的武装起义一样，都是在敌强我弱的形势下，都是在起义领导人缺乏实际武装斗争经验的情况下发动的，因此起义的失败也是必然的。中国共产党人正是吸取了这些起义失败的教训，才在血与火的考验中逐渐成长和成熟起来，成为敢于斗争并且善于斗争的坚强革命者，最终取得了中国革命的胜利。

遗憾的是，笔者未能搜集到关于榆林地区参加清涧起义的全部人员名单。目前能够看到的，是安定县参加清涧起义200多人的不完全统计名单，有谢子长、阎红彦、雷恩均、郝怀仁、贾信之、史唯然、张雄夫、侯奉孝、南凤池、白应奎、强昆山、吴锡昌、白麒麟、刘光汉、白对、石得胜、白凤祥、贾福成、刘子祥、郝生有、侯仰环、郭银生、马凤城、雷志坤、王福关、惠怀玉、高林关、周生玉、白凤连、白凤昌、石成友、郝保城[1]。此外，笔者还发现靖边县的谢有德也参加了这次起义[2]。

历史将永远记住他们的名字！

① 张化民编著：《谢子长传》，中共中央党校出版社2015年版，第73页。

② 中共靖边县委史志办公室编著：《中国共产党靖边历史》第1卷（1925—1949），陕西人民出版社2017年版，第12页。

共产党人艰难的兵运工作

中国共产党领导开展的以瓦解敌军、壮大党领导的军事力量为目的兵运工作，最早是在1927年8月7日在湖北汉口召开的中共中央政治局紧急会议（即八七会议）上提出来的。这次会议在通过的《中国共产党中央执行委员会告全党党员书》中，检讨了过去党在国民党军队工作中的缺陷，承认"中国共产党对于武汉政府军队及武装工农的问题之观点，也是完全错误的"，提出今后工作的方针是："完全注重兵士的群众，而不是要注重那些反革命的将领，要在兵士及下级士官中实行广大的工作，使军队之中亦有反抗反革命的支柱"。[①]这是中国共产党兵运思想的萌芽。

中国共产党提出完整的兵运思想，是在1928年召开的中国共产党第

---

① 中央档案馆编：《中共中央文件选集》第3册，中共中央党校出版社1989年版，第285页。

六次全国代表大会①上。党的六大
总结了中共自成立以来领导军事斗
争的经验教训，认为最主要的教训
是对士兵工作的忽视。会上，周恩
来在《军事问题报告》和刘伯承在
《军事问题补充报告》中，都强调
要抓紧对国民党军队中的士兵群众
工作。

党的六大会址（位于莫斯科市南部郊外
五一村公园街18号）

　　党的六大通过的《中央通告第
五十八号——兵运策略》，是专门针对党的兵运工作的一个通告，标志着
党的兵运思想基本形成。这个文件检讨了过去开展兵运工作的缺点，分析
了反动军队的状况，强调了兵运工作的重要性，提出兵运"可以用结拜的
方式"，尤其是在土匪式的军队中"运用这种方式能奏很大的效果"。文件
还对如何处理军队中党与团的关系，如何接近军阀队伍中的士兵，如何选
择"哗变"时机，以及如何在军队中开展秘密工作等，都作出了详细的部
署和规定。②

　　中国共产党人在举起武装反抗国民党反动派的大旗之后，就一直在探
索开展兵运工作的方式。南昌起义③失败后，朱德、陈毅率起义军余部投靠
国民党军范石曾部，得到休整和补充。秋收起义④失败后，毛泽东率秋收
起义余部转移到湘赣边界，争取、团结和改造了王佐、袁文才的绿林武装，
才得以在井冈山立足。方志敏在创建赣东北红十军的过程中，也在国民党

---

　　① 中国共产党第六次全国代表大会于1928年6月18日至7月11日在莫斯科近郊兹维尼果罗
德镇的银色别墅秘密召开。

　　② 中央档案馆编：《中共中央文件选集》第4册，中共中央党校出版社1989年版，第493—
502页。

　　③ 1927年8月1日，周恩来、贺龙、李立三、叶挺、朱德、刘伯承、谭平山领导部分国民革
命军在江西省南昌市举行的武装起义。1933年7月11日，中华苏维埃共和国临时中央政府根据中
央革命军事委员会6月30日的建议，决定8月1日为中国工农红军成立纪念日。从此，8月1日成为
中国工农红军和后来的中国人民解放军的建军节。

　　④ 1927年9月9日，毛泽东在湖南东部和江西西部领导的武装起义。在起义中，第一次公开
打出了"工农革命军"的旗号。

军中进行了兵运工作，成功策动国民党军弃暗投明。陕西共产党人在冯玉祥部开展的兵运工作也取得重大突破，直接导致了清涧起义和渭华起义[①]的爆发。

党的六大精神在党内传达后，中国共产党人的兵运工作得到进一步加强。如邓小平、张云逸策动的李明瑞部龙州起义，周恩来、朱瑞领导策动的董振堂部起义，程子华领导的湖北大冶、阳新兵暴等。中共陕西省委和陕北特委领导的陕北地区的兵运工作，也是这一时期整个党的兵运工作的一个重要组成部分。

一、中共陕北特委成立及对兵运工作的部署

陕北地区兵运工作的开展，还要从中共陕北特委的成立说起。

1928年1月4日，中共陕西省委第三次全体会议决定成立中共陕北特别区委员会（简称中共陕北特委），并派杜衡[②]到陕北筹建特委。会后，杜衡先到绥德与冯文江[③]、赵通儒接洽，布置工作任务，之后便赴米脂、榆林、神木、清涧等地巡视检查工作，帮助恢复和整顿党、团组织。

中共陕北第一次代表大会旧址

4月中旬，中共陕北第一次代表大会在绥德西川苗家坪（今属子洲县）的南丰寨古庙召开。出席会议的有杜衡、焦维炽[④]、冯文江以及榆林代表李文芳、神木代表张蜀卿、府谷代表柴培桂、绥德代表赵通儒、米脂代表景仰山、清涧代表师应三、苗家

①　1928年5月10日，由中共陕西省委掌握的国民革命军第二集团军第八路新编第三旅（旅长许权中），在唐澍、刘志丹等人率领下，在渭华地区的华州瓜坡镇宣布起义。

②　杜衡（1907—1965），陕西省佳县人。时任中共陕西省委委员。

③　冯文江（1905—1974），时任中共绥德县委书记。

④　焦维炽（1906—1932），陕西省安定县（今子长县）人。时任共青团陕北特别区委员会书记。1932年在策动武装起义的过程中，于8月6日在陕西省蒲城不幸被捕，8月9日英勇就义。

坪区委代表苗仰实等十余人。大会由杜衡主持并传达了中共中央八七会议和中共陕西省委九二六扩大会议精神。与会代表分析了陕北的政治军事形势、各派军阀的实力和矛盾等，讨论了在学校中宣传马列主义，领导学生运动，开展反对反动派的斗争；在旧军队和土匪、帮会中发展党员，建立组织，开展兵运工作；在水手、船工、煤炭、脚户和城镇工人中组织工会，并领导这些行业工会进行政治斗争等。会议决定，当前的主要任务是：积蓄力量，开展斗争，恢复和建立并扩大各级组织机构，讲究秘密斗争策略，加强对党员的训练，工作重点由城市转到农村，普遍建立农村党支部。会议选举产生了中共陕北特别区委员会，杜衡任书记，冯文江任组织兼农运委员，杨国栋任军事委员，马瑞生任宣传委员（未到职），焦维炽任青年委员兼团特委书记，白明善、赵通儒为候补委员。

9月下旬，中共陕北特委接到中共陕西省委作出的《关于陕西暴动行动计划》后，决定在米脂召开中共陕北特委第二次代表大会，讨论制定陕北的具体暴动计划。但由于陕北特委主要负责人杜衡缺乏警惕，没有正确估计形势和敌情，在会议召开的当天，9月28日，米脂县政府从绥德调来一个营的兵力，将米脂县城突然包围，四处搜捕共产党人。

在这种情况下，时任共青团米脂县委书记的常黎夫等人几次告急，催促参加会议的人赶快撤离，但仍未引起杜衡足够的重视和警觉，致使杜衡、焦维炽、贾拓夫[①]、李文芳遭到逮捕。贾拓夫、李文芳被捕后因无证据，关押半月后具保获释。杜衡、焦维炽被押送到榆林，后经榆林党组织多方营救，于年底被释放。幸存的陕北特委委员决定，由杨国栋代理陕北特委书记，继续领导陕北的革命斗争。

1929年2月，中共陕北特委第一次扩大会议在绥德西川张家岔（今属子洲县）召开。参加会议的有杜衡、杨国栋、冯文江、刘澜涛、贾拓夫、赵通儒、白明善、常立德、谢子长、窦增荣（米脂代表）、周发源（绥德代表）、杜守智（延安代表）、孙兰馥（安定代表）等20余人，马文瑞列席了这次会议。杜衡在会上传达了党的六大和中共陕西省委第四次扩大会议精

---

① 贾拓夫（1912—1967），陕西省神木县人。时任共青团陕北特委组织部部长、代理书记。

中共陕北特委第一次扩大会议旧址

中共陕北特委第二次扩大会议旧址

神，冯文江代表特委作了工作报告。会议根据党的六大决议的精神，确定特委的工作方针是：深入群众，争取群众，积蓄力量，准备条件，等待时机进行苏维埃运动。

5月，中共陕北特委第二次扩大会议在榆林城北红石峡天门、地门之间的洞穴内召开。参加会议的有刘志丹、杨国栋、刘澜涛、冯文江、贾拓夫、白明善、李力果、常立德、刘秉钧、霍世杰、乔乃文、韩俊杰、胡颖民等十余人。会议提出开展武装斗争的三种形式，也称"三色"："白色"，就是派人做争取国民党军队的工作；"灰色"，就是做土匪和民团武装的工作；"红色"，就是建立工农武装。会议认为，目前主要是以进行"白色"工作为主。会议决定加强党的领导，推动灾民分粮、吃大户运动。会上批判了杨国栋代理特委书记期间所犯的右倾错误，撤销其代理书记职务，决定由白明善为特委代理书记，刘志丹为中共陕北特委军委书记。

中共陕北特委第二次扩大会议后，特委先后派出一大批党、团员和进步青年，到陕北、宁夏、甘肃军阀部队去做兵运工作，变敌人的武装为革命的武装。

榆林共产党人的兵运工作，具体是在井岳秀直属部队、高志清部、高双成部，以及宁夏的苏雨生部等国民党部队中秘密开展。

二、在井岳秀部队的兵运工作

1929年秋，井岳秀在榆林开办了第八十六师军官教育团，设步兵科、炮工科，用来训练连、排、班下级军官。中共陕北特委遂利用这个机会，要求各县党组织选派一批优秀的党、团员前往受训，并相机开展活动。

为了发展在军官教育团中党的组织，11月中旬，团陕北特委书记兼搞特委军事工作的张文华，根据军队秘密工作的特殊要求，在征得中共陕北特委军委书记苏士杰同意后，将军官教育团的团员全部转为党员。

1930年初，军官教育团党支部正式成立，由姜海龙任书记。党支部共有20多名党员，其中炮工科有党员何格兰、杨德厚等10多人，新发展党员孙师策、边临雍、魏志仁、李文赤；步兵科有党员张耀文、贺大增、高照璧、刘尊山等10多人。同时，将在井岳秀第八十六师炮兵营的13名党员组建一个支部，由张怀树负责。在八十六师刘润民旅部担任文书的共产党员王贵宾，负责军中各支部同中共陕北特委军委之间的秘密联络工作。

1930年5月，中共陕西省委书记杜衡来陕北巡视工作，决定将陕北特委机关由绥德迁到榆林，并派特委委员李文芳到榆林预做准备，同时指导军官教育团的工作。李文芳通过王贵宾与各军党的支部取得联系后，利用军人放假外出的日子，在榆林东山药王庙、平民学校等处与各军支负责人碰头，传达上级指示，听取发展组织的情况汇报。

1930年秋，军官教育团第一期学员结业后，大部分学员回到部队，只留炮工科工兵专业的40名学员做骨干，组建了第八十六师师部直属工兵连，党员何格兰、杨德厚、赵经昌、邱维汉、孙师策等分别担任了班长、排长。为了进一步在部队中开展党的工作，在工兵连成立了党支部，由何格兰任支部书记。同时，打入八十六师补充营内的共产党员梁毓风、梁思德、梁毓珍也组建起补充营党支部，由梁毓珍任支部书记。

这时，中共中央在共产国际的"左"倾指导思想影响下，头脑开始发热，完全无视敌强我弱的基本情况，片面夸大形势对革命有利的一面，将已经形成的"左"倾错误发展到冒险主义的境地，提出了一系列脱离中国革命实际的"左"倾观点和主张。[①]

　　1930年6月11日，中共中央政治局在会议上通过由李立三起草的目前政治任务的决议，即《新的革命高潮与一省或几省首先胜利》，认为中国新的革命高潮已经逼近到前面了，并有极大的可能转变成为全国革命的胜利。因此，当前党已经不需要逐步积聚和准备革命力量了，而是要举行全国性的武装暴动。只要在产业区域或政治中心突然爆发一个伟大的工人斗争，就可以立即通过武装起义实现一省或几省的首先胜利，建立全国性的革命政权，进而夺取全国所有省区的胜利。决议要求红军集中组织起来，统一指挥，进行大规模进攻战。[②]在上述"左"倾冒险错误思想的主导下，中共中央制定了以武汉为中心的全国中心城市起义和集中全国红军攻打中心城市的冒险计划。

　　中共中央政治局会议精神和中央的决议传达到陕西后，1930年7月1日至8日，中共陕西临时省委在蓝田县召开了省委扩大会议。会议根据中央提出的"实现一省或几省的首先胜利"的思路，在通过的《陕西省政治任务决议案》中提出，要"争取以榆林为中心的一县或数县武装暴动的首先胜利"的军事冒险计划。

　　7月25日，中共陕西临时省委发出通告（第一号），认为陕西"革命的客观斗争也是高涨的趋势，革命的客观条件更比全国成熟。陕西省的任务，只有在全党整个任务和政治路线之下，努力地加强主观力量，准备全省的总的革命斗争，争取全省总暴动的胜利，建立局部以至于全省的苏维埃政权"。[③]10月，中共中央北方局也向中共陕北特委发出指示，要求加紧做井岳秀部队中的士兵工作，"在可能的条件下，争取暴动的胜利"。[④]

---

　　① 这些系统的"左"倾错误观点和主张主要是由时任中共中央政治局常委、中央宣传部部长李立三提出，因此，这次"左"倾错误史称为"立三路线"。

　　② 中央档案馆编：《中共中央文件选集》第6册，中共中央党校出版社1989年版，第105—135页。

　　③ 转引自中共陕西省委党史研究室：《中国共产党陕西历史》第1卷（1921—1949）（未刊稿），第132页。

　　④ 中共榆林市委党史研究室、任德存主编：《中共榆林历史（1919—1949）》，陕西人民出版社2004年版，第82页。

就这样，在上级"左"倾冒险的要求和鼓动下，在井岳秀部第八十六师从事兵运工作的共产党人开始从思想上、组织上做发动武装暴动的准备。其中，在炮兵营和工兵连的共产党人，在张怀树、何格兰领导下，以"拜把子"结金兰朋友为名，用吃喝、谈心等方式，在榆林的莲花池、文庙、东山老爷庙等地秘密集会，宣传发动群众，发展党的力量，为暴动创造条件。

9月5日，党组织计划利用这天是井岳秀的生日举行暴动，但因准备不周，未能行动。一年后，1931年9月5日，党组织又谋划暴动，又因条件不成熟而取消。实践证明，虽然中央和省委下达了脱离实际的"左"倾指示，但是在井岳秀部从事兵运的共产党人，还是比较务实的，在条件不成熟的情况下，没有盲目发动兵变。

1932年9月初，党组织认为兵变条件基本成熟，遂再次策划于当月举行暴动。其主要部署是：以工兵连为主力，由何格兰统一指挥，用三个排的兵力于9月15日拂晓前突袭师部，主攻井岳秀住所，收缴手枪队、东院机枪连的枪支；以一个排突袭星明楼和公安局，占领军械库。如暴动成功，沿咸榆路南下黄龙山，建立革命根据地。

正当暴动准备工作在秘密而紧张地进行之际，孰料被叛徒告了密。叛徒叫武福祥，原系高桂滋部溃败后逃到榆林的士兵，被井岳秀部收容后在炮兵营二连当了个班长。武福祥同部队中的中共地下组织负责人张怀树、何格兰有所接触，并参与过党组织在莲花池、文庙、东山老爷庙等处的秘密集会。此人喜欢打麻将、抽大烟等，经常外出不归。这年8月，武福祥的行动受到二连连长何启泰的怀疑，当被何启泰盘问时，武福祥当即报告了地下党的秘密集会地点、人员等情况。何启泰随即向营长井继先报告，井继先又报告了井岳秀。按照井岳秀的安排，井继先要武福祥继续伪装进步，参与地下党组织活动，刺探机密。

9月初，武福祥探得党组织准备武装暴动的计划后，立即密报了井岳秀。9月15日，即原定暴动的当天，井岳秀来了个先下手为强，下令师部中校参谋赵辑五、补充营营长杨衮、炮兵营营长井继先，对炮兵营、工兵连的共产党员进行大搜捕。

对炮兵营党支部书记张怀树的逮捕是由井继先执行的。为了做到万无一失，井继先同副营长鱼跃兰、一连长李俊卿、二连长何启泰进行了周密策划。由李俊卿将张怀树骗到位于榆林上帝庙的炮兵营营部，进行审问。张怀树在被审问的过程中，坚称自己不是共产党员。在得不到口供的情况下，井继先等人仍然决定灭掉张树怀。在一天晚上，将张怀树押到东山朝阳观炮四连所在地，由四连长孙万林指挥士兵将张怀树用刀砍死，然后把戴着手铐脚镣的尸体扔进事先看好的一口枯井里掩埋。

八十六师的补充营手枪队执行对工兵连共产党员的大逮捕。9月15日一早，赵辑五、杨衮突然带领补充营官兵将工兵连驻地包围，以看刺杀为名，命令全连在驻地两院集合，当场将何格兰、赵经昌、杨德厚、边临雍、魏志仁、孙师策6名共产党员和非党员孙静山逮捕。何格兰被捕后，被押往师部，由赵辑五、杨衮亲自审问。在得不到口供的情况下，便对何格兰施以酷刑，但何格兰依然大义凛然，宁死不屈。9月19日晚，八十六师罗德新团机枪连连长张永成带领排长王茂林、勤务兵张进成、行刑者马运亭，将何格兰秘密押到东门里水沟畔杀害。

赵经昌、杨德厚、边临雍、魏志仁、孙师策和孙静山被捕后，被押到榆林东山香云寺补充营驻地，戴上重镣，关在一个小房间里。几天后，赵辑五、杨衮命令将被捕者一一带到连长室，逐个进行审问，但没有获得任何有价值的口供。9月19日晚，杨衮亲自带行刑队，以对口供为名，将赵经昌、杨德厚、边临雍、魏志仁押到香云寺南边的洪水沟，用刀砍死后草草掩埋。孙师策、孙静山被关押月余后释放。①这就是当时震惊陕北的榆林东山惨案。

三、在高志清部的兵运工作

驻神木的高志清部，组建于1923年，1927年改编为国民革命军第九路骑兵师，1928年上半年被缩编为陕西警备骑兵旅。因长期受井岳秀的节制

---

① 中共榆阳区委党史编纂办公室：《中国共产党榆阳历史》第1卷（1925—1949），陕西人民出版社2012年版，第73—75页。

和排挤，高志清对井岳秀日益不满。中共陕西省委和陕北特委根据这一情况，提出"反蒋必先倒井"的口号和"倒井须要联高"的思路，先是请杜斌丞前往神木说服高志清"倒井"，后又派共产党员杜鸿范、高宜之打入高志清旅部，与原在该部的共产党员张慕时，共同做中下层军官的工作。

与此同时，按照中共陕北特委的计划，米脂县委派米脂三民二中的学生、共青团员高学孔、高仰观、常翔峰、杨春兰、高文昭、刘德禄，米脂桃镇高小的进步学生高照璧、郭秉金、高振汉、高培、申长雄、申长敦、薛富华、常福耀和工友常焕文，绥德县委派共青团员刘尊山、高云亭，佳县区委派党、团员张俊贤、贺大增、刘均厚、马增前、刘国昌、刘国梁、乔鼎铭、马子骥等，共计20余人到神木，分别在高志清直属补充营手枪连和其他三个连队当兵，在基层开展活动。

1928年11月，高志清部补充营各连的共青团员全部转为共产党员，并组建了中共手枪连特别支部，由刘尊山任书记，刘德禄、高学孔为委员，受中共陕北特委直接领导，同神木县委发生横的关系。其他三个连队里建有党小组，属于手枪连特别支部领导。

中共手枪连特别支部成立后，发动党员在士兵中广泛"交朋友"，扩大党的影响。经过一段时间的工作后，培养了一批先进分子，吸收了高照璧、常焕文、姬占昌、袁福禄、张德胜等人入党。同年冬，鉴于补充营第二连党小组已有党员12名，便决定单独建立支部，由张俊贤任支部书记。[①]

1929年春，刘尊山因准备以"开小差"形式去特委联系汇报工作，被高志清关押了四个月之久，手枪连特别支部即由刘德禄负责。同年秋，高志清部派刘尊山、刘德禄、高仰观、贺大增、马耀先、高云亭等去井岳秀在榆林开办的军官教育团学习，手枪连支部书记由高学孔担任，常翔锋任宣传委员。不久张俊贤、杨春兰、高文昭等又离队转回家乡搞地方工作。共产党人在高志清部的力量有所减弱，但执行中央和特委指示精神，开展兵运工作并没有因此中断。据高宜之回忆：

---

① 中共榆林市委党史研究室、任德存主编：《中共榆林历史（1919—1949）》，陕西人民出版社2004年版，第76—77页。

　　1929年8月，我因有赤色问题，在家乡不好停留，经阎揆要介绍，打入高志清旅部任掌旗官。任务是观察了解高志清的动态，我的联络人是神木小学的一位教员。为了严守党的机密，党组织规定，除单线联络人员外，再不能与别的党员发生横的联系。只有手枪连共产党员刘德禄因是我的同乡和好友，常来我处互相密谈一些情况。我的公开任务除出操、上课、训练士兵外，就是查邮、查夜和搞旅部副官处的日常事务。我利用此公开身份，交往了一些贫苦出身的士兵和班排长，如李文彬、何海旺等人，向他们进行求解放的宣传教育工作。①

　　经过近两年的努力，到1930年冬，共产党人在高志清部补充营手枪连的秘密工作已经取得重大进展。党员常翔峰、高学孔、袁福禄等均担任了班长。他们还以"哥老会"结拜弟兄的方式，团结了一部分下级军官和士兵，手枪连已经基本具备了搞武装兵变的条件。

　　这年12月，高志清部手枪连三排长王凤城因犯了刑事案，高志清命县长李东源（原是高志清的军需主任）将其关押，进行审问。在审问时，王凤城遭到严刑拷打，并被判了重刑。手枪连内与这个排长要好的几个老班长，特别是四班长王自强得知情况后，决定武装劫狱，抢出王凤城，带上队伍出走。

　　一天晚上，王自强召集几个班长请共产党员高学孔、常用锋等人喝酒，商量如何抢出王凤城排长，远走高飞。高学孔、常用锋考虑到时间太过仓促，来不及请示上级，便劝告王自强等暂缓行动。再加上常用锋在第二天就要带兵护送杨虎城委任的新县长到府谷上任，因此，他提出等返回来后再作考虑。

　　没料到散会后，王自强等人并没有放弃原定计划。12月22日凌晨3时左右，王自强等利用连长住在旅长公馆内，趁排长们在熟睡之机，卸了排

---

　　① 高宜之：《忆陕北神木和定边兵变》，陕西省地方志办公室网站：《方志资料库·人物春秋》。

长们的枪，并通知高学孔、常翔峰、郭秉金、袁福禄和教练官李秉仁等一同率全连士兵哗变。事已至此，高学孔等人别无选择，当即同王自强作了分工：由王自强率部分士兵去县政府打开监牢救排长，其他人员都去司令部。据常翔峰回忆，他们到司令部后的情形是这样的：

> 哨兵一问过口令，刚把门一开，我们就下了他的枪。随之，又来到哨棚连部，一进去，把枪一指，喊一声："不要动！"其他人一哄而上就下了连长和连部其他人的枪。跟着，哗变部队又到司令部打开军械库拿了武器，匆匆忙忙备马就走。守城士兵看到我们全副武装，以为是执行任务，就打开南门让我们出去。因事先我们都没有一点准备，当事情发生后，连本连的高照譬和常焕文两位同志也没来得及通知。所以就只有高学孔、袁福禄、郭秉金和我四个党员参加了这次手枪连兵变。①

凌晨5时，暴动部队从北门出城离开神木，沿绥陕边界地带西进。这次暴动共带出80多人，弹药充足，武器精良，每人一枪一马，另有八音枪3支，自来得手枪14支。但由于事出突然，手枪连还有一部分士兵未能加入暴动。

手枪连暴动时，高志清在公馆里惊恐万状，紧闭家门不敢外出。直至暴动部队出城后，高志清才派五团团长金虎成率200多人的队伍追赶。但追赶者都是步兵，根本追不上骑兵。追了一天后，金虎成担心双方接火后会损失自己的人马，便率部返回神木去了。

暴动部队离开神木后，公推王自强为连长、李秉仁为一排长、李文彬为二排长、常翔峰为三排长、高学孔为文书，袁福禄为司务长（后来牺牲，由高学孔继任），随后继续向西挺进。

当兵变部队走到横山的纳泥河时，共产党人决定打出自己的旗帜，便

---

① 常翔峰：《高志清部手枪连神木兵变经过》，陕西省地方志办公室网站：《方志资料库·人物春秋》。

托当地人制作了一面红旗，旗上写有"中国共产党陕北独立营"十个大字。不过，这面红旗仅用了十几天，因为连长王自强考虑到目标太大会招来危险，就把红旗又收了起来。

兵变发生时，共产党员高宜之正奉命在安边出差。他得到消息后迅速返回，在靖边县史家和部队相遇，便参加了这支部队的领导工作。

因为事发仓促，兵变后队伍往哪里去就成了大问题。大家研究的结果，认为甘肃庆阳、合水与陕西吴旗、保安一带之间，是个三不管的地方，可以到那里进行休整。于是，决定第一步把部队开到保安县附近，以便向刘志丹请示。这样，部队经张家畔（今靖边县）向南进行，到达保安县顺宁川丁家岔后，便立即派人去找刘志丹。①

由于兵变部队中成分复杂，且党员少，刘志丹指示高宜之等人，暂时不宜公开打出红旗，可以先和郑思成的人联合，共谋"倒井"，并要他们加强联系，注意提防驻安边的张鸿儒部吞并这支部队的阴谋。

驻防安边的张鸿儒部，是高志清部所属的第三团，早有独霸三边②的野心。他打着"联合倒井"的旗号，诱骗兵变部队奔袭定边。在目的没有达到后，又策动兵变部队中的一些人率部叛逃。不久，张鸿儒还是将这支兵变部队吞并了。③

后来，杜斌丞曾对谢子长当面表示，他不赞成在旧军队中组织无把握的兵变。他以这次神木兵变为例，认为神木兵变拉垮了高志清的手枪连，等于帮了井岳秀的忙，高志清被迫出走，兵变拉出去的好枪好马被张家父子（张鸿儒、张廷芝）夺走，是很不合算的。④

---

① 高宜之：《忆陕北神木和定边兵变》，陕西省地方志办公室网站：《方志资料库·人物春秋》。

② 指靖边、定边、安边。

③ 常翔峰：《高志清部手枪连神木兵变经过》，陕西省地方志办公室网站：《方志资料库·人物春秋》。

④ 中共陕西省委党史研究室、陕西省中共党史人物研究会编：《中共陕西历史人物传》第1卷，陕西人民出版社2001年版，第370—371页。

四、在高双成部的兵运工作

延安是井岳秀在陕北统治的又一个重要据点，由井岳秀第八十六师第二五六旅驻守，旅长为高双成。1928年，渭华起义失败后，一部分共产党员和共青团员辗转来到高双成旅，继续开展革命活动。

1929年3月，中共陕北特委派李馥华、赵觐龙、冯世光到中共延安区委指导工作。高双成部营长李含芳，连长王之环、魏明，高双成的卫士李玉田，班长、排长许先志、殷保民、何格兰、魏俊德、张俊英、张耀文等都是共产党员或共青团员，部队中建有中共特别支部。中共延安区委派高鹏飞以收古董为掩护，专门负责高双成部队中的兵运工作。

1929年5月陕北特委红石峡扩大会议后，特委军委书记刘志丹来到延安，召集李含芳、王之环、高鹏飞、高岗等兵运工作负责人开会，听取兵运工作汇报，传达特委扩大会议精神，指示要把学运工作转移到兵运工作上来，积极准备在高双成部发动兵变，以期建立革命武装。

1929年秋，井岳秀部军官教育团开办后，共产党员何格兰、许先志、李玉田等被派到设在榆林的军官教育团参加学习，高双成部的中共特别支部由殷保民负责。1929年冬，由于李含芳叛变告密，负责兵运工作的王之环夫妇惨遭敌人杀害，在高双成部的其他兵运领导人被迫离开延安，在高双成部的党组织遭到严重破坏。

五、在苏雨生部的兵运工作

1929年，冯玉祥为准备中原大战，把甘肃、宁夏的主力部队调到了河南前线。为了控制后方，冯玉祥委任包头的苏雨生为骑兵第四师师长，留守宁夏的平罗、姚伏堡和立岗堡一带。苏雨生认为，这正是扩充自己势力的好机会，便树起大旗，广招兵马，来者不拒。

不久，苏雨生收编了陕北地方武装石子俊部，编为骑兵第四师第九旅，由石子俊任旅长。1930年1月，苏雨生又将陕北另一个地方武装王子元部收编为骑兵第四师第八旅第十五团，由王子元任团长。谢子长因在清涧起义时和石子俊相熟，被石子俊邀请任第九旅名誉副旅长。这就给了中国共产党人在苏雨生部开展兵运工作的契机。

中共陕北特委决定利用刘志丹、谢子长与石子俊、王子元的旧有关系，派遣他们率共产党人到苏雨生部开展兵运工作，通过"借水养鱼"，争取建立革命武装。他们提出的口号是"打进去，站稳脚，爬上去，拉出来"。刘志丹、谢子长利用同王子元是"把兄弟"的关系，于1930年初介绍共产党员张东皎到王子元的第十五团担任了中校团副。

为了加强在苏部的革命力量，陕北特委又从各县陆续派出党、团员和进步青年100多人，打入石子俊部和王子元部。榆林派出的党员有张秀山、曹华山等8人；横山派出的党员有李树林、黄育华、吴世彩，进步青年李贵春、魏长春、魏长城；定边派出的党员有牛化东、吕振华、姜耀、刘子珍、朱光继、刘世庵、汪兴民等。延安军支遭破坏后，高岗、高鹏飞等也来到王子元部。不久，贺晋年、李仲英、高昆山、史法直等人也奉命到来。

这些在苏雨生部从事兵运工作的中共党员、团员都很年轻，大多数是从学校出来的学生，没有部队生活的经历。现在，为了党的事业，他们必须到士兵中间去，甚至要面对严酷的军事生活，这对他们来说确实是人生的一个重大考验。

据张秀山回忆，当他被派到苏雨生部的第八旅第十五军团时，到军需处当了军需官。这时，党内正讨论党员应该做什么工作。党组织认为一定要当兵，同士兵结合，才能把党的工作做好。张秀山经过一番思想斗争，终于认识到当官是为了个人，当兵是为革命为党工作，所以他服从了组织决定，脱下军官装，到一连当了一名二等兵。然而，接下来的考验还真是让他始料未及。张秀山回忆说：

　　　　来部队前，我一直在念书，没有经过锻炼。刚参加革命时很胆小，晚上散发传单提心吊胆，害怕如果暴露了，被国民党通缉怎么办。

　　　　第一次夜里在路口放哨时，有只老鼠一跳，我心里就跳，怕是敌人和土匪来了，我才知道当兵不容易。参加战斗以后，不仅看见一个排长有本事，就是一个班长或者一个老兵，也都有本事。我在思想上起了变化。在军阀部队干了两年多，虽然没有上马列主义课，但在实际工作中得到了锻炼，学会做兵运工作。我懂得了一个人入党后，没有经过锻炼就是布尔什维克，这种说法是不对的。[①]

张秀山著《我的八十五年——从西北到东北》

1930年春，经过谢子长的策划，决定在宁夏平罗的立岗堡（今贺兰县），将从陕北派到苏部第八旅和第九旅的中共党员、团员和进步青年40多人统一集中到第八旅第十五团，成立学兵队，进行军事训练，由张东皎兼大队长，高岗任分队长，李树林任司务长，卢子元、常紫良任军事教官。学兵队主要是学习典、范、令等，也学习骑兵战术、测绘等军事科目，同时还进行军事训练，同别的连队一样行军、打仗，以提高实战能力。[②]

为了加强对学兵队的领导，在学兵队内建立了中共特别支部，由张东皎任书记（一说张秀山任书记），高岗任副书记，黄育华任组织委员，李树林任宣传委员，委员中还有薛应。后来特别支部发展到30多名党员，下设四个支部，分别是学兵支部、八旅第一支部、八旅第二支部、九旅支部。另外，还成立了中共宁夏骑兵第四师兵运工作委员会，姜耀、黄育华、石子建先后担任兵委书记。兵委和学兵队特支机关都设在学兵队，受陕北特委直接领导。特别支部的主要任务是"借水养鱼"，发展党组织，搞好兵运工作，争取建立党领导下的革命武装。1930年5月，苏雨生部奉冯玉祥之命开赴甘肃平凉。刘志丹、谢子长遂脱离该部，回到陕北。

由于苏雨生招兵买马，兵力大增，引起了西北"五马"（马鸿逵、马鸿

---

① 张秀山：《我的八十五年——从西北到东北》，中共党史出版社2007年版，第14页。

② 张秀山：《我的八十五年——从西北到东北》，中共党史出版社2007年版，第15页。

宾、马步青、马步芳、马青宛）的严重不满，在苏部抵达固原附近时，遭到黄德贵部队的阻击，损失惨重；当撤回宁夏宁安堡时，又遭到马家军的包围。石子俊、王子元见苏雨生大势已去，便率部脱离苏雨生，投靠甘肃省代主席王桢，被编入雷中田部第八师第三旅，石子俊任旅长、王子元任团长，驻防甘肃省靖远县。年底，雷中田将王子元团改编为工兵营，王子元任营长，张东皎任副营长，调防兰州。石子俊率第三旅移防定西。从此，中共地下组织分别在两部进行活动。

刘志丹、谢子长走后，张东皎、高岗继续在苏部开展革命活动。他们在学兵队开设政治课，学习马列主义理论，并经常举办学习会、讨论会，还学唱革命歌曲等，这些活动的目的主要是培养入党积极分子。不久，发展了杨林、曹盛荣、李向明、李仲英等人入党。部队到了新的驻地，学兵队党员结合当地和部队的实际，编写和排练内容进步的秧歌剧等，给士兵和当地的老百姓演出，揭露反动军阀搜刮老百姓、欺压士兵的事情，传播革命思想。[①]1931年春，学兵队在甘肃定西结业，大部分学员分配到第九旅和第八旅第十五团当下级军官，党员分散到各部队继续秘密开展兵运工作。学兵团特别支部完成使命，遂宣告解散。

1931年九一八事变后，国民党驻陕西的杨虎城所部孙蔚如十七师进入甘肃，击败了雷中田，将石子俊第三旅改编为新十一旅，石子俊任旅长，谷莲舫[②]任副旅长。全旅两个团、一个特务营。陈国宾任一团团长，冯杰山任二团团长，曹又参任特务营营长。1932年春，王子元工兵营被改编为杨虎城部甘肃宣慰使署警备第三旅，王子元任旅长。

在石子俊、王子元部被改编的过程中，在中共陕北特委领导下对两部的兵运工作一直没有停顿，地下党员的队伍也在不断扩大，而且在新十一旅的两个团都建立了中共特别支部。1932年5月，根据中共陕西省委指示，谢子长领导焦维炽、吕振华、张秀山等在警备第三旅发动了靖远起义。

---

① 张秀山：《我的八十五年——从西北到东北》，中共党史出版社2007年版，第16页。

② 谷莲舫（1886—1959），靖边县人。早年毕业于民国洛阳军官学校。后经商。杨虎城率部进驻三边后，谷莲舫弃商从军。后提任民国陕西省政府参议员，与共产党人习仲勋等关系密切，暗中给陕北革命根据地以物资援助。1942年任陕甘宁边区政府参议员。1952年任陕西省人民政府参议。

同年7月，谢了长又指示杨林、高鹏飞在新十一旅成功发动甘肃西华池起义。①

除了上述的兵运工作外，还有马文瑞②在三边的兵运工作，张德生③在安边的兵运工作，李景波④在定边的兵运工作，田作勤、高尚信⑤等在安边张鸿儒团的兵运工作等。

榆林共产党人早期在陕北和宁夏国民党军中开展的兵运工作，是中国共产党领导的武装反抗国民党反动派斗争的一个重要组成部分。共产党人冒着生命危险，深入敌人内部进行秘密工作，发展党的组织，培养和训练了党的领导骨干和革命武装力量；教育了一些国民党士兵投入革命阵营，削弱了国民党的统治力量。参与兵运工作一批党、团员骨干，后来逐渐成长为党的政治工作和军事工作的重要领导者。

榆林共产党人在陕北和宁夏的兵运工作，为陕北革命武装的创建和革命根据地的建立奠定了坚实基础。

————————

① 中共定边县委史志办公室：《中国共产党陕西省定边县历史》第1卷（1926—1949），中共党史出版社2019年版，第48—49页。
② 马文瑞（1912—2004），陕西省米脂县（今子洲县）人。
③ 张德生（1909—1964），陕西省榆林人。
④ 李景波（1911—1944），陕西省绥德县人。
⑤ 田作勤（1905—1930），高尚信（1908—1930），均为陕西省定边县人。

榆林地区的红军游击队

1927年大革命失败后，经过两年多的浴血奋战，中国共产党逐步从极其严酷的困境中摆脱出来，革命事业开始走向复兴。中国共产党领导的革命力量在相邻省份的边界地区和远离中心城市的偏僻山区，创建红军和红色政权，开展武装斗争，实行土地革命。

在陕北，经过清涧起义和艰难曲折的兵运工作，共产党人积累了从事武装斗争的经验，培养了一批能够胜任军事工作和政治工作的重要领导干部。这些人在创建陕北红军和革命根据地的过程中发挥了重要作用。与此同时，榆林地区各县的农民运动也迅速开展起来，农村基层党的组织纷纷建立并稳步发展，在农村开展游击战争的条件日益成熟。

从1931年开始，中国共产党创建和领导的红军游击队相继出现并活跃在榆林这块古老的土地上，成为中国北方地区武装反抗国民党反动派的重要力量，为红色政权的建立和发展作出了重要贡献。

一、晋西游击队

最早在榆林地区活动的红军游击队，是中国工农红军晋西游击队。

1931年2月，陕北特委决定派阎红彦①、白锡龄②等人，到山西的吕梁地区参加创建中国工农红军晋西游击队。同年4月，中国工农红军晋西游击队第一大队（简称晋西游击队）在孝义县娄底村（今西泉村）正式成立。晋西游击队成立后，这支仅百余人的革命武装，活跃在吕梁山区的汾阳、孝义、离石、中阳、石楼等县，发动群众组织农民协会，开展抗粮、抗款等斗争，建立游击根据地，并在孝义县西宋庄等地初步建立了苏维埃政权。

9月初，晋西游击队在吕梁地区作战时受挫后，中共山西特委组织部部长刘天章与中共陕北特委书记赵伯平③约定，将晋西游击队转移到陕北开展游击战争。这样，晋西游击队开始实行战略转移，在大队长拓克宽④和阎红彦、吴岱峰⑤、杨重远⑥等率领下，于9月2日在石楼县的辛关渡，趁着夜色偷渡黄河，进入陕北的清涧县。

晋西游击队过黄河后，一面在清涧县石嘴驿一带宣传群众，发动群众打土豪、分田地，开仓放粮；一面寻找地方党的组织。在清涧县未能联系到党组织的情况下，队伍又向安定县进发。9月8日，当中共陕北特委委员、安定县委书记马文瑞得知晋西游击队的情况后，非常高兴，因为当时陕北还没有一支真正由中国共产党组建并领导的红军队伍。于是，他当即召开县委会议，决定派县委委员慕嘉绩和陕北特委派来巡视的张资平前去同晋西游击队联络，并带去一些部队急需的宣传用品。

---

① 阎红彦（1909—1967），陕西省安定县人。1925年加入中国共产党。

② 白锡龄（1908—1932），陕西省清涧县人。1926年加入中国共产党。1932年冬，在山西汾阳的王家池村突围时腿部中弹，继续掩护战友撤退至弹尽力竭，最终被国民党军杀害。

③ 赵伯平（1902—1993），陕西省蓝田县人。1927年加入中国共产党。

④ 拓克宽（1905—1931），陕西省子洲县人。1924年加入中国共产党。1931年9月，晋西游击队在靖边安条梁被国民党军重兵包围，在与敌人激战中不幸中弹，壮烈牺牲。

⑤ 吴岱峰（1903—2005），陕西省安定县人。1927年加入中国共产党。

⑥ 杨重远（1894—1933），陕西省绥德县人。1926年加入中国共产党。1933年5月29日，时任陕北游击队第一支队政委的杨重远，在负重伤的情况下继续掩护战友撤退，最后开枪自杀。

晋西游击队同陕北地方党组织取得联系后，即受中共陕北特委领导。当时，陕北特委面临的一个急需解决的问题，就是怎样处理晋西游击队与山西"保烟队"的关系。原来，在晋西游击队成立时，黄河两岸即有三股专门保护鸦片贩子的保烟队在活动，合起来共有100多人枪。阎锡山在派兵"围剿"晋西游击队的同时，也打击保烟队。在晋西游击队西渡黄河时，三支保烟队也几乎同时到了黄河西岸。过河后，保烟队因走投无路，便找到晋西游击队，希望合伙行动。

晋西游击队领导人经过讨论，一致认为可以同保烟队联合起来，这样便可以游击队为中心，对保烟队进行改造，使其革命化，以壮大革命队伍。经请示马文瑞等人同意后，晋西游击队随即与保烟队实现了联合。

晋西游击队和保烟队联合后，晋西游击队仍保留"中国工农红军晋西游击队"原名，三支保烟队则合称为"中国工农红军陕北支队"。为加强对陕北支队的思想政治工作和统一领导，晋西游击队派出雷恩钧、白雪山、惠泽仁等到陕北支队担任政治指导员。中共陕北特委则派出马云泽、强龙光等一批党、团员和优秀青年参加晋西游击队，使该队由渡河时的30余人很快发展到100多人。[①]

在陕北特委的领导下，晋西游击队在陕北转战了近两个月，先后取得平桥、安条岭、营盘山、玉家湾等战斗的胜利，使部队得到了发展壮大。马文瑞后来回忆说：

> 中国工农红军晋西游击队和陕北支队在安定、延川、清涧一带活动，一连打了好几个胜仗。玉家湾一仗，一举歼灭井岳秀骑兵团的一个排。当时，这排的敌人是从瓦窑堡开出来的，仗着兵强马壮武器精良，扬言要一举消灭我游击队。阎红彦等觉得这股敌人太猖狂，我方有条件把它消灭，于是出动全队人员乘夜将其全部围歼，缴获了敌人的全部武器弹药和马匹，使队得到了补充。阎红彦、杨重远、吴岱峰很能打仗，而且越打胆量越大，曾围攻敌人的重镇瓦窑堡，而且一度

---

① 《马文瑞回忆录》，陕西人民出版社1998年版，第35—36页。

突破城防工事冲入城内，终因敌据险顽抗没攻下来，但是对敌人震动很大。……晋西游击队在安定等地共活动了两个月左右，同敌人进行了多次战斗，越战越勇，声威也越来越大。敌人投入"围剿"的部队也越来越多。但是游击队红旗飘扬，番号一直没有变。[1]

10月底，晋西游击队安全转移到南梁地区，与刘志丹领导的游击队胜利会合。

晋西游击队是榆林地区出现的第一支由共产党创建的红军队伍。这支队伍虽然在陕北活动时间不长，但对陕北各地武装斗争的开展和红军队伍的建立，起到重要的鼓舞和推动作用。

同一时期，由蒲子华[2]率领的红二十四军由山西河曲县渡过黄河，进入府谷县的十里长滩，在府谷的黄甫、清水、木瓜堡一带与井岳秀的刘润民旅、高双成旅和傅作义的骑兵部队展开激战，后突围到陕西和绥远交界的杨肥峁、盆而乌苏、大易汗海、王子旗、新庙等地。但终因敌众我寡，蒲子华被俘后英勇就义，其余人员在激战后被迫缴械。

二、陕北游击队第一支队

在榆林地区最早建立的红军队伍是中国工农红军陕北游击队第一支队，简称"红一支队"。关于红一支队的建立，还要从高朗亭[3]说起。

1930年12月，高朗亭还是青年团员。当月，他从延川来到榆林，找到中共陕北特委后，高朗亭向特委提出，延川县的折家坪有个反动民团，可以通过夺取民团的枪来建立革命武装。陕北特委经过研究，于12月12日决定派共产党员刘善忠[4]到延川，帮助高朗亭实施计划。[5]高朗亭在《陕北红军

---

① 《马文瑞回忆录》，陕西人民出版社1998年版，第36—37页。
② 蒲子华（1906—1931），陕西省绥德县人。1928年加入中国共产党。
③ 高朗亭（1912—1994），陕西省延川县人。1932年加入中国共产党。
④ 刘善忠（1905—1932），陕西省清涧县人。1926年加入中国共产党。
⑤ 中共陕西省委党史研究室、中共榆林地委党史研究室编：《陕北革命根据地》，中共党史出版社1995年版，第326页。

游击队的创建和发展见闻》中，曾讲述了他和刘善忠最初的活动：

> 刘善忠接受陕北特委书记赵伯平的指示，于1931年1月中旬，在延川县文安驿曹必明家与我会晤。原设想夺取郭驿沟地主民团的枪，因该民团调进延川县城集训而未成。于是共产党员刘善忠和我两人自己筹款买得两支手枪。我们又联合共产党员王保民、田汝霖和在安定（今子长县）瓦窑堡开过饭馆的杨秉权（非党的革命群众）等同志，就秘密带着这两支手枪来自卫，在横山、绥德、清涧、吴堡、延川、子长、延安、米脂等县农村进行秘密联络。[①]

在中共延川区委领导下，经过刘善忠、高朗亭等人的秘密活动，在横山、绥德、清涧、米脂、吴堡、安定、延川等县建立了18个秘密联络站、点和数十个秘密农民协会，在延川县上田家村设立了联络总站，称为"五号联络站"，由田得雨任总站站长。

1932年2月底，刘善忠和高朗亭等向中共延川县委汇报了一年来的准备工作，得到延川县委的肯定，并指示由刘善忠、高朗亭负责，继续发展武装，在适当时机组建红军游击队。此后，刘善忠、高朗亭就把目标对准了清涧县淮宁湾的反动民团。为了就近采取行动，他们住进了距淮宁湾五里路的沐沟峪联络站，派人打听民团的具体情况。当了解到团总邱树楷近日不在山寨后，决定乘机采取行动。

3月12日，刘善忠、高朗亭同杨秉权、高文清以慰问民团的团丁为名，进入淮宁湾民团所在的雷珠山寨子，机智地缴获了6支步枪后，连夜返回延川。这次行动为在延川县成立红军游击队打下了更好的基础。

3月13日，在延川县上田家村，中共延川县委书记曹必明宣布成立"中国工农红军延川游击队"，由刘善忠任队长，高朗亭任政委。延川县委选调党、团员杨森茂、高中岳、刘益三、杨桐、高烈熊、高文俊等10余人，还

---

① 中共陕西省委党史研究室、中共榆林地委党史研究室编：《陕北革命根据地》，中共党史出版社1995年版，第470—471页。

有霍德胜、高向山、高明有、张红、师成寻、呼老四、康作桂等 10 余名青壮年群众参加游击队。全队共 20 余人。

延川游击队成立后，活动在延长、延川、清涧、绥德、安定等一带，开展组织群众打土豪、分粮食的斗争。4 月 18 日，游击队在当地 200 余名农民的配合下，袭击延川县永坪镇民团，活捉了罪大恶极的民团团总刘广汉，缴获步枪 17 支，还没收了基督教堂的吕×× 和高利贷者刘光明的全部财产。

此后，在永坪镇召开的群众大会上，延川游击队改名为"中国工农红军西北先锋队"，由刘善忠任司令员，高朗亭任政委，杨作栋任参谋长，刘约三任经理处长。红军西北先锋队下辖三个中队，中队长分别由杨秉权、党克明、康作桂担任，全队共 70 余人，30 余支枪。为了加强党对部队的领导，在先锋队中建立了党总支委员会。西北先锋队成立后，发表了《中国工农红军西北先锋队成立宣言》《中国工农红军西北先锋队告农民书》《中国工农红军西北先锋队简明纪律》。

西北先锋队在不断取得战斗胜利和队伍不断扩大的情况下，忽视了对队伍的清理和对人员的改造。5 月 20 日夜，刘善忠率队在延川华家洼村宿营时，被混进队伍中的反动分子暗杀，年仅 27 岁。次日，清涧民团砍下其头颅，悬挂在县城南示众。

刘善忠牺牲后，高朗亭兼任司令员。6 月 3 日，西北先锋队遭遇强敌突然袭击，受到重大损失，高朗亭亦受重伤。后因寻找陕甘游击队未果，西北先锋队再回到延川时，仅剩下十几个人。7 月，伤愈归队的高朗亭经请示延川县委，决定对部队进行整顿。据高朗亭回忆：

> 我们在上田家川第五号联络站，在田得雨站长、一中队长杨秉权和高文秀、田汝霖、高元亮、田霈霖等同志协助下，于 7 月 26 日晚，按预定计划将一批坏分子诱入队部，缴了他们的枪，处决了为首谋叛的杨作栋和高文清。开除了几个胁从分子。同时，召回了一些失散的指战员，进行思想教育，整顿了组织，使这支部队迅速恢复了团结稳

定的局面。①

　　不久，高朗亭在米脂县叶家岔向中共陕北特委书记赵伯平和特委委员马明方汇报了先锋队的情况，并要求接受特委的领导。赵伯平、马明方决定，高朗亭由共青团员转为正式共产党员，指定高朗亭以中共陕北特委名义，对西北先锋队进行改编。

　　10月1日，高朗亭按照中共陕北特委的决定，将西北先锋队改编为"中国工农红军陕甘游击队第九支队"，以高朗亭为队长，艾龙飞为政委，张承忠、王保民为经济委员。随后，中共陕北特委还派毕维舟代表特委到延川县高家圪坮为游击队授旗。

　　陕甘游击队第九支队成立后，陕北特委明确指示，要以"解除豪绅地主武装，武装工农劳苦群众，彻底执行土地革命，并创建陕北苏区"②为其主要政治任务。为了加强第九支队的力量，陕北特委先后派党、团员马万里、杜修秩、贺吉祥、栾新春、高庆恩等十几人参加到支队里。同时，在支队里成立了支队党委会，由马万里任书记。

　　按照陕北特委指示，第九支队以延川县永坪区田家川的第五号联络站为陕北特委与九支队的联络点，主要活动在延川、延安、延长、安定、清涧、绥德一带，打土豪、袭民团，发展队伍，建立革命根据地。

　　12月9日，第九支队在清涧县城东高杰村抓获大地主白明杨，筹款3400元。除将1600元作为自己的活动经费外，派出9名精干战士分三路将其余2000元秘密武装护送到陕北特委，有力地支持了特委的工作。③

　　1933年1月，在陕甘红军第二十六军的安定县人强世清、史法直回乡探亲。中共陕北特委得知此情况后，认为第九支队正缺乏像强世清、史法直这样打过仗、懂军事的干部，于是由特委派到安定进行巡视工作的毕维

---

　　① 中共陕西省委党史研究室编、姚文琦主编：《西北革命根据地回忆录精编》（三），陕西人民出版社2015年版，第241页。

　　② 转引自中共陕西省委党史研究室、中共榆林地委党史研究室编：《陕北革命根据地》，中共党史出版社1995年版，第112页。

　　③ 中共榆林市委党史研究室、任德存主编：《中共榆林历史（1919—1949）》，陕西人民出版社2004年版，第89页。

舟，通过安定县地下党组织，动员强世清、史法直参加了第九支队。

强世清、史法直刚加入第九支队，就得知一向横行无忌的安定县国民党县长刘述明要骑马由安定城出发去瓦窑堡，便决定除掉这个民愤极大的坏分子。强世清、史法直预先埋伏在刘述明必经的秀延河一座桥下，当刘述明骑马正过桥时，突然开枪将其击毙。事后，他们把准备好的游击队布告张贴在大路旁，才从容离开。此事迅速在陕北传开，第九支队就此扬名。①不久，陕北特委任命强世清为第九支队副队长。

4月下旬，根据中共陕北特委决定，在安定县西区马圈坪的刘存元家，正式将第九支队改编为"中国工农红军陕北游击队第一支队"（简称"红一支队"），任命强世清为队长，李成荣为政委。②

红一支队成立不久，国民党驻军派重兵与反动民团联合对红一支队进行"围剿"。为了保存实力，强世清、李成荣决定将队伍分成两部分：一部分由他们两人率领，南下陕甘边，寻求刘志丹领导的红二十六军的支援；另将白德胜、刘明山、栾新春、王志明、姬振元等少部分人留下来坚持斗争。

5月10日，强世清、李成荣率领的红一支队南下队伍到达陕甘边，得到刘志丹的大力支持，不仅在枪支弹药得到补给，而且在刘志丹的启发教育下提高了觉悟、增强了斗志。随后，李成荣调西安工作，刘志丹委派杨重远任红一支队政委，带领部队返回陕北，继续坚持游击战争。红一支队在北返途中，同马佩勋带领的有十几个人的南梁游击队合并，力量有所增强。

红一支队在安定西区休整后，伏击了在董家寺一带催粮要款的安定县民团和警察局自卫队，缴获长短枪10多支。红一支队在董家寺的战斗，引起安定县国民党军的警觉。5月29日，国民党张建南营的两个连由县民团带路，兵分两路向正在安定县谭家崄山上休整的红一支队实行包剿。

为了分散敌人的力量，强世清和杨重远决定兵分两路冲出包围。由强

---

① 《马文瑞回忆录》，陕西人民出版社1998年版，第61—62页。

② 中共陕西省委党史研究室编、姚文琦主编：《西北革命根据地回忆录精编》（三），陕西人民出版社2015年版，第264页。

世清带一路向西撤，杨重远带一路向北撤。不料，敌人是佯追西路，而集中力量追北路。杨重远指挥部队边打边撤，退到一个半山坡时，不幸腿部受伤。

在你死我活的紧急战斗中，腿部受伤就意味着可能有性命之虞。杨重远此时就处于这种境况。刘明山在后来回忆当时的情景时说：

> 战士们背着他撤到杨沟村，敌人又追到跟前，情况很危急，重远大喊："同志们，快撤，不要管我！"大家还要背他走，他不容分辩地说："你们快走，我掩护，跑出一个算一个，不要因为我一个人误了大事！"当敌人喊着"缴枪不杀"冲上来时，他忍着强烈的伤痛瞄准射击，使敌人无法接近，剩下最后一颗子弹了，敌人企图抓活的，他举枪对准自己的太阳穴。我们的好政委壮烈牺牲了，残暴的敌人却把他的头割去，挂在安定城门上"示众"。游击队设法把他的头抢回来，与尸体一起装殓，在杨沧桑村开了追悼会。[①]

红一支队突围后，中共陕北特委在安定的杨道峁对其进行了整编。整编后部队有80多人，下辖5个中队，中队长分别由白德胜、李钧胜、王孝增、李盛堂、谢绍安担任。陕北特委要求部队化整为零，避敌锋芒，发动群众，扩大影响。此后，红一支队在强世清、马佩勋带领下，分别在安定、安塞、横山、靖边等县边界地区进行活动，先后在安定西区、北区建立了10多个赤卫队，形成以李家岔为中心的小块游击根据地。[②]

1933年7月，中共陕北特委第四次扩大会议后，红一支队按照特委的指示，积极扩大武装力量，频繁开展革命活动。时任第一支队副队长的马佩勋在后来的回忆中，曾较详细地叙述了这一时期红一支队活动的一些

---

① 中共陕西省委党史研究室编、姚文琦主编：《西北革命根据地回忆录精编》（三），陕西人民出版社2015年版，第265—266页。

② 任学岭：《陕甘革命根据地史》，人民出版社2013年版，第139—141页；中共陕西省委党史研究室编、姚文琦主编：《西北革命根据地回忆录精编》（三），陕西人民出版社2015年版，第266页。

细节：

> 我们在安定北区、西区一带积极发动群众，开展游击战争。白天，分散隐蔽在群众之中，为群众做好事，打水、扫院子、干农活。我们整天在敌人眼皮底下干活，敌人过来过去，却不知道我们是游击队。晚上，我们把队伍集合起来，神出鬼没地打土豪，踏民团，袭击敌营，搞得敌人焦头烂额，十分恐慌。同时，我们还帮助地方党组织宣传群众，组织群众，立赤卫队、农民协会、妇女会、儿童团等。在斗争中，军民鱼水相依，青年争着参军，一支队不断发展壮大，增至100多人。[①]

红一支队在不断发展壮大的同时，也使游击区域不断扩大，由安定、清涧逐步扩大到绥德、横山一带。

8月，国民党第八十六师炮兵营向安定地区红一支队发起围攻。为了避敌锋芒，红一支队除留第一分队由队长白德胜、指导员任志贞带领就地坚持斗争外，其余70余人由强世清、马佩勋带领，从安定县的东沟出发，经白沙川再次南下寻找刘志丹的部队。

9月中旬，红一支队南下部队在合水县固城川与刘志丹红二十六军会合。9月下旬至10月，红一支队配合红二十六军部分队伍攻打旬邑县政府所在地张洪镇和甘肃的合水县，歼灭了敌守军，缴枪100余支以及大批弹药物资。战后，刘志丹将红一支队政委马佩勋留在红二十六军工作，派陕甘边红军临时指挥部总指挥魏武任红一支队政委。11月初，魏武、强世清率红一支队南下部队由葫芦河北返，回到安定。

11月20日，红一支队在没有搞清驻军防守工事的情况下，贸然偷袭驻守枣树坪的国民党第八十六师的一个连，结果受挫，政委魏武在战斗中牺牲，支队长强世清等4人负伤，惠泽仁等5人牺牲。强世清在王家庄养伤

---

① 中共陕西省委党史研究室编、姚文琦主编：《西北革命根据地回忆录精编》（三），陕西人民出版社2015年版，第259页。

期间被叛徒出卖，于12月15日被捕。1934年3月4日，强世清在安定县城英勇就义，年仅22岁。

枣树坪战斗失败后，红一支队第一分队队长白德胜代理红一支队支队长职。不久，红一支队在战斗中再次失利，白德胜在受伤后被捕。白德胜的妻子任志贞奉命前往绥德田庄做地下工作时，也因叛徒出卖被捕。1934年2月13日，白德胜和任志贞夫妇在瓦窑堡南门外英勇就义。

连续几次战斗失利，红一支队伤亡很大，支队领导有的牺牲、有的负伤、有的被俘，严重影响了干部、战士的情绪，加之与陕北特委和安定党组织失去联系，特委委员、代理政委张承忠和李光胜决定卷旗压枪，人员散伙回家。刘明山、谢绍安、薛兰岗、南贵成等人坚决反对，认为不能压枪散伙，应该化整为零，分散隐蔽活动。但张承忠和李光胜以组织名义，硬性把枪收去埋掉，将队员解散。①

1934年1月下旬，被中共中央驻北方代表任命为西北军事特派员的谢子长返回安定县。当得知红一支队的情况后，谢子长的心情非常沉重。他连夜把红一支队的分队长、他的侄子谢绍安和刘明山、刘清山等几个队员召集起来，动员大家重拾信心，继续革命。刘明山、刘清山在后来回忆当时的情形时这样说：

> 子长同志面临着险恶的情况，坚定沉着，决心重建革命武装。他秘密地找到失散的原红一支队的同志，了解情况，并鼓励大家说："搞革命，胜败是家常事，失败了不能垂头丧气。"又说，"革命嘛，是前人没有干过的事。咱前人没有干过的事。咱们要革命，就要有三起三落的精神。"一席话，说得大家浑身是劲。
>
> 接着他又和原红一支队保留下来的五个骨干商量，大家说：现在赤手空拳，吃不上穿不上，怎么个干法？子长说："先把你们埋在地里的枪找出来。暂时赤手空拳怕什么？只要反动派有枪，我们就会有，

---

① 中共陕西省委党史研究室编、姚文琦主编：《西北革命根据地回忆录精编》（三），陕西人民出版社2015年版，第269页。

我的这支枪就是从敌人手中缴来的。"他还说:"现在是很艰苦,为了劳苦大众的翻身解放,我们甘愿吃这样的苦!"子长讲的道理,使大家坚定了重建革命武装的信心。

子长同志依然和过去在陕北一样,穿着老土布棉衣和一双单鞋。拥肩微倾,谈笑风生,消瘦的脸膛上嵌着一双明亮的眼睛,神采奕奕,炯炯有神。稍加思索,鼓励我们说:"胜败是兵家常事。大家知道我在清涧起义、渭华暴动失败过多次,又受过党内机会主义分子的排挤,反正我总要革命!古人说'失败是成功之母',关键是总结经验教训,继续坚持再干啊!"

子长这么一说,对我们鼓舞很大,我们立刻感到浑身是劲,腰杆子也硬了,信心也足了。

谢子长这一席话,无疑是一次重振士气的精神之旅!在陕北,只有像谢子长、刘志丹这样久经考验的共产党人,才会有如此巨大的精神感召力!

3月8日,经中共陕北特委批准,谢子长在安定刘家圪崂正式恢复中国工农红军陕北游击队第一支队,任命李盛堂为队长,刘志清(后叛变)为政委,谢绍安为副支队长,刘明山为经济员,全队有20余人枪。

谢子长

这年春夏之际,在得悉国民党军营长张建南率营部和一个排到窑则峁河修筑碉堡的消息后,谢子长率第一支队在庆阳游击队的配合下,将其包围在村子里。经过激烈战斗,歼、俘敌大部,缴获长短枪20余支。

7月8日,中共陕北特委决定,成立中国工农红军陕北游击队总指挥部,统一领导陕北游击队第一、第二、第五支队,由谢子长任总指挥,郭洪涛任政委,贺晋年任参谋长。在总指挥部直接指挥下,红一支队频繁活动于安定、横山、延川一带,连接打了几个胜仗,摧毁了地方反动保甲,消灭了一些小股民团。8月,红一支队同陕甘边第二路游击总指挥部刘约三

部联合作战，歼灭国民党军一个营部又一个排。红一支队在战斗中也得到不断发展，达到50余人枪。

9月18日，红一支队与红八支队在安定县的崖窑沟合编为中国工农红军陕北独立师第一团，贺晋年任团长，马佩勋任政委，路文昌任参谋长，下辖三个连，一连连长陈文保，二连连长李仲英，三连连长梁文有。全团共有200余人，有枪100多支。红一支队改编后，陕北特委又成立了新的红一支队，支队长由姬占庭担任，政委由刘明山担任。[①]

三、中共陕北特委第四次扩大会议

在土地革命和武装反抗国民党反动派的斗争中，陕北各地党组织在中共陕北特委领导下，党员队伍不断发展壮大。到1933年6月，仅榆林地区各县即有"支部73，同志153，党的主观力量，使陕北具备了开展游击战争的条件"[②]。同时，晋西游击队、红二十四军和陕甘边红二十六军在陕北的活动，特别是中国工农红军陕北游击队第一支队的创建和发展，使陕北党组织明确认识到只有通过广泛发动群众，扩大游击武装力量，才能创造陕北革命斗争的新局面。

为了认真总结斗争经验，及时安排部署陕北党组织下一步的工作，1933年7月23日至25日，中共陕北特委在佳县的高起家圪村召开了第四次扩大会议（此次会议又称"高起家圪会议"）。

高起家圪村位于佳县城西约10公里处一个偏僻的山沟里。村里有十几户人家，多为贫苦农民。党、团员较多，群众基础牢固。该村的高录孝是特委的交通员，其三叔高钧仰、堂兄高录忠都是共产党员，其祖父高振烈是当地有名的老中医，思想进步，支持儿孙们闹革命。因为这里地处偏僻，国民党军警很少光顾。因此，中共陕北特委决定就在高起家圪村高录孝的家里召开第四次扩大会议。

---

① 中共陕西省委党史研究室编：《西北革命根据地史》，陕西人民出版社2015年版，第271—272页。

② 1933年9月2日《陕北特委工作报告》，转引自中共榆林市委党史研究室、任德存主编：《中共榆林历史（1919—1949）》，陕西人民出版社2004年版，第94—95页。

尽管如此，在政治军事形势非常严酷的情况下，为了确保与会人员的安全，特委还是对会议做了非常细致的部署，不仅在会议期间要求当地党组织派人在山上布暗哨，甚至对参会人员前往会址的方式和开会时的行动，都做了严格要求。据马明方回忆：

> 开会前，为了不引人注意，我们都穿了一身农民衣服，有的头上还挽着羊肚子毛巾，扛着锄，装着是高家雇来锄地的短工，陆续到了高起家圪。当时高家有200多亩山地，农忙时也常雇短工，所以我们的到来，并没有引起人们的注意。高家有孔窑洞，里面有个套窑（当地人称作掌窑），套窑口较小，平日用柜子、木板堵着，很隐蔽。我们到了高家后，将锄往院里一立，便钻进了这个套窑里。套窑里面很大，20多个人进去开会也并不显得拥挤，但由于长期见不上阳光，里面很阴冷，当时虽已是盛夏，而套窑内仍寒气逼人，于是高家就将一只火炉子搬进来让大家取暖。会议共开了四天。因为人多，白天我们很少出来，只有夜幕降临后，才悄悄出来到院内散散步，呼吸新鲜空气。①

参加此次会议的特委成员有马明方、马文瑞、毕维舟、王兆卿、常学恭、鲁贲，交通员高录孝、崔逢运，游击队代表高朗亭，佳县代表有张达志、高长久、张岗，其他县的代表有崔田夫、崔田民、贾怀智、王国昌、赵福祥、唐洪澄等，共20余人。代表的成分"二分之一是知识分子，五分之一农民，十分之一小商，十分之一士兵"②。

此次扩大会议由中共陕北特委代理书记马明方主持并作工作报告，崔逢运传达中共中央驻北方代表对陕北工作的指示。会上，代表们总结了大革命失败以来的工作，一致认为陕北党、团组织经受住了白色恐怖的考验，领导群众进行了艰苦卓绝的斗争。特别是1930年以后，在各级党、团组织

---

① 《马文瑞回忆录》，陕西人民出版社1998年版，第46—47页。

② 1933年10月27日《崔瑞生陕北工作报告之第一号》，转引自中共榆林市委党史研究室、任德存主编：《中共榆林历史（1919—1949）》，陕西人民出版社2004年版，第95页。

领导下，陕北群众斗争风起云涌，红军游击队和游击根据地不断扩大。大会认为，"陕北目前形势铁一般的事实，粉碎了'陕北落后论'的荒谬"①。

在讨论下一阶段工作时，代表们在客观分析陕北政治、经济、军事和群众斗争形势的基础上，认为陕北广泛开展游击战争，创造巩固的革命根据地的条件已基本形成。这个判断是基于怎样的考虑可以从与会人员马文瑞的回忆中得到线索。马文瑞说：

> 高起家坬会议在陕北革命历史上是一次极为重要的会议。正是在这次会上，确定了在陕北开展武装斗争的方针和建立武装、开展游击战争的规划。参加会议的同志们就上述议题进行了热烈的讨论，一致认为当时在陕北开展游击战争，创立革命根据地的条件已基本成熟。首先，陕北地处偏僻山区，土地贫瘠，民生多艰，加之官府衙门苛捐杂税多如牛毛，官逼民反，广大劳苦人民的革命要求强烈，人民群众要求建立自己的军队来解放自己；另外，这里的农村地广人稀，反动统治及其武装力量难以兼顾，因此是利于开展武装斗争的；其次，自大革命失败以后，陕北革命经受住了白色恐怖的严峻考验，党、团组织领导人民群众在极其艰难困苦的情况下，坚持斗争，特别在广大农村，党、团组织比较健全，革命武装斗争已经具有必要的群众基础。晋西游击队及后来的陕甘游击队在陕北的活动和陕北游击队第一支队的发展壮大，为广泛开展陕北游击战争提供了经验。②

会议决定下一阶段工作的重点：一是全力发展各级党、团组织；二是加紧开辟安定、绥德、神府、佳吴游击区域，并派大批党、团员及革命群众参加游击队，扩大第一游击支队，新建游击第二、第三支队；三是广泛建立农会、互济会、赤卫队、妇女会及少先队等群众组织；四是继续领导群众开展抗粮抗税斗争；五是在条件成熟的地区建立巩固的革命根据地，

---

① 1933年10月27日《崔瑞生陕北工作报告之第一号》，转引自中共榆林市委党史研究室、任德存主编：《中共榆林历史（1919—1949）》，陕西人民出版社2004年版，第96页。

② 《马文瑞回忆录》，陕西人民出版社1998年版，第47—48页。

成立工农民主政府。

会议根据崔逢运、鲁贲带回的中共中央驻北方代表的指示，对中共陕北特委进行了改选。改选后的特委由崔田夫、马明方、马文瑞、毕维舟、王兆卿、张达志、崔田民、常学恭、鲁贲、崔逢运、高长久11人组成。书记崔田夫，宣传委员马明方，组织委员毕维舟，秘书长崔逢运，军委书记王兆卿，农运委员张达志，团特委书记鲁贲。

中共陕北特委第四次扩大会议是在陕北革命发展的关键时期召开的一次重要会议。这次会议确定了在陕北全面开展武装斗争，创建革命根据地，成立工农民主政府，开展土地革命的正确方针和策略。从此，陕北革命进入了一个新的发展时期。①

四、陕北游击队第二支队

清涧县是革命斗争开展较早的地方，党、团组织健全，群众基础也好。大革命失败后，当地党组织先后发动了三次规模较大的农民抗粮抗税的围城斗争，许多村子都成立了群众革命团体。

陕北游击队第二支队能够在清涧县成立，与清涧县的共产党员王聚德有着密切关系。

王聚德1927年加入中国共产党，1932年参与领导家乡民众的抗粮抗捐斗争。不久，他投军冯玉祥部，被派驻山西柳林镇任招待所主任。其间，他利用工作之便，同山西省晋西党组织取得了联系。1933年，他在柳林拉起一支30多人的队伍，回乡袭击东区韩启胜的民团，因事先未与当地党组织联系取得支持而失败。同年夏，他与清涧县党的负责人白如冰接头后，遂接受了筹集武器的任务。不久，他从吉鸿昌部哗变来清涧的罗永宽那里得到三支短枪。②

1933年8月5日，中共陕北特委委员崔田民根据特委指示，来到清涧县

---

① 关于陕北特委第四次扩大会议，见李小娜主编：《中国共产党佳县历史》第1卷（1923—1949），陕西人民出版社2021年版，第421—444页。

② 《王聚德》，清涧县人民政府网·走进清涧·清涧骄子。

的王家山（今东王家山），在这里主持成立了"中国工农红军陕北游击队第二支队"（简称红二支队），由罗永宽任队长，高朗亭任政委[1]，王聚德任副队长兼经济员，全队共有10余人。

红二支队成立后，由于罗永宽脚部受伤不能随队行动，部队主要由高朗亭、王聚德带领活动。不久，在中共铁茄坪区委领导下，红二支队召集地下党、团员20多人，由副区长崔世俊作向导，趁中秋节的夜晚，抓获并处决了民愤极大的国民党绥德县薛家峁区区长薛运通，没收其一切财产。高朗亭以"中国工农红军陕北游击队第二支队"的名义起草布告并公开发布，历数薛运通的罪状，深受群众欢迎。[2]

1934年1月21日，清涧县东区解家沟逢集，豪绅衙役乘机向群众逼粮收税，凡是交不出税款者，就立即捆绑起来，勒令取保交款，否则就要被押去坐牢。闹得集市上一片混乱，人心惶惶、民怨沸腾。红二支队接到解家沟党员白玉华、白吉富的报告后，认为这是打击豪绅衙役嚣张气焰、鼓舞群众革命情绪的好时机。于是在新任队长白雪山的率领下，星夜赶往解家沟，包围并砍杀了10名豪绅衙役（其中一人未被砍死），并张贴布告列数罪行。[3]红军杀九个半豪绅衙役的消息传出后，群众奔走相告，无不拍手称快。后来，清涧东区群众将此事编成民歌广为传唱：

> 民国二十三年半，
> 起了红军闹共产。
> 红军的头儿白雪山，
> 一心要在解家沟把工作办，

---

① 据张毅忱回忆，1934年4月陕北特委派他任第二支队政委。见中共陕西省委党史研究室编、姚文琦主编：《西北革命根据地回忆录精编》（三），陕西人民出版社2015年版，第279页。

② 中共陕西省委党史研究室编、姚文琦主编：《西北革命根据地回忆录精编》（三），陕西人民出版社2015年版，第246页。

③ 中共陕西省委党史研究室编、姚文琦主编：《西北革命根据地回忆录精编》（三），陕西人民出版社2015年版，第285页。

一黑夜杀了九个半。[①]

3月21日夜，红二支队在白雪山、马佩勋、马万里指挥下，在500余名群众的帮助下，与红四支队协同作战，突袭驻守店则沟的李成善民团。当敌人哨兵发现时，红军已经冲进院内，敌人凭借房屋的掩护和强大的火力进行疯狂阻击。经过两个多小时的激战，打死打伤敌人数名，缴枪10余支。到天亮时，红军游击队主动撤出战斗。

此次战斗规模虽小，但政治影响甚大。李成善民团虽未被全部消灭，但嚣张气焰有所收敛，从此基本龟缩在镇子里，不敢轻易出来祸害百姓。不久，这个民团就撤到清涧县城去了。[②]

4月5日，红二支队在小岔则与驻河口回县城的一支敌军遭遇，打了个消耗战。次日，红二支队在小岔则设伏，歼敌民团团总贺金瑞等人，缴枪数支。

红二支队在陕北特委领导下，在清涧县委支持下，向广大群众宣传党的政治主张；建立工会、贫农会、赤卫队等群众组织；组织群众站岗放哨，盘查坏人，捕捉敌探；打土豪、分田地，打击反动势力；除暴安民，保护劳动人民的生命财产和安全生产。在群众工作和游击斗争中，红二支队以严明的纪律、英勇斗争的精神和良好的军政、军民关系，在群众中扩大了政治影响，在较短时间内开辟了包括清涧东区、绥德南区、延川北区在内的革命根据地。

11月4日，由中共陕北特委组织部部长郭洪涛（一说马明方）主持，陕北游击队第二支队在清涧东区小马家山正式改编为"中国工农红军陕北独立师第二团"，团长郭玉人，政委马万里，参谋长惠世良，下辖三个步兵连和一个学兵连，有300余人枪。红二支队改编后，又成立了新的红二支队，队长惠永秉，政委惠自安。新的红二支队活动于清涧、延川一带。

---

① 中共榆林市委党史研究室、任德存主编：《中共榆林历史（1919—1949）》，陕西人民出版社2004年版，第103页。

② 《郭洪涛回忆录》，中共党史出版社2004年版，第38页。

五、陕北游击队第三支队

1933年8月中旬，中共陕北特委在佳县的寨子沟召开紧急会议。这次会议之所以被称为"紧急会议"，是因为召开此次会议并未在特委的计划之内，是特委为了应对突发事件而临时召开的一次会议。

这个突发事件就是"米镇事变"。

"米镇事变"发生时，米脂县城驻扎着井岳秀部的一个连。还在这个连驻佳县时，该连的司务长董培义与佳县地下党曾取得联系，自称参加过渭华起义，要求参与党的地下工作，后被发展为共产党员。董培义所在的连队从佳县移驻米脂后，他在无意中得知中共陕北特委刚在佳县开过会，遂向国民党告了密。[①] 敌人根据董培义提供的情报，制订了秘密搜捕计划。

在董培义带领下，敌人先在米脂县城抓捕了王守义、高庆恩，后又到镇川堡的秘密联络点，即镇川区委负责人崔明道家中，将崔明道和参加高起家圪会后途经此地的毕维舟、王兆卿、高录孝一同抓捕。在这两处得手后，敌人又到距镇川堡约20里的姜家新庄抓捕特委的其他负责人。因为有了当地党员和群众的掩护，马明方、马文瑞、常学恭等人才脱离了险境。

被米脂国民党驻军逮捕的王守义、高庆恩、毕维舟、王兆卿、高录孝、崔明道六人，遭受了各种酷刑，但他们以共产党人坚强的革命意志面对敌人，视死如归。8月3日，他们被五花大绑押出米脂城，在城南十里铺曹家湾的无定河畔英勇就义。

"米镇事变"是土地革命战争时期，国民党在陕北对共产党人实行的一次规模较大的屠杀。

"米镇事变"后，国民党驻军又封锁了米脂县城乡的交通要道，对过往行人严加盘查，并发出通缉令，企图将陕北特委成员一网打尽。在极其严峻的形势下，崔逢运、鲁贲去了北京，特委其他成员只能四处躲避。

---

① 这里采用的是中共榆林市委党史研究室、任德存主编的《中共榆林历史（1919—1949）》（陕西人民出版社2004年版，第99页）的说法。另据马文瑞回忆，泄密的是董培义的老婆。见《马文瑞回忆录》，陕西人民出版社1998年版，第50页。

　　许多年后，当时的特委委员马文瑞依然清晰记得逃出险境后自己无处安身、处境艰难的那段经历。他在回忆录中写道：

　　　　我和马明方在姜家新庄脱险后，一路不敢松劲，跑了一架山又一架山，翻过几架山，天快黑时，来到通往镇川堡的一条沟道里。那天镇川堡遇集，路上赶毛驴的农民很多，见我们两个穿的衣服不坏，但满身是土，鞋也丢了，都很奇怪，有好事的问我们是干什么的，我们就说是商人，被土匪抢了，到镇川堡去报案。话虽这么说，但总觉得这身打扮太引人注意，两人一同进镇川堡不合适。于是停下来商量，约好分头进镇川堡。马明方原先在镇川堡小学当过教员，认识当地的党团员，便于隐蔽，就先行走了。我当时觉得很疲劳，又要等天黑再进镇，便在沟里一块石头上躺下休息，不料一下子就睡着了。等我醒来，又冷又饿，看见前坡上有灯光，急忙走过去，一看原来住着个老头儿。便说："老干大，我被土匪抢了，一天没吃东西。"老汉给我吃了些煮南瓜。天下起了雨，我便在老汉的破窑里住了一晚。第二天天还不明，我就跑到镇川堡街，找到崔明道家里。一进门，见只有崔明道的妻子在家，不见马明方。才说两句话，崔明道的妻子把门关住，哭哭啼啼地说白军抓了她的丈夫，叫我设法营救。她简直像疯了一样拉住不让我走。联络站出了事！我知道当时的处境非常危险，不宜久留，便一边安慰崔大嫂，一边离开了崔家。雨还不住地下着。镇川堡街上到处都是穿灰衣服背枪的白军。我赤着脚，头上戴一顶破草帽，硬着头皮从街上走过。敌人大概以为我是本地的农民，并没引起注意。①

　　经历了提心吊胆的几天后，马文瑞终于在佳县南坬村的张达志家，同崔田夫、马明方、常学恭等其他特委委员在经历劫难后重逢。

　　为了应对事变后的局面，部署下一步的工作，8月中旬，中共陕北特

---

① 《马文瑞回忆录》，陕西人民出版社1998年版，第52—53页。

委在佳县的寨子沟村党员张世禄家召开了紧急会议。参加会议的有崔田夫、马明方、马文瑞、常学恭、张达志、高长久、崔田民共7人。大家的心情都很激动，"出席会议的同志怀着对遇难烈士们的沉痛哀悼心情，决心为革命烈士报仇雪恨，为把革命进行到底，为实现特委扩大会议目标而英勇奋斗"①。

会议首先决定开除临危脱逃的崔逢运、鲁贲党籍。大家经过分析当时的斗争形势，一致认为，虽然牺牲了王兆卿等六位同志，是陕北特委成立以来遭受的最大损失，但陕北的整个党、团组织并未被破坏，各地的同志仍在坚持活动，因此活着的同志不能贪生怕死，要以六烈士为榜样，鼓起勇气，继续战斗。②

会议认为，要继续贯彻陕北特委第四次扩大会议决议精神，整顿党、团组织，提高警惕，注意保密，严防敌人从内部破坏，同时继续加快开展游击战争。会议决定，派常学恭去天津向中央驻北方代表汇报工作，其他成员分别到各地巡视，整顿组织，指导工作。具体分工是：马明方去安定，马文瑞去神府，崔田夫、崔田民去绥德、清涧，张达志、高长久去佳县、吴堡。为了安全起见，陕北特委机关由佳县的乌镇迁到了南圪村。

陕北特委寨子沟紧急会议后，马文瑞到神木南区传达特委第四次扩大会议精神和寨子沟会议精神，并与南区地方党组织酝酿成立工农游击武装，开辟根据地。

中国工农红军陕北游击队第三支队的建立便由此拉开帷幕。

神木是陕北党、团组织活动较早的地区之一。到1932年底，党的队伍发展已经相当可观。据1932年12月13日陕北代表团给中共陕西省委的第二号报告："神木（南乡）区委，负责3人，均贫农。支部10，同志125，（其中）农民90，雇工约20，其余知识分子。"③

---

① 中共陕西省委党史研究室、中共榆林地委党史研究室编：《陕北革命根据地》，中共党史出版社1995年版，第337页。

② 《马文瑞回忆录》，陕西人民出版社1998年版，第57—58页。

③ 中共陕西省委党史研究室、中共榆林地委党史研究室编：《陕北革命根据地》，中共党史出版社1995年版，第108页。

神木最早建立的革命武装，还与红二十四军有关。红二十四军西渡黄河进入陕北后，中共山西特委派出梁子修、刘清明到神木、府谷，与红二十四军进行联络。由于两人过河后情况不明，结果被国民党逮捕。经党组织营救获释后，他们同中共神木县南乡区委取得了联系。根据梁子修和刘清明的建议，神木县南乡区委组织了一支十多人参加的临时特务队，但组建后不久即失败。

1932年2月，中共陕北特委派往神府的交通员被捕，泄露了中共神木南乡区委书记贾怀智的身份。贾怀智及部分区委成员被迫出走，党的工作停滞。当年7月，贾怀光、乔钟灵等在贾家沟村召开会议，恢复了南乡区委。正是在这次会议上，区委要求所属各支部筹集枪支，物色武装斗争人员，准备建立革命武装。

同年秋，根据中共陕北特委领导人马明方的建议，中共神木县南乡区委派出王兆相、温治恭、杨文谟等前往陕甘边革命根据地，参加红军队伍，学习军事斗争经验，以便在神府地区组建革命武装，开展武装斗争。

1933年7月，温治恭从陕甘边的红二十六军返回神木，遂在中共神木县南乡区委书记贾怀光领导下，组建了神木地区临时特务队，由温治恭、马万里领导。临时特务队成立后，即前往杨家沟打击土豪杨继杰，获得大烟土数百两和十个银元宝。中共神木县南乡区委随即派人带着这批钱财前往山西太原购买枪支，未料枪未买到，购枪的特务队员温三小、王维章被敌人逮捕，后壮烈牺牲。这次购枪任务流产后，中共神木县南乡区委并没有放弃组建革命武装的计划，采取发动党员捐款买枪、派人去国民党军队当兵往出带枪等办法，才得到了一支长枪和三支短枪。

9月，被中共神木县南乡区委派往陕甘根据地学习的李成兰、李成荣、王宗光等人相继回乡。马文瑞到神木后，了解到上述情况，便同神木南区区委商议成立游击队，开展武装斗争事宜。恰在此时，在红二十六军第二团任特务队队长的王兆相等人也回到了神木南乡。王兆相在《战斗在窟野河两岸——神府革命根据地武装斗争》一文中写道：

1933年8月，我和高照（佳县人）、牛岗（米脂人）共同要求回陕北工作。习仲勋和张秀山批准了我们的要求，并写信把我们介绍给陕北特委。我们三人经甘肃庆阳进入三边，回到神木南区。在温家川小学见到区委负责人乔钟灵，他看了介绍信后，向我介绍了当时党的活动情况，并告诉我："特委委员马文瑞在咱这儿，过几天他会来找你谈的。"①

得知王兆相回来后，马文瑞专门到了王兆相的家里。王兆相是"米镇事变"中牺牲的王兆卿的弟弟，是在哥哥带领下走上革命道路的，他对哥哥非常敬重。当从马文瑞那里得知哥哥王兆卿牺牲的消息后，王兆相十分悲痛，拿出哥哥的遗物，流着泪诉说手足之情。②

马文瑞告诉王兆相，希望他能留下来开展游击战争，并给他起了个外号叫"王二"，以便于开展工作并不连累家庭。马文瑞还把贾怀智送他的一支手枪，转赠给王兆相。王兆相后来回忆说："文瑞送给我的这支枪，随我参加了大大小小许多次战斗，我一直使用到抗日战争。"③

就这样，王兆相忍住内心的悲痛，继续着哥哥王兆卿未竟的事业，勇敢地战斗在争取民族独立、人民解放的战场上。随着游击队的发展壮大，"王二"的名字在神（木）府（谷）佳（县）榆（林）乃至山西兴县一带广为流传。

其实，在中国共产党的队伍里，有着许许多多像王兆卿、王兆相这样，兄弟相携、姐妹相依、夫妻相挽，甚至全家倾力，共赴反帝反封建的革命斗争，不惜流血牺牲的感人事例。

在神木南乡，马文瑞向南乡区委传达了陕北特委高起家坬会议精神，并同区委负责人对创建游击队进行了精心安排和部署。

1933年10月18日，在中共神木县南乡区委书记贾怀光的主持下，"神木特务队"在温家川山上的尚家岂正式成立。特务队队长李成兰，政委王

---

① 中共陕西省委党史资料征集研究委员会、中共榆林地委党史办公室、中共神木县委党史办公室编：《神府革命根据地》，陕西人民出版社1990年版，第144页。

② 《马文瑞回忆录》，陕西人民出版社1998年版，第60页。

③ 王兆相：《战争年代的回忆》，军事科学出版社2002年版，第61页。

兆相，队员有贾兰枝、李成荣、高加德、乔六十和刘增杰，全队共7人，枪4支。①

神木特务队成立后不久，即在贾家沟镇压了多次告密并带领军警搜捕共产党员的贾凤隆和贾正官。同时贴出布告，公开宣告神府特务队正式成立，其目的是消灭剥削制度，建立工农民主政权。

为了加强神府地区的革命武装力量，陕北特委相继派红一、红二支队的领导人高朗亭、罗永宽、马佩勋、马万里、张衡等到神木南区，并给神木特务队带去了部分枪支弹药。

1933年11月7日，按照中共陕北特委的指示，神木特务队在神木的解家堡乡松树峰村正式改编为"中国工农红军陕北游击队第三支队"（简称红三支队），队长王兆相，政委马万里，经济员杨炳文。全队共20余人，七八支枪。

红三支队成立后，吸取特务队时期没有依靠群众的教训，注意把游击战争同群众的切身利益结合起来，公开提出"取消苛捐杂税""打倒土豪劣绅"等口号，打击反动势力，烧毁地主土豪的文约账契，给群众分粮分田分衣，建立贫农团、赤卫队、妇女会、儿童团等群众组织，并秘密发展一大批党、团员，建立了不少党、团支部，开辟了一块东到呼家庄、盘塘，西到崔家沟、白家沟，南到柳林滩，北到沙峁、刘家坡，可以公开或半公开活动的红色区域。②

在佳县的沙坡西沟（今属神木）和神木的尚家峁、红教寺、呼家庄等地，红三支队先后镇压了六个群众最为痛恨的豪绅衙役，将他们的粮食、衣物全部分给贫苦农民，得到了群众的热烈拥护，称红三支队是"穷人的队伍"，并主动为游击队站岗放哨，传递消息，不少人争着要求参加红军游击队。当地的一些地主豪绅则惊恐万状，纷纷逃往县城，官府爪牙们再也

---

① 中共陕西省委党史研究室编：《西北革命根据地史》，陕西人民出版社2015年版，第309页。

② 神木县史志办公室编：《中国共产党神木历史》第1卷，陕西人民出版社2016年版，第22—23页。

不敢明目张胆地下乡催税收款了。①

　　红三支队的活动，引起神木县地方当局和井岳秀第八十六师驻军的极大恐慌。1934 年春，神木县县长李少儒和第八十六师五一四团团长罗德新率部进驻神木南乡贾家阳崖村，并联合第八十六师驻府谷、佳县的部队和地方民团，对红三支队进行"清剿"。在当地群众的掩护下，红三支队灵活机动地活跃在神木南乡一带，使"清剿"的国民党军疲于追击，却一无所获。

神府红军纪念馆（位于神木市沙峁镇王家后坬村）

　　5 月初，中共陕北特委在佳县王家畔召开游击区和各游击队代表联席会议，通过了《开展游击运动与在创造陕北新红军和苏区的决议》。根据陕北特委王家畔会议精神，红三支队由打击土豪劣绅转为主动进攻反动民团和国民党驻军。6 月 9 日，红三支队在沙峁镇九坬村袭击了贾怀德民团，毙敌1 人，缴枪 5 支以及一些子弹。6 月 30 日，红三支队又袭击了太和寨村的王进成民团，俘敌 20 多人，缴枪 20 多支。两次战斗的胜利，使红三支队威名大震。

　　8 月 8 日，红三支队在当地上千名赤卫队员的协助下，在菜园沟同国民党第八十六师驻盘塘的鲁仰尼连的两个排展开激战。战斗中，在鲁仰尼连担任第二排排长的共产党员刘鸿飞率部起义，该连一排长张崇俊等 20 余人投诚。刘鸿飞率部起义后，被任命为红三支队参谋长。经过此战，红三支

―――――――――

　　① 任学岭：《陕甘革命根据地史》，人民出版社 2013 年版，第 155 页。

队发展到200余人，有100余支枪。[①]

在神府地区革命武装力量不断壮大、神府根据地不断扩大的情况下，中共陕北特委决定对红三支队进行改编。1934年9月18日，红三支队在神木的王家庄正式改编为"中国工农红军陕北独立师第三团"（简称"红三团"），团长王兆相，政委杨文谟，参谋长刘鸿飞。红三团下辖3个步兵连、1个骑兵连。一连连长王进修、指导员贾如胜；二连连长刘德、指导员马尚前；三连连长贺伟、指导员刘锦华（刘镇西），骑兵连连长柴瑞。全团共200余人。红三支队改编后，又成立了新的红三支队，队长由贾兰枝担任。

六、陕北游击队第四支队

1933年10月下旬，陕北游击队第一支队副队长马佩勋奉中共陕北特委之命，到吴堡县组织开展武装斗争。当时，吴堡的宋家川镇住着薛俊山、王正明、王军林等一批被国民党政府通缉的烟土镖客。这些人大多贫苦出身，不满国民党的反动统治，但又找不到出路。马佩勋到吴堡后，中共吴堡县委便会同马佩勋来做这些人的转化工作。陕北特委了解这一情况后，决定派张达志到吴堡进行具体指导。

经过两个月的秘密工作，终于做通了薛俊山等人的思想工作。12月30日，受陕北特委委派，特委组织部部长郭洪涛和佳县县委书记高长久专程到吴堡的樊家圪坨村，宣布成立"抗日义勇队"（因主要成员多系烟土镖客，所以特委暂未授其正式番号），队长薛俊山，政委马佩勋，全队共有14人、2支短枪。[②]这2支短枪是山西太原造的五轮手枪，其中一支因撞针短，击发的时候还需要用斧子砸一下才能打响。[③]

就是靠着数量如此少且如此简陋的武器，吴堡县第一支革命武装——抗日义勇队走进了反抗国民党反动派的斗争洪流之中。

---

① 中共榆林市委党史研究室、任德存主编：《中共榆林历史（1919—1949）》，陕西人民出版社2004年版，第105页。

② 中共陕西省委党史研究室编、姚文琦主编：《西北革命根据地回忆录精编》（三），陕西人民出版社2015年版，第291页。

③ 《郭洪涛回忆录》，中共党史出版社2004年版，第35—36页。

1934年1月中旬，佳县县委组织部部长兼木头峪地下党支部书记刘子义（名义上是木头峪民团教练）找到佳县县委书记高长久，报告了一个重要消息：国民党佳县政府准备2月6日在木头峪村召开各乡反动绅士会议，议题有二：一是动员全县衙警、民团配合各乡士绅催收年终捐税和欠款；一是除夕晚上要在店镇、木头峪、神堂沟一带捕杀一批共产党人。

高长久将此事向陕北特委汇报后，特委高度重视。经认真研究，决定乘敌人开会之机进行武装袭击。为了确保行动成功，特委领导人郭洪涛到吴堡联系马佩勋，调吴堡的抗日义勇队参加，又到木头峪联系刘子义，具体布置攻打木头峪的计划。①

2月4日，高长久亲自来到吴堡北区，引导马佩勋带领的抗日义勇队到达距木头峪约五里的前畔村，秘密隐蔽起来。此前，佳县地下党已经摸清了民团住在木头峪的商店及相关情况。②

2月6日下午，参加国民党佳县县政府各乡绅代表大会的县教育局局长李维琪、绅士代表陈子明和坑镇民团团长张东蛟、队长杜庆甫等到木头峪村集合。晚饭后，与会者在聚丰厚商号举行了简单的开幕式便休会了。张东蛟回家住，杜庆甫住在其舅父家，其他与会人员在刘子义"热情照料"下，在商号内休息。

夜半，当与会者睡意正浓之际，马佩勋下达了战斗命令。在木头峪党组织的配合及内线策应下，缴获了民团的全部枪支弹药以及一些白布、银元、烟土等，接着处决了罪大恶极的民团团总张东蛟及反动绅士数人，并焚烧了地方豪绅保存的所有账簿、地亩契约和税款册等。③

陕北特委对抗日义勇队袭击木头峪的战斗十分满意，事后派刘子义、张益、张岗、刘耀山、曹世华等共产党员加入吴堡抗日义勇队，提高了义勇队党的领导力量，也改善了义勇队的成分。为了使这支队伍更好地发挥

---

① 《郭洪涛回忆录》，中共党史出版社2004年版，第36页。

② 中共陕西省委党史研究室编、姚文琦主编：《西北革命根据地回忆录精编》（三），陕西人民出版社2015年版，第292页。

③ 李小娜主编：《中国共产党佳县历史》第1卷（1923—1949），陕西人民出版社2021年版，第49—50页。

打击敌人的作用，特委派高长久等人同吴堡区委联系，根据陕北党、团特委联席会议关于新建第四、第五支队，开辟绥（德）、米（脂）、佳（县）、吴（堡）边新游击根据地的精神，共同研究了义勇队的改编和今后活动问题。

2月15日，陕北特委委员、佳县县委书记高长久代表特委，在吴堡的樊家圪坨宣布，吴堡抗日义勇队正式改编为"中国工农红军陕北游击队第四支队"（简称红四支队），任命薛俊山为队长，马佩勋为政委，刘子义为经济员兼党支部书记。全队分成两个分队，一分队队长薛武栓，政治指导员张益；二分队队长王高亭，政治指导员曹世华。全队有20余人、长短枪8支。

红四支队成立后，针对内部成分复杂、思想不纯及无政府主义比较严重等问题，特委指示高长久等人对其进行教育和整训。这是榆林地区红军游击队较早的一次教育活动，因而也没有什么经验可循。但是，他们还是克服了种种困难，努力使这支队伍在较短时间内提高素质，成为可靠的革命队伍。关于当时的情况，高长久有如下回忆：

> 当时学习训练的材料，只有两个油印小册子，是列宁的《苏联游击战争》和毛泽东的《游击运动问题》。我们根据这两本小册子所讲的原理，结合陕北实际，凭自己的理解，给战士们进行政治思想教育和军事教育，经大家研究，临时制定了几条纪律。历时三个星期的教育整顿，战士们阶级觉悟大大提高，战斗力大大加强。人员增加到五六十人，发展了新党员，加强了党的领导。①

攻打木头峪战斗后，佳县国民党县政府决定进行报复，纠集了警察、民团，在坑镇驻军的配合下，进行疯狂的"清剿"。因为敌对分子告密，参

---

① 中共陕西省委党史研究室编、姚文琦主编：《西北革命根据地回忆录精编》（三），陕西人民出版社2015年版，第292—293页。

加木头峪战斗的共产党员张炜、乔霈文和张衡被捕并惨遭杀害。[①] 为了打击敌人的嚣张气焰，陕北特委决定再打木头峪。

3月7日，红四支队从吴堡出发，到佳县木头峪附近的曹家坬村隐蔽起来，然后派刘子义、张益潜入木头峪进行侦察，了解敌情。次日晚，部队分三路进入木头峪，镇压了三个向敌人告密的反动分子。接着，在村里开展了大张旗鼓的宣传活动，宣布被镇压的反动分子的罪行，号召群众起来帮助红军、参加红军。

随后，红四支队转移到绥德、清涧一带活动。在绥德的曹家寺杀了国民党县政府的四五个收款委员。在米脂同国民党军一个连遭遇，部队受到较大损失，后来到清涧与红二支队会合。3月21日，红四支队和红二支队夜袭清涧县店则沟李成善民团获得成功，缴枪9支。此次战斗后，红四支队返回佳县。[②]

二打木头峪和袭击李成善民团的胜利，使红四支队的声威大震，革命形势逐渐高涨，很快开辟了包括吴堡全县、佳县南区、米脂及绥德东区在内的大片游击根据地。当地的地方豪绅遭到革命力量的打击，有的外逃，有的不敢与共产党为敌。国民党佳县县长续兴源在逃亡过程中被其上司派兵抓回关押，最终在狱中自杀。

1935年3月，红四支队和红五团在红山庙、红湾村一带与国民党井岳秀、高桂滋部进行了两次交战，损失惨重。同月，红四支队在清涧县与刘志丹所率领的红二十七军会合后，部分人员与陕北红军第五团合编组成红二十七军八十四师第三团。留下的部分骨干与第五、第六、第十四、第十五等支队合编为陕北游击队二五纵队，仍保留第四支队的番号。1936年2月，第四支队与第二五纵队改编时留下的一个连和区游击队扩编为吴堡独立营。第四支队的番号从此撤销。[③]

---

① 李小娜主编：《中国共产党佳县历史》第1卷（1923—1949），陕西人民出版社2021年版，第50页。

② 中共陕西省委党史研究室编、姚文琦主编：《西北革命根据地回忆录精编》（三），陕西人民出版社2015年版，第293页。

③ 中共吴堡县委史志办公室编著：《中国共产党吴堡历史》第1卷（1921—1949），陕西人民出版社2018年版，第34页。

七、陕北游击队第五支队

1932年冬，中共绥德南区区委派共产党员张承忠、崔正冉参加延川游击队，学习开展武装斗争的经验。1933年6月，崔正冉回到绥德后，经南区区委同意，首先建立了王家沟游击队。游击队在绥德南区斗地主、杀恶霸，活动了近一年时间，使当地反动势力的嚣张气焰有所收敛。

1934年4月，中共绥德县委根据陕北特委指示精神，经报请陕北特委批准，在绥德南区王家沟游击队的基础上，组建"中国工农红军陕北游击队第五支队"（简称红五支队），队长崔正冉，政委马万里，副队长王海山，经济员王明园。[1]全队有队员八九人、枪两三支。[2]

红五支队成立后，多是在绥德南区活动，主要任务是打土豪、杀衙役，组织群众抗粮、抗款，配合红二支队开辟绥德、清涧和延川东区游击根据地。红五支队在斗争中队伍不断发展，人数最多时有80人，分设3个中队。[3]

1934年6月，鉴于国民党军队对陕北苏区发动第一次"围剿"，红五支队为了避其锋芒，保存实力，主动南下打游击。

1935年3月，红五支队主力与红四、红十四、红十五支队合编为陕北游击队二五纵队。其余30余名队员组成新的第五支队，队长刘岳山，政委张维山。

八、陕北游击队第六支队

1934年5月，中共佳县县委根据陕北特委的指示，委派已加入红四支队（因战争中腿部负伤回佳县休养）的曹世华负责筹建佳县的红军游击队，

---

① 任学岭：《陕甘革命根据地史》，人民出版社2013年版，第170页。

② 据雷高楼回忆，队员有王海山、王子山、崔成厚、胜山、泰山、郝二赖、王某等八九人，有六转子和八音子等两三支枪。见中共陕西省委党史研究室编、姚文琦主编：《西北革命根据地回忆录精编》（三），陕西人民出版社2015年版，第296页。

③ 中共陕西省委党史研究室编：《西北革命根据地史》，陕西人民出版社2015年版，第275页。

后又调吴堡县的樊文德、郭玉仁到佳县，与曹世华一道开展工作。他们积极配合县委在佳县南区组织群众，在赤卫队、贫农会、妇联会、少先队等群众组织的基础上，于1934年5月下旬在螅镇刘家塌村成立由佳县县委领导的佳县特务队，由郭立玉任队长，樊文德任政委。6月，根据中共陕北特委指示，佳县特务队改编为"中国工农红军陕北游击队第六支队"（简称红六支队），支队长先后为郭立玉、王世杰，政委为樊文德，副支队长为王世文，全队共有17人、枪七八支。

同年冬，驻佳县李家坬村的国民党第八十四师高桂滋部一个排起义，带了13支步枪和1挺轻机枪投奔红六支队，红六支队由此士气大振，部队迅速发展到近60人、20多支枪。红六支队主要活动在佳县南部和吴堡、米脂边界地区。

1935年1月12日，按照中共陕北特委指示，红六支队与红十五支队合编为中国工农红军陕北第五团。不久，中共陕北特委组建了新的红六支队，队长李海青，政委马增前。[①]

九、陕北游击队第七支队

1934年7月中旬，中共府谷县委委员韩峰和共产党员赵展山等人在府谷县的清水乡青春峁煤窑，建立起一支12人的游击队，韩锋任政治委员兼队长，武器仅是一把演戏用的长二尺的铁刀以及树铲、锄钩等，最了不起的武器就是从庙沟门的王国安处借的四颗手榴弹。

游击队成立后，最当紧的就是要搞到武器。韩锋得知清水乡古圪垯沟村的崔秀生组织的"反共义勇军"有1条连枪、4支冲锋枪和其他一些武器，这支队伍在当地为王称霸、祸害百姓，便决定为民除害，同时给游击队补充武器。

袭击崔秀生反动武装是游击队成立以来第一次打仗。游击队员没有作

---

① 中共榆林市委党史研究室、任德存主编：《中共榆林历史（1919—1949）》，陕西人民出版社2004年版，第116页；李小娜主编：《中国共产党佳县历史》第1卷（1923—1949），陕西人民出版社2021年版，第50页。

战经验，也没有经过军事训练，结果不仅没有消灭了敌人，反而暴露了自己。据《中国共产党府谷历史》第一卷记载：

> 当天晚上十时，韩锋做了战斗动员，12个人分成4个小组，带着镢锹和4颗手榴弹，到达古圪垯沟村，包围了崔秀生的大院。崔秀生在睡梦中突然惊醒，听到院外一片喊杀声，要他缴枪投降，便以为是红军来了，正在紧张之际，突见连续扔进的4个手榴弹都没爆炸，崔秀生立即惊觉到前来围攻他的共产党是没有使用过武器的穷老百姓。同时，只听见门外的喊叫声，没有枪声，所以他命令护卫向外密集开枪，听不到回击，从而他判断出，来围攻的人，连真枪也没有，于是他立即组织反击。韩锋见丢进院子的4颗手榴弹都没有爆炸，仅靠镢锹之类武器与真枪实弹对抗，实难取胜，于是他们及时撤离。
>
> 这一次行动，不仅没有缴了崔秀生的枪，还赔了4个手榴弹，所幸没有伤亡。但有人在撤退时不慎丢下了一把掏炭锹头被送往国民党部，从而暴露了青春峁的地下党组织。[1]

很快，驻守清水乡的国民党军队就组织了一个连的兵力，重点向青春峁煤窑进行"围剿"，到处抓捕游击队人员，杀害了赵四红、庄外蛇两个人。徐六十九在掩护其他队员转移时不幸被捕，后被活埋。在游击队活动难以继续进行的情况下，韩锋决定暂时隐蔽，以待时机。

不久，韩锋得知红三支队在神木南乡、贺家川一带活动，便只身前往神府苏区寻找红三支队，最后终于找到了红三支队。当特委和红三支队领导人听了韩锋的汇报后，认为在府谷北区开展武装斗争的条件基本成熟，决定派红三支队的贺伟、张子玉、贺成补等携带4支步枪、1支手枪到府谷，帮助游击队进行武装斗争。

在贺伟等人的配合下，游击队先后在白草塔、圪针塔等地斗地主、杀

---

① 中共府谷县委史志办公室：《中国共产党府谷历史》第1卷（1924—1949），陕西人民出版社2020年版，第35页。

恶霸、除税官。韩峰后来曾回忆当时他们杀恶霸、除税官的情景：

> 我们联络了在国民党军队里当过兵，具有战斗经验的王占祥，埋伏在白草塔大路旁准备截击国民党提款委员和四个衙役。我们一开枪，那个提款委员弃马跳河，剩下的四个衙役被我们捉住杀了，他们的枪、马和提的款全部缴获。接着我们在圪针塔水窟杀了恶霸贾留柱，在青草峁上面的高圪达杀了税官徐糜地，在清水杀了恶霸地主邬元宝。回到庙沟门又向王国安买了一支水连珠枪。这一连串活动，对群众鼓舞很大。我们的人员也发展到十几个，武器也增加了。[①]

9月初，在游击队的基础上，正式成立"中国工农红军陕北游击队第七支队"（简称红七支队），队长兼政委韩峰，全队共有三四十人、各种武器20余件。红七支队主要活动在府谷县境内。

中国工农红军陕北游击队第七支队诞生地——府谷县木瓜村

11月，红三团北上府谷后，红七支队积极配合红三团打了不少胜仗。红七支队和红三团长途奔袭哈拉寨，将大地主、联保主任赵智和乡长王双驹处决，将得到的财物分发给群众。

1935年2月7日，在地方赤卫队的配合下，红七支队又和红三团出敌不

---

① 中共陕西省委党史研究室编、姚文琦主编：《西北革命根据地回忆录精编》（三），陕西人民出版社2015年版，第301页。

意攻进高梁村，全歼国民党府谷县政府保安二团，缴获长短枪 20 余支、战马 10 多匹。此战，使红七支队发展到 60 多人枪，并装备了战马，被当地群众称为"骑兵七支队"。①

至此，红七支队开辟了以木瓜为中心，南至府谷、孤山，北至庙沟门、麻地沟，西至新民，东至木瓜董家沟一带，南北百余里，东西 90 里的府谷北区根据地，包括七个行政区。

同月，红七支队改编为中国工农红军独立第三团的骑兵连。随后，府谷地区又组建了新的第七支队，队长由张国继担任，政委由王浩担任。②

十、陕北游击队第八支队

1934 年春，按照安定北区党组织的指示，在安定县石窑湾折可达民团的地下党员贺吉祥，通过采取交朋友的办法，联络了一些民团团员准备兵变。7 月中旬，贺吉祥、栾新春、任益亭等 5 人利用民团多数人员外出未归的机会，打伤阻止他们提枪的民团队长李维俊，带着 6 支步枪、4 挺机枪和全部子弹脱离民团。③

7 月 25 日，根据党组织决定，在安定县的李家川正式成立"中国工农红军陕北游击队第八支队"（简称红八支队），队长栾新春，政委刘明山，副队长贺吉祥，主要活动在安定县、横山县和米脂县西区、清涧县北区一带。

在陕北红军第一次反"围剿"斗争中，红八支队配合主力红军参加了景武家塌、张家圪台、河口、董家寺等战斗，同年秋，红八支队在安定吴家寨子、白家园子连杀几个横行乡里的反动分子，打开了安定东区的革命局面。其间，红八支队在安定北区、杨家沟、路家寺等村赤卫队 200 多人

---

① 中共榆林市委党史研究室、任德存主编：《中共榆林历史（1919—1949）》，陕西人民出版社 2004 年版，第 117 页。

② 中共陕西省委党史研究室编：《西北革命根据地史》，陕西人民出版社 2015 年版，第 279 页。

③ 中共陕西省委党史研究室、中共榆林地委党史研究室编：《陕北革命根据地》，中共党史出版社 1995 年版，第 549 页。

的配合下，到瓦窑堡城附近的顾家楼斗地主，分财物给群众，扩大了政治影响，赢得了群众支持。此外，红八支队为了配合中共安定东区区委打开工作局面，在吴家寨子、白家园子杀了几个反动分子。

这一时期，红八支队所做的震动较大的一件事，就是瓦解了折可达民团。至于具体经过，贺吉祥是这样说的：

> 我们第一次哗变时，民团中还有我们的同志李广胜、李贤成、苗海水、封治忠没有出来。我们决定配合地方党组织，派人打入民团，将敌人全都瓦解，最后哗变出来。地方党先派新庄的王凤宽与李广胜联系，另外薛玉瑞（南沟岔党组织负责人之一）也派进去几个人。我们还利用家属、亲属做团丁的工作。时机成熟后，李广胜、薛玉瑞、苗海水、李贤成等人将民团三四十人（枪二十多支）全部拉出来，拔除了安定北区最大的一个反动据点。哗变部队拉到路家渠、袁家山口村与贺晋年接上头，编成了红一团三连。这次瓦解折可达民团的行动，动摇了安定县全县民团。折可达这个县公安局局长、县民团总指挥，失去了自己的亲信部队，失去了县长的信任，一蹶不振。①

同年9月18日，红八支队被编入陕北红一团。随后，由谢子长主持，在赤源县②三区的梨树台组建了新的第八支队，高志明、王正川、陈树海（代理）先后任支队长，李盛堂、惠艾申、贺树槐先后任政委。新八支队成立时，有队员50多人、枪20多支。新八支队的队员绝大部分是靖边冷窑子土下川的赤卫队队员，另一部分队员来自安定和横山。新八支队主要活动在横山县的石湾、靖边县的青阳岔和安定县北区一带，先后配合主力红军进行了二打安定城、攻打水晶沟等战斗，新八支队也在战斗中发展到100余人、枪50余支。

1935年3月，新八支队与红十三支队合并，成立陕北游击队第三纵队。

---

① 中共陕西省委党史研究室编、姚文琦主编：《西北革命根据地回忆录精编》（三），陕西人民出版社2015年版，第304—305页。

② 1935年由安定县西部地区析置，取"红色革命发源地"之意。1936年撤销，仍并入安定县。

当年10月，编入米西红军游击师。①

十一、陕北游击队第九、第十支队

1934年8月28日，在中共陕北特委领导下，"中国工农红军陕北游击队第九支队"（简称红九支队）正式成立，由高朗亭任支队长，王文良任政委，王保民任副支队长。第九支队主要负责巩固扩大延安县东北地区、延川县西部及北部地区、清涧县西南地区和安定县东南地区的根据地。②

1934年10月中旬，根据中共陕北特委指示，谢子长调共产党员拓嘉祯、高步仁带五六支枪，到安定县的杨滴哨村帮助建立游击队。在当时非常严酷的政治环境下，调一个地下党员到另一地方去从事革命活动，往往不是下一纸调令就可以解决的。比如，这次谢子长调拓嘉祯，就采取了非同一般的手段。当时，拓嘉祯在横山县的魏家楼镇枣坪村以老师的身份从事党的地下工作。谢子长要调拓嘉祯出来开展游击活动，还要设法保证他的家人安全，便只能采取非常手段，派靖边的游击队队长顾老九到枣坪，把拓嘉祯假绑到安定的李家岔。③

不久，谢子长在安定的杨滴哨村④正式组建"中国工农红军陕北游击队第十支队"（简称红十支队），高步仁、牛占彪、拓俊先先后任队长，政委由拓嘉祯担任。红十支队成立时，全队仅有10多名队员、六七支枪，其余是大刀长矛。红十支队成立后，主要活动在安定县的李家岔、涧峪岔、槐树岔和米脂县西区一带。1935年1月，红十支队发展到30多人，有枪20余支。

① 中共榆林市委党史研究室、任德存主编：《中共榆林历史（1919—1949）》，陕西人民出版社2004年版，第117—118页；中共陕西省委党史研究室编：《西北革命根据地史》，陕西人民出版社2015年版，第279页；中共横山县委党史地方志研究编纂办公室编著：《中国共产党横山历史》第1卷（1921—1949），陕西人民出版社2018年版，第44—45页。

② 中共陕西省委党史研究室编：《西北革命根据地史》，陕西人民出版社2015年版，第279—280页。

③ 中共陕西省委党史研究室编、姚文琦主编：《西北革命根据地回忆录精编》（三），陕西人民出版社2015年版，第309—310页。

④ 一说是安定县的涧峪岔（原赤源县三区）。见中共横山县委党史地方志研究编纂办公室编著：《中国共产党横山历史》第1卷（1921—1949），陕西人民出版社2018年版，第45页。

2月，拓嘉祯带领20多名队员到高镇油房头一带调查民情，宣传鼓动群众，进行游击活动。返回途中，在石湾清水沟村遭国民党军伏击，队伍被打散，拓嘉祯、郭四在战斗中牺牲。战后，敌人将他们的头割下，拿到石湾示众。后经过在石湾的亲戚疏通，才将他们的头取回家乡安葬。

1935年3月，红十支队与红一支队合编为陕北游击队第一纵队，队长高步仁，政委刘明山。10月，编入米西红军游击师。①

十二、陕北游击队第十一、第十二支队

陕北游击队第十一支队的前身是陕北游击队临时五支队。1934年8月25日，根据神府党组织的指示，陕北游击队临时五支队在神木县高家堡点军崖村成立，由高永明任支队长，李万栋任政委。同年10月，临时五支队被改编为"中国工农红军陕北游击队第十一支队"（简称红十一支队），由刘德任支队长。1935年1月，红十一支队政委由贾如胜担任。这时，全队有23人、10余支枪。红十一支队主要活动在以新寨子为中心的神木、佳县、榆林交界处一带，曾配合神府主力红军参加了攻打新寨子、太和寨等战斗。1935年11月，因刘德等叛变投敌，红十一支队番号撤销。②

1934年秋，中共绥德五区区委负责人霍维德、马南丰、高成训等经过秘密准备，在梁家甲村组织起一支赤卫队，由梁凤鸣任队长，马景林任副队长兼做政治工作，经济员为马玉林。队员有李树贵、李树枝、马学业、马学智、马学圣、贾仲起、马学德、马学文、郝贵怀等20多人。③

9月，根据中共陕北特委指示，将该赤卫队改编为"中国工农红军陕北

① 中共榆林市委党史研究室、任德存主编：《中共榆林历史（1919—1949）》，陕西人民出版社2004年版，第118页；中共陕西省委党史研究室编：《西北革命根据地史》，陕西人民出版社2015年版，第280页；中共横山县委党史地方志研究编纂办公室编著：《中国共产党横山历史》第1卷（1921—1949），陕西人民出版社2018年版，第45页；陕西数字方志馆·新编市县志·榆林市·横山县志·军事志。

② 中共陕西省委党史研究室编：《西北革命根据地史》，陕西人民出版社2015年版，第280页；中共榆林市委党史研究室、任德存主编：《中共榆林历史（1919—1949）》，陕西人民出版社2004年版，第118页。

③ 人名和数字依据马景林的回忆。见中共陕西省委党史研究室编、姚文琦主编：《西北革命根据地回忆录精编》（三），陕西人民出版社2015年版，第312页。

游击队第十二支队"(简称红十二支队),队长梁凤鸣,政委马龙飞,副支队长马景林,经济员高克恭。全队有13人、手枪3把、大刀10把。^①红十二支队成立后,主要活动在绥德县北部的梁家甲、深沟、前后坪、孙家圪和郭家坪一带。队员一般是白天上山劳动,晚上进行打土豪、斗地主,打击反动势力,保护群众等活动。1935年1月1日晚,梁凤鸣等叛变投敌,红十二支队解散。^②

同年7月下旬成立的安塞第十二支队,也曾使用过"中国工农红军陕北游击队第十二支队"的番号,后被称为"安塞第十二支队",由李治国任支队长,刘志清任政治指导员,有队员30余人,步枪17支,主要活动在安塞、安定和靖边交界地区。^③

十三、陕北游击队第十三支队

1934年春,靖边县的谢宝善、李应祥在靖边和横山交界的沙庄子一带组织起一支大刀队,队长李应祥,经济员谢文海,有20多人、长枪4支、大刀12把,主要活动在靖边的青阳岔、畔沟和横山、安塞等交界地区,开展打豪绅、杀恶霸、宣传群众等活动。

6月,王治邦、汪德玉、王自福等人在青阳岔组织起一支赤卫军(又称"民兵游击中队"),由汪德玉任队长,王治邦任指导员,全队30余人、枪8支、大刀20余把、长矛20余支。赤卫军下辖三个分队:一分队,分队长王自福,有队员10多人,活动在李家庄、桃树峁、总关口一带;二分队,队长汪德玉兼,有队员10多人,活动在崔峁、畔沟、新庄一带;三分队,队长高登英,有队员10多人,活动在杨坪、胡家沟、双圪坨一带。赤卫军的

---

① 据高克恭回忆:"三个干部每人一支手枪,队员每人带一把鬼头大刀。"见中共陕西省委党史研究室编、姚文琦主编:《西北革命根据地回忆录精编》(三),陕西人民出版社2015年版,第312页。

② 中共榆林市委党史研究室、任德存主编:《中共榆林历史(1919—1949)》,陕西人民出版社2004年版,第118—119页;中共陕西省委党史研究室编:《西北革命根据地史》,陕西人民出版社2015年版,第280页。

③ 中共陕西省委党史研究室编:《西北革命根据地史》,陕西人民出版社2015年版,第280页。

主要任务是保卫村庄安全，配合安定游击队打豪绅、杀盐吏，为游击队作民间传递哨等。

此时，活动在靖边青阳岔镇的还有一支武装，即王锦秀为团长的保家团。这个保家团组建于1932年，有10余人枪。王锦秀成立保家团的目的是防止土匪骚扰，专门保卫家族安全和周围村庄的安全，因而从未危害过老百姓。1933年2月，谢子长到陕北发展党组织时，曾派人同王锦秀联系，向他宣传革命道理。同年4月，谢子长又派人带他的亲笔信向王锦秀借枪，王锦秀赠短枪1支、子弹100发。5月，又赠短枪2支、手榴弹8颗、子弹1袋、手电筒24把。1934年6月，谢子长到靖边亲自同王锦秀会晤，希望他投身革命。①

与此同时，王治邦、王自福、谢宝善也利用亲戚关系，动员王锦秀率保家团参加赤卫军。深明大义的王锦秀，最终毅然决定率保家团投身革命。赤卫军遂抽调10多名队员与保家团组成游击队，先是由王存定任队长，不久王锦秀继任。游击队同赤卫军统一指挥，紧密配合开展武装斗争。接着，王治邦等人又动员哥老会出身的顾青山（绰号顾老九）部20多人参加了游击队。为更好地利用这支武装，王锦秀主动提出，将游击队长职务让给顾老九，他自己则担任副队长。

赤卫军和游击队主要活动在青阳岔、卧牛城、武家坡、庄科湾、店家城、邱家坪、庙洞、大台、马营以及靖边和横山的交界地区，批斗土豪劣绅，没收地主财产分给穷人，宣传革命，发展游击队员。到1934年6月，赤卫军增至300余人，有枪30余支、大刀100余把、长矛100余支，遂升编为赤卫军大队，大队长肖明昌，指导员王治邦。

8月25日，时任中国工农红军陕北游击队总指挥的谢子长，根据陕北特委指示，从上述大刀队、赤卫军和游击队中抽调30余名队员，在青阳岔龙窑镇的过崾村正式成立"中国工农红军陕北游击队第十三支队"（简称红十三支队），以王锦秀②（后为王震川）为队长，贺树槐为政委，张四（张懋

---

① 陕西数字方志馆·新编市县志·榆林市·靖边县志·人物志。
② 此后，王锦秀先后任红八十一师排长、红二十八军一团副团长。1935年10月2日，在崂山与国民军战斗中不幸头部中弹牺牲，时年41岁。

汉）为副队长，全队10余支枪，其余为大刀、长矛。[①]

红十三支队成立后，主要活动在靖边县青阳岔、畔沟一带和横山边境地区，开展游击战争，打击土豪劣绅，消灭反动民团。先是攻打小河的张家沟，火烧了团总沈桂芳的崖窑；后又发起对沈家圪垯崖窑反动民团的战斗，处死民愤极大的民团头子郭殿青，缴枪8支，从而打通了向西发展的交通要道。随后，又配合红军主力参加了十里嘴崖窑、卧牛城崖窑和常胜湾等战斗。

1935年3月，红十三支队与红八支队合编为陕北游击队第三纵队。10月，编入米西红军游击师。[②]

十四、陕北游击队第十四、第十五支队

从1927年开始，在开展土地革命和武装反抗国民党反动派的斗争中，绥德县及其周边的革命形势不断发展，到1934年，县内大部分地区已经成为红军游击区域或"半红半白"区域，只有北区和西区仍由国民党第八十四师、第八十六师和晋军盘踞着，成为阻断南北红区通道，割裂佳（县）、吴（堡）、绥（德）、米（脂）四县红区的障碍。

要拔除国民党在绥德的势力，开辟绥德北区，就必须组建革命武装。为此，陕北特委先后派马明方、郭洪涛、张达志等到绥德北区，商议成立红军游击队的工作。8月底，马明方协同绥德六区区委，在绥德县的土地岔张家坪村正式成立"中国工农红军陕北游击队第十四支队"（简称红十四支队），任命吴创业为支队长，刘九宫为政委，侯晋哲为经济员。红十四支队成立时，有10多名队员、5支枪和一些大刀长矛。

红十四支队成立后，主要任务是发动群众，打击土豪劣绅，消灭反动

① 中共靖边县委史志办公室编著：《中国共产党靖边历史》第1卷（1925—1949），陕西人民出版社2017年版，第16—17、22页。

② 中共榆林市委党史研究室、任德存主编：《中共榆林历史（1919—1949）》，陕西人民出版社2004年版，第119页；中共陕西省委党史研究室编：《西北革命根据地史》，陕西人民出版社2015年版，第280—281页；中共横山县委党史地方志研究编纂办公室编：《中国共产党横山历史》第1卷（1921—1949），陕西人民出版社2018年版，第45页。

民团，开辟新区。后因高桂滋部的"围剿"，部队难以在当地立足，便转到清涧、安定一带游击。1935年2月1日，红十四支队和红二、红四、红五支队一起，打垮了驻防安定县南沟岔的高桂滋部一个连。2月6日，红十四支队又与其他支队一起，在清涧县高杰村打垮高桂滋部一个连。红十四支队也在斗争中不断扩大，发展到七八十人①。

1935年3月，红十四支队被编入陕北游击队第二五纵队。②

1934年秋，中共吴堡县委为了开展武装斗争，通过信件要求正在河南李象九部从事兵变工作的李启贤回家乡。当时，郭家嵋的地主王子崇正在筹划组织一支保安队为他看家护院，得知李启贤从河南部队回来后，就请他组织和训练保安队。中共吴堡县委认为，这是一个建立革命武装的好机会，便趁机将十几名共产党员送进由李启贤出面征招的保安队里。半个月后，李启贤即组织起了一支保安队，有50多人、10多支枪，李启贤自任队长和教练。

不久，由于国民党军对吴堡根据地进行"围剿"，在该县活动的陕北红军游击队第四、第六支队和其他一些武装力量都相继南下，或者暂时解散。为了冲破吴堡黑暗的政治形势，12月，中共吴堡县委在樊家圪坨召开会议，由县委书记慕生桂主持。经过讨论，会议决定策动县保安队和郭家嵋保安队举行起义，新建游击支队，进一步搞好土地分配，以发动群众粉碎国民党军第二次"围剿"。

1935年1月，为执行县委的起义计划，中共吴堡县委军事委员慕生忠联系到打入县保安队内部的共产党员薛俊高，商量保安队起义问题。1月21日，按照薛俊高的建议，慕生忠找到在保安队有影响的王增才，经过一番规劝，王增才同意参加起义，并约定了起义的时间和办法。1月22日，慕生忠又找到郭家嵋保安团的李启贤面商起义计划，后李启贤带领27人的

① 人数是依据折仲恺的回忆。见中共陕西省委党史研究室编、姚文琦主编：《西北革命根据地回忆录精编》(三)，陕西人民出版社2015年版，第317页。

② 中共陕西省委党史研究室编：《西北革命根据地史》，陕西人民出版社2015年版，第281页；中共榆林市委党史研究室、任德存主编：《中共榆林历史（1919—1949）》，陕西人民出版社2004年版，第120页。

保安团举行了起义。[①]

当县保安队的起义工作正在紧张筹备时，由特委派来吴堡县委任组织委员的魏岗发生动摇，他借口回家结婚，离开了吴堡。县委书记慕生桂分析魏岗有叛变的可能，为保护打入保安队的党员安全，县委决定提前起义。[②] 1月23日，按照事先研究好的起义方案，经过一场紧张搏斗，打死县保安队的张杨青和一名教练，起义取得成功。

此时，因国民党军队的"围剿"，米东苏区的特务队和县、区工作人员转移到佳县南部和吴堡苏区。1月25日，慕生忠代表县委将起义的保安队与米东特务处合并，在北区新庄组建了"中国工农红军陕北游击队第十五支队"（简称红十五支队），任命薛英桂（后为李启贤）为队长，慕生忠为政委，全队有30多人枪。

1月底，高桂滋部驻绥德县梁家甲的士兵李云青等4人起义，带着4支枪参加了红十五支队。2月9日晚，高桂滋部慕家塬驻军张得胜等8人打死两个排长，携带1挺轻机枪，10余支步枪，起义投奔红十五支队。[③] 红十五支队成立后20多天的时间内，连续取得了几次战斗的胜利，部队迅速扩大到100余人，有机枪1挺、长短枪80余支。当时有歌唱道："向南川，攻城川，二十天打了十七仗，胜利的消息到处传。"红十五支队所到之地，群众积极支持和拥护，吴堡根据地从此得以恢复。

1935年2月15日，红十五支队与红六支队合编为红五团，王士杰任团长，慕生忠任政委，李启贤任副团长，樊文德任参谋长，薛汉成任政治部主任。[④]

---

① 中共陕西省委党史研究室编、姚文琦主编：《西北革命根据地回忆录精编》（三），陕西人民出版社2015年版，第289、319页。

② 陕西数字方志馆·新编市县志·榆林市·吴堡县志·军事志。

③ 陕西数字方志馆·新编市县志·榆林市·吴堡县志·军事志。

④ 中共陕西省委党史研究室编：《西北革命根据地史》，陕西人民出版社2015年版，第281页；中共陕西省委党史研究室编、姚文琦主编：《西北革命根据地回忆录精编》（三），陕西人民出版社2015年版，第290页。

十五、陕北游击队第二十一、第二十二支队

1934年秋，横山县高镇的油房头村尹先昆、尹先明兄弟二人靠着一支套筒枪和一些土炮、刀矛等武器，组织起一个有七八人的游击小组，活动在高镇油房头、韩岔和艾好峁以南一带。同年冬，这个游击小组同曹洪苟领导的一支有10余人、四五支枪的游击小组合编为"中国工农红军陕北游击队第二十一支队"（简称红二十一支队），由薛兰斌任队长，杨子珍任政委，高锦武任副队长，李平任党支部书记，有队员20余人、枪5支。红二十一支队成立后，主要活动在横山的南部山区，开展打土豪劣绅和反动民团的斗争，队伍逐渐壮大。

1935年9月，红二十一支队奉命扩编为横山独立营，薛宏亮任营长，于占彪任政委，下辖3个连，共有200多人。之后，该部改编为独立团，林芳英任团长（后为贺吉祥）。①

1934年，在中共陕北特委领导下，横山县共产党员曹动之在横山、靖边和伊克昭盟交界的毛乌素西沟村秘密成立了一支10多人的赤卫队，曹动之任队长，高俊峰任副队长。赤卫队名义上属国民党十一旅管辖，但得不到任何给养和帮助。后来，曹动之等人捐献家产，招兵买马，将赤卫队由步兵改成骑兵。

8月，经西北军委批准，在横山县塔湾镇清河村将曹动之领导的这支骑兵赤卫队改编为"中国工农红军陕北游击队第二十二支队"（简称红二十二支队），吴亚雄任队长，曹动之任政委，有队员30多人、枪10多支、战马8匹。红二十二支队成立后，主要活动在横山、靖边、安定、定边和内蒙古鄂托克旗城川、乌审旗一带。

1935年冬，中共中央指示红二十二支队到瓦窑堡受训。12月20日，毛泽东代表中华苏维埃共和国中央人民政府发表《对内蒙古人民宣言》。为

---

① 中共横山县委党史地方志研究编纂办公室编著：《中国共产党横山历史》第1卷（1921—1949），陕西人民出版社2018年版，第46页；陕西数字方志馆·新编市县志·榆林市·横山县志·军事卷。

开辟伊盟新区，中共陕北省委决定将刚受训完毕的红二十二支队改编为蒙汉骑兵游击队，吴亚雄任队长，曹动之任政委。全队有 150 多人、枪 150 多支、战马 150 多匹，主要活动在陕西和内蒙古的交界地带，配合红军主力部队和地方游击队在城川、大小石砭、尔林川、纳林河、巴兔湾和乌审旗、鄂托克旗部分地区多次打击马鸿逵、张廷芝等部，维护了蒙汉人民的利益。①

十六、陕北游击队第二十三支队

1935 年 1 月，中共西北军委成立后，批准了共产党刘振华的要求，在安定县的黄家峁村组建了陕北省特务队，牛岗任队长，刘振华任政委，队员有杜炳德、朱水山、刘振亚、郭海亮等 10 多人，有枪 10 余支。

3 月，由陕北游击队第十支队和第一支队整编而成的第一纵队进入米西地区。陕北省特务队和第一纵队活动在花石崖、白草圪、土窑峁、磨石沟、瓜园则湾、李孝河、卧虎湾等地，主要从事筹款，宣传群众，发动群众打土豪，镇压反革命等斗争。

8 月 13 日，中共西北工委召开紧急会议，决定将陕北省特务队改编为"中国工农红军陕北游击队第二十三支队"（简称红二十三支队），由牛岗任队长，刘振华任政委，下辖两个班，有队员 30 多人、枪 22 支。②红二十三支队成立后，同红一纵队相互配合，主要活动于米脂县西部地区和横山一带，开辟米西苏区。红二十三支队在斗争中亦得到发展，队员达到 90 多人。9 月，红二十三支队奉命南撤。11 月，在南沟岔编入米西红军游击师。③

除上述在榆林地区活动的红军游击队外，榆林地区的一些县也成立了县委领导下的游击队。

---

① 中共横山县委党史地方志研究编纂办公室编著：《中国共产党横山历史》第 1 卷（1921—1949），陕西人民出版社 2018 年版，第 46 页；中共靖边县委史志办公室编：《中国共产党靖边历史》第 1 卷（1925—1949），陕西人民出版社 2017 年版，第 24 页。

② 子洲县史志办公室编著：《中国共产党子洲历史》第 1 卷（1923.6—1949.9），三秦出版社 2017 年版，第 35 页。

③ 陕西数字方志馆·新编市县志·榆林市·米脂县志·军事志。

这一时期，在中共陕北特委领导下的游击队，还有活跃在延安地区的中国工农红军陕北游击队第十六支队、第十七支队、第十八支队、第二十支队等。这些红军游击支队和榆林地区十几个游击队相互配合，坚决反抗国民党的反动统治，壮大了革命力量，扩大了红色政权覆盖的范围，使陕北成为中国北方的重要红色区域之一。

第一次反"围剿"斗争和建立苏维埃政权

⊙井岳秀精心策划大"围剿"

⊙中国工农红军陕北游击队总指挥部成立

⊙攻打安定城

⊙阎家洼子联席会议

⊙景武家塌和张家圪台战斗

⊙河口攻坚战

⊙总指挥谢子长负重伤

⊙打败高玉亭

⊙神府根据地反"围剿"斗争

⊙陕北特委寺墕里会议

⊙中国工农红军陕北独立师

⊙苏维埃政权的建立

从1927年8月起，中国共产党在领导武装反抗国民党反动派的斗争中，红军队伍和革命根据地不断发展壮大。到1930年夏，全国已建立起大小十几块农村革命根据地，红军队伍发展到约7万人，连同地方革命武装，中国共产党领导的武装力量共约10万人。在中国共产党领导下，红军游击战争已经成为中国革命斗争的主要形式，有力地打击了国民党反动势力，也引起了国民党统治集团的极大震惊。

1930年10月，刚刚从中原大战和湘粤桂边战争脱身的蒋介石，立即调集重兵，在全国任命了14个"剿匪"督办，向各革命根据地的红军发动大规模"围剿"。到1934年，国民党军的"围剿"已经遍及南方各革命根据地，其中对中央革命根据地的"围剿"达5次之多。

在陕西，1932年11月国民党陕西当局集中兵力向渭北革命根据地发动"围剿"，1933年4月又把"围剿"的矛头指向陕甘革命根据地。在这种情况下，陕北的军阀井岳秀也开始着手部署对陕北革命根据地的"围剿"。

实际上，自从陕北出现共产党和红军游击队之后，井岳秀就一直没有放松对革命力量的绞杀。但是，共产党组织和红军游击队仍如同雨后春笋，在陕北大地上迅速出现并不断发展。特别是1933年7月中共陕北特委第四次扩大会议后，在特委正确领导下，陕北革命形势得以迅速发展。一方面，党、团组织不断恢复、建立和健全，在积极领导群众开展革命斗争的过程中，赤卫队、妇女会、贫农会、儿童团等组织纷纷成立；另一方面，红军游击队不断建立和发展，并主动出击打击反动势力和国民党驻军。这两个方面形成合力，使得共产党和革命武装控制的区域不断扩大，形成若干小块甚至连片的革命根据地、游击根据地。

面对这样的情况，井岳秀清楚地认识到，仅以小规模的"进剿""清剿"和屠杀等，很难扑灭愈燃愈烈的革命火焰，必须像蒋介石和陕西当局一样，采取重兵"围剿"，才能彻底解决心腹大患。于是，井岳秀精心策划了对陕北根据地的第一次大规模"围剿"。

1934年5月，井岳秀以第八十六师为主力，在各地反动民团的配合下，以1万余人的兵力，向陕北根据地发动第一次"围剿"。具体部署是：

在北线，以第八十六师二五八旅刘润民部"围剿"神（木）府（谷）。其主要兵力部署在东南的沙峁、盘塘、万镇一线，主要目的是隔断神府与佳（县）米（脂）地区之间的联系。

在南线（这是井岳秀的主攻方向），以第八十六师二五六旅和二五八旅各一部，吸收大量地方民团，沿大理河、无定河，在青阳岔、石湾、双湖峪、绥德、薛家峁、清涧一线，对安定、绥德、清涧地区构成马蹄形包围圈。

在战术上，以连、排为单位驻点，分散配置，逐村蚕食，逐地推进。在兵力使用上，以班、排为单位，采取"驻剿"和"追剿"两种方式。"驻剿"部队以军事镇压和政治欺骗为主，推行保甲制度①，强迫群众修堡筑寨，摧毁红军的群众基础；"追剿"部队对游击根据地采取分进合击的战术，消灭共产党的武装力量。

第一次"围剿"开始后，国民党军来势异常凶猛，地方反动民团、地主豪绅也为虎作伥，而此时游击根据地尚未稳固，游击武装还处于分散作战的状态，因此地方党、团组织遭到了较大损失。在清涧，中共清涧城区委负责人周纪丰、惠金瑞、霍建国，高杰村区委成员白志强、白振纪，党团员惠志儒、白家荣、惠生荣等一大批革命者惨遭杀害。

为了应对国民党军的大规模"围剿"，1934年4月上旬，中共陕北特委在佳县螅镇白家硷村共产党员白备伍家里召开党、团联席会

清涧革命烈士纪念碑

议。会议期间，因国民党军警前来巡查，便转移到店镇的神堂沟村高长久家继续开会。会议决定继续开展游击战争，壮大游击队力量，努力在陕北创建一个师的红军。同时，扩大游击根据地，使苏区连成一片，相机建立苏维埃政权。

为了落实神堂沟会议精神，5月初，中共陕北特委又在佳县螅镇的王家畔村召开了陕北游击队和游击区代表联席会议，安排部署下一阶段发展游击武装力量、建立革命根据地等工作。会议讨论通过了《开展游击运动与创造陕北新红军与新苏区的决议》（以下简称《决议》），指出"陕北各支队现没有总指挥部的组织，联合共同建立陕北游击队总指挥部的组织，以便

---

① 1932年，以蒋介石兼总司令的鄂豫皖三省"剿匪"总司令部颁布《剿匪区内各县编查保甲户口条例》，规定每十户为甲，每十甲为保，联保连坐。1934年12月，国民党行政院通知各省，普遍实行保甲制度。保甲制的实质是通过联保连坐法将全国变成大囚笼。联保就是各户之间联合作保，共具保结，互相担保不做通共之事；连坐就是一家有"罪"，九家举发，若不举发，十家连带坐罪。

指挥各支队的行动"①。根据《决议》精神和国民党第八十六师井岳秀部对陕北革命根据地进行"围剿"的严峻形势，中共陕北特委认为，在敌强我弱的总形势下，要集中各地游击武装力量，统一指挥，形成重拳，进一步开展灵活机动的游击战争，各个歼灭敌人，粉碎国民党军的"围剿"，保卫陕北革命根据地。因此，决定组建中国工农红军陕北游击队总指挥部。

王家畔会议结束后，陕北特委组织部部长郭洪涛专程到安定，向在安定领导恢复红一支队和发展武装力量的谢子长②汇报了神堂沟、王家畔两次会议的情况和有关决定，谢子长表示完全同意，并指示郭洪涛将在清涧的陕北游击队第二支队和在绥德的陕北游击队第五支队调到安定，与安定的第一支队会合，成立陕北游击队总指挥部。②

7月8日，陕北特委在安定县的杨道峁正式成立"中国工农红军陕北游击队总指挥部"。由谢子长任总指挥，郭洪涛任政委，贺晋年任参谋长。总指挥部成立后，将陕北游击队红一、红二、红五支队共600余人，合组成一个战斗集团，由总指挥部统一指挥作战。

7月9日，总指挥部成立后的第二天，即决定攻打安定县城，解救被关押在城内的200多名"政治犯"。

王家畔会议旧址

安定县城地势险要，石条垒起的城墙非常坚固。城墙上有青砖砌成的垛口，遇有情况各垛口可以互相照应。东、南、北三个城门上分别筑有高大的门楼。城内有守军300多人，各城门也有数量不等的驻军把守。在城内的国民党安定县政府由大堂口、二堂口、三

---

①　中共陕西省委党史研究室、中共榆林地委党史研究室编：《陕北革命根据地》，中共党史出版社1995年版，第171页。

②　1933年11月，中共中央驻北方代表孔原派谢子长回陕西担任驻西北军事特派员。

②　《郭洪涛回忆录》，中共党史出版社2004年版，第41页。

堂口三个主体建筑构成，被逮捕的共产党员、红军战士和革命群众，即所谓的"政治犯"，被关押在二堂口内。

经过周密侦察、精心部署后，7月15日晚，谢子长率领红一、红二、红五支队和500多名赤卫队员，从东沟门向安定城进发。黎明时分，战斗打响。谢子长指挥红二、红五支队掩护红一支队攻打监狱。红一支队采取架云梯登城的办法，攻进城内，红二、红五支队也跟着攻入城内。守敌不明白红军的意图，便主动放弃东城门楼、钟鼓楼、县衙门，退守北门。

趁着天色未亮，红军军号齐鸣，敌人不知虚实，未敢出击。贺晋年吹着冲锋号和马万里、路文昌等人乘机带部队攻打二堂口的监狱。当红军冲进监狱后，被关押的200多人急忙相互砸开脚镣，在红军的护送下迅速逃出监狱。

攻打安定县城的任务圆满完成后，谢子长命令部队立即撤出战斗。天亮时分，敌人才明白发生了什么事，但悔之晚矣。事后，谢子长用这个战例教育大家说："张建南在城里有两个连，加上民团三百多人，枪支弹药比我们多几倍。红军进城不到一百人，打开监狱放出二百多'犯人'，他们干瞪眼。这说明咱们红军是好样的，是一定能战胜敌人的。"[1]

安定城战斗后，为了集中陕甘和陕北的红军力量，粉碎国民党的"围剿"，谢子长决定率部南下陕甘边，以取得中共陕甘边特委[2]的支持和帮助。

此前，陕甘边特委和陕北特委虽有联系，但因受敌人分割包围，交往并不多。而且两个特委又分属不同的上级领导，陕甘边特委归中共陕西省委领导，陕西省委又归中共中央直接领导；陕北特委归中共北方局领导，后又归中央驻北方代表领导。谢子长这次带队到陕甘边，对于加强西北革命力量的团结具有十分重要的意义。

谢子长率部到陕甘边后，7月25日，中共陕甘边特委、红四十二师党委和陕北红军游击队总指挥部在庆阳南梁的阎家洼子召开联席会议。出席会议的有陕甘边特委书记张秀山、军委主席刘志丹、军委参谋长吴岱峰、

---

① 任文主编：《陕北闹红》，陕西师范大学出版总社有限公司2019年版，第244页。
② 于1933年3月8日在照金成立。

苏维埃政府主席习仲勋，红四十二师师长杨森、政委高岗、政治部主任龚逢春，陕甘边特委委员张邦英、张策等，以及红二十六军连以上干部；陕北游击队总指挥谢子长、政委郭洪涛、参谋长贺晋年，以及游击支队长以上的干部。两方面代表加起来共有30余人。

会议决定，任命谢子长兼任红二十六军四十二师政委，并派四十二师步兵第三团（团长王世泰、政委赵国卿，全团300余人）北上，配合陕北红军游击队粉碎国民党军的"围剿"，争取尽快把陕甘边和陕北根据地连成一片。

阎家洼子联席会议旧址

阎家洼子联席会议加强了陕北和陕甘边两个特委以及两部分红军和游击队的联系。会议决定王世泰第三团北上作战，也确实增强了陕北红军反"围剿"的力量。郭洪涛后来评价说：红三团北上，同陕北游击队一起活动，对于粉碎敌人的第一次"围剿"具有十分重要的意义。如果不采取这一果断的战略措施，仅依靠陕北的武装力量去粉碎敌人的"围剿"，确实是有困难的。①

8月15日，谢子长率领陕甘边红二十六军四十二师第三团和陕北红军游击队第一、第二、第五支队，返回陕北革命根据地后，立即投入反"围剿"的进攻战斗。

鉴于敌众我寡的总形势，谢子长经与王世泰、贺晋年等商议，决定集中兵力，先消灭安定县石湾、田庄方向的敌军。

8月17日，驻守石湾镇的国民党军第八十六师姜梅生团，派其第二营的第六连窜入安定县的景武家塔，伺机与红军作战。景武家塔距石湾20余里，村子周围有大郎、二郎、三郎、四郎和五郎五座山，村子位于二郎山

---

① 中国人民政治协商会议陕西省委员会文史资料研究委员会编：《陕西文史资料》第十二辑，陕西人民出版社1982年版。

和三郎山之间北大沟的垴畔山上，易守难攻。谢子长决定集中优势兵力，采取两面夹击的办法，消灭这股孤立的国民党军。

8月17日深夜，红军从孙家河出发，向景武家塌进发，以红一、红二、红五支队占领二郎山，守住北大沟口，切断敌人向石湾逃跑的后路；以王世泰率领的红三团担任主攻，占领垴畔山，扼住敌人南窜之路；以前来支援的赤卫队、少先队和部分红军，分别占领大郎、三郎、四郎和五郎山制高点；以贺晋年率领谢绍安、李胜堂、刘明山、陈文保等十余人组成突击队，隐蔽在山畔上，随时准备突击入村，消灭敌人。

8月18日清晨，红三团一部突然向敌人发起进攻，战士们如猛虎下山，向敌人驻守的村子里猛冲猛打。在红三团掩护下，贺晋年率领的突击队从沟底迅速向村内移动。从梦中惊醒的国民党军见势不妙，一面拼命抵抗，一面向垴畔山突围。隐蔽在山上的红三团一部待敌人接近时突然开火，敌人在死伤七八个人后，又向北突围，谢子长立即命令陕北游击队进行阻击。敌人见突围无望，又向南大沟退却，红军乘势从四面八方将敌人团团围住。战斗中敌连长被击毙，残敌纷纷举手投降。

不过，也有负隅顽抗的。敌军的一个号兵和两个士兵躲进一孔窑洞里，不仅不投降，还打伤了几名红三团的战士。红三团团长王世泰见状，命一名士兵爬到窑洞顶上，从窑洞的烟囱向下投手榴弹，这才将敌人逼出来。[1]

此战共毙伤敌30多人、俘敌80多人，缴获长短枪100多支和一部分子弹、手榴弹。[2]

国民党军在景武家塌战斗失败，使井岳秀大为震怒，马上命令姜梅生团、高玉亭团、李少堂团、张建南团和地方民团共1000多人，全部出动"围剿"红军。

面对来势凶猛的敌人，谢子长派出一支小分队诱敌于安塞，主力红军和游击队在玉家湾稍作休整，便挥师向东，经过南沟岔、老君殿，迅速跳

---

[1]　中共陕西省委党史研究室编、姚文琦主编：《西北革命根据地回忆录精编》(三)，陕西人民出版社2015年版，第324页。

[2]　中国人民解放军历史资料丛书编审委员会编：《红军反"围剿"回忆史料》，解放军出版社1994年版，第805页。

出国民党军的包围圈，向敌人"围剿"军的大本营——绥德县的张家圪台挺进，于8月22日到达目的地。

红军刚到张家圪台，国民党军驻店则沟的敌连长就带两个排向红军扑来，谢子长果断命令部队向敌人发起进攻。面对攻势勇猛的红军，敌兵掉头拼命逃跑，来不及逃跑的便当了俘虏。经过半个多小时的战斗，红军歼灭了敌人两个排。在薛家峁的国民党军听到枪声，急派一个排向店则沟增援，也被红军击退。这一仗共歼敌70多人，缴枪70余支。

张家圪台战斗后，部队进到袁家沟附近集结。此时，清涧地下党组织派人来找谢子长，要求部队拔掉河口镇的敌人据点。谢子长得知，河口镇有敌人一个连据守，与驻清涧、延川的国民党军遥相呼应，形成互相配合的战略网，对清涧的红色区域构成威胁，严重影响红军游击队的活动和红色区域的发展，遂决定消灭河口镇的敌人。

红军随即从袁家沟出发，向东南开进，经下武林、白家川，直逼河口镇。河口镇位于清涧县东南无定河与黄河的交汇口，与山西隔河相望，城池坚固，地势险要，一座突兀大山位于河岸，敌人在山上筑有紧固的工事，可以居高临下，因而易守难攻。在这里驻守的是国民党第八十六师五一五团三营的第十一连和一些地主武装。

8月26日深夜，红军冒雨从清涧的袁家沟出发，准备利用雨夜偷袭河口镇。红军的部署是：谢子长和王世泰带领红三团由西向东，攻击河口镇主阵地；贺晋年带红一、红二、红五支队迂回河口，沿黄河岸向河口镇进攻。

此时，天黑雨大，偷袭的红军队伍只能是后面的人拉着前面人的后衣襟朝前走，就连带路的向导也很难辨清脚下的路。直到敌人的哨兵开了枪，这才发现已经摸到了敌人眼皮子底下。既然敌人已经发现，就不能再实行偷袭，只能改为强攻。

8月27日拂晓，战斗打响。担任主攻任务的红三团从河西山顶直扑国民党守军；游击队则控制黄河渡口，截断国民党军东逃之路，形成东西两面夹击之势。国民党军被迫放弃外围据点，退守到碉堡和村边的工事里凭坚固守，拼死顽抗。红军虽然多次进攻，但因缺乏攻坚武器均未能奏效。

总指挥谢子长见部队进攻受阻，便亲自到阵地前沿查看，不料被敌军从碉堡中射出的子弹击中胸部。对于谢子长负伤的经过，在场的黄罗斌是这样回忆的：

> 我在二连指挥所，谢子长也来了，我们一起观察敌人据守的窑洞地形。有一个陕北苏区的区委书记，半跪在指挥所前面隐蔽着半截身子向敌人喊话："交枪不打人。"区委书记后面站着二连连长李得胜，再后面是我，我后面是谢子长。区委书记话音刚落，一声枪响，他就倒了下去，子弹一直穿了过来，打掉了李得胜的一个纽扣，在我衣襟上穿了一个小洞，最后又打在子长的胸部。区委书记当场牺牲，谢子长负了重伤。[1]

谢子长负伤后，顾不上自己的伤势，用左手捂着胸口，右手抢着驳壳枪，继续指挥战斗，直到血流过多，倒在地上，才被身旁的人硬抬下前沿阵地。这时候，谢子长的警卫员，也是他的侄子谢福成拉过马来让他骑马后撤。谢子长看到前面山坡下躺着几个负伤的战士，就叫谢福成先去抢救。谢福成执意要先救他，被他厉声呵斥："你就知道顾老子！别管老子，快去抢救其他伤员！"谢福成不敢违抗，忙去抢救其他伤员。直到受伤的同志全部撤下山后，谢子长才同大家一起撤出了战斗。[2]

谢子长负伤后，红军又经过一天激战，仍未攻克，遂主动撤围。河口镇国民党守军唯恐红军再次进攻，于次日主动放弃河口，东渡黄河绕道山西逃回清涧县城，这颗钉在黄河边上的"钉子"就这样被拔除了。

为了不影响士气，身负重伤的谢子长要求知情者对他负伤的事保密。当时红军没有任何医疗设备，谢子长的伤无法得到科学有效的治疗，再加上部队经常转移，甚至没有一个安全的地方让他养伤。面对这样的情况，

---

[1] 中共陕西省委党史研究室、中共甘肃省委党史研究室编：《陕甘边革命根据地》，中共党史出版社1997年版，第374页。

[2] 中国人民政治协商会议黑龙江省委员会文史资料研究委员会：《黑龙江文史资料》第七辑，黑龙江人民出版社1982年版，第89—90页。

大家心情都十分沉重、焦急。谢子长为了安慰大家，在干部会上说："要革命就不要怕牺牲，打仗总是有伤亡，我这点伤不要紧。"[1]他不顾身负重伤，毅然率部继续战斗。

河口失守后，井岳秀调在保安进攻陕甘边根据地的高玉亭率部迅即东进，配合"围剿"陕北红军。高玉亭亲自带一个营先行到达横山的董家寺一带，扬言不出一个月即剿灭陕北红军。

了解此情况后，谢子长率陕北游击队在董家寺、董家沟一带设伏。埋伏在白杨树坪黄渠砭的是红一支队中队长路文昌率领的部队，当他们发现敌人的尖兵部队后，突然发起冲锋，敌人一时慌乱起来，纷纷后撤。高玉亭见此，重新部署兵力，下令以机枪开路掩护，以一个连的兵力发起冲锋。路文昌中队也以更加猛烈的火力回击敌人，再次打退敌人的冲锋。

谢子长预料到高玉亭决不会善罢甘休，一定会有更大的行动，便命令贺晋年带第一支队绕到董家寺西北的石畔村，王世泰率红三团抢占九仙庵，他自己则带部分部队赶到白杨树坪以西。这三处都是高地，易于对敌人形成包围之势。红军刚刚进入预定阵地，高玉亭就以四个连的兵力发起进攻，决心凭着人多势众和武器精良，与红军决一死战。红军则从左、中、右三面向敌人发起攻击。一番激战后，高玉亭见部队渐渐支撑不住，就指挥部队边打边向营盘山高地撤退，企图居高临下，控制周围山头。

谢子长明白高玉亭的用意，马上命令刘明山、陈文保带领十几名能打能跑的战士，抢占营盘山。当敌人爬到半山腰时，已经占领山头的红军先甩出一颗颗手榴弹，接着向敌人猛烈射击。遭到打击的敌军顾不上听从高玉亭的命令，连滚带爬地向山下逃去。红军胜乘追击，直追到宋家沟才收兵。

红军在反国民党军第一次"围剿"战斗中灵活机动的战术，令"榆林王"井岳秀等国民党军在陕北的上层领导束手无策。1934年8月31日，榆林国民党控制的《上郡日报》就有这样的报道："近日陕北驻军多被赤匪缴械俘虏，驻军虽全力剿除，惟匪出没无常，时而千百成群，时而三五分散，

---

[1]　刘明山、刘青山：《忆谢子长烈士》，《人文杂志》1981年第S1期。

难以奏效。""各军政长官甚为焦虑，纷纷急电当局，请速设法防范，以免临时无所措施。"①

经过近一个月的战斗，谢子长指挥的部队拔掉国民党军3个据点，击毙国民党军200余人，俘虏100余人，缴获步枪160余支。

1934年9月，井岳秀调动第八十六师第二五八旅对神府根据地发动军事"围剿"，以第二五八旅旅长刘润民两个团的兵力，部署在神府根据地的边缘石窑上、瓦罗、沙峁镇、新寨子、万户峪等地进行"围剿"；以高锡庚、杨相枝两个营的兵力，进入根据地腹地进行"追剿"。

根据神府根据地形势的变化，9月18日，中共陕北特委决定将红三支队正式改编为"中国工农红军陕北独立师第三团"（简称红三团），团长王兆相。为了应对国民党军的"围剿"，中共神木县革命委员会一面号召广大群众实行坚壁清野，一面调活动在神木一区的红三团北上府谷境内，实行外线作战。

10月初，红三团突破国民党军两个营的包围圈，抵达府谷北区，与韩锋、张子玉领导的红七支队会合后，决定先打府谷北区的重镇哈拉寨，解决部队过冬的给养。哈拉寨镇处于内蒙古与陕西省的交界处，镇上有数百户人家，店铺林立，客流量也很大。红三团和红七支队进攻哈拉寨的战斗十分顺利。红三团团长王兆相回忆说："在哈拉寨，我们消灭了一个反动民团，捣毁了区公所，镇压了一个国民党区长，还把几户大地主、大豪绅的粮食、衣物等浮财分给贫苦群众，同时给红三团筹集了一批过冬衣物和白洋。"②

红三团和红七支队进攻哈拉寨后，国民党军刘润民部急忙调动高锡庚营和杨相枝营北上府谷北区，企图堵击红军。红三团团长王兆相和政委杨文谟等决定，留下红七支队在当地坚持斗争，红三团南返神木。

11月下旬，红三团接到万户峪地下党组织送来的密信，报告打入驻万

---

① 中国人民解放军历史资料丛书编审委员会编：《红军反"围剿"回忆史料》，解放军出版社1994年版，第806页。

② 中共陕西省委党史资料征集研究委员会、中共榆林地委党史研究室、中共神木县委党史办公室编：《神府革命根据地》，陕西人民出版社1990年版，第158页。

户峪国民党军张孝先连担任文书的地下党员张德超联络了十几个人准备起义，希望红三团前去接应。红三团立即行动，最终协助张德超、吴子明、薛荣祥、姜安雄、高育才等13人成功起义，加入红三团。

在两个多月的时间里，红三团和红七支队密切配合，利用熟悉地形，又有广大群众大力支持的有利条件，同敌人巧妙周旋，并不断给国民党军和地方民团、土豪劣绅以打击，最终取得神府根据地第一次反"围剿"斗争的胜利。

1934年11月7日，神木县苏维埃政府在呼家庄正式成立，经过选举，选出苏维埃政府主席呼子威（后叛变），副主席王恩惠，土地委员呼子长（后叛变），财政委员杨维元，粮食委员王道三，军械委员乔殿栋。

1934年冬，神府苏维埃区域开始实行土地分配政策，获得了土地的广大贫苦农民斗争热情大大提高，各种群众性组织纷纷涌现，协助红军反"围剿"成为普遍行动。曾在神木、佳县一带从事党的地下工作的武开章回忆当时的情况时写道：

> 各村都有连接哨，百里外的敌人一出动，放哨的群众迅速地将敌人出动的方向传给其他村庄的连接哨，一村传一村，不到两个钟头，就可传遍各个有关村庄。向区、县级负责同志和部队传信，也采用这个办法，这是当时的"无线电话"，真是灵通得很。各地组织的游击队，经常到附近敌占区袭击和骚扰敌人。尤其是赤卫军和少先队平时担任肃反、戒严、维持社会治安等工作；战时又勇敢地配合红军游击队作战，红旗飘扬，声势浩大。①

到1935年初，神府根据地扩大到东至黄河，西至榆林的建安堡附近，南到佳县的岔道铺，北到府谷的托儿坝、黄甫，东西宽150里，南北长400里，人口约14万。神木县13个区，有6个区建立了苏维埃政权，其余7个区为游击区，并建立有中共秘密区委。府谷县7个区均建立了苏维埃政

---

① 刘亮、武南耀：《武开章》，中央文献出版社2015年版，第49页。

权和中共区委。神府苏区共有党员 2000 多名，共青团员 1000 多名。各乡各村普遍建立起赤卫军和雇农工会、贫农团、妇女会、儿童团等组织。此外，中共神木县委还在黄河东岸的山西兴县西部地区组建了 3 个秘密区委。

第一次反"围剿"斗争取得胜利后，中共陕北特委根据敌我力量变化的态势，认为下一步党组织的主要任务是迅速巩固和扩大根据地，发展红军，建立苏维埃政权，开展土地革命，以集中全力巩固乡村阵地，使小块的红色区域迅速发展成几个县乃至十几个县的统一的大块根据地。

为此，1934 年 8 月 28 日，中共陕北特委在清涧县的寺墕里召开会议。参加会议的有特委委员马明方、崔田夫、张达志、郭洪涛、李铁轮等[1]，红二十六军四十二师第三团的领导干部也出席了会议。会上总结了第一次反"围剿"的经验教训，部署第二次反"围剿"的各项工作。会议充分肯定陕北游击队总指挥部在陕甘边红二十六军第三团有力配合下，粉碎国民党军事"围剿"的战绩，认为扩大红军力量，建立正规红军部队，是粉碎国民党大规模军事"围剿"、保卫革命根据地的必由之路。

寺墕里会议通过了马明方起草的《关于冲破"围剿"决议案》，并作出如下决定：其一，成立各级革命委员会，领导农民分配土地；其二，扩大红军编制，成立中国工农红军陕北独立师，红军游击队第一、第二、第三支队改编为陕北独立师的三个团，并继续组建新的游击队；其三，由李铁轮任团特委书记；其四，陕甘边红二十六军第三团返回陕甘边根据地，回归建制。

陕甘边红二十六军第三团就要离开陕北根据地了。这次陕北之行，使全团将士深深感受到陕北人民对红军的爱戴和拥护。甚至在许多年后，这种感受也难以忘怀。时任红三团团长的王世泰在回忆自己的红军生涯时，依然记得当时的情景：

　　　子长同志率红三团北上陕北以来，指战员情绪饱满，士气高昂，

---

[1]　一说谢子长也参加了会议。见张化民编著：《谢子长传》，中共中央党校出版社 2015 年版，第 253 页。

受到陕北特委和广大群众帮助和爱戴。部队每到一地，特委就组织群众热烈欢迎，亲切慰问，组织各游击队、赤卫军积极配合红军行动，组织担架队运送伤员，送米送面支援前线。特别是许多大娘、大嫂、大姑娘抢着为我们缝补衣服、烧水做饭，亲如一家；大爷、大哥、大兄弟给我们铡草喂马，站岗放哨，支援红军。这一切，使我们非常感动，大家说："陕北革命根据地基础好，人民群众觉悟高。""人民群众热爱我们红军，我们红军更要为保卫根据地、保卫人民群众，奋勇杀敌。"还有许多同志激动地说："为了陕北人民得解放，就是献出生命也心甘情愿。"事实上，不少同志实现了自己的诺言，将一腔热血洒在陕北的土地上。[1]

中共陕北特委寺墕里会议后，陕北根据地出现了迅速发展的大好形势。

首先是中国工农红军陕北独立师的成立。根据陕北特委寺墕里会议决定，8月底，中国工农红军陕北游击队总指挥部撤销，成立中国工农红军陕北独立师。

9月18日，在安定县的崖窑沟，中共陕北特委负责人郭洪涛宣布陕北游击队第一支队与第八支队合编为陕北红军独立师第一团，谢子长亲自为第一团授旗。第一团由贺晋年任团长，马佩勋任政委，路文昌任参谋长。第一团下辖三个连：一连连长陈文保，二连连长李仲英，三连连长梁文有。全团共有200余人、100多支枪。

同一天，在神木一区的王家庄，红三支队改编为陕北红军独立师第三团，团长为王兆相，政委为杨文谟，参谋长为刘鸿飞。第三团下辖三个步兵连、一个骑兵连：一连连长王进修、指导员贾如胜；二连连长刘德、指导员马尚前；三连连长贺伟、指导员刘锦华（刘镇西）；骑兵连连长柴瑞。全团共300余人、200余支枪。

11月4日，在清涧东区的小马家山，由中共陕北特委负责人郭洪涛（一

---

① 中共陕西省委党史研究室编、姚文琦主编：《西北革命根据地回忆录精编》（三），陕西人民出版社2015年版，第326页。

说马明方)主持,陕北游击队第二支队扩编为陕北红军独立师第二团,团长为郭玉人,政委为马万里,参谋长为惠世良。第二团下辖三个步兵连和一个学兵连,约300余人枪。

在加强军队建设和军事斗争的同时,陕北各县党的组织也普遍得到发展壮大。1934年12月8日,中共中央驻北方代表给中央的报告中专门列出"党的进展状况"部分,详细汇报了各县县委和革命委员会的情况:

1.神府建立一县委,划分三个区委,支部52个,同志700多,赤卫队人2000多……现正准备建立革命斗争委员会。

2.葭县建立一县委,分三个区委,支部52个,同志300多,赤卫队人千数个……建立革命委员会的条件已成熟。

3.吴堡建立一县委,分三区委,支部40多个,同志400多,赤卫队千数人……建立革命委员会的条件已成熟,现已准备成立。

4.清涧建立一县委,划分三区委,支部29个,同志200多,赤卫队人2500多……现在筹备建立革命委员会。

5.绥德建立一县委,划分五区委,支部29个,同志200多,赤卫队员200多。

6.安定县委下有三个区委,支部30多个,同志200多,赤卫队1000多人……革命委员会已建立起来。

7.横山建立一区委,支部19个,同志100多,赤卫队员200多,现已决定成立县委。

8.米镇(即米脂)建立一区委,支部10多个,同志百多人。

9.安塞、保安、延长、延川等县都有党的组织,但是不很健全。①

在中共陕北特委积极领导下,1935年1月,陕北苏区第一次工农兵代

---

①　中共陕西省委党史研究室、中共榆林市委党史研究室:《中国共产党历史资料丛书——陕北革命根据地》,中共党史出版社1995年版,第240—241页。

表大会在赤源县白庙岔召开，会议讨论了各级苏维埃政权建设和开展土地革命、巩固发展革命根据地等问题。会议选举产生陕北省苏维埃政府，主席马明方，副主席崔田民、霍维德。陕北省苏维埃政府隶属中共西北工委领导，先后下辖神木、佳县、吴堡、绥德、清涧、安定、赤源、府谷、秀延、子长、延川、延水、米西、靖边、延安、瓦窑堡等县（市）革命委员会、苏维埃政府。①陕北省苏维埃各级政府的成立，是陕北革命根据地发展的重要标志。

在中共陕北特委和陕北省苏维埃政府领导下，各县革命委员会经过选举改为县苏维埃政府，各区、乡也相继成立苏维埃政府。各级苏维埃政府的工作主要是：分配土地、颁发土地证；进行肃反以巩固苏区；开展游击战争；扩红、优红，支援前线；发展文化教育，破除迷信；宣传执行婚姻法；宣传抗日救国，发展统一战线；发展经济和贸易等。其中，分配土地是各级苏维埃政府的首要工作。

分配土地实际上是陕北农村的一场土地革命运动。为了保证土地分配有序进行，中共陕北特委和陕北省苏维埃政府先在清涧县的袁家沟、圪洞坬村和安定县的玉家湾村进行试点工作，根据试点取得的经验举办分配土地训练班，培养骨干力量，再在整个陕北根据地进行推广。

分配土地的前提是根据占有土地和财产的多少划定成分。当时划定的成分有地主、富农、富裕中农、中农、贫农、佃农、雇农共七类。根据不同的成分，再采取不同的政策，按成分、劳力、人口分配土地。在对地主成分的界定和政策上，规定凡全家人完全依靠剥削，如出租土地、放高利贷、雇佣人的，均划为地主。对地主的政策是：取消所有农民的欠债，土地、财产和生活必需品全部没收。对于富农，规定凡全家人生活大部分依靠自己劳动收入，少部分依靠出租土地、放债、雇佣半工或一至二个长工的，均划为富农。对富农的政策是：取消所有农民的欠债，好土地没收，多余的家产没收，全家分坏地。[1]上述政策归结起来就是"地主不分地、富农分坏地"[2]。对于生活自给自足的富裕中农欢迎主动献出多余的土地；中农的土地不动，不够种的补足；贫农和雇农分好地。在分配土地的同时，烧毁所有地契。土地改革运动的大规模开展，使榆林地区的广大农民实现了拥有土地的梦想，极大地调动了革命热情和生产积极性，人民生活因此得以改善，从而也极大地改变了榆林地区农村的面貌。

在进行土地革命的同时，苏维埃政府的其他工作也紧锣密鼓地开展起来。陕北游击队各支队纷纷建立并迅速发展，还有突击队、武工队、赤卫军、少先队等也活跃在陕北的广大农村。至此，陕北革命根据地由被白色区域分割的若干小块连接成安定、清绥、佳吴、神府四个大块革命根据地。

---

[1]　中共吴堡县委史志办公室编著：《中国共产党吴堡历史》第1卷（1921—1949），陕西人民出版社2018年版，第58页。

[2]　中共中央到陕北后，纠正了土地改革中这个"左"的政策，规定地主、富农必要的生产和生活资料不能没收。

第二次反"围剿"斗争

⊙蒋介石部署第二次"围剿"

⊙刘志丹率部到陕北

⊙周家硷会议

⊙谢子长逝世

⊙旗开得胜：南沟岔战斗

⊙三战三捷

⊙刘志丹化装侦察

⊙玉家湾会议

⊙激战吴家寨子

⊙马家坪歼灭战：军民配合之杰作

⊙解放延长城

⊙贺晋年带突击队破安塞

⊙决胜：镇靖之战

⊙神府根据地反"围剿"失败

第一次反"围剿"胜利后，陕北革命武装力量的发展壮大和革命根据地的开辟、苏维埃政权的建立，引起蒋介石的高度警惕。从1934年10月开始，蒋介石在部署重兵对长征中的中央红军和其他红军部队进行围追堵截的同时，调集5个师25个团4万余人的兵力，对陕甘和陕北（包括神府）革命根据地进行第二次军事"围剿"。

国民党军"围剿"陕北（包括神府）根据地的具体部署是：

以井岳秀第八十六师的3个团进攻神府苏区。以八十六师的五一二团由府谷南下，五一四团由神木沿窟野河东进，五一五团一部扼守万镇、通秦镇一线,五一五团另一部和五一六团由横山、靖边沿大理河岸形成右翼包围战线。

调河南的高桂滋第八十四师到陕北。以八十四师的4个团分别进占绥德、清涧、延川、延长、延安,作为左翼围攻部队。另以一个团进占瓦窑堡。此外,八十四师还分兵一部,控制绥德、义合至宋家川的道路,与八十六师通秦镇一线阵地相配合,形成对米(脂)佳(县)吴(堡)地区的南北夹击之势。

在东线,调集山西阎锡山第三十三军孙楚部、第一一九军李生达部的两个师驻吴堡、宋家川、枣林坪、定仙墕、界首一线,作为防守部队。在西线,调集马鸿宾第三十五师的七个团,集结于府谷至横山沿长城一线,作为增援部队。为了监督各部队执行任务和加强各部队之间的协作,蒋介石派出以毛侃为团长的参谋团,与高桂滋八十四师师部同驻绥德。

按照蒋介石的部署,"围剿"部队在军事上采取围堵结合、分区"清剿"的办法。主力部队分驻在根据地的中心要地,一方面修筑堡垒,一方面以连或营为单位,吸收土豪劣绅和反动民团,四处"清剿",烧杀抢掠。同时,还在地方推行保甲制度,成立"肃反委员会",组织"反共清乡团""铲共义勇队"等反动组织,配合主力部队的剿共军事行动。为了割断群众与红军、游击队的联系,敌人还采取并村的办法,强迫老百姓离开世代居住的村子,转移到敌人把守的村子或敌人驻扎的堡垒内。

此时,陕北的红军和游击队力量还相对薄弱,尤其是游击队员大部分使用的还是大刀长矛,而且缺乏军事训练,也没有多少战斗经验,要抵抗数量庞大且装备精良的国民党军队,显然力不从心。

为了彻底粉碎国民党对陕北革命根据地的第二次"围剿",1934年10月,中央驻北方代表孔原派巡视员黄翰(即张子华)到陕北巡查。陕北特委领导人郭洪涛和李铁轮向黄翰反映了陕北党组织和苏区的情况,并建议陕甘边的红二十六军一部到陕北,同红二十七军会合,集中兵力打击进犯陕北根据地的敌人。同时,鉴于谢子长伤势严重,建议刘志丹到陕北,统一指挥两支红军队伍。黄翰同意了郭洪涛和李铁轮的意见,遂给陕甘边区特委和红二十六军写了信。这封信经谢子长看过后送出。①

　　1935年1月30日，按照中共陕北特委和中共驻北方代表的指示，以及西北军事特派员谢子长等的意见，在赤源县的白庙岔将陕北红军独立师正式组建成中国工农红军第二十七军八十四师，任命杨琪为师长，张达志为政委，朱子休为参谋长，崔世俊为经理处长。原陕北红军独立师的第一团、第二团，仍为八十四师的第一团、第二团；原陕北独立师的3个团，因要坚持神府地区的斗争，不能与师主力会合，故改编为神府独立团。后来，将陕北红军独立师的第五团改编为八十四师第三团。红二十七军八十四师的成立，标志着陕北红军从广泛的游击战争，进入到创建正规部队的新阶段。

　　同月，中共陕甘边特委派刘志丹等率红二十六军四十二师第三团北上陕北，配合陕北红军进行反"围剿"斗争。刘志丹到陕北后，去赤源县水晶沟灯盏湾看望正在养伤的谢子长。郭洪涛回忆当时的情况时说：

刘志丹

　　志丹同志来到赤源，陕北特委开了欢迎会，由我致了欢迎词。之后，我与白坚同志陪同刘志丹同志去看望谢子长同志，当时商定成立西北军委，在研究主席由谁担任的问题上，子长、志丹两同志互相推让。子长同志认为自己伤重，建议志丹同志当军委主席；志丹同志坚决不同意，他深情地表示："老谢是老大哥，是中央驻北方代表派驻西北的军事特派员，应当担任军委主席，我协助完成任务。"②

　　2月5日，中共陕北特委和陕甘边特委在赤源县周家硷举行联席会议。

---

① 中共甘肃省委编：《纪念刘志丹》，中共党史出版社2014年版，第213页。
② 《郭洪涛回忆录》，中共党史出版社2004年版，第62页。

刘志丹、崔田夫、高岗、马明方、郭洪涛等[①]出席会议。与会人员一致同意成立中共西北工作委员会（简称"西北工委"）和西北革命军事委员会（简称"西北军委"），统一领导陕甘边、陕北两块根据地和红二十六军、红二十七军。会议决定撤销中共陕北特委，原由中共陕北特委领导的各县县委改由中共西北工委直接领导；陕甘边特委继续保留。中共西北工委隶属中共中央驻北方代表领导，书记惠子俊（实际未到任，由崔田夫代理），组织部部长郭洪涛，宣传部部长张秀山，妇女部部长白茜；西北军委主席刘志丹，副主席谢子长[②]，委员有高岗、杨森、杨琪、张秀山、张达志。

在组织问题解决之后，会议认真讨论了如何粉碎国民党军第二次"围剿"的问题。大家分析敌情后认为，高桂滋部初到陕北，人地两生，其兵员大多来自冀鲁豫平原，不适应山地作战。高桂滋原为井岳秀的部下，后来脱离井岳秀投靠了蒋介石，并很快升任到师长。高桂滋是定边人，有驱走井岳秀而独占陕北的企图，因此井岳秀对他存有戒心。此次两军联合进攻陕北根据地，井岳秀明里积极配合，暗里则持隔岸观火的态度，以坐收渔人之利。

经过分析上述情况，刘志丹认为，应集中红军优势兵力，对国民党军实行各个歼灭的方针，先打孤军深入的高桂滋部，再打井岳秀部。具体计划是：第一步，先消灭分散在绥德、清涧、安定、延川中心苏区内的高桂滋部，采取调虎离山之计，诱其出笼，在运动中消灭或以伏击战歼灭；第二步，集中优势兵力向苏区外奔袭，打击国民党军守备薄弱且孤立的据点和城镇，力争陕北根据地与陕甘根据地连成一片。

会议同意刘志丹的分析和建议，确定了反"围剿"斗争的战略方针，即集中力量，坚决打击深入苏区的高桂滋部，进而打通陕北、陕甘边及神府苏区的联系。

---

① 关于出席会议的人名单，据中共榆林市委党史研究室、任德存主编的《中共榆林历史（1919—1949）》（陕西人民出版社2004年版，第123页）记载为：惠子俊、刘志丹、崔田夫、高岗、马明方、郭洪涛等。本书采用的是《郭洪涛回忆录》（中共党史出版社2004年版，第62页）的说法。据郭洪涛回忆，惠子俊率部队护送刘志丹到赤源后，随即率部队返回陕甘边。

② 也有一说是西北军委主席为谢子长，刘志丹为副主席。由于谢子长养伤未到职，实际工作是由刘志丹负责。

为了加强对陕北游击队的领导，使其有效地配合主力红军作战，西北军委决定将游击支队改编成三个纵队。具体部署是：由第一、第十支队合编的第一纵队，向米西以北发展，以策应神府的武装力量；由第四、第五、第六、第十四、第十五支队合编的二五纵队，坚守绥德、佳县、吴堡一带，并相机沿黄河向神府方向发展；由第八、第十三支队合编的第三纵队，向靖边县城以北长城内外发展，威胁井岳秀八十六师侧后，积极创造新的苏区；其余各游击队，一部向安塞、延安方向发展，对安塞、延安形成包围之势；一部向东发展，隔黄河与晋军对抗。

根据周家硷会议精神，由刘志丹起草了中国工农红军西北革命军事委员会关于粉碎国民党"围剿"的动员令，号召根据地全体军民紧急动员起来，为粉碎国民党第二次"围剿"而英勇奋斗。动员令对西北红军的反"围剿"斗争作出具体部署，要求陕北根据地各红军部队积极做好发动群众的工作，协同工农民主政府分配土地，开辟红色村庄，扩大新根据地，壮大武装力量。要求红军、游击队、赤卫队和少先队加强政治思想工作，树立积极战斗的信心，必须执行严格的军事化管理，服从命令，听从指挥，反对散漫习气和无组织无纪律状态。此外，动员令还对建立供应、补给、修械和后方医院等作了具体布置，提出在绥清地区和下寺湾两地建立军委办事处和陕甘军事委员会，负责战争勤务工作。[1]

为了在反"围剿"战斗中充分发挥地方武装的作用，西北军委决定对

周家硷会议旧址

---

[1]　参见中国人民政治协商会议陕西省委员会文史资料研究委员会编：《陕西文史资料》第十一辑，陕西人民出版社1982年版。

各地赤卫队队长进行为期10余天的轮训。刘志丹不仅亲自召集和主持轮训，而且亲自上课上操，讲解赤卫队必须遵守的纪律和游击战术，指导大家操练武器，强调粉碎敌人"围剿"的重大意义。①

正当西北军委加紧部署根据地反"围剿"斗争的关键时刻，1935年2月21日，谢子长由于病情恶化，不幸逝世。谢子长的逝世，是中国共产党和西北革命事业的重大损失。②谢子长去世后，由高岗担任西北军事委员会副主席。

陕北根据地第二次反"围剿"斗争，是从1935年2月开始的。

高桂滋部第八十四师由河南调入陕北后，其具体部署是：八十四师师部和四九九团驻绥德，二五〇旅（旅长刘杰三）旅部驻田庄；二五一旅

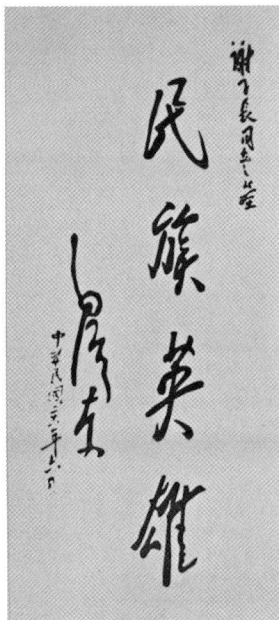

毛泽东为谢子长题词
（1939年6月23日）

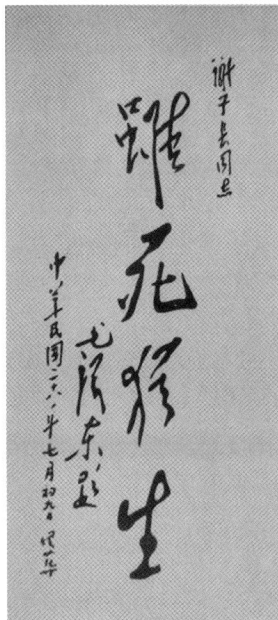

毛泽东为谢子长题词
（1939年7月9日）

① 中共陕西省委党史研究室编、姚文琦主编：《西北革命根据地回忆录精编》（五），陕西人民出版社2015年版，第103页。

② 为了永远纪念谢子长，中共西北工委于1942年决定将安定县改名子长县。1946年，中共中央西北局及陕甘宁边区政府，在瓦窑堡为谢子长举行了隆重的追悼会和公葬仪式，毛泽东、朱德等中央领导人为谢子长题了词。

（旅长高建白）旅部驻清涧；五一一团沿大理河延伸至石湾一线，与井岳秀的八十六师衔接；五〇一团驻清涧、延川、延安；师属骑兵连驻延长；五〇〇团进占安定县城和瓦窑堡、永坪镇一线。这样，八十四师便在安定、绥德、清涧、靖边、横山构成了一个由安定石湾经绥德、清涧到延安的封锁线。高桂滋企图依托这条封锁线，逐点逐区地向四周扩展。

在安定县的南沟岔镇，驻有高桂滋部四九九团的一个连，是高桂滋部深入安定的前哨连。该连进入根据地后，几乎天天出动"清剿"，异常骄横。为了打击其嚣张气焰，同时掩护主力红军集结和进行反"围剿"的各项准备，红二十七军八十四师决定主动出击，消灭南沟岔的敌人。2月1日，红八十四师将主力第一、第二团隐蔽集结于南沟岔镇宋家坪村两侧，然后由游击队、赤卫队将敌人诱出碉堡，待敌人进入伏击圈后，红军突然出击。战斗中，红一团的一个叫李富贵的班长，在一个小山堡上与几个敌人展开激战，子弹打光后，他急中生智，用手猛向敌人扬土，趁对方一时难以睁眼之际，猛扑过去夺了敌人的枪支，继续与敌人战斗，直到彻底消灭敌人。①

此战，仅用两个多小时便将敌人全部歼灭，共俘敌七八十人，缴获各类枪100余支，其中有轻机关枪3挺，还有部分弹药。

南沟岔战斗标志着陕北根据地第二次反"围剿"斗争旗开得胜。

南沟岔战斗结束后，部队随即转移至玉家湾一带稍作休整，决定乘胜转至清涧县打击敌人。清涧县的高杰村是个较大的村子，驻有高桂滋部高建白旅的一个连。该连以高杰村为中心，频繁出动"清剿"周边地区，使当地党组织遭到严重破坏，群众生命安全受到严重威胁。

2月13日，红八十四师主力隐蔽转移，埋伏在高杰村附近的阎王砭两侧，由陕北游击队新第二支队和赤卫队将驻防高杰村的敌人诱至阎王砭的伏击圈后，红军主力乘机四面合围。经过1个多小时的激战，除了留在高杰村的少数守敌外，被诱出村的两个排的敌人全部被歼灭。新二支队的支

---

① 中共陕西省委党史研究室编、姚文琦主编：《西北革命根据地回忆录精编》（五），陕西人民出版社2015年版，第106页。

队长惠世良在战斗中不幸牺牲。

此后，红军准备转移到安定县再寻战机。3月初，在途经贺家湾附近的村子时，侦察员和地下党组织获悉清涧的一连敌人正向延川驻守部队护送军饷。贺家湾是清涧到延川的必经之路，依山傍水，地形非常适合伏击敌人。于是，红军决定隐蔽在贺家湾等待战机。不久，敌人即进入红军的埋伏圈。激战仅1个多小时，便将敌人全部消灭，并击毙敌连长1名，缴获了大量武器弹药和所送的军饷2000多块银洋。[①] 红二团政委李宗贵在战斗中身先士卒，冲锋陷阵，不幸头部负了重伤。

红二十七军的三战三捷，打击了高桂滋部的嚣张气焰，迟滞了其对根据地的进攻，同时增强了红军夺取反"围剿"斗争的信心，鼓舞了根据地人民群众的斗志。

4月24日，驻石湾国民党军队派出八十六师五一二团一营驻石湾的李云发第十连，沿沙庄则、阳岔、阳台一带西进，企图搜索、消灭赤源县四区区委。因一时没有搜寻到中共党团干部和游击队员，26日晚，该连到寺畔驻扎，企图以寺畔为基地，对这一带的革命力量进行"清剿"。

为了打击国民党军的嚣张气焰，刘志丹率兵进驻青阳岔卧牛城后，亲自乔装打扮到青阳岔龙腰镇的老爷庙集会上卖碗，借机侦察石湾国民党李云发营驻龙腰镇、寺畔的兵力部署情况。了解到具体情况后，他决定夜袭寺畔，消灭这股国民党军队，达到打一点解放一片的目的。

4月27日晚，刘志丹集合红二十六军四十二师三团、义勇军（相当一个团）和陕北游击队第三纵队，由谢宝善、李应祥带路，从卧牛城出发。部队抵达庙界后，兵分三路，秘密向寺畔行进，于拂晓前对寺畔形成三面包围之势。

按照事先部署，先由李应祥带红三团突击队员潜行，迅速占领垴畔梁制高点，活捉了正在打盹儿的哨兵，然后从垴畔山上往院里投掷手榴弹，其他部队也迅速投入战斗。一时间，枪声、手榴弹爆炸声、喊杀声响成一片。正在酣睡的敌人从睡梦中惊醒，因毫无准备，乱作一团，被红军火力

---

① 任学岭：《陕甘革命根据地史》，人民出版社2013年版，第218页。

压退到寺畔坡底石沟里，眼见无路可逃，只得缴械投降。敌连长企图骑快马突围逃跑，被一枪击毙。战斗进行了约1个小时即宣告结束。

寺畔战斗遗址

此战，击毙敌连长1名、排长1名、士兵7名，俘敌70余人，缴枪80余支。红军仅轻伤1人。[①]对于被俘的国民党士兵，刘志丹向其讲解了红军对待俘虏的政策后，一部分士兵当即参加了红军，不愿参加红军的即被释放回家。

寺畔战斗胜利后，当地老百姓编唱了一首民歌《打寺畔》：

> 千里雷声万里闪，一疙瘩云彩来遮掩。
> 来了红军要共产，共了安定头横山。
> 敌人扎在寺儿畔，猛猛上来个刘志丹。
> 刘志丹的红三团，义勇军打仗真勇敢。
> 脑畔往下撂炸弹，炸坏十连两排人，
> 打死敌军张连长，欢迎士兵来缴枪。[②]

---

① 中共横山县委党史地方志研究编纂办公室编著：《中国共产党横山历史》第1卷（1921—1949），陕西人民出版社2018年版，第50页。

② 中共横山县委党史地方志研究编纂办公室编著：《中国共产党横山历史》第1卷（1921—1949），陕西人民出版社2018年版，第51页。

为了加强陕北根据地的军事力量，刘志丹命令陕甘根据地的红二十六军四十二师政委张秀山率部分兵力北上支援。4月27日，张秀山带领的四十二师第三团和义勇军500余人在靖边县的青阳岔与陕北游击队第三纵队会合。5月1日，红二十六军第三团、义勇军在赤源县白庙岔与前来接应的红二十七军八十四师主力会师。

5月4日，刘志丹在玉家湾召开两部红军领导人的联席会议。会议决定成立中国工农红军西北军事委员会前敌总指挥部，刘志丹任总指挥，高岗任政委，白坚任政治部主任，统一指挥红二十六军和红二十七军的作战行动。至此，西北红军组成了一支主力兵团，总兵力达2100余人，长短枪1500余支，轻机枪4挺，形成了打击国民党军的中坚力量。①

联席会议结束后，部队转移至冯家梢墕召开了军民联欢会。刘志丹在会上发表了讲话，要求两部红军团结一致，在西北党组织和革命军事委员会的领导下，鼓足勇气，多打大仗，多打胜仗，消灭国民党军有生力量，争取早日把陕北苏区与陕甘边苏区连成一片。

西北军委前敌总指挥部成立后，主力红军为实现"红五月打通陕甘边和陕北革命根据地的联系"这一计划，积极寻找战机，与国民党正规部队作战。经过对敌方军事力量和布局的研判，首先把目标锁定在5月2日刚进占杨家园则的高桂滋部第八十四师的郭志封营。

5月6日晚，刘志丹率红二十六军到达杨家园则的东山后，就亲率主要干部到前沿察看地形，发现敌人已经把寨墙加高，而寨子的两侧又是深沟，地形狭窄，兵力无法展开。如果强攻，红军损失会很大。刘志丹决定改变计划，将部队撤回魏家岔，等待战机。

未料到战机很快就来了！5月7日早上，刘志丹接到吴家坪赤卫队送来的情报，高桂滋部驻瓦窑堡李少堂团的一个连，正押送被捕的共产党员赵通儒等"犯人"去清涧，并且由杨家园则守军郭志封营到吴家寨子接应。刘志丹认为这是一个歼灭敌军的好机会，当即召集两部红军领导人开会研究歼敌方案。会议决定，由刘志丹率红八十四师第二团、红四十二师第三

---

① 任学岭：《陕甘革命根据地史》，人民出版社2013年版，第219页。

团和义勇军，迎击从杨家园则出来的接应之敌；由红八十四师第一团团长贺晋年率部，由玉家湾出发直接到吴家寨子，歼灭从瓦窑堡出来的敌人。

贺晋年率领红一团紧急到达离吴家寨子以西不远的地方，在大路两边的高坡后边埋伏下来，并派游动哨观察敌情。当敌人前卫排进到伏击圈后，贺晋年朝空中连发三枪，部队立即从两侧坡上猛扑下去，敌人的前卫排还没弄清怎么回事，就当了俘虏。尾随的敌人见势不妙，丢下"政治犯"向瓦窑堡方向逃去。红军部队紧追不舍，追至瓦窑堡数里之外的张家崭一带，除个别敌人逃跑外，将敌全部消灭，由敌人押解的共产党员和革命群众被全部解救。[①]

这时，从杨家园则赶来接应的敌郭志封营已经占领吴家寨子。红一团刚打扫完战场，就同该敌接触。经过激烈巷战，红一团占领了吴家寨子。敌人退到白家塬、王家坪北山后，便迅速构筑起野战工事与红一团形成对峙。贺晋年急派通讯员向刘志丹报告战斗情况，建议立即抓住有利战机，消灭郭志封营。刘志丹遂命令红二十六军第三团和义勇军分两路向白家塬北山发起进攻，战斗进行得异常激烈。贺晋年回忆当时的情形写道：

> 敌人依据高地进行顽抗，连续几次冲击，没能上去，战斗十分激烈。12点义勇军冲到了半山嶂岘受阻。这时弹药消耗殆尽，奋勇队收集了敌人在仓皇中扔下的未揭盖的手榴弹30多枚，将队员重新编组，下午1点半，再次向敌人发起进攻，突破了敌人前沿，后续梯队乘势攻入。此时，红三团也从左翼攻破了敌人阵地。在红军的连续突击下，敌人被迫退到娘娘庙台附近。敌营长郭子封（即郭志封——编者注）带领残部左冲右突，又遭我红一团从西南方向的侧击。最后被压缩到山沟里，全部歼灭。下午4时，战斗胜利结束。[②]

---

① 中共陕西省委党史研究室编、姚文琦主编：《西北革命根据地回忆录精编》（五），陕西人民出版社2015年版，第120页。
② 中共陕西省委党史研究室编、姚文琦主编：《西北革命根据地回忆录精编》（五），陕西人民出版社2015年版，第123页。

此战，共俘敌450余人，毙敌营长郭志封及以下50多人，缴获长短枪500余支、轻机枪7挺。

战斗结束后，各部队进驻玉家湾一带进行休整，随即召开了军民祝捷大会，西北工委的崔田夫、马明方、张秀山、郭洪涛前来参加，刘志丹在会上发表了讲话。当晚，在玉家湾召开西北工作委员会会议，讨论了今后的军事行动等重要问题。[①]

就在刘志丹率部在玉家湾休整时，5月9日早上，陆续得到游击队和赤卫队的报告说，敌驻绥德的八十四师五〇〇团第三营李少堂部护送一个团的军饷、400余驮物资以及一些敌军官的眷属，经清涧前往瓦窑堡，目前已经被陕北游击队第九支队和赤卫队围困于马家坪附近的山上，附近各村的赤卫军、少先队闻讯纷纷赶来，在四周山上插红旗，并鸣枪呼应。敌人因不明虚实，不敢妄动。希望主力部队火速支援，消灭敌人。

马家坪在吴家寨子以东约30里处，刘志丹当即命令部队向马家坪疾进。当天中午，红军赶到马家坪后，红二十六军第三团和红二十七军第一团立即向马家坪北两条山梁上的敌人发起攻击。在四周山上，游击队、赤卫队摇旗呐喊，用土枪、土炮、爆竹助威。红军将士英勇奋战，将山上的敌人消灭一部。余敌向村中撤退，红军则穷追不舍。红二十七军第二团和义勇军也从西侧向马家坪敌人攻击。经过1个多小时的战斗，即将敌人全歼。

此战，共毙敌40余人，俘敌500余人，缴获长短枪450余支、轻机枪27挺、重机枪2挺、八二迫击炮2门、银洋2万余元、军服1500套、骡子200多头，另有药品及其他物资100余驮。[②]

马家坪战斗，是军民相互配合歼敌的一个杰作，也真切地反映了依靠人民群众才是中国共产党取得胜利的根本保证。正如参加过此次战斗，时任秀延县[③]中心区区委书记的陈克功所说：

---

① 中共陕西省委党史研究室编、姚文琦主编：《西北革命根据地回忆录精编》（五），陕西人民出版社2015年版，第109页。

② 仟学岭：《陕甘革命根据地史》，人民出版社2013年版，第220页。

③ 1935年由安定县东部地区析置，以境内的秀延河而得名。1937年撤销，仍并入安定县。

马家坪子战斗的胜利，与人民群众的积极支持是分不开的。它充分说明了人民战争的重要。在敌人行进途中，人民群众随时向游击队、赤卫队报告敌情；游击队、赤卫队充分发挥了迷惑、袭击、阻止、围困敌人的作用。当时，敌人每行进一步，群众就用鸡毛信向区委报告。敌人退至马家坪后，赤卫队人山人海，将红旗插遍周围山头，使致人不辨虚实，不敢前进一步。这就为红军全歼该敌创造了条件。马家坪子的战斗，也是人民战争思想的胜利。①

反对国民党第二次"围剿"以来，红军两战两捷，连续歼灭高桂滋八十四师两个营，打击了高桂滋部的嚣张气焰，也威慑了其他敌人。驻防地在安定县城和延川县永坪镇的敌人为了自保，便主动放弃驻防之地，撤回瓦窑堡待援。安定县城和永坪镇得到解放。

高桂滋部的接连失败，引起国民党军事委员会北平分会代理委员长何应钦高度重视。他认为，"此次驻军某部在清涧安定中间之望（瓦）窑堡与大部匪军遭遇，因众寡悬殊，稍有损失，若不通盘计划迅谋根本肃清，则匪患难平"②。为了避免未来在战场上可能造成的更大损失，何应钦专门到太原，同阎锡山商讨下一步"清剿"红军的计划。

1935年5月10日，中共西北工委在玉家湾召开会议。参加会议的有刘志丹、崔田夫、高岗、马明方、张秀山、高长久、张达志和郭洪涛。在会上，前敌总指挥部向西北工委作了关于军事形势的报告，大家分析了敌我当前的态势，决定下一步红军主力转向外线进攻，先打延长、安塞之敌，在"红五月"打通陕北、陕甘边两大根据地，使之连成一片，彻底粉碎敌人的第二次"围剿"。③

5月下旬，红军在绥德上演了两出"声东击西"的好戏。

---

① 中共陕西省委党史研究室编、姚文琦主编：《西北革命根据地回忆录精编》（五），陕西人民出版社2015年版，第150—151页。

② 中共陕西省委党史研究室编：《西北革命根据地》，中共党史出版社1998年版，第46页。

③ 《郭洪涛回忆录》，中共党史出版社2004年版，第66页。

红二十七军八十四师第二团和部分游击队先是由绥德东进，佯装要攻打驻守在距绥德县城约百里的定仙墕的阎锡山晋军。得知红军的行动后，晋军急忙巩固工事，加强守备。不过，红军只是虚晃一枪，又迅速西进至张家圪台，将毫无准备的高桂滋部一个连包围起来。

5月27日，战斗打响。敌人在张家圪台的背后山上修了碉堡，村内修有交通沟，通到背后山上的碉堡内，遇有战情，驻守村里的敌人可随时经交通沟爬入山上的碉堡内。根据敌军方面的具体情况，红军首先用火力封锁敌人对面的山头，防止敌人从村内逃跑到后山的碉堡内。同时，以一部向村内的敌人发起进攻，另一部插到敌人背后的山上攻击碉堡里的敌人。经过1个多小时的战斗，即将敌人全部歼灭。此战，毙伤敌二三十人，击毙敌连长，俘敌数十人，缴获长短枪80余支、轻机枪9挺。驻绥德的敌军闻讯赶来增援，行至半路因听不到枪声，不敢轻举妄动，只好又缩了回去。

张家圪台战斗后，为了打通两块根据地，红军决定向南攻打延长县城。于是，刘志丹再次导演了"声东击西"的好戏。

为了迷惑敌人，刘志丹指示当地游击队、赤卫队围困定仙墕之敌，并给予不断袭扰，使之不得外出"清剿"；同时指派马义带领绥德游击队和赤卫队，以主力红军的旗号虚张声势，积极向绥德城附近活动，佯装攻打绥德，以便把敌人的注意力引到绥德方向；红军主力则以隐蔽方式向延长县城方向疾进，到达交口镇附近后，一面暂作休息，一面侦察敌情，制定歼敌方案。

延长县北面靠山，南临延水河。城内有两个制高点，一是城西北角山的寨堡，一是城东北角的碉堡，驻有敌八十四师直属骑兵连100余人、延长民团200余人、矿警队30余人，总兵力400余人。延长县民团团总李鸣吾是当地罪大恶极的地头蛇，只要听闻红军游击队有行动，就带领民团追打。根据敌情，刘志丹决定采取"调虎离山"之计，派红二十七军第二团和游击队先行出发，担任诱敌任务，尽量把敌人诱至离城有一天路程以外的地方，以减少城内的防守力量。由红十六军第三团、红二十七军第一团、第二团和义勇军负责攻城。

5月27日，担任诱敌任务的红二团和游击队开到距离延长城东20多里的塬上，大张旗鼓地打土豪、分财物，当地的豪绅地主纷纷向民团团总李鸣吾报信。李鸣吾得信后，立即率领手下100多人向城东塬上扑来。红二团假装败退，一直牵着李鸣吾部的鼻子，将其牵到离延长百里之遥的茹子嶂。

5月30日凌晨3时许，红二十七军第一团和第三团趁城内敌人兵力空虚之际，迅速向延长县城扑去。奋勇队从城西、城南和城东北角三处登城，俘虏了在城门楼内正睡觉的全部守敌，随后打开城门，使主力部队得以顺利进城。经过两三个小时的激战，全歼敌八十四师的骑兵连，活捉县长董公绶和连长汪镜河。延长县城得以解放。

那么，被红二团和游击队诱出城的李鸣吾民团的命运又怎样呢？且看贺晋年的回忆：

> 延长敌人被我消灭后，反动民团总李鸣吾才发觉中了红军的圈套。他像个输光了的赌徒，气急败坏地带着队伍回窜延长县城。红一团和游击队紧紧咬住敌人不放。在烟雾沟，李鸣吾匪徒被红二团和游击队包围了。但由于敌人占据了有利地形，拼杀抵抗，红二团、红三团几次攻击都没有得手。志丹随即改变部署，调红一团两个连迂回到敌人侧后，前后夹击，敌人抵挡不住，终遭全歼。反动团总李鸣吾被当场击毙。[1]

延长歼灭战，红军仅以伤亡10余人的代价，毙、伤、俘敌人近500人，缴获各种枪械500余支、战马170多匹、银洋数十万元，还有大量物资、被服等。

延长县城解放后，没收了敌县政府以及豪绅地主大量财物。没收的东西怎样处理？红军进城后如何维持城内秩序？张达志对此有如下回忆：

---

[1]　中共陕西省委党史研究室编、姚文琦主编：《西北革命根据地回忆录精编》（五），陕西人民出版社2015年版，第126页。

　　为了严明纪律，在没收工作前，我军做了很多具体规定，如没收的东西不经允许，任何人不准拿走一点；没收人员佩戴红袖章，防止有人浑水摸鱼；没收的东西要清算上账，工作人员要互相检查，一丝不苟。记得当时没收到许多白糖，有的同志建议分吃一点，志丹不同意，指示我们全部送往后方医院分给伤病员吃。为了维持县城秩序，正确执行工商业政策，我军出了安民告示，并决定由贺晋年负责城市治安工作。[①]

　　延长之战打出了红军的威风和气势，也对附近的敌人起到了震慑作用。驻守延长县重镇甘谷驿的民团担心遭到红军打击，主动向红军缴械投诚。由此，延长县全境得以解放。驻守延川县的国民党军一个营及民团、警察等，听闻红军攻占了延长县，因惧怕被红军歼灭，主动弃守延川县，逃到了清涧。红军不战而得延川县，延川全县也随之解放。

　　延长、延川两县解放后，高桂滋部的南部战线就仅有延安一个据点了。此时，高桂滋部已有两个营和六个连被红军歼灭，兵力损失达到四分之一。骄横冒进的高桂滋及其部下终于尝到了轻视红军的苦头！在这种情况下，高桂滋部只能固守清涧、绥德两个县城及其附近的一些地方，再也无力、无心对红军进行疯狂"围剿"了。

　　至此，红军第二次反"围剿"斗争已经取得决定性胜利。

　　延长和延川相继解放后，西北军委前敌总指挥部率红军主力经过两天行军，到达甘泉的下寺湾一带。6月10日，前敌总指挥部命令陕北游击队第四纵队和赤卫队包围安塞县的高桥镇民团。6月15日，又派红八十四师第一团赶赴增援。

　　驻守高桥镇的民团在军事压力和政治争取下，表示只要保证他们的生命安全，可以缴枪，把镇子交给红军。6月16日，红一团团长贺晋年带突击队按规定时间进镇后，民团已经排好了队，架好了枪。就这样，没用一

---

　　① 中共陕西省委党史研究室编、姚文琦主编：《西北革命根据地回忆录精编》（五），陕西人民出版社2015年版，第112页。

枪一弹，高桥镇民团就解决了。

延安的民团团总李汉华得知高桥镇被围，急率百余人前去增援，因不明镇里的情况，不敢贸然进镇，只好在镇子对面的山上放冷枪试探。这样恰好被接收完高桥镇民团投降的红军部队看到。红军乘势发起冲锋，即将该民团击溃。团总李汉华被击毙，团员20余人被俘。

6月12日，根据西北军委前敌总指挥部的部署，红八十四师第一团和红四十二师第三团围攻国民党安塞县政府所在地新乐寨。新乐寨工事坚固，四周皆为峭壁，仅有一座吊桥通往城外。红军虽经数次猛攻，但均未攻下，便采取火牛阵、埋炸药、诱敌开枪等战术，消耗守敌的弹药。守城的敌人害怕自己被困死在城内，决定弃城，于14日趁着夜色逃出了城。红军进城后，活捉了正在办交接手续的国民党安塞县新、旧两任县长，收缴了县政府所有文件和档案。

接下来，西北军委前敌总指挥部将进攻的目标确定在安塞的李家塌。李家塌是安塞县境内敌人的最后一个据点，但却是控制陕北和陕甘边来往的必经要道。

李家塌是耸立在一个山包上的寨子，东、西、南三面是深沟峭壁，四周寨墙上布满了滚木礌石，只在东面有个寨门。寨子由200多名民团把守，寨子内有从全县各地到此"避难"的恶霸及其家属约2000人。由于敌人顽固不化，政治争取无效，红军决定拔掉这枚"钉子"。

6月17日拂晓，红四十二师第三团和红八十四师第一、第二团以及义勇军按计划将寨子团团围住。刘志丹亲临前线观察地形和敌情，寻找突破点。经仔细观察，他发现在南面的山岩上有久经雨水冲刷后形成的石槽，双手可以抓紧石槽和旁边的草木向上攀爬。根据这一发现，刘志丹经过与两军领导人讨论，制定了作战方案：由贺晋年带30多人组成突击队，顺石槽攀上南面的崖顶，然后火速登上寨墙，成功后向东发展，打开寨门，迎接主力入寨。在

刘志丹

贺晋年突击队行动时，由刘志丹指挥20挺机枪进行火力掩护；由第二团选择若干点实施佯攻，吸引敌人。当天下午2时许，各部队按预定方案开始行动。

突击队员在贺晋年带领下，用两手扒着石槽，攀着野草、树枝等，奋力爬上10多丈高的崖顶。当贺晋年正准备安排突击队越过面前的高坡，向寨墙移动时，被敌人发现，枪弹和滚木、礌石顿时倾泻而下。许多年后，贺晋年对当时的情形依然记忆犹新：

> 一块石头打在我的头上，我"轰"的一下失去了知觉。等我醒来时，同志们正在给我包扎，鲜血顺着脊背往下流，把衣服都沾在背上了。我想到此时此地一刻也不能停留，爬上峭壁只是第一招，第二招是赶快爬上寨子，所以我立刻命令投弹手向寨墙集中投弹。一排手榴弹在敌人头上开了花，火力组紧紧封锁住寨墙垛口，使敌人抬不起头来；突击组飞快地冲上去，搭起人梯，翻过寨墙。连长冯德胜第一个冲上去，不幸腹部中弹。他带伤坚持战斗，掩护后边的同志上去。第二个同志刚上去，就被敌人用木棒打倒在寨墙里。但是，我们的战士不怕死，第三个、第四个接着冲上去，我和第一批战士一起爬上了寨墙。突击队很快都上来了。[①]

突击队跳下寨墙后，一边与敌人展开激战，一边奋力向寨子的东门前进，因为只有打开东门，后续部队才能进寨。经过一番浴血奋战，突击队终于占领了东门，主力部队乘势攻入寨内。激战至傍晚7时，寨内守军被全部歼灭，共毙伤俘敌600多人，缴枪200余支。6月23日，前敌总指挥部成立临时法庭，刘志丹亲自审判了民团团总唐海鳌等几个罪大恶极的反动头目，并宣布将其处决。

至此，安塞全境宣告解放。陕甘边、陕北两个根据地终于连接起来了。

---

① 中共陕西省委党史研究室编、姚文琦主编：《西北革命根据地回忆录精编》(五)，陕西人民出版社2015年版，第130页。

为了进一步消灭陕北根据地的敌人，安塞解放后，西北军委前敌总指挥部又率领红军北上，将下一个目标锁定在靖边县的镇靖城。

镇靖城又称镇靖堡，是国民党靖边县政府所在地。此堡坐北朝南，半山半滩，东西两面被芦河支流环抱，南面开阔平坦。西面有一座约200米高的山峰，上面筑有烽火墩、塞堡、庙宇、民房等，形成一个塞堡，因而叫西山寨，可以与城内的守军遥相呼应。镇靖城墙坚固，四周有雉堞，东、南、北三座城门上都有瓮城，构成一套比较完整的防御系统。在城内驻守的是井岳秀的王牌营，即国民党第八十六师第二营屈志鹏部，有3个步兵连、1个机炮连，共400余人。此外，还有靖边县警卫大队、保安大队约100人，以及沈桂芳、马俊臣、田继霖、鲍占才、王九成和从安塞逃亡来的阎九登、云生端等民团200余人协助守城。[①]

为了确保红军攻城取得成功，前敌总指挥部调集红二十七军八十四师第一、第三团，红二十六军四十二师第二、第三团，义勇军和陕北游击队第三纵队，共3000余人参战。具体部署是：义勇军攻打西山寨；红二十六军第二团、第三团由东南城角突破，得手后向钟鼓楼发动进攻；红二十七军第三团攻打南城门楼；红二十七军第一团为预备队；陕北游击队第三纵队在楼沟嘴准备阻击横山方面的援敌。规定各团在义勇军未打响之前，不准开枪，不要过早惊动敌人。中共靖边县委负责做好后勤保障，组织群众造云梯、抬担架抢救伤员、筹措粮草，以及关押俘虏等。

6月27日下午，刘志丹率红军主力由青阳岔、卧牛城出发，急行军140余里，于28日凌晨完成了对镇靖城的包围。按照作战计划，义勇军应首先夺取西山寨，但因向导误将皇府城当作西山寨，走错了路，直到天明也未能到达西山寨投入战斗。

约定的时间已到，但义勇军仍无动静。在这种情况下，红二十六军第三团团长吴岱峰果断地作出决定，带领突击队员从东南角登城，消灭守敌10余人后，沿城墙边迅速向东门靠近。敌人在东门的瓮城驻守有一个排，

---

① 中共靖边县委史志办公室编著：《中国共产党靖边历史》第1卷（1925—1949），陕西人民出版社2017年版，第40—41页。

突击队员攻进瓮城后，活捉了正在打盹儿的哨兵，后续部队便破门而入。在睡梦中被惊醒的敌人，全部成了俘虏。

当突击队向南门逼近时，被敌人的哨兵发现。南门的敌人听到哨兵的喊声，急忙向突击队开枪。顿时枪声四起，红军的偷袭只能变为强攻。红二十六军第二、第三团由突破口迅速进出城内。红三团第二、第三连向钟鼓楼进攻时，被正查哨的敌副营长王尚义发现，连鸣三枪报警，钟鼓楼和城隍庙等附近的敌守军被惊醒。

因地形开阔，不易隐蔽，红军受到南城门楼、钟鼓楼和西山寨等制高点敌人的火力封锁，伤亡较大，前进受阻，遂打通附近民宅的院墙向钟鼓楼逼进，与守敌展开激烈巷战。承担攻打南门的红二十七军第二、第三团迅速架起云梯登城，但遭到南城守敌的顽强抵抗。

正在玩麻将的国民党第八十六师第二营屈志鹏听到激烈的枪声，急忙命令王尚义副营长率部守城隍庙、吴国雄连守钟鼓楼、机炮连加强西山寨守势。他还使出一个毒招，指使守军驱赶城内的妇幼老弱群众走在前面，抵挡红军的进攻。红军攻城部队见此，被迫向后撤退了一段距离。

为了尽快解决战斗，刘志丹当即决定调红二十七军第一团投入战斗。红一团在团长贺晋年带领下，由东门分散进入城内，从路北打通居民院墙，直逼城隍庙。在消灭守敌后，贺晋年遂分兵两路：一路攻击北城门，一路向钟鼓楼进攻。

钟鼓楼守敌遭到红三团和红一团的夹击，见抵抗无望，只得投降。此时，南城门楼和西山寨也相继被红军占领，守敌被全歼。敌营长屈志鹏在慌乱中带几个残兵从北城门溜出，向西逃窜。敌副营长王尚义在祖师庙被击毙，敌第八连连长贾耀仁被打死在西山脚下。

攻打西山寨的战斗进行得异常艰难。城内守敌消灭后，从中午12时开始，义勇军全力向西山寨发起进攻，但因敌人火力集中，多次进攻均未奏效。时间已经过去了近两个小时。义勇军司令员郭宝珊决定派分队长张占奎等4人带短枪、长刀、手榴弹沿长城下突进到寨西南城角下，利用多年失修的一条裂缝登上寨墙，为义勇军开路。这个办法果然解决了难题，张占奎等4人登上寨墙，吸引了敌人的注意力，义勇军一鼓作气登上山寨，全歼了守敌。[①]

再说城内。红军各部在城内会合后，对溃退到祖师庙和城内各个角落的残敌进行清扫，但没有发现屈志鹏，也没有见到他的尸体。经询问俘虏，才知道屈志鹏已经向西逃去。贺晋年立即率七八个骑兵队员骑上快马向西追击，在离城西约20里的杏叶沟发现了仓皇逃命的屈志鹏，遂将其击毙。下午4时许，战斗全部结束。镇靖城获得解放。

攻打镇靖城的战斗，共毙、伤、俘敌500余人，缴获各种枪500余支、迫击炮6门，以及大量弹药物资。此战，红军也付出了较大代价，有50余人阵亡、100余人负伤。

红军解放镇靖城，人民群众无不欢欣鼓舞。3位年近60的老先生专门写了一首诗，装进一个用红纸做成的大信封里，在祝捷大会上送给红四十二师第二团政委胡彦英。诗是这样写的：

万里高空毫无云，

六月烈日又无风，

千里沙漠似蒸笼，

长城内外炮声隆。

中国红军杀敌勇，

献身洒血救穷人，

靖边百姓苦难深，

从此解放见光明。

胡彦英看后，转呈给正在向群众讲话的刘志丹。刘志丹读完后，向群众讲道："感谢乡亲们，消灭敌人是红军的天职。"[②]

红军攻打镇靖城战斗的胜利，极大地震动了靖边、安边、定边一带，

---

① 中共陕西省委党史研究室编、姚文琦主编：《西北革命根据地回忆录精编》（五），陕西人民出版社2015年版，第159页。

② 中共陕西省委党史研究室编、姚文琦主编：《西北革命根据地回忆录精编》（五），陕西人民出版社2015年版，第160页。

也使国民党井岳秀部在各地的驻军军心开始涣散。不久，驻守靖边张家畔、保安县及金佛坪、三道川等地的国民党军相继弃城逃窜。靖边、保安两县全境获得解放。

至此，第二次反"围剿"斗争宣告胜利结束。

在陕北根据地（不包括神府地区）的第二次反"围剿"斗争中，红军取得了空前辉煌的战绩：俘敌2000余人，消灭民团900余人，缴获长短枪3000余支、轻重机枪200余挺，以及大量战备物资，解放了安定、延长、延川、安塞、靖边、保安6座县城。陕北主力红军、游击队和赤卫队等组织在反"围剿"斗争中得以发展壮大。除少数国民党军据点外，陕北、陕甘边两个根据地已经连成一片，组成西北革命根据地，包括陕西省的25个县、甘肃陇东的5个县，总面积达6万余平方公里，总人口超过100万人。①

陕北根据地第二次反"围剿"斗争取得了胜利，而同一时期，神府革命根据地（神府苏区）的反"围剿"斗争却接连失利。

国民党军在对陕北根据地进行第二次"围剿"的同时，也把神府根据地列为"围剿"的重点。井岳秀在神木城设立了"剿共总司令部"，由其部下二五八旅旅长刘润民担任总司令，调动第五一二、第五一三、第五一四共3个团和1个骑兵营，以及一些地方民团，共约5000人，从府谷、佳县分进合击，"围剿"神府苏区。

井岳秀的具体部署是：以五一二团由府谷南进，五一三团由神木沿窟野河斜向东南，五一四团在万镇至佳县通镇，分别针对南面的米脂、佳县，北面的神木、府谷。此外，井岳秀还同山西的阎锡山取得联系，由晋军在黄河东岸的保德至临县一带布防封锁，与井部形成合围之势。在战术上，采取修筑堡点、合并村庄、编设保甲、胁迫自首等，企图以军事"围剿"和政治瓦解并行的办法，消灭红军游击队，全部占领神府根据地。

就在国民党军兴师动众，大举向神府根据地进攻之时，神府根据地却正遭受"左"倾错误路线的严重影响。时任神木县苏维埃副主席的王恩惠

---

① 中共榆林市委党史研究室、任德存主编：《中共榆林历史（1919—1949）》，陕西人民出版社2004年版，第132页；任学岭：《陕甘革命根据地史》，人民出版社2013年版，第228页；神木县史志办公室编：《中国共产党神木历史》第1卷，陕西人民出版社2016年版，第228页。

后来回忆说：

> 在"肃反"政策上，错杀了许多好人。王兆相、张秀山的父亲被杀害，引起了红军干部、战士和地方干部及其家属的极大义愤。把从山西过来做生意的小商人当作阎锡山的侦探杀掉。把已经缴械投降的国民党军队的排长也杀了。陈家坪把一家地主杀光了。
>
> …………
>
> 在干部政策上唯成分论。呼子威本来是个中农，又不识字，就因为会箍担水桶，便认为是工人，就当了县苏维埃政府主席。对上过高小、初中的同志都当作不可靠的知识分子加以排斥。平时以个人好恶评定干部，谁在领导面前献殷勤，顺着说，跟着跑，阿谀奉承，谁就是好干部。不是党员的也可以当区委书记，当红军连的指导员。
>
> 其他脱离群众的事还有。如放火烧庙宇，鼓励一个村不同辈的男女结婚，这在当地人认为是胡闹。[1]

王兆相在回忆中也指出："有一段时间，赤卫队、开辟村庄的工作队、小游击队，甚至党支部都有捕人、杀人的权利。往往因为说了一句错话，或者顶撞了哪位领导干部，就有可能被加上'反革命'的罪名杀掉，因而错杀了一些无辜的人。"[2]

神府根据地军民就是在"左"倾错误路线的严重干扰下，在敌强我弱的不利因素下，开始第二次反"围剿"斗争的。

1935年3月，国民党军按照事先的部署，向神府根据地进行合围。此时，神府根据地与中共陕北特委的联系已经中断，根据地主要领导者、陕北特委的特派员王达成对敌人的"围剿"行动和陕北特委反"围剿"的部署毫不知晓。因此，当敌人已经进到府谷后，不仅没有动员全体军民投入

---

① 中共陕西省委党史研究室编、姚文琦主编：《西北革命根据地回忆录精编》（四），陕西人民出版社2015年版，第41页。

② 中共陕西省委党史研究室编、姚文琦主编：《西北革命根据地回忆录精编》（四），陕西人民出版社2015年版，第83页。

反"围剿"斗争，反而把府谷的红七支队调回到神木，编为红三团的一个骑兵连，调红七支队队长韩峰到红三团任政委（韩峰未到职，去了内蒙古）。到府谷任县委书记的呼子文，因与当地干部不团结，没有群众基础，敌人来了站不住脚，索性放弃府谷，带着从神木去的干部逃回了神木，府谷党组织保存的数万元资金，也丢给了敌人。呼子文最后竟叛变投敌。

3月22日至23日，中共神木县委在园子沟召开会议，讨论反"围剿"问题。会上，大多数人认为，应该袭击国民党军战斗力较弱的在花石崖的骑兵。但陕北特委特派员王达成否定了这一方案，坚持要集中全部红军，调动大批赤卫队，先攻打国民党设防坚固的新寨子，然后再打兵力薄弱的花石崖。

新寨子是敌人在神府根据地边沿的一个大据点。在会前，按照王达成的部署，已经在距新寨子不远的地方集结了2000多名赤卫队员、400多名红军游击队员，还有200多名地方干部，并且动员群众蒸了窝窝头做干粮，还做了榆木的土炮（因未经试验，在战斗中没有打响）。

在这种情况下，与会的大多数人只好同意攻打新寨子。会议决定由刚刚在特委受训完毕，即将奉命去府谷工作的红三团团长王兆相为此战总指挥。这一决定使王兆相好生为难。许多年后，王兆相还能记得当时自己的难处：

> 接受任命后，我感到很为难。因为，一来我离开部队一个多月了，对敌情我情都不太了解，突然指挥这样一场大仗，心中没底；二来我们的几千人集中了好几天，消息早就走漏了，敌人可能已有准备；再者红军和赤卫队混编在一起作战，怎样指挥觉得很难。我把我的想法向团党总支书记张晨钟谈了，他也没说出来个什么。①

3月29日晚上，趁着朦胧夜色，攻打新寨子的队伍兵分两路向目的地

---

① 中共陕西省委党史研究室编、姚文琦主编：《西北革命根据地回忆录精编》（四），陕西人民出版社2015年版，第86页。

进发，一路由红三团参谋长刘鸿飞指挥，一路由政委王兆相和王进修指挥。在王兆相的记忆中，这是场完全损兵折将的战斗："在战斗打响之后，发现敌人早有准备，不仅增加了兵力，而且构筑了很多工事。敌人凭借工事顽抗，我方冲了几次都没有成功，刘鸿飞刚冲到村里就中弹阵亡了。整个部队由于红军和赤卫队混编在一起，指挥不灵，乱作一团，显然很难取胜。我又转念一想，如果敌人骑兵闻讯赶来增援，那我们就更危险了。于是急忙同几位领导同志研究，决定很快撤出战斗。果不其然，部队刚刚撤出几里地，敌骑兵就到了新寨子。"①

攻打新寨子战斗，造成包括红三团参谋长刘鸿飞和赤卫队员在内的近百人伤亡，部队和群众的情绪受到严重打击。对于这次重大失利，王达成后来在回忆时依然心存内疚：

> 当时有的同志提出先打花石崖的骑兵，我只考虑到，如果改变作战计划，会挫伤群众的积极性，就没有听取部分同志的意见，而是坚持了已定的作战方案，不适当地向强敌进攻，致使我军伤亡很大，参谋长刘鸿飞英勇牺牲。这次战斗造成神府红军战斗中最惨重的失利，严重地影响了红军战士与地方干部的积极性，我是负有主要责任的。②

新寨子战斗失利后，面对敌人更加疯狂的"围剿"行动，王达成深感以特委特派员个人领导的形式不能适应复杂的对敌斗争形势。1935年4月，神木县委在呼家庄召开有红三团团长王兆相、政委杨文谟参加的县委扩大会议。会上，王达志提议成立神府工委，以工委集体领导的形式，代替他以特委特派员名义的个人领导。这一提议当即得到大家的同意。经过讨论，决定成立神府工委，以王达成为书记，张晨钟为副书记，贾令德为组织部长，乔钟灵为宣传部队，委员有贾怀光、王恩惠、王兆相、杨文谟。神府

---

① 中共陕西省委党史研究室编、姚文琦主编：《西北革命根据地回忆录精编》（四），陕西人民出版社2015年版，第86—87页。

② 中共陕西省委党史研究室编、姚文琦主编：《西北革命根据地回忆录精编》（四），陕西人民出版社2015年版，第156页。

工委领导神木东县委、神木西县委、佳芦县委、府谷县委。

这时，进入根据地的敌人气焰十分嚣张，烧杀抢掠，无恶不作。在敌人占领的村庄都编了保甲，强迫群众"具结"。有少数共产党员和干部经受不住严酷的考验，变节自首。瓦窑渠原是神木二区的基本根据地，现在成了敌人的据点。一些共产党员气不过，向工委要求打击瓦窑渠的敌人，缓和群众的情绪。在这种情况下，被义愤所驱使的工委领导人未能对敌我力量作出正确判断，决定使用主力部队红三团出击敌人。王达成后来检讨说："这次作战方针虽是工委集体讨论决定的，作为工委书记，我还做了战斗动员，我应负主要责任。"①

瓦窑渠是窟野河东敌人腹地的一个据点，驻有敌军一个连。在瓦窑渠的东南数里的马镇、西北10余里的瓦罗，各驻有敌人一连，其西南50里的沙峁镇，则是敌人的"剿共"总指挥部。向这个据点出击，无异于虎口拔牙。红三团虽说是主力部队，有200余人，但装备极差，且不熟悉地形，又未与当地群众取得联系，因此无论是干部还是战士，对打此仗均缺乏足够的信心。

战前，红三团秘密转移到窟野河东的一个村子作准备。在战前动员会上，工委书记王达成发表讲话时提出："我们这一仗拼命也要打胜。如果打不胜，我们就没有地方了。成功失败，在此一举。"他的用意本来是为了鼓舞大家的作战勇气，但反而使大家产生了更大的心理压力。据王兆相回忆，在连干部和战士的讨论会上，大家提出了许多尖锐的问题。对这些问题，团领导也解释不清，只能笼统地号召大家鼓起勇气，争取胜利。②

明知不可为而为之，这显然是一场没有胜算的战斗。

6月19日半夜时分，部队秘密潜行到瓦窑渠的北山梁上，然后各连按计划进入战斗位置，向敌人阵地摸去，但还是被警觉的敌人发现了。一时间，敌人用密集的火力封锁了前进的道路。三连刚接近敌人阵地，连长刘

---

① 中共陕西省委党史研究室编、姚文琦主编：《西北革命根据地回忆录精编》（四），陕西人民出版社2015年版，第159页。

② 中共陕西省委党史研究室编、姚文琦主编：《西北革命根据地回忆录精编》（四），陕西人民出版社2015年版，第91页。

增荣和通讯员就相继牺牲。一连和二连的部分战士冲到敌人挖的壕沟里，上不去也进不得。

战斗在持续进行着，天色渐亮。团长王兆相担心天亮后敌人会有援兵，遂命令部队撤出战斗，向西转移。

红三团一口气撤到离瓦窑渠10多里远的阴寨子，正准备吃饭时，瓦罗的敌人就打过来了，红三团只得继续撤退。当部队刚撤到窟野河西时，又遭到从石窑和沙峁镇出来的敌人的夹击。红三团只能边打边撤。战斗中，一连指导员马尚前中弹牺牲。经过一天一夜的奔波，红三团才最终脱离险境。

在艰苦的战斗环境下，有像马尚前这样保持初心、坚定信念、英勇奋战、视死如归的革命者，也有丢弃初心、丧失信念、贪生怕死的背叛者。就在红三团瓦窑渠战斗失利，不得不一再撤退的过程中，骑兵连的指导员柴瑞竟裹挟着红三团的参谋长赵希贤，带骑兵连投敌而去。

红三团团长王兆相和政委杨文谟是通过被柴瑞裹胁后侥幸逃脱的骑兵连连长王进修和战士王忠向的报告，才知道了这个坏消息。很快，他们就接到赵希贤派人送的信，说准备叛逃的骑兵连正在高念文村休息，要红三团赶快截击。于是，杨文谟亲自率领两个连迅速赶到高念文村，把骑兵连包围起来喊话。骑兵连的绝大多数战士是受蒙蔽的，弄清真相后，立刻倒戈，叛徒柴瑞被当场打死。[1]

瓦窑渠战斗，标志着神府根据地第二次反"围剿"失败。

在失败阴影的笼罩下，5月底，神府工委先后在何家沟和何家山相继召开扩大会议。在强大的敌人面前下，对依靠当地力量粉碎敌人"围剿"缺乏信心的工委领导人，把希望寄托在陕北特委的支持和向红二十六军求援上。在这种思想指导下，会议决定：紧缩人员，将红军中年大体弱和徒手的战士，以及地方上能回原地的干部，全部各回原地坚持斗争；将红三团分为九个小队分散活动。这一决定的实施，带来了严重的不良后果。那些

---

① 中共陕西省委党史研究室编、姚文琦主编：《西北革命根据地回忆录精编》（四），陕西人民出版社2015年版，第92页。

被压缩的干部战士，许多人想不通，有些人甚至痛哭流涕希望能留下来。经过反复多次的思想工作，压缩的名单才得以落实。

很快，神府工委和红三团的名义也无形中取消了，随之而来的是各种恐敌思想。[①]一些人因经受不住恶劣环境的考验而变节投敌，使党的组织和红军在遭到敌人打击的同时又遭到叛徒出卖，这无异于雪上加霜。

神府根据地在第二次反"围剿"斗争失利，造成了相当严重的损失。原有红军游击队511人，仅剩下100多人；各级党、团组织和群众团体大多遭到破坏，原有党、团员3800余人，仅剩下400余人；原有干部507人，仅剩下100余人。神府根据地原有的23个区，被国民党占去了18个，根据地缩小了80%。[②]

在国民党军占领区，敌人设有40多处军事据点，军队可以随时出动；还修了许多碉堡，强迫附近村庄的群众搬进碉堡居住，使群众与红军、游击队、地方党政干部隔绝。毒辣的敌人还大搞反革命的"肃反自首"，"剿共"常备队和预备队在农村四处活动，配合"肃反小组"进行所谓"肃反"，指使自首分子持"剿共总司令刘润民"的署名信诱使红军战士和地方党政干部投诚。在国民党军队及反动势力的疯狂反扑下，神府根据地处于一片白色恐怖之中。

神府根据地第二次反"围剿"斗争的失败，是多种因素综合作用的结果，其中最主要的客观原因是敌我力量悬殊，主观原因方面，最主要的是指导思想上受"左"倾路线的严重影响和战略战术上的失误。作为主要领导人，王达成曾经作过深刻的反省，认为上级的"左"倾错误路线对自己是有影响的，同时坦诚地承认"自己缺乏经验，领导无方，而又自以为是，不善于发挥党委和军队同志的智慧和积极性"[③]。

对于神府根据地第二次反"围剿"的失败，学者们也有自己的见解。

---

① 中共陕西省委党史研究室编、姚文琦主编：《西北革命根据地回忆录精编》（四），陕西人民出版社2015年版，第148页。

② 任学岭：《陕甘革命根据地史》，人民出版社2013年版，第228页；神木县史志办公室编：《中国共产党神木历史》第1卷，陕西人民出版社2016年版，第49页。

③ 中共陕西省委党史研究室编、姚文琦主编：《西北革命根据地回忆录精编》（四），陕西人民出版社2015年版，第155—156、160页。

任学岭在其承担的国家社科基金项目《陕甘革命根据地史》中，在分析神府根据地第二次反"围剿"失败的原因时，一方面指出，神府根据地领导人犯了"左"倾错误，对敌强我弱的基本形势作了错误估计，在思想、组织和行动上对反"围剿"斗争没有做好充分准备，离开了红军游击战争的战略战术；另一方面也指出，西北工委、军委对神府地区工作的忽视，也是一个重要原因。西北工委无论是在工作的指导或武装力量的支援上，都有疏忽。没有派出精锐部队对该地区进行有力的援助，这是很大的失误，结果反"围剿"接连失利，造成了严重后果。①

神府根据地第二次反"围剿"失败了。然而，在神府共产党组织和红军、游击队最艰难的时期，这里的共产党人、革命战士和人民群众却以自己的行动，演绎着一部部可歌可泣的悲壮而动人的史诗。

神府红军烈士纪念塔

坚定的共产党人不畏强敌，依然保持着勇敢斗争、勇于献身的精神。一次，花石崖的敌骑兵偷偷包围了贾家沟村，女共产党员黄云爱和她的两个妯娌刘金珍、贺博芳为救隐藏在崖窑里的群众，将"围剿"部队引向另一个山头，最后三人毅然跳下悬崖，壮烈牺牲。②

神木县赤卫队总指挥张廷杰被捕后，关押在贺家川的监牢里。敌团长

---

① 任学岭：《陕甘革命根据地史》，人民出版社2013年版，第228页。
② 中共榆林市委党史研究室、任德存主编：《中共榆林历史（1919—1949）》，陕西人民出版社2004年版，第140—141页。

姜梅生一开始用高官厚禄引诱，在遭到拒绝后，又使用酷刑和死亡威逼，但仍未达到目的。在无计可施的情况下，敌人把张廷杰绑在一根柱子上，用长矛从他的脚部一下一下往上刺。敌人一边刺，张廷杰一边骂，直到英勇就义。[①]

被遣散回家的红军将士，没有丧失革命意志，依然保持着革命者的气节。神木二区刘家峁村被遣散回家的红军战士刘崇德，一次在盘塘看见一个敌人因病落在队后，他就在坟墓上拔起一根哭丧棒打死敌人，带着一支步枪和两袋子弹重新投奔了红军。敌人知道后前来报复，把全村的人都集中起来，扬言如果不交出凶手，就要血洗刘家峁。刘崇德的哥哥刘银栓见状挺身而出，冲着敌人说："要杀杀我，这事和其他人无关！"就这样，刘银栓被敌人抓到贺家川，最后被活活烧死。红军干部刘如邦的爷爷是民团头子。刘如邦被遣散回家后，他的爷爷威逼他脱离共产党，刘如邦宁死不屈，最后被残酷杀害。[②]

广大人民群众尽其所能，仍一如既往地掩护党员干部和红军战士，想方设法支持和帮助他们开展斗争。敌人占领神府根据地后，强迫群众合村并寨，规定空了的村子不准留人，不准生火，发现有人或有烟火，就要按"通共"论处。然而，无论敌人控制多严，手段多毒辣，都无法割断人民群众和共产党与红军的血肉联系。武开章回忆说：

> 敌人虽然把大部分苏区占领了，并且编起保甲，实行残酷地镇压，强迫自首，但是，当时群众绝大多数是"明降暗不降""日降夜不降"，仍然不顾一切牺牲，诚心诚意地拥护红军，帮助我们。我记得神木三区、四区和佳芦等区的群众，有的在敌人并村庄编保甲后，在集中村庄里把饭做好，送在野外的土窑子里或石坡里，有的甚至把做饭的锅和柴、米、面等暗藏在野外，等夜间游击队员和工作人员到了，自己

---

① 中共陕西省委党史研究室编、姚文琦主编：《西北革命根据地回忆录精编》（四），陕西人民出版社2015年版，第96页。

② 中共陕西省委党史研究室编、姚文琦主编：《西北革命根据地回忆录精编》（四），陕西人民出版社2015年版，第96页。

做饭吃。1935年夏末，佳芦县马家沟的群众配合红三支队，杀死敌人几个骑兵，缴获短枪两支。[①]

在红三团团长王兆相的记忆中，也有许多这样感人的事迹。王家圪的王启运老汉见红军战士睡觉铺树叶、盖野草，就把自己家的毛毡和被子送给红军。郝家峁的群众把粮食藏在棺材里，大模大样地抬出村去埋在地下，让红军战士自己取用。每逢过节，乡亲们还弄些猪羊肉、白面之类送给战士们吃，而他们自己却吃着黑豆、糠麸、树叶。有一次，团县委负责人刘长亮和几个同志被敌人追捕，跑了一整夜才摆脱敌人，来到王家寨郝伟英家。郝伟英宰了一只羊，给他们吃炖羊肉，并说："有你们吃的，没有敌人抢的。"[②]

当年也是红三团一员的贾如胜，依然清晰地记得这样一件往事。一次，红三团夜间行军到四区的斜塌村附近，派了一个战士先进村了解情况。这个战士一进村，就发现敌人正在身边。危急时刻，一个妇女冲着他说："你还不找桶去提水，老总们吃了饭还要洗脚，明天还要做早饭！"这个战士才得以脱险返回。[③]

毛泽东当年在延安时曾经讲："人民是我们的活菩萨。"[④]从白色恐怖局面下群众对党和红军的支持来看，从中国共产党的百年历程来看，毛泽东的这句话确实是颠扑不破的真理！

---

① 中共陕西省委党史研究室编、姚文琦主编：《西北革命根据地回忆录精编》(四)，陕西人民出版社2015年版，第149页。

② 中共陕西省委党史研究室编、姚文琦主编：《西北革命根据地回忆录精编》(四)，陕西人民出版社2015年版，第95页。

③ 中共陕西省委党史研究室编、姚文琦主编：《西北革命根据地回忆录精编》(四)，陕西人民出版社2015年版，第139页。

④ 转引自刘烨主编：《电视剧赏鉴》，高等教育出版社2005年版，第89—90页。

第三次反"围剿"斗争

国民党对陕北根据地进行的第二次"围剿"失败后，蒋介石并没有就此收手。1935年7月，蒋介石以原参加"围剿"根据地的国民党军队为基础，同时调张学良东北军的两个军七个师、宁夏马鸿逵的三个骑兵团，总兵力计15万人，对陕北根据地进行第三次"围剿"。

国民党军的具体部署是：东面沿黄河一线，为晋军正太铁路护路军孙楚部的三个旅和第七十一师的第二〇六旅、第七十二师的第二〇八旅，共五个旅；北面的清涧、绥德、米脂、横山、神木、府谷一带，为高桂滋第八十四师及井岳秀第八十六师高双成旅；西北的陕西和宁夏交界一带，为马鸿逵第十五路军的三个骑兵团；西南的环县、庆阳、合水、长武、彬县一带，为东北军董英斌第五十七军的第一〇六师、一〇八师、一〇九师、一一一师，何柱国骑兵第二军的骑三师、骑六师、骑十师和独立团骑十团，宁夏马鸿宾的第三十五师冶成章第十旅；南面延安以南，仍为冯钦哉的第四十二师，杨步飞的第六十一师，东北军第六十七军王以哲部的第一〇七师、一一〇师、一一七师、一二九师。

为了加强对陕北北部各"围剿"部队的统一指挥，蒋介石除严令保定行营驻陕北的参谋团切实协调各部动作外，又颁令成立了陕北"剿匪"总指挥部，以晋军孙楚和李生达分别为总指挥和副总指挥，统一指挥"围剿"作战，实行南进北堵，东西夹击，妄图一举消灭共产党的武装力量。

此时，西北红军主力和游击队有万余人，与"围剿"根据地的国民党军队相比，还不到其十分之一，而且刚刚经过第二次反"围剿"斗争，部队未得到充分的休整。但是，刘志丹还是透过敌人强大的一面，看到了其弱点所在。他认为，敌人调动数量如此多的兵力，必然受到交通运输的限制和粮秣供应的困难，因此行动定会迟缓；各个军阀之间、杂牌军与蒋介石嫡系之间，为保存实力和地盘互不信任，矛盾重重，因而各线"围剿"行动不可能完全协调一致；东北军远道而来，不熟悉黄土高原地形，没有和红军、游击队交过战，难以发挥其优势。①

根据刘志丹的分析，前敌总指挥部提出反对敌人第三次"围剿"的总思路是：集中红四十二师和红八十四师，乘敌之隙，各个击破。在敌人部署未完成前，首先打东线晋军，后打立足未稳的南线东北军；命令红四十二师第一团、骑兵团在咸（阳）榆（林）公路东、西两侧，开展游击战争，牵制南线敌人，动员陕甘边、陕北所有的独立团、营，游击队，赤卫军，少先队广泛开展游击战争，牵制敌人。7月10日，刘志丹率红四十二师第二、第三团，义勇军和红八十四师进到三皇峁一带，红二十七军第二

---

① 中共陕西省委党史研究室编、姚文琦主编：《西北革命根据地回忆录精编》（五），陕西人民出版社2015年版，第144页。

团隐蔽待命。

7月12日，国民党军第四四九团第一营的一个连，离开三皇峁寨子到王家沟抢粮、抢物，受到红军阻击后，即向三皇峁制高点柳树圪垯退去，得到寨子内营部和机枪连的掩护，乃拼死与红军对抗。在刘志丹指挥下，红军从西、南两侧向柳树圪垯和三皇峁寨子发起进攻。激战至13日上午10时，红军占领了柳树圪垯制高点，毙伤敌70余人，缴枪30余支。

7月12日，国民党晋军方克猷指挥12个连，将红二五纵队包围在吴堡西区的尚家塬。时大雨倾盆，行走困难。红二五纵队队长郭玉人带头脱掉衣服，命令部队向晋军冲去，与晋军展开白刃战。经半个多小时战斗，消灭晋军一个排，缴获三八式步枪23支、冲锋枪3支、手枪2支和许多弹药，后突出重围安全转移。

尚家塬战斗遗址

7月17日，刘志丹获悉高桂滋第八十四师五○一团第一营、五○二团第三营和张廷芝骑兵营由清涧县的老君殿出发，到高家塌地区抢粮、抢柴，便率主力红军在陕北游击队第一纵队配合下，对敌人实行前后夹击，最后把敌人追到囫囵山寨，将其击溃。此战，共毙、伤、俘敌300余人，缴获长短枪300余支、轻机枪18挺，以及大量弹药。敌五○一团团长艾捷三负伤逃跑。

8月1日，刘志丹率红二十六、红二十七军千余人向清涧袁家沟、花岩寺一带进发。在佳县和吴堡交界地区，刘志丹指挥红四十二师第二团消灭井岳秀部一个连。尔后，部队秘密到达吴堡县东北地区，准备攻打慕家塬的敌人据点。

慕家塬位于吴堡县城以北，慕家村在慕家塬东沟畔上，村子北面平地筑起寨子，叫慕家寨子。寨子四周筑有高墙和碉堡，并有深一丈、宽三丈的护城壕沟，寨外四周为开阔地。寨内住有晋军第二〇六旅四一二团一个连，可以同宋家川、辛家沟、郭家沟三个据点的敌人互相支援。因此，慕家塬之战是一场艰苦的攻坚战。

8月10日凌晨，担任主攻任务的贺晋年红一团趁天还未大亮，就悄悄向寨子接近。不料被敌人发觉，突然打出几发照明弹，将正在登城的战士照得一清二楚。偷袭不成，刘志丹决定组织强攻，命令红四十二师第三团担任主攻任务。红三团接到命令后，立即组织攻城突击队，准备云梯、绳索等工具，并再次察看了地形，决定从寨东一条直通寨墙根的小沟渠发起进攻。

8月11日，在20多挺机枪的火力掩护下，红二团团长王世泰亲率100多名突击队员，沿小沟渠向寨子接近。当攻到寨墙下面时，守在城墙上的敌人便不断向下投扔"滚雷"（山西阎锡山兵工厂制造的一种大型炸弹）。突击队员刚搭上登城云梯，便被滚雷炸飞。几次强攻，未能得手，部队伤亡很大。

此时，王世泰只能命令战士强行登城。命令刚下，王世泰的左大腿就被敌人投下的"滚雷"炸伤。一个战士冒着枪林弹雨，把刺刀插进墙缝里，凭借刺刀的支撑作用，才拼命登上城墙，紧接着扔出几颗手榴弹，终于打开了一个缺口。其余队员乘势登上云梯，冲进寨子，全歼守敌一个连。①

慕家塬的枪声惊动了宋家川、辛家沟、郭家沟的敌人。三个据点出动了一个营和两个连的兵力，急往慕家塬增援。8月12日晨，当增援部队进入红军的伏击圈后，红军突然发起进攻，打得敌人溃不成军。反应快的敌人仓皇后撤，红军紧追不舍，将逃敌大部歼灭。

---

① 中共陕西省委党史研究室编、姚文琦主编：《西北革命根据地回忆录精编》（五），陕西人民出版社2015年版，第146页。

慕家塬战斗，红军共歼敌600余人，拔除了敌人在吴堡县境的中心据点。8月16日，红军一部埋伏在石佛塬附近，采取"调虎离山"的办法，将横山县石湾镇的国民党两个连诱出击溃。此次战斗击毙敌连长2名，缴获步枪40多支。

慕家塬战斗后，刘志丹率红军主力南下到绥德县东南约40里的新庄一带集结待机。这时，陕北游击队二五纵队正在围攻定仙墕。

定仙墕是吴堡、绥德守军外围的重要据点，又是国民党军伸向苏区的一支触角，由晋军第四一二团一个营驻守。在遭到围攻的情况下，守敌营长史泽波频频告急，央求急派援兵。晋军正太护路军为解定仙墕守军的危急，一面不时派飞机轰炸红军阵地，一面派第三旅旅长马延寿率第六团从枣林坪出发，向定仙墕疾进增援。

刘志丹接报后，决定来个"围点打援"。首先是"围点"，派主力红军之一部参加围困定仙墕山寨，尽量缩小包围圈，断绝敌人一切饮水渠道（因敌人都驻扎在山上，用火必须从山下提送），并用火力封锁，不准敌人出寨。然后是"打援"，由义勇军和红军之一部埋伏在定仙墕北面王家墕、老舍窟圪垯一带的山梁上，另一部分红军主力埋伏在定仙墕南面的山梁上，形成口袋阵。同时，派陕北游击队绥德五支队向枣林坪方向侦察警戒。

8月21日上午，从枣林坪出发的晋军第三旅旅长马延寿率领的第六团进入红军的埋伏圈。在遭到红军的包围和打击后，晋军奋力反扑，连续攻占了几个山头，并向定仙墕接近。紧急时刻，特务连连长江北平按照刘志丹的命令，带人迂回到敌人侧翼，将敌人拦腰截断。在红军左右夹击下，晋军死的死，逃的逃。[1]逃跑的敌人被红军逼到一条山沟里，红军战士、赤卫军、少先队和当地的革命群众一起捉敌，到场者人人都有收获。至下午2时许，除个别敌人逃跑外，其余全部被歼。[2]与此同时，定仙墕的守军也被歼灭。

---

① 中共陕西省委党史研究室编、姚文琦主编：《西北革命根据地回忆录精编》（五），陕西人民出版社2015年版，第148页。

② 参见中国人民政治协商会议陕西省委员会文史资料研究委员会编：《陕西文史资料》第十一辑，陕西人民出版社1982年版。

定仙墕之战，共打死、打伤敌副团长齐汝英及以下200多人，俘1800多人，缴获八二迫击炮6门、重机枪6挺、轻机枪37挺、长短枪1980余支、骡马80余匹及其他军用物资。缴获的这些战利品，使红军主力的装备得以改善，实力也得到相应的增强，为下一步反对国民党军的"围剿"创造了有利条件。

对于此战的意义，时任西北军委参谋部侦察情报科科长的高朗亭评价说："定仙墕围城打援，创造了西北红军第一次歼灭敌人一个整团的作战纪录。战术上是成功的，指挥上灵活机动，发扬了红军指战员英勇顽强、勇猛冲锋的战斗作风，时间短、伤亡小、战果大。红军、游击队、赤卫军、少先队和革命群众互相配合作战，发挥了人民战争的巨大威力。"①

据高朗亭回忆，在总结定仙墕战斗取得重大胜利的会议上，刘志丹分析说：

> 我们记取了过去用血换来的经验教训，不盲动、不蛮干。一切从我们这个地区的实际出发，从我们红军的实际出发，紧紧依靠了党，依靠了老百姓，集中我们有限的力量将敌人各个击破。没有西北工委、西北军委的统一领导，没有陕北苏区父老乡亲们的大力支援，我们是无法取胜的。我希望红军和游击队的全体指战员，在胜利面前不要骄傲，要时时不忘从实际出发这一原则，切实做到"知己知彼"，紧紧依靠党、依靠苏区的父老乡亲，为我们取得更大的胜利继续战斗吧！②

定仙墕战斗后，晋军仅留一部分兵力收缩到宋家川到枣林坪、石堆山到绥德三十里铺的两条碉堡线内，其他主力部队全部撤回黄河东岸。西北军委前敌总指挥部则率红军主力部队转移到安定县文安驿、禹居镇一带进行休整，对部队进行短期的战术、技术训练和新兵器操练，为下一步作战

---

① 参见中国人民政治协商会议陕西省委员会文史资料研究委员会编：《陕西文史资料》第十一辑，陕西人民出版社1982年版。

② 中共陕西省委党史研究室、中共延安地委党史研究室编：《刘志丹》，陕西人民出版社1993年版，第381—382页。

做好准备。

8月底，中共中央北方局派驻西北代表团书记朱理治和西北工委秘书长郭洪涛到达文安驿。在同西北军委前敌总指挥部和部队主要领导讨论西北红军主力下一步作战行动时，朱理治提出要夺取绥德、延安、清涧、瓦窑堡等中心城镇，首先是夺取瓦窑堡。

据时任西北军委参谋部的侦察情报科科长高朗亭回忆，与会的大多数人不同意这个攻打中心城镇的主张。刘志丹认为，西北红军的装备条件，还不能担负以攻坚战来夺取中心城镇的任务，要对敌人采取久围久困的战术，分化瓦解的策略，相机夺取。目前敌人的重兵主要集中在陕北地区进行"围剿"，西北红军主力只能去南线，对立足未稳的东北军寻机打击。经再三讨论，西北红军主力的军政指挥员都认为刘志丹的意见是正确的。但是，朱理治却固执己见，最后运用西北代表团书记领导西北工委的权力，强行决定先强攻瓦窑堡或清涧县城。[①]

对于这个一意孤行的强攻决策，朱理治在十年后的一次座谈会上承认，自己对中国革命的基本问题认识不足，与刘志丹是对立的。当时他"认为革命是一直向上发展的，如果有人说有高潮，有低潮，那就是机会主义"；认为"国民党士兵是动摇的，阶级力量对比我们占了优势"。在文安驿会议上，他"是把中央代表的指示信具体化了，并且有个别的发展"。而"刘志丹他们对中国革命问题，则认识清楚"[②]。

在革命战争年代，在与敌人进行你死我活的斗争时，一个认识错误，一个决策失误，就会给党和军队造成难以挽回的巨大损失。

在文安驿会议上，尽管刘志丹等人认为朱理治的决策是错的，但党的纪律和军人的天职都要求他们必须服从。因此，文安驿会议后，前总率西北红军主力沿永坪川、青平川两路向瓦窑堡城郊外围开进。

9月3日，刘志丹带领团以上指挥员到瓦窑堡外围的黑山梁和米粮山西

---

① 参见中国人民政治协商会议陕西省委员会文史资料研究委员会编：《陕西文史资料》第十一辑，陕西人民出版社1982年版。

② 中共陕西省委党史研究室编、姚文琦主编：《西北革命根据地回忆录精编》（五），陕西人民出版社2015年版，第268—269页。

南高地勘察地形，发现敌人在瓦窑堡城郊构筑了大量工事，城墙内外碉堡林立，山寨相连，构成相互支援的火力网。城外寨外都有梅花陷坑围绕，坑底栽着锋利的枣树枝、竹尖桩和金属刺。在场的指战员们都认为，依红军现有的装备和兵力，打敌人防御如此严密的城寨，是根本不可能的，如果强打，无异于送死。[①]而派人侦察所得清涧城的敌情，比瓦窑堡的防御工事更强，地形更险要。

在前总营地郝家川，刘志丹召集团以上干部开会，研究下一步如何行动。鉴于瓦窑堡和清涧城的情况，显然不能执行文安驿会议上朱理治的决定。正在大家议论纷纷时，陕北游击队第三纵队总指挥曹动之建议去打横山。他的理由是，横山城堡虽然险要，但工事比较简陋，横山的驻军只有国民党第八十六师邓宝珊团的骑兵第三营，兵力相对较弱，防守不严。红军可以在鲁家河集中兵力，奔袭横山。[②]刘志丹也赞成曹动之这个动议，认为红军一旦攻下横山，就可以牵动整个反"围剿"战局发生变化：一方面，可以使石湾国民党守军第二五六旅五一一团不战自退，从而将米西苏区扩展到无定河上游；另一方面可以减轻敌八十六师对神府根据地的压力；更重要的是有利于红军集中力量打击南线的国民党东北军。会议遂决定攻打横山，部队随即进到靖边与横山交界的冷窑子一带。

9月8日，部队由冷窑子出发，向横山靠近。出发不久，天就开始下雨，使得本来相对轻松的行军变得异常艰难。时在红二十六军四十二师第二团的王四海回忆当时的情形时说：

> 沙路很不好走，加上部队装备很重，行军速度就更慢了。没有粮食吃，战士们只好吃生大蒜；胃受不了，大家就把蒜和沙蒿、绵蓬、秋西瓜皮煮在一起，因为缺柴火，煮得半生不熟就吃了。几十里长的芦河边泥浆地带路更难走。先头部队过去后，把路边百十公尺宽的沙

---

① 参见中国人民政治协商会议陕西省委员会文史资料研究委员会编：《陕西文史资料》第十一辑，陕西人民出版社1982年版。

② 中共横山县委党史地方志研究编纂办公室编著：《中国共产党横山历史》第1卷（1921—1949），陕西人民出版社2018年版，第52页。

浆都踏软了，后续部队走过来，像踏在橡皮上，许多马骡陷在泥浆里，而且越陷越深。炮兵的驮骡更不好行动。战士们把衣服脱下来，包住骡蹄，包得小了不顶用，包得大了不能走。对我们威胁最大的还有山崩。雨后的沙山河岸，几十公尺、成百公尺地崩塌下来，堵住我们的去路，而且根本没有其他路可走。很多战士的鞋子都陷在泥里找不到了。[1]

尽管如此艰难，但红军将士们并没有退缩。9月9日凌晨，部队终于到达离横山县城西不到10里路的少家圪子村一带，进行攻击横山县城的准备。具体部署是：红一团在城西北架云梯登城；第三游击纵队由城东架云梯登城；义勇军抢占南山制高点；红二团攻击西城和抢占城外制高点娘娘庙；红三团在斩贼关构筑工事，以阻击从波罗、榆林方向来的敌援军。

9月12日凌晨3时，各部按计划进入阵地，同时登城。不料一个登城的云梯子断了，发出的响声惊动了守敌，顿时枪弹夹着滚木、石头、手榴弹一起打下来。激战到下午1时许，除城外东关消灭了两三百敌人外，横山县城仍未攻克。刘志丹担心波罗、榆林方面国民党军来援，遂命令部队主动撤出战斗。待刘志丹等撤到地势险要的黄家窑时，突然遭到敌人的反攻。在十分危急的情况下，刘志丹和马佩勋一人抓住一个马尾巴才跑出了险境。[2]

这一仗，横山县城虽未攻克，但西北红军主力敢于深入北线攻击横山城，则完全出乎敌人的意料。井岳秀担心北线其他地方受到红军打击，急从驻守神府的第二五八旅抽调部分兵力加强镇川、武镇、横山一带的防御，有效减轻了红军独立三团和神府地区各游击队恢复和巩固神府根据地的压力。

9月10日，郭玉人率战斗团在绥德三十里铺打了个围歼战，拔掉了绥

① 中共陕西省委党史研究室编、姚文琦主编：《西北革命根据地回忆录精编》（五），陕西人民出版社2015年版，第61页。
② 中共陕西省委党史研究室、中共延安地委党史研究室编：《刘志丹》，陕西人民出版社1993年版，第159页。

德至吴堡公路沿线设立的反动据点。9月12日，红三纵队和二十一支队在贺树槐、王子长率领下，夜袭横山油房头民团取得胜利，击毙团总李培银。

9月13日，西北军委前敌指挥部率红军主力部队在秀延县的七里沟、玉家湾、黄家川一带宿营时，接到中共西北工委的通知，要求西北军委前敌总指挥部立即带领西北红军主力部队到永坪镇，与即将到达陕北的红二十五军会师。

中国工农红军第二十五军是中共鄂豫陕省委领导下的一支红军主力部队。1934年11月，红二十五军从鄂豫皖根据地出发进行长征。1935年9月16日，红二十五军在军政委程子华和徐海东率领下，抵达延川县永坪镇。

9月17日，中共西北工委和中共鄂豫陕省委在永坪镇召开联席会议，会议由中共中央北方局派驻西北代表团书记朱理治主持。会议决定，撤销中共西北工委和中共鄂豫陕省委，组建中共陕甘晋省委，以朱理治为书记，郭洪涛为副书记；改组西北军事委员会，任命聂洪钧为主席；红二十五、红二十六、红二十七军合编为中国工农红军第十五军团，军团长徐海东，政委程子华，副军团长兼参谋长刘志丹，政治部主任高岗、副主任郭述申。红二十五军下辖第七十五、七十八和第八十一共三个师，计3000余人，其中第七十五师由原红二十五军改编而成，师长张绍东，政委赵林波；第七十八师由原红二十六军改编而成，师长杨森，政委张明先；第八十一师由原红二十七军改编而成，师长贺晋年，政委张达志。同时，前敌总指挥部将原西北军委直属的少共营500余人，交第七十五师作为补充部队。

9月18日，西北军事委员会主席聂洪钧在永坪镇的皮肤沟滩宣布红十五军团正式成立。军团长徐海东、副军团长兼参谋长刘志丹分别在会上讲了话。刘志丹还亲自宣读了他为西北红军起草的《欢迎红二十五军》指令。中国工农红军第十五军团的组建，使得西北根据地革命力量得到进一步壮大，为粉碎国民党第三次军事"围剿"，迎接中共中央和中央红军落脚陕北奠定了坚实基础。

1934年10月，中央革命根据地第五次反"围剿"失败后，中共中央和中央红军被迫开始长征。经过近一年的艰难跋涉，于1935年9月16日突破腊子口，开始向陕甘地区进发。由于红二十五军和中央红军相继进入陕甘地区，蒋介石加紧了对西北革命根据地"围剿"的战略部署。

根据蒋介石的命令，张学良的东北军除万福麟第五十三军主力留驻北平和河北外，董英斌第五十七军、王以哲第六十七军、何柱国骑兵军及刘多荃独立第一〇五师、熊正平独立第一一五师先后开进西北地区，与早先进入陕甘地区的第五十一军会合，全力"围剿"西北革命根据地的红军。

在红二十五军抵达延川县永坪镇之前，东北军第六十七军已经进入陕北，设军部于洛川。在永坪会议召开前后，东北军第六十七军何立中第一一〇师进驻延安，周福成第一二九师除留一个营驻甘泉外，余部亦进驻延安；王以哲第六十七军驻洛川、富县一带；董英斌第五十七军由甘肃合水一带向西北根据地进犯。此外，据守在陕北各重要据点的井岳秀第八十六师、高桂滋第八十四师也在积极备战之中，企图与东北军夹击红军主力部队。

面对严峻的形势，红十五军团成立后的第二天，军团领导人就开始认真研究反"围剿"的作战计划。徐海东回忆说：

> 我们在讨论作战对象的时候，有的同志提议先打驻米脂一带的井岳秀师，或者高桂滋师，出横山，与神木、府谷苏区打成一片，然后打出三边。经过讨论，大家一致认为：吃掉这两个部队，把握大一些。可是目前大兵压境，消灭这两个部队，对敌人的打击不重。还是先打东北军好，因为如果把东北军的主力搞垮一两个师，就会使陕北战局发生重大变化。①

经过认真研判敌情，会议最后决定运用红军擅长的"围点打援"战术，围攻甘泉，调动延安的敌人增援，以伏击战的方式将其歼灭。实施这个战术，既可以给东北军以痛击，又可以打破国民党军对根据地形成的南北夹击之势。

9月下旬，红十五军团主力部队经过三天急行军，抵达甘泉城西王家

---

① 中共陕西省委党史研究室编：《西北革命根据地》，中共党史出版社1998年版，第351页。

坪一带。徐海东和刘志丹在延安与甘泉之间的大劳山、小劳山一带察看了地形后，确定了设伏地点。9月28日，红十五军团八十一师第二四三团包围了甘泉城，其他部队则按原定计划进入劳山一带，埋伏在咸（阳）宋（家川）公路两侧的山上。

得知甘泉城被围，10月1日，东北军一一〇师师长何立中急率主力由延安前往增援。下午2时许，当其先头部队行至劳山地区时，预先埋伏在这里的红十五军团主力部队立即发起攻击。战斗进行得非常激烈，至下午5时，被包围的敌人已经组织了九次突围，均未成功。红十五军团指战员浴血奋战，先后有七八个营、连干部负伤或牺牲。二连连长奕新春被打穿腹部，肠子流了出来，他用绷带扎紧伤口，忍着剧痛继续战斗。战斗至结束后，奕新春被送到医院，但由于伤势过重，不治牺牲，年仅18岁。

当时在战场上的王四海，在许多年后还记得敌人组织第十次突围时的情景：

> 敌人第10次冲锋又上来了，端着上了刺刀的步枪，整营整营地冲上了我阵地。我们知道，这个阵地万万失不得，准备白刃格斗，在西下的太阳照射下，几百支钢枪冲向敌人。刹时，满坡杀声，敌人调头乱跑，尸体满地。我在反击中左腿负伤。我各路大军把敌全部压倒在白土坡以北五里桥以南的大川里，割成好几段，经过近4个小时的战斗……除敌后卫团部分逃脱外，其余全部被我军消灭。[①]

激战至晚8时，红十五军团全歼敌一一〇师直属队、六二八团、六二九团，敌师参谋长范驭州被击毙，六二八团团长裴焕彩被生擒，六二九团团长杨德新自杀。负了重伤的敌师长何立中被抬到甘泉县城后，因伤重而亡。[②]

劳山战役共毙、伤、俘敌官兵3700余人，缴获山炮、迫击炮28门，

---

① 中共陕西省委党史研究室、中共延安地委党史研究室编：《刘志丹》，陕西人民出版社1993年版，第407—408页。

② 陕西数字方志馆·新编市县志·延安市·甘泉县志·军事志。

轻、重机枪200余挺,长短枪5000余支,战马300余匹,无线电台4部及大量军用物资。①

这是红十五军团成立后打的第一个大胜仗,也是西北红军战史上第一次歼敌一个师。劳山战役动摇了国民党"围剿"部队的军心,驻守瓦窑堡的国民党第八十四师一部星夜逃往绥德县城,安定县境得以全部解放。

东北军在劳山战役失利,引起蒋介石高度重视。10月2日,国民党政府发布命令:"特派蒋中正兼西北'剿匪'总司令,张学良兼副司令。"②8日,蒋介石飞抵西安。9日,蒋介石与张学良联名发出电令:"六十七军在肤施③、甘泉、鄜县④、羊泉⑤一带地区筑碉,肃

劳山战役遗址上的烈士墓

清附近股匪,置重点于鄜县,维持肤施、鄜县间交通。"电令还要求杨虎所部"以主力在宜川、洛川之线筑碉,置重点于洛川,防匪南窜",并命令杨虎城部"及井(岳秀)、高(桂滋)各师,速肃清附近股匪,俟主力军向东迂回时,即协同各友军,将刘(志丹)、徐(海东)各股匪聚而歼之"⑥。

10月13日,蒋介石在山西太原召集第八十六师师长井岳秀、第八十四师师长高桂滋和阎锡山开会,研究加强对西北根据地"围剿"的具体部署。

10月20日,东北军第六十七军军长王以哲下令第一○七师六一九团团长高福元率六一九团及六二○团的一个营,进驻富县的榆林桥。

---

① 中共陕西省委党史研究室编:《西北革命根据地史》,陕西人民出版社2015年版,第362页。

② 陈元方、史础农编著:《西安事变与第二次国共合作》,长城出版社、陕西旅游出版社1986年版,第68页。

③ 今延安。

④ 今富县。

⑤ 今属富县。

⑥ 刘东社编:《西安事变资料丛编》第一辑,香港银河出版社2000年版,第3页。

榆林桥地处甘泉和富县之间的洛河东岸，南距富县县城20里，依山傍水，咸（阳）宋（家川）公路从村中穿过，是洛川、富县通往延安的必经之路。高福元率部进驻榆林桥后，紧急在四面山头抢修工事。

为了拔掉敌人在榆林桥安插的钉子，切断敌六十七军的南北防线，粉碎国民党对陕北革命根据地的第三次"围剿"，红十五军团决定集中优势兵力，打一场攻坚战。

10月24日晚，红十五军团在徐海东指挥下开始按预定计划行动。具体部署是：以红七十五师由东向西担任主攻，并派一个营警戒由榆林桥通往洛川的公路；以红七十八师由西向东，先歼河西敌一个营，再会攻榆林桥；以红八十一师由北向南进攻。在对敌形成三面围攻态势的同时，还派出两支部队分别占领洛河南面的小山和北面高原的碉堡。①

10月25日拂晓，红军发起强攻。敌人被压缩到街内后，凭借窑洞进行顽抗，致使红军伤亡较大。后来战士们发明了从房上的烟筒向里投爆炸物的办法，才有效地杀伤了敌人。战至下午3时，以红军的胜利宣告结束。

榆林桥战役，敌守军4个营被全歼，俘虏敌六一九团团长高福元及营以上军官6名、营以下官兵1800多人，缴获轻重机枪100多挺、步枪2000余支，还有无线电台1部和其他大量战利品。②榆林桥战役的胜利，是红十五军团在缺乏攻坚装备的条件下取得的，对于提高部队的士气有着重要意义。

就在红十五军团浴血奋战于劳山战役和榆林桥战役之时，在中共中央北方局派驻西北代表团和陕甘晋省委领导下，错误的"肃反"运动在西北根据地逐步展开。红十五军团副军团长兼参谋长刘志丹等人，在劳山战役结束后不几天（10月9日或10日），即在瓦窑堡遭到逮捕。在此前后，原红二十六军和中共陕甘边特委、苏维埃政府的一些负责干部也遭到逮捕。时任陕甘边苏维埃政府主席的习仲勋后来回忆说：

---

① 中共陕西省委党史研究室编：《西北革命根据地》，中共党史出版社1998年版，第362—363页。

② 陕西数字方志馆·新编市县志·延安市·富县志·军事志。

当时，蒋介石正在对陕甘边区进行第三次"围剿"。于是出现了这样的一种怪现象：红军在前方打仗，抵抗蒋介石的进攻，不断地取得胜利，"左"倾机会主义路线的执行者却在后方先夺权，后抓人，把刘志丹同志等一大批干部扣押起来，红二十六军营以上的主要干部，陕甘边县以上的主要干部，几乎无一幸免。①

"左"倾教条主义的严重泛滥，使西北革命根据地的"肃反"几乎处于失控的状态。朱理治回忆说："肃反整个的过程是逼、供、信，主观主义达到了极点。"②在这种情况下，有些人为了自保，只能违心地"揭发"别人。就这样，刘志丹、高岗、习仲勋、杨森、张秀山、惠子俊、杨琪、刘景范、马文瑞、张仲良、黄罗斌、高锦纯、张策、郭宝珊、任浪花、张文舟、李启明、高朗亭、赵启民等一大批西北革命根据地的党政军领导干部遭到逮捕。在此前后，曾担任过中共陕甘边特委书记的金理科被错杀于甘肃正宁县三嘉原，曾担任过陕甘边区苏维埃政府妇女委员会委员长的张景文在甘泉县下寺湾被错杀。据赵启民回忆，在此期间"还杀害了200多干部"③。

10月16日，中共中央和毛泽东率陕甘支队第一纵队由甘肃进入定边县木瓜城，打退了国民党军的尾追后，于19日到达保安县的吴起镇，结束了长达一年之久的长征。在得知陕北"肃反"扩大化和刘志丹等人被关押的情况后，毛泽东立即下令停止逮捕，停止审查，停止杀人，一切听候中央解决。④随后，中共中央政治局在下寺湾会议上决定，组成在博古指导下审查错误"肃反"的五人党务委员会，其成员有董必武（主任）、王首道（红军保卫局长）、张云逸（代表军委）、李维汉（中央组织部部长）、郭洪涛（陕甘晋省委副书记）。

11月30日，中共中央在瓦窑堡召开党的活动分子会议。会上，王首道

---

① 中共陕西省委党史研究室编：《西北革命根据地》，中共党史出版社1998年版，第357页。

② 中共陕西省委党史研究室编：《西北革命根据地史》，陕西人民出版社2015年版。第369页。

③ 中共陕西省委党史研究室编：《西北革命根据地》，中共党史出版社1998年版，第433页。

④ 参见《毛泽东年谱（1893—1949）》上卷，人民出版社、中央文献出版社1993年版，第484页。

代表五人党务委员会宣布：刘志丹等同志是无罪的，党中央决定立即释放，并且分配工作。刘志丹在讲话时说："这次'肃反'是错误的，我们相信中央会弄清问题，正确处理的。我们也相信犯错误的同志会认识错误，改正错误，团结在中央周围一道奋斗。"会上宣布了党中央对戴季英、聂洪钧的处分决定。①

　　然而，由于当时未能彻底纠正"左"倾错误，刘志丹等人并没有得到彻底平反。正如李维汉所说：

　　　　由于"左"倾路线没有清算，陕甘边苏区的地方干部和军队干部仍然戴着右倾机会主义的帽子，所以对他们的工作分配，特别是对一些高级干部的工作分配，一般是不公正的。②

　　刘志丹获释后，被任命为西北革命军事委员会西北办事处副主任兼瓦窑堡警备司令。

　　一心想利用对西北革命根据地的第三次"围剿"来消灭西北共产党力量的蒋介石，趁中共中央刚在陕北落脚之际，对军事部署进行了重新调整，妄图一举歼灭红军有生力量。其具体部署是：以东北军第五十七军董英斌部的第一〇九师、一二一师、一〇六师和一〇八师由甘肃庆阳、合水沿葫芦河向富县推进，沿葫芦河构成东西封锁线；第六十七军王以哲部的第一一七师，沿洛川、鄜县大道北上，接应第五十七军东进，并救援甘泉、延安一线驻军。其目的是，打通洛川、鄜县与甘泉、延安之间的联系，沿洛河及其支流劳山河构成南北封锁线，以这两道封锁线为基点，进而将红军主力部队聚歼在洛河以西、葫芦河以北地区。

　　10月28日，第五十七军董英斌部开始向东推进，11月1日占领了陕甘交界处的要隘太白镇，并在此构筑工事。第六十七军的第一一七师于11月6日进驻鄜县县城后，按兵不动。

---

　　① 参见中共陕西省委党史研究室编：《西北革命根据地》，中共党史出版社1998年版，第397页。

　　② 李维汉：《回忆与研究》，中共党史出版社1986年版，第373页。

面对国民党军的重兵"围剿",中共中央政治局于11月3日在甘泉下寺湾召开会议,确定了"向南作战"与初冬解决"围剿"的总方针。11月7日,毛泽东和彭德怀到达位于甘泉道镇的红十五军团军团部,同徐海东、程子华、郭述申共同商定直罗镇战役计划。

11月19日,毛泽东和周恩来、彭德怀率红一方面军司令部到达张村驿以西的川口子村,带领红一军团和红十五军团团以上干部前往直罗镇察看地形。与此同时,中共鄜县县委和县政府在紧张地进行动员群众的工作,一方面为红军筹集粮草,组织担架队、医护队、洗衣队、运输队、慰劳团等,另一方面实行坚壁清野,不给敌人留一粒粮食和可供使用之器械。

11月20日,东北军第五十七军牛元峰第一〇九师进占直罗镇。21日拂晓,红一方面军和红十五军团突然从南北两个方向朝直罗镇发起猛烈进攻。激战至下午2时,第一〇九师大部被歼,第六二七团团长郑维藩被击毙,第六二六团团长石世英自戕而死,牛元峰率残部500余人退入直罗镇以东的寨子,固守待援。董英斌和王以哲得知第一〇九师被困于直罗镇的消息后,急令第五十七军的第一一一师、第一〇六师向东推进,第六十七军的第一一七师向西推进,企图通过东西对进,解救第一〇九师。

针对敌情变化,11月23日,毛泽东致电彭德怀、周恩来,要求红军以一部兵力继续围歼直罗镇残敌,主力转为打敌援兵。根据毛泽东的指示,由红十五军团担任歼灭牛元峰部的任务;红一军团撤出直罗镇,以一部阻击由鄜县县城向西推进的王以哲第六十七军的第一一七师;主力部队沿葫芦河川道西进,迎击敌董英斌第五十七军的两个师。

奉命增援直罗镇的王以哲第六十七军的第一一七师,不久前在榆林桥战役损失了4个营,因此对与红军交战心存畏惧,当其推进到羊泉原受阻后,不敢与红军硬拼,便按兵不动。董英斌第五十七军的两个师从黑水寺一出去,就遭到红一军团的痛打,溃不成军,只好向太白镇方向退却。红军乘胜追击,在张家湾歼灭第一〇六师的第六一七团。

被围困在直罗镇寨子里的牛元峰见待援无望,于11月23日晚组织所部突围,沿葫芦河支流川子河向南逃窜。红十五军团紧追不舍,在直罗镇西南约十里的南沟门后山一带消火了部分敌人,其他大部分敌人被俘。牛元峰在逃跑途中被其副官击毙。至此，直罗镇战役胜利结束。

直罗镇战役共歼灭东北军第五十七军第一〇九师全部及第一〇六师第六一七团，俘敌5300余人，毙敌1000余人，缴获步枪3500余支、轻重机枪179挺、迫击炮8门、子弹22万余发，以及大量军用物资。

直罗镇战役烈士纪念碑

在瓦窑堡党的活动分子会议上，毛泽东对直罗镇战役作出了高度评价。他指出：

> 长征一完结，新局面就开始。直罗镇一仗，中央红军同西北红军兄弟般的团结，粉碎了卖国贼蒋介石向着陕甘边区的"围剿"，给党中央把全国革命大本营放在西北的任务，举行了一个奠基礼。[1]

直罗镇战役的胜利，标志着西北革命根据地第三次反"围剿"斗争取得了决定性胜利。

1935年5月，神府革命根据地第二次反"围剿"斗争失败。经过3个月的艰难时日之后，神府共产党人再次奋起抗争了！

9月7日，神府地区党、政、军干部在神木十区郑家坬召开前后方联席会议，认真总结了第二次反"围剿"斗争失败的沉痛教训。与会同志经过分析形势，认为随着陕北、陕甘边红军在南线作战接连取胜，国民党被迫

---

[1] 《毛泽东选集》第1卷，人民出版社1991年版，第150页。

将"围剿"神府苏区的部分兵力南调，神府革命根据地压力会相对减小，这是重新集结和发展神府主力红军的有利时机。因此，必须进一步加强党的领导，集中和壮大红军力量，同时广泛发动群众，恢复和建立赤卫队及各种群众团体，形成军民团结一致、共同对敌的态势。

根据联席会议精神，9月12日，神府工委和红三团在王寿梁村正式恢复。神府工委以张晨钟为书记、毛凤翔为组织部部长、乔钟灵为宣传部部长、刘长亮为青年部部长；红三团仍以王兆相为团长、杨文谟为政委，下辖3个连，共计120余人。①

恰在此时，神府工委收到了西北军委前委鼓励神府军民坚持斗争、迎接胜利的来信。这是在与陕北特委失去联系一年多之后，第一次接到上级的指示，大家异常兴奋，把指示信读了一遍又一遍。很快，从截获的敌人信件中，得知刘志丹正率部攻打榆林的消息。这些接踵而来的喜讯，使神府的党政军领导人备受鼓舞，也增加了争取反"围剿"斗争胜利的信心。

红三团刚刚恢复，就投入打击敌人的战斗中。9月下旬，红三团对国民党军邬青云的骑兵营发起攻击。邬青云骑兵营原是土匪队伍，有三四百人，凭借武力到处奸淫烧杀，抢掠财物，当地老百姓对其恨入骨髓。

一天，红三团得到该营的一个连将到申家里一带活动的情报后，就预先埋伏在申家里村的山后。下午时分，当敌人大摇大摆地接近申家里村时，红三团突然以两面夹击之势发起冲锋。毫无防备的敌人一下子慌乱起来，几乎没有反击，便丢下几具尸体和马匹狼狈逃跑了。此后，红三团又对这个骑兵营接连进行打击，使其再也不敢窜进根据地进行骚扰。

与此同时，神府工委派出大批干部到各地恢复基层党的组织，坚决打击国民党的"肃反"活动，镇压由劣绅和叛徒组成的"肃反小组"，使党的活动及革命斗争又普遍开展起来。

中共中央落脚陕北后，对神府革命根据地的情况非常关心。11月7日，中共中央进驻瓦窑堡后，即着手组建直属中央领导的中共神府特委。11月

---

① 参见中共榆林市委党史研究室、仟德存主编：《中共榆林历史（1919—1949）》，陕西人民出版社2004年版，第141页。

25日，中共中央西北局决定任命杨和亭为中共神府特委书记，张江全为神府特委宣传部部长，张汉武为少共神府特委书记，谢绍安为神府红三团团长。[①]

12月10日，中共中央在瓦窑堡祁家湾召开会议，专题研究神府革命根据地的问题。杨和亭、张江全列席了会议。毛泽东在会上讲话时指出：神府虽不大，但这个地区很重要，是抗日前线。那里的形势很紧张，斗争很艰苦，去神府的同志一定要把党员组织起来，把群众组织起来，动员一切力量建立统一战线；不要被困难吓倒，只要坚持下去，就会胜利。[②]会后，贾拓夫多次和杨和亭等商讨去神府的工作任务和方法。刘志丹和王首道分别对神府红军如何坚持斗争和做好神府的保卫工作作了指示。[③]瓦窑堡会议后，杨和亭和谢绍安等启程前往神府革命根据地。途中，谢绍安不幸牺牲。

杨和亭等到达神府苏区后，于1936年1月1日至3日，在神木的罗家墕村召开神府工委扩大会议，传达中共中央西北局关于成立中共神府特委的决定和毛泽东的讲话精神，以及中央红军和红十五军团粉碎国民党对陕北革命根据地第三次"围剿"的喜讯，使与会者大受鼓舞。会议决定下一步的工作是：军事上主动找敌人弱点打，优待俘虏；解散合并了的村庄，把赤卫军等群众组织迅速恢复起来；加强对国民党军和国民党统治区的工作；清查反革命分子，搞好"肃反"工作。

中共神府特委成立后，领导神府苏区的广大军民迅速投入粉碎国民党军第三次军事"围剿"的斗争中。

国民党对神府苏区的第三次军事"围剿"，开始于1935年11月下旬，主要兵力是傅作义部孙长胜的骑兵旅。该旅共三个连，分别驻在神木城、石窑村、沙峁镇。此外，还有井岳秀八十六师部分兵力，主要集中在佳芦区。"围剿"的重点是神木南部和佳芦地区。

---

① 中共府谷县委史志办公室：《中国共产党府谷历史》第1卷（1924—1949），陕西人民出版社2020年版，第54页。

② 转引自薛清池、杨文岩：《神府红军团征战记》，解放军出版社2005年版，第73页。

③ 神木县史志办公室编：《中国共产党神木历史》第1卷，陕西人民出版社2016年版，第51—52页。

面对国民党军的疯狂"围剿"，红三团采取机动灵活的战略战术，主动寻机歼灭敌人。1936年1月，红三团击溃驻陈家坪的国民党军一个连，俘敌三四十人，缴获一批武器弹药和马匹。当月，红三团还消灭了到申家里一带骚扰的驻万镇敌骑兵连和部分反共义勇军，俘敌四五十人，缴获了大批武器弹药和马匹。2月间，红三团袭击了榆林县响水梁民团，歼敌30余人。随后，在佳芦县刘国忠村（今属神木县万镇乡）附近歼灭万镇民团20余人，缴获长短枪18支；还诱袭消灭了建安堡敌军，俘敌10余人，缴枪10余支。

为了反击敌人的"围剿"，红三团进行着非常艰苦的战斗。红三团团长王兆相回忆说：

> 这阶段，红三团几乎天天打仗，有时候一天打几仗，战士们睡觉时怀里都抱着枪，一有动静马上起身投入战斗。一段时间我病了，由王进修代替我率领部队作战。在王元家，他指挥部队击退敌人的一个连，在追击中不幸中弹身亡。他的牺牲是红三团的一大损失。[①]

此后，中共神府特委接受了王兆相离队受训的申请，任命贺伟为红三团团长、毛凤翔任政委、贾如胜任参谋长。王兆相在等待受训通知期间，希望继续参加工作，后被任命为中共神府特委军事部副部长。

1936年2月下旬，受中共中央的派遣，张秀山、邓万祥、刘明山、黄正明、白兴元、陈景堂等在米西游击队的护送下来到神府。张秀山等人到神府后，即在毛家洼召开中共神府特委扩大会议。会上，张秀山传达了中央政治局瓦窑堡扩大会议《关于目前政治形势与党的任务决议》和毛泽东在1935年底所作的《论反对日本帝国主义的策略》讲话的精神。会议对以前的工作和政策进行了一定的检讨和纠正，根据中共中央指示，确定了新的斗争方针。

---

① 中共陕西省委党史研究室编、姚文琦主编：《西北革命根据地回忆录精编》（四），陕西人民出版社2015年版，第99页。

毛家洼会议对中共神府特委和红三团领导层作出新的调整：杨和亭继续任特委书记，张秀山任组织部部长，张江全任白区工作部部长，贾怀光任军事部部长，王兆相任军事部副部长，秘书长为王恩惠；团特委书记为张汉武；政治保卫局局长为黄正明、副局长刘兰亭；红三团团长为刘明山，政委为毛凤翔。

3月15日，红三团在九圪村击溃驻沙峁的国民党军骑兵连。随后，在毛谷川截获"反共义勇队"运送的一批军衣、弹药等。在屡屡遭受红军打击的情况下，"进剿"神府革命根据地的国民党军队只得龟缩在据点里，不敢轻易出动。神府革命根据地开始逐渐恢复。

1936年2月，中共中央将红军主力改编为中国人民红军抗日先锋军，发起东征战役。刚刚由陕北红军组建而成的红二十八军，奉中央命令，在军长刘志丹、政委宋任穷率领下于2月下旬由吴堡北上，向神府革命根据地进发，任务是打通陕北革命根据地和神府革命根据地，使之连成一片，巩固和扩大神府革命根据地，牵制敌军，策应主力红军东征。红二十八军在北上神府短短一个月内，先后在清涧、绥德、吴堡、米脂等10多个重镇打击敌人，胜利进入神府革命根据地。

红二十八军的到来使神府特委领导人非常高兴。3月20日，特委在陈家坪召开了有神府党政干部、红三团和红二十八军全体指战员以及当地群众参加的欢迎红二十八军的大会。会上，张秀山在代表神府特委和党政军民讲话中指出，党中央和中央红军的到来使整个西北革命根据地发生重大变化，今后的任务就是建立抗日民族统一战线，打倒日本帝国主义和卖国贼。刘志丹在代表红二十八军讲话中指出，红军过黄河到山西打击日本侵略者，需要神府苏区军民的支持和援助，希望神府苏区军民在党的领导下，要大力发展红军队伍，尽快恢复和扩大苏区。

对于神府革命根据地来说，这不仅仅是一个欢迎红二十八军的大会。张秀山在回忆中道出了其中蕴涵的重要意义："这个大会形式上是欢迎红二十八军，意义却是借红二十八军的到来和东征，向神府的人民群众展示中国共产党领导的红军队伍是爱国的，是打日本的，是不可战胜的。以消除自1935年下半年以来，由于敌人的残酷'围剿'和红三团失利，在群众中产生的悲观情绪，激发人民群众的革命斗志和信心，同时也是宣传群众、发动群众的最好机会。"①

在宋任穷的记忆里，这次欢迎大会上还上演了非常感人的一幕：

> 部队进入神府后，3月下旬，神府特委和特区政府召开盛大的欢迎祝捷大会。当地群众兴高采烈，有不少老百姓从远道来，要亲眼看一看刘志丹。当地群众不称呼志丹为军长，都亲昵地叫他"老刘"。有位双目失明的老大娘，十分激动地从人群中挤到志丹面前，拉着志丹，从头上摸到脚下，又从脚下摸到头上。陕北人民就是这样爱戴自己的领袖。②

3月21日，驻守太和寨的国民党军杨相芝营两个连到三区的杨家墕村（今属贺家川镇）抢粮，被路过的红二十八军突然包围，红三团也赶来参战，很快就将这股敌人全歼，俘虏敌副营长1名和士兵100余人，缴获全部武器弹药。驻防花石崖、太和寨、汉鲁子沟、龙尾峁、乔家岔滩、芦家铺、安崖等据点的国民党军闻讯后，唯恐遭到红军打击，便纷纷撤回高家堡和神木县城。

杨家墕战斗后，刘志丹和宋仁穷指挥红二十八军准备攻打驻沙峁镇的晋绥军骑兵旅孙长胜部。孙长胜部号称三个连，但实际战斗人员不足200人。红二十八军的部署是：以一团攻占沙峁镇背后的山头，以二团经梁家仓占领沙峁对面、窟野河西的刘家城村，切断敌人西逃之路，以三团由王桑塌村出发对敌人发动正面进攻。

3月24日凌晨，战斗打响。由于国民党军驻地依山傍水，工事坚固，红军大队难以在狭长的河滩和山路展开，因此攻击部队冲锋两次，都未能成功。为了避免强攻给部队带来大的损失，刘志丹决定以一部继续包围沙峁镇，一部在敌人逃跑的路上打伏击。不料担任伏击任务的部队还未到位，

---

① 张秀山：《我的八十五年——从西北到东北》，中共党史出版社2007年版，第93—94页。

② 中共陕西省委党史研究室、中共延安地委党史研究室编：《刘志丹》，陕西人民出版社1993年版，第90页。

敌人就很快放弃沙峁镇逃跑了。驻守瓦罗、栏杆堡、石窑的国民党军闻讯后，不敢应战，相继缩回府谷县城。

至此，国民党军深入到根据地各处的军事据点全部被清除。国民党对神府革命根据地的第三次"围剿"被彻底粉碎。

4月1日凌晨，红二十八军在红三团配合下强渡黄河，消灭罗峪口晋军一个营。次日，红二十八军攻克黑峪口镇，晋军沿河百余里防线被摧毁。此后，红二十八军在刘志丹、宋任穷率领下参加东征。

毛泽东为刘志丹题词（石刻）

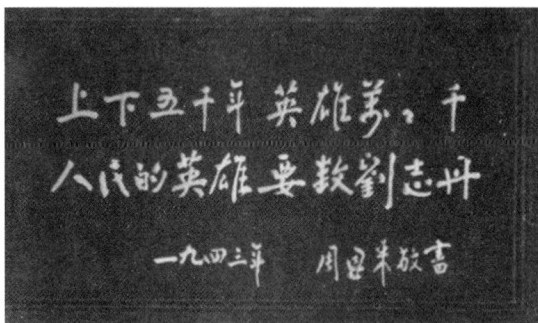

周恩来为刘志丹题词（石刻）

然而，不幸的是，4月14日，刘志丹在山西中阳县三交镇战斗中中弹牺牲，年仅34岁。刘志丹的牺牲是党和军队的一个重大损失。为了纪念刘志丹，毛泽东、周恩来、朱德、叶剑英、林伯渠、陈云、彭德怀、贺龙、徐向前、吴玉章、王稼祥、谢觉哉等都题了词。1936年6月，刘志丹的出生地保安县改名为"志丹县"。

反"围剿"斗争不仅仅是红军主力部队的斗争，也是根据地党组织和苏维埃政权及其领导的地方武装、人民群众参加的斗争。因此，第三次反"围剿"斗争的胜利，既是红军主力部队英勇奋战的战果，也是榆林地区的共产党人和革命群众用鲜血和生命换来的成果。据《中共榆林历史（1921—1949）》记载：1935年8月11日，国民党姜梅生部在神木贺家川杀害了县赤卫队总指挥张任杰和共产党员、红军战士刘存永等6人。8月下旬，国民党邬青云骑兵营在神木马家沟村先后屠杀革命群众18人。11月下旬，在震惊三边的"沙洼沟事变"[①]中，党、政、军三方面有50多人被害。12月12日，国民党第八十六师驻米脂胡采芹部到镇川逮捕了刘述相、刘绍让、赵文斌、常明镜等人，在米脂逮捕了刘增祥、朱向荣2人。12月19日，刘述相、赵文斌、常明镜、刘增祥、朱向荣5人被枪杀于镇川东门外。[②]这还是有名有姓的，更多的是无名无姓的英烈。这些榆林优秀儿女为保卫根据地作出的牺牲，将永远铭刻在历史的丰碑上。

---

① 1935年11月28日清晨，靖边县原警卫连连长宗文耀和陕甘七支队靖边游击队一中队队长金林勾结封建军阀、地主民团、地方恶霸和土豪劣绅发动了武装暴乱，进攻三边特委和县政府驻地沙洼沟，杀害了三边特委书记谢维俊和西靖边县政府主席阴云山等10人，抢走了全部物资，释放了在押的地主恶霸30余人。之后，叛匪又到各区采取枪杀威逼、煽动等手段，解散了各区、乡政府，西靖边苏维埃政权组织被彻底破坏。

② 中共榆林市委党史研究室、任德存主编：《中共榆林历史（1919—1949）》，陕西人民出版社2004年版，第191页。

军民勠力保卫河防

⊙中共中央洛川会议

⊙萧劲光受命

⊙日军进逼，河防告急

⊙留守兵团守备千里河防

⊙府谷保德之战

⊙神府河防保卫战

⊙日军屡袭宋家川

⊙三五九旅守碛口

⊙最后一战：决不让日军过河西

⊙人民群众的伟力

⊙保住中国半壁江山

　　全民族抗战时期，晋陕交界的黄河河防，是由八路军后方留守部队和国民党驻陕部队共同守备的屏障西北、卫护西南的一条重要战线，也是陕甘宁边区通向各抗日根据地的重要通道。能否保卫好从宜川到府谷的千里河防，阻止日军西进，直接关系抗日战争的全局，也直接关系中共中央和陕甘宁边区的安全。

一、中共中央和毛泽东积极部署河防保卫战

　　1937年8月22日至25日，中共中央在洛川召开政治局扩大会议，决定在敌人后方放手发动群众，独立自主地广泛开展游击战争，使游击战争担负起配合国民党正面战场、开辟敌后战场、建立敌后抗日根据地的任务。鉴于红军改编为八路军后开赴山西抗日前线的情况，会议决定组建后方留

守处，以保卫中共中央和陕甘宁边区的安全。

洛川会议结束的当天，8月25日，中央军委宣布由八路军三个师各抽调部分兵力，留守陕甘宁边区。为统一指挥留守部队，在延安设立八路军后方留守处，由萧劲光任主任。鉴于当时处于国共合作时期，中共中央向南京政府报告了组建留守处的情况。9月，萧劲光被南京国民政府任命为八路军后方留守处主任。同年12月，八路军后方留守处对内改称"留守兵团"。

自从1937年10月日军大举侵入晋西北后，河防形势日趋紧张。10月26日，中共中央召开政治局扩大会议，讨论河防中段清涧、绥德、米脂、佳县、吴堡等县的工作。会议要求联合左翼分子、争取中间分子、孤立顽固分子，建立群众工作，在统一战线斗争中巩固河防。

10月28日，毛泽东致电驻防榆林的国民党军第八十六师师长高双成、第二行政督察专员公署专员何绍南，提出拟派八路军陈奇涵部由延安出发，阎红彦部由庆阳出发，前往清涧、绥德、米脂、佳县、吴堡五县接防。此前，同月21日，毛泽东、萧劲光已电令八路军第三五九旅第七一八团从黄陵、洛川开往清涧河口一带巩固河防。

1937年11月太原失守后，日军以梅津一一〇师团为主力，加上一〇九、一一八、二十六等师团，向晋西南、晋西北根据地发起进攻。同时，直逼黄河东岸，甚至多次占领军渡、碛口一带的渡口，并频频对黄河西岸陕甘宁边区的河防发动进攻。

在这种情况下，中共中央在全面部署领导全民族抗日战争的同时，也高度重视河防安全问题。

1938年1月18日，中共中央军委就军委参谋部与陕甘宁边区留守处工作人员重新分配问题致电八路军总部及各师。电文提出，以滕代远为中央军委参谋长，萧劲光为八路军后方留守处主任兼河防指挥员，张元寿为军委供给部部长兼留守处供给处处长，孙仪之为军委卫生部代理部长兼留守处卫生处处长，易秀湘为军委卫生部政治委员兼留守处卫生处政治委员，毕占云为留守处参谋处处长。①

同月，中央军委对留守部队进行改编，除第三八五旅旅部和第七七〇团外，第一二〇师辎重营、炮兵营改编为警备第一团，第一二九师特务营改编为警备第二团，第一二九师炮兵营改编警备第三团，第一一五师辎重营、炮兵营改编为警备第四团，第一二〇师特务营改编为警备第五团，第一二〇师工兵营改编为警备第六团，第一二九师工兵营改编为警备第七团，第七一八团改编为警备第八团。全部兵力有15000余人。

留守兵团整编完成后，根据留守兵团司令部的命令，警备六团（团长王兆相、政委张达志）驻神府地区，守备佳县以北万户峪、沙峁、盘塘、马镇、贺家堡等渡口；警备八团（团长文年生、政委帅荣）驻绥德、吴堡，守备大会坪、螅蜊峪、宋家川、李家沟、丁家畔、康家塔、枣林坪等渡口；警备三团（团长阎红彦、政委杜平）驻清涧，守备河口、界首、枣林坪以南等渡口；警备四团（团长陈先瑞、政委罗志敏）驻永坪地区，守备延水关、高家畔渡口；警备五团（团长白志文、政委李宗贵）驻延长，守备凉水岩至清水关沿河渡口；警备一团（团长贺晋年、政委钟汉华）驻防米脂、佳县。

留守兵团各河防部队到达指定地方后，按照陕甘宁边区党委的指示和留守兵团司令部的命令，将黄河防线划为五县（绥德、葭县、米脂、清涧、吴堡）、神（木）府（谷）、两延（延川、延长）三个地段，相应成立绥德警备区司令部（由陈奇涵任司令员，中共绥德特委书记郭洪涛兼政治委员）、神府第一河防司令部（由神府保安司令部改设，黄罗斌任司令员，中共神府特委书记张秀山兼政治委员）、两延（延川、延长）河防司令部（由何长工任司令员）。三个河防司令部由八路军留守兵团司令员兼河防指挥员萧劲光统一指挥。

为了有效抵抗日军对河防的攻击，河防总指挥部和三个河防司令部密切沟通，拟定击退日军西渡黄河时的各种具体作战计划，进行了具体战术

---

① 中国人民解放军历史资料丛书编审委员会编：《中国人民解放军组织沿革》文献（2），解放军出版社2007年版，第77页。

研究，并对部队进行特种地形的战斗演习和射击技术训练，以及政治思想教育，在各主要渡口构筑较为强固的纵深配套工事。

与此同时，榆林地区的绥德、清涧、米脂、吴堡、佳县和神府等县，也迅速组建和加强了各自的抗日自卫军等地方武装，成立抗敌后援会等群众团体，动员和组织人民群众积极支援抗日前线。

至此，在北到府谷、南至宜川，长达千里的黄河防线上，留守兵团在陕北地方党组织和人民群众的大力支持下，在山西国民党军和驻神府的国民党第二十二军八十六师左协中旅、负责晋西北接壤处河防的马占山部配合下，顽强地抵抗着日军对黄河沿岸的疯狂进犯。

1938年2月21日，日军分五路向晋西北抗日根据地发动首次围攻，先后占领宁武、神池、偏关、河曲、保德、离石。2月25日18时，占领离石的日军2000余人进扰军渡，并以一部进至碛口，隔河炮击陕甘宁边区八路军留守兵团河防阵地。

毛泽东和中央军委对日军的动向高度警惕。毛泽东、滕代远、萧劲光随即作出部署：河合村至大河坪为第一河防区，黄罗斌负责；大河坪至丁家畔为第二河防区（碛口对面），贺晋年负责；丁家畔至沟口为第三河防区（军渡对面），文年生负责；沟口至河口为第四河防区，阎红彦负责。以上四区统归陈奇涵指挥。河口至马头关为第五河防区，白志文负责；马头关至凉水崖为第六河防区，陈先瑞负责。以上两区统归白志文指挥。同时，要求各地加紧动员民众，巩固河防，策应河东的八路军和友军对日军作战。

2月28日，毛泽东和任弼时为阻止日军西渡黄河威胁陕甘宁边区致电朱德、彭德怀，指出日军以猛烈炮火向西岸轰击，有渡河西犯企图，估计该敌可能强渡黄河威胁陕甘宁边区。电文提出：除令河防部队尽量阻敌西渡，望即令一二○师除王震、宋时轮两部仍在同蒲线猛力活动外，张宗逊旅全部即转至离石至离石以北地区，积极向吴城镇与军渡之间击敌侧背，并截断其后面交通，阻敌西渡。在目前情势下，徐（海东）旅应否西移归还一一五师建制，增强该师力量，求得在吕梁山脉打击敌人，巩固河防。①

同日，毛泽东就陕甘宁边区河防保卫问题致电贺龙、肖克、关向应并告朱德、彭德怀等，要求一二〇师立即派一个主力团，赶至军渡、离石线以北，击敌侧背。另派一有力支队南下，截断吴城镇公路。②同日，毛泽东又致电朱德、彭德怀及贺龙，鉴于河防绥德危急，一一五师三四三旅应迅速以一部控制大麦郊、水头、川口、石口等地，发动群众组织打游击，巩固战略枢纽；旅主力转入大宁、隰县及该县午城地区，相机歼敌。③

从1938年3月起，日军先后以第一〇九师、第二十六师及独立混成第三旅、第十六旅等部向陕甘宁边区黄河防线进攻，企图切断陕甘宁边区与山西省各抗日根据地的联系，并配合对晋西北抗日根据地的"扫荡"。守卫河防的留守兵团警备部队和国民党友军奋起反击。

河防保卫战就此拉开帷幕。

3月2日，鉴于日军在山西军渡、碛口猛攻黄河，威胁河东整个军队的归路，绥德、延安同时告急，经中央政治局会议同意，毛泽东向朱德、彭德怀以及八路军3个师的负责人发出此电令并要求他们"坚决执行"。电文要求：（一）晋西北部队必须照贺龙、肖克、关向应的已定部署执行，以警六团对付进攻河西之敌，以一个旅攻击由五寨向临县进攻之敌，以一个旅星夜兼程至离石以北，攻击碛口、军渡两敌之背，阻碍其渡河。此三部并须猛力发动群众，巩固北段河防之一切未失渡口，保障后路。如果敌人突破河防攻绥德，必须以一个旅渡河，配合河西部队消灭该敌，保卫延安。（二）徐海东旅必须立即西移，归还一一五师建制，协同陈光旅消灭当地之敌，猛力发动离石、中阳、永和、大宁、隰县、吉县及整个吕梁山脉之民众，配合友军部队，巩固中段河防一切大小渡口，保障晋东南、晋西南整个友军的归路。如果潼关、西安危险，在山西国军主力转移之前，准备先以一一五师一个旅渡河南进，为保卫西安而战。（三）一二九师应位于同蒲

① 《任弼时年谱》，中央文献出版社2004年版，第370页；《朱德年谱（新编本）（1886—1979）》中卷，中央文献出版社2006年版，第760页。
② 《贺龙年谱》，人民出版社1996年版，第255页。
③ 《贺龙年谱》，人民出版社1996年版，第255页。

路以东，布置侧面阵地，破坏铁路，阻滞敌向潼关进攻，并策应林彪、贺龙两师作战。如潼关、西安危急，蒋介石有另调晋境主力部队渡河，改任保卫西安之任务时，该师主力亦应准备西移，而留一部永久位于晋东南，坚持游击战争。[①]

同日，毛泽东就保卫河防又致电贺龙、肖克、关向应并告朱德、彭德怀。电文指出，为保障一二〇师后方巩固，贺、萧、关须立即派一部渡河，加强葭县以北各大小渡口之防御，确实保障该段河防两岸渡口于我手，万不得疏忽。[②]

为了配合保卫河防的战斗，中共陕甘宁边区委员会和陕甘宁边区政府于3月3日发表《告民众书》，指出陕甘宁边区的共产党和边区政府决心领导边区民众誓死为保卫边区、保卫西北、保卫全中国而奋斗，号召全边区人民紧急动员起来，配合军队参加抗战，努力参加抗战动员工作，粉碎日军对边区的进攻。

在中共中央、陕甘宁边区党委、政府和毛泽东等的精心部署下，军民团结一致，共同谱写了坚守河防的英雄史诗。

二、军队的河防保卫战

（一）府谷保德之战

1938年2月28日，日军第二十六师黑田旅团占领黄河东岸山西境内的保德县城，与保德相对的河西府谷县成为敌人进攻的下一个目标。从2月28日至3月1日，日军飞机多次在府谷上空侦察、扫射、狂轰滥炸。

3月2日凌晨2时，日军600人分乘5只大船由保德的马家滩向黄河西岸的府谷强渡。当驻府谷的国民党守军发现时，日军已经在马连圪尖岸口登陆。负责防守府谷的是国民党高双成第二十二军八十六师左协中旅的

---

① 《建党以来重要文献选编（1921—1949）》第15册，中央文献出版社2011年版，第145—146页。

② 《朱德年谱（新编本）（1886—1979）》中卷，中央文献出版社2006年版，第762页。

五一二团（实际只驻团部，仅有一个营的兵力）。当时团长张之因正赴榆林述职，五一二团由中校团副章端瑞临时负责。然而，日军登陆后，章端瑞就未曾露面（事后原拟以临阵脱逃罪枪毙，但未执行），三个连又分别驻在徐家墕、杨瓦和赵石尧，互相之间既不通联，又无人作主，故均缩在营地未动。

驻孤山的国民党连长常振明听闻日军过河侵入府谷县城后，主动率部及时赶到。常振明连从大沙沟的瓦窑梁上山，迂回到府谷县城内，主动向日军发起进攻。激战数小时后，接出被困在城内的三个连，退向尖堡则一带。府谷县城被日军侵占。

日军进入府谷县城后，大肆烧杀抢掠。共烧毁商号、民房400余间，屠杀38人，还抢掠了大批财物。因担心黄河水大流急，耽搁太久无法及时返回河东，日军便于当天下午撤到保德县城。这时黑田得到情报，南边八路军彭绍辉部正向太原方向挺进，北边马占山部也打过了黄河东岸，正向南运动。黑田担心遭到中国军队的合围，遂留一个小队驻保德，自己带大队人马退向宁武方向。

国民党第二十二军军长高双成得知日军侵入府谷后，急令张之因团长返防，并命驻神木高家堡的杨仲璜营增援府谷。3月4日，张之因返回府谷时，日军早已返回保德，只留下府谷城一片狼藉。后来侦知，回到保德的日军大部分已经南撤，只留一个小队在保德驻守，张之因决定抓住战机，渡河歼敌，以收复保德。

3月7日夜，由团长张之因选出的13名勇士组成"渡河作战敢死队"，开始执行渡河作战任务。敢死队从府谷乘船渡到河东后，分守要道，掩护张博学、杨仲璜两营于黎明前渡河，然后直抵保德县城门，炸死敌卫兵，夺取了制高点。后续部队及时赶到，对日军形成内外夹击之势，共毙敌18人，俘日军小队长增山隆岁以下30人，缴获机枪3挺、步枪50支、军马1匹，以及弹药、军毯、粮食等。余敌仓皇逃走，保德县城得以收复。战斗中，渡河作战敢死队13名勇士大部阵亡。当时，流传着这样一段歌颂敢死队的顺口溜：

敢死队要报仇，

面朝黄河泪不流，

咬紧牙关冲上去，

一刀一个鬼子头。①

日军不甘心在保德的失败。3月21日，日军侦察机两次飞临府谷上空进行侦察。下午4时，日军出动2000余人再次占领保德县城，并隔河炮轰府谷县城民房。在日军企图渡河时，被河防驻军阻击。3月22日，日军在飞机、大炮的掩护下，再次企图强渡，被坚守的驻军击退。日军辗转数日强渡未能奏效，便将保德县城付之一炬后撤离。3月27日，保德、河曲、偏关三县由府谷国民党驻军收复。②

（二）神府河防保卫战

1938年3月12日，日军出动2000余人，附大炮20余门，携带着渡河器材，侵占晋西的兴县。3月13日，日军进抵神府河防对岸，以大炮、机枪向河防阵地轰击。同时，以10余架飞机在河防阵地上空侦察、轰炸了3个多小时，随后地面部队开始强渡黄河。

河防守备部队警备六团沉着应战。待敌渡河部队全部进至河中，奋力向河西强渡时，警备六团集中火力予以半渡之敌猛击，并分兵一部乘日军混乱时迁渡到河东，袭击敌侧背。在受到两面夹击的形势下，日军只得向兴县溃退而去。此战，击毙日军40余人、伤100多人，缴获步枪10支及部分军用品。

———————

① 中共神府县委史志办公室：《中国共产党府谷历史》第1卷（1924—1949），陕西人民出版社2020年版，第99页。

② 中共榆林市委党史研究室、任德存主编：《中共榆林历史（1919—1949）》，陕西人民出版社2004年版，第228—229页；中共神府县委史志办公室：《中国共产党府谷历史》第1卷（1924—1949），陕西人民出版社2020年版，第99—101页。

（三）第一次宋家川保卫战

1938年2月，日军出动2000多人首次占领了黄河东岸的重要渡口——军渡，并隔河炮击吴堡的宋家川和旧县城。宋家川是黄河岸边一个极为重要的渡口，是陕晋两省的重要水上通道，自古是兵家必争之地。八路军警备八团用轻重机枪予以猛烈还击，迫使日军进入掩体工事，只能盲目发炮。随后，警备八团派一个连主动出击，迫使日军撤回柳林。

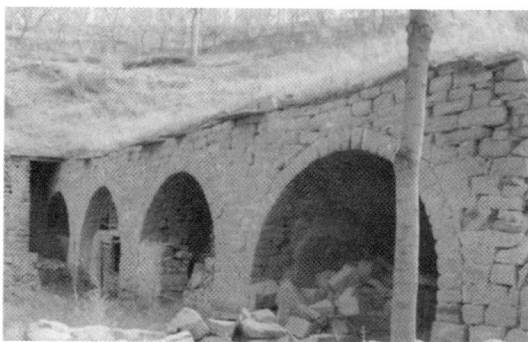

抗战时期河防部队炮兵连驻地（位于吴堡县呼家庄头村）

3月上旬，日军开始向碛口集结，企图在碛口用橡皮舟渡河西犯。但因舟小浪急，又受到八路军决死队和吴堡游击队的袭击，日军渡河企图未能得逞。

3月25日，日军以一个旅团的兵力，附大炮30余门，沿汾（阳）离（石）公路西进，企图再占军渡。针对日军的部署，警备八团以第一、第三营固守河防阵地，以第二营流动防务，以加强正面阵地防御。同时，由政委帅荣带两个连秘密东渡黄河，炸毁薛村、穆村大石桥，中断离石通往军渡的公路，后迂回活动在离石、汾阳、清徐一带，从背后扰乱、牵制日军。由团长文年生和营长潘师孟率三个连也秘密渡河，在离石游击队第三大队的配合下，夜袭日军驻柳林附近王老婆山的一个联队，歼灭日军近百人，缴50余支枪及其他军用物资。[1]王老婆山位于离石、柳林、碛口之间，是离

---

[1]　中共吴堡县委史志办公室编著：《中国共产党吴堡历史》第1卷（1921—1949），陕西人民出版社2018年版，第87—88页。

石通往碛口的必经之路，该据点的拔除，使日军失去了西进的一个重要依托点。

（四）第二次宋家川保卫战

1939年6月4日至5日，日军松井师团1万余人进占军渡，并在东岸各山头构筑工事。以前日军进占这个渡口，多是在飞机、坦克的掩护、配合下，沿着公路大摇大摆地向前推进。这次敌人改变了战术，只派出一部分兵力，以炮兵开路，沿公路缓缓推进，而其主力则分成两路，在两翼山地中轻装迂回前进。当时阎锡山的三个步兵团和一个炮兵团在柳林地区驻防。他们根据过去的经验，仍然只注意公路正面的防御，忽视了对两翼的侦察警戒，致使日军的企图得逞，阎军一部被日军包围。

6月6日，日军以1.5万兵力进攻孟门、碛口，在东岸构筑工事，进而用飞机、大炮终日对河西八路军河防阵地进行狂轰滥炸。与此同时，日军另一部2000余人占领马头关与凉水岩河东阵地，企图寻找适当渡口，实施强渡。

对岸河西的人民群众立即组织起来，准备物资，运输军粮，全力支援河防。正在前线视察的萧劲光调集边区内地大批援军，要求昼夜兼程，以便与八路军河防部队并肩作战。

面对日军的嚣张气焰，八路军河防部队沉着镇静，昼夜坚守阵地，利用工事进行有力还击，使敌人始终无法渡河。经过三昼夜的对峙，日军见渡河无望，不得已开始后撤。

这时，奉萧劲光之命前来增援的内地部队正好赶到，便迅速渡河尾追敌人，相继收复了李家垣、柳林。与此同时，河东八路军又猛击敌人侧背，破坏敌人的交通运输，迫使日军撤退至军渡后山。经过黄河两岸八路军协同作战，粉碎了日军对河防最大的一次进攻。[①]

---

① 霍志宏：《记陕甘宁边区河防保卫战》，《文史月刊》2006年第7期。

（五）第三次宋家川保卫战

1939年9月4日，日军松井师团出动4000人，附炮30门，再次进占军渡，强令群众修复军渡到离石的公路，企图在巩固河东阵地后，待机渡河占领河西宋家川。

为粉碎日军这一企图，河东游击侦察部队主动出击，袭击穆村、薛村，破坏公路，在孟门、留誉、暖泉等地抗击日军。河西的河防部队则乘此机会派一部分兵力渡河，迂回至敌后的柳林、穆村、军渡之间。

日军因遭到来自多面的袭击，只得于9月12日龟缩于柳林地区，进犯宋家川的企图又遭失败。此次战斗，八路军共歼敌30余人，缴枪5支。

（六）碛口河防保卫战

1939年八九月间，由于河防吃紧，中共中央决定调王震的三五九旅返回陕北，加强河防守备力量。10月4日，王震率部回到陕甘宁边区，驻防绥（德）米（脂）地区，接任绥德警备区司令员。三五九旅到河西后，增修河防工事，开展河川战斗演习，大大增强了河防保卫能力和渡河作战能力。

11月初，日军开始集结军队，并准备了大批的渡河器材，企图一举突破河西阵地。11月20日，日军独立混成第十六旅团1万余人分四路向碛口合围，并以一部北上到佳县对面的渡口。

11月23日，日军占领碛口、孟门两镇，开始向河西猛烈炮击。在火力的掩护下，日军以2000余人集结碛口河滩，当其正要放船槽渡时，三五九旅河防部队突然以机枪猛烈扫射，封锁河面。日军遂放弃渡河，窜至山上以大炮还击，妄图压制三五九旅的火力。三五九旅立即派出一支部队从左翼渡到河东，袭击日军侧后。经长达5个小时的战斗，迫使日军分路向东撤退。此次战斗，毙敌百余人，俘虏2人，缴枪6支。

（七）第四次宋家川保卫战

1939年12月初，日军集结4000兵力，附炮20余门，再次进犯军渡，炮击宋家川。12月12日，日军占领李家垣后，加强对河西阵地的炮击，企图强渡黄河。

河东游击侦察部队在河防司令部的指挥下，当日军进犯李家垣时即在李家垣以南山地上阻击日军，之后又在军渡至离石公路上打击日军。

日军在侧后不断受到袭击的情况下，不得不于12月16日向东撤至柳林。河防部队乘机收复军渡、李家垣。此次战斗，共歼敌20余人。

吴堡县城80里河防

（八）第五次宋家川保卫战

第五次宋家川保卫战，是阻击日军企图侵犯河西的最后一战。河防部队抱着"决不让日军过河西"的决心，与日军展开了一场生死之战。

1940年3月初，日军以1万余人的兵力，分六路"扫荡"晋西北。三五九旅遂派部队东渡黄河，主动配合河东八路军作战。3月9日，柳林日军300余人进犯李家庄，与三五九旅派往河东的部队激战3小时，终被击退。3月13日，柳林日军派出500余人，再次进犯李家庄。三五九旅与其激战一昼夜，最终以敌人的败走而告结束。

3月30日，柳林日军再次出动1500余人，用大炮20门连续轰炸了11小时，并向河西发射糜烂性毒气弹、毒瓦斯弹1000余发，造成军民50余人伤亡。河防司令部立即下达紧急动员令，要求部队于3月16日凌晨2时早餐，3时进入阵地，做好一切迎战的准备工作。

3月16日，天色微明，日军的30门大炮一齐向河防阵地猛烈轰击，黄河西岸顿时火光冲天，硝烟弥漫，炮弹碎片和碎石厚厚地盖满了地面。与此同时，日军还发射了催泪弹和毒气弹，致使河防部队指战员有的打喷嚏，有的流眼泪，有的甚至昏倒在地。

中午时分，日军停止炮击，有近300名日军在河东岸的山顶上隔河观望，只见河防部队阵地一片沉寂，不见人影，以为河防阵地已被夷平。正当日军收拾船具准备西渡时，河防部队组织火力，猛烈向日军射击，日军急忙收兵进入阵地，再次肆无忌惮地向河防阵地发射大量毒瓦斯炮弹，致不少河防军民中毒负伤。

当天夜里，河防指挥员从绥德义合镇调总部炮兵团进入宋家川河防炮兵阵地，准备痛击日军。第二天黎明，待日军炮兵刚一露头，正准备向西岸发射炮弹时，河防炮兵先发制人，一发发炮弹准确地落在日军的炮群中，打得日军昏头转向，失去了招架之力，连大炮也顾不上拖走，便狼狈撤退。

此后，日军从中国战场抽调部分部队参加太平洋战争，并以主要力量继续进行"扫荡"敌后抗日根据地。在兵力严重不足的情况下，日军对河防的进犯逐渐减少。到1943年，敌后抗日根据地日益巩固与扩大，日军陷入游击战争的包围之中，到处受到抗日军民的沉重打击，不得不停止对陕甘宁边区的进攻。

河防保卫战是陕甘宁边区八路军留守部队在中共中央直接领导下，在陕甘宁边区和晋西北人民群众的支援和地方武装的配合下，以对日军作战78次的战绩，粉碎了日军对河防的进攻，取得了巩固黄河防线，保卫中共中央、保卫陕甘宁边区、保卫西北大后方的重大军事胜利，在抗日战争史上具有重要的地位。

河防保卫战的胜利，也有国民党军的贡献。除了河东的晋军对日军作战、阻止其接近渡口并企图过河外，在河西，有东北挺进军总司令马占山率领的部队驻守在府谷的哈拉寨，有高双成国民党第八十六师五一七团驻守在府谷，有晋陕绥边区总司令邓宝珊所部驻守在榆林，都为固守河防、拱卫大西北作出了贡献。

三、人民群众的支援

1937年7月7日，卢沟桥事变爆发，中国进入全民族抗战时期。卢沟桥事变爆发后仅一个月，8月22日至25日，中共中央在洛川召开的政治局扩大会议上，明确提出中国的抗战路线是"全面的全民族的抗战"路线，这同蒋介石国民党政府提出的政府主导、军队为主的"片面抗战"路线有着本质的区别。全民族抗战路线意味着抗战不仅是军队对军队的战斗，更要动员和组织最广泛的抗日民族统一战线，动员和组织全国各阶层，特别是最广大人民群众参加到抗战的行列。因此，洛川会议通过的《中共中央关于目前形势与党的任务决定》号召：

> 共产党员及其所领导的民众和武装力量，应该最积极的站在斗争的最前线，应该使自己成为全国抗战的核心，应该用极大力量发展抗日的群众运动。不放松一刻工夫一个机会去宣传群众、组织群众、武装群众，只要真能组织千百万群众进入抗日民族统一战线，抗日战争的胜利是无疑义的。①

中国共产党制定的全民族抗战路线，是中国共产党始终把人民群众作为依靠力量的基本信念在抗战时期的具体体现。正是因为有了这个正确的抗战路线，不仅取得了抗日战争的全面胜利，而且使中国共产党在抗战中越抗越大，实现了由小到大、由弱到强的历史性转折。

在长达八年的时间内，无论日军采取什么样的恶毒手段，最终都没能占领黄河以西的广袤土地。保住中国半壁江山的不是天然形成的黄河屏障，而是成千上万个守护在黄河两岸的军民。1938年5月，毛泽东在《论持久战》中曾明确指出"兵民是胜利之本"，"战争的伟力之最深厚的根源，存在于民众之中"。②这一重要论断的意思是：中国抗日战争的胜利靠兵，同

---

① 《建党以来重要文献选编（1921—1949）》第14册，中央文献出版社2011年版，第494页。
② 《毛泽东选集》第2卷，人民出版社1991年版，第509、511页。

时也靠民，甚至更多的时候是靠民。这是中国共产党的群众路线在军事斗争领域的反映。河防保卫战的胜利，也充分证明人民群众的支援是抗日战争胜利的重要因素。

全民族抗战爆发后，为保卫中共中央和陕甘宁边区的安全，榆林地区的党组织非常重视动员全社会的力量进行支援主力部队保卫河防的战斗。

1938年1月，延安26个群众团体举行代表大会，宣布正式成立陕甘宁边区民众抗敌后援会。根据大会制定的后援会章程，解放区各地普遍成立了抗敌后援会。在保卫河防的斗争中，抗敌后援会积极发挥群众团体的作用，协助党和政府组织群众，支援抗战，使人民群众成为河防保卫战中一支重要的力量。

（一）拿起武器保家卫国

在神府，1938年3月，日军进犯神府时，八路军留守部队和保安队开赴前线作战。神府自卫军便组织游击小组，保卫家乡，维持地方治安，巩固后方。神府的青救会会员经过训练和思想教育，一次就有700多名会员参加了自卫军组织。1938年至1939年，神府特区的自卫军有2746人，其中基干自卫军近千人。

在吴堡，1938年12月成立了有100余人参加的河防游击队，重点活动在日军炮击和进攻最频繁的宋家川至岔上沿河一带。1942年，吴堡抗敌后援会组织了1万余名自卫军，其中有1/4是女性，还有2213名少先队员。自卫军提出"不让日寇过黄河一步"的战斗口号，积极配合主力部队战斗。

在佳县，1937年12月，中共佳县县委组织原陕北红军游击队新六支队、十五支队的部分人员，组建了佳县河防游击队，共130余人，队长冯有才，政委张成功。下辖三个分队：螅镇分队，队长冯有才（兼），政委张成功（兼）；木头峪分队，队长红山（代号），政委崔玉良；城关分队，队长张贵金，政委曹华山。佳县河防游击队的主要任务是协助八路军驻防部队守护螅镇、木头峪、桃花渡、大会坪、万户峪（今属神木县）等沿河岸的重要渡口。1938年夏，佳县河防游击队被编入八路军第一二〇师第三五九旅。[①]

保卫河防的军民在修筑工事

（二）全力以赴支援前线

在榆林地区，沿河各县都组织了救护队、担架队、运输队、看护队、慰劳队、缝衣队、洗衣队、宣传队、通讯队、侦察队、破坏队、防空队、代耕队、妇女生产组、劳动互助社、战地服务团等战时组织，开展锄奸剿匪、保证生产、动员给养、慰劳将士等工作，有力地支援了抗战。

1938年3月间，日军进犯山西兴县时，神府的200多名水手运输队冒着枪林弹雨，在黄河的惊涛骇浪之中往返抢运伤病员和军用物资，保证了部队人员和物资的安全转运。同年冬，神木县政府又动员2000民工，配合部队修筑河防工事。[②]

府谷的河防任务主要由国民党第八十六师五一七团承担。为了加强河防力量，五一七团拟仿照八路军在山西的做法，成立抗日义勇军。广大群众得知这个消息后踊跃报名，很快就成立起有千余名青壮年参加的"府谷抗日义勇军"。义勇军通过武装集训后，编成两个大队，下辖8个中队、24

① 中共榆林市委党史研究室、任德存主编：《中共榆林历史（1919—1949）》，陕西人民出版社2004年版，第221页；陕西数字方志馆·新编市县志·榆林市·佳县志·军事；李小娜主编：《中国共产党佳县历史》第1卷（1923—1949），陕西人民出版社2021年版，第79—80页。

② 神木县史志办公室编：《中国共产党神木历史》第1卷，陕西人民出版社2016年版，第82—83页。

个小队。两个大队各有分工，第一大队配合驻军加强河防，第二大队维持社会秩序和安排民众有序撤离，成为一支有组织的抗日民众力量。

为了抵御日军对河防阵地的破坏，驻府谷的国民党骑二军何柱国部组织起府谷县的墙头、麻镇、黄甫等地18岁至30岁的青壮年，担负挖战壕、运送枪支弹药和转运伤兵的任务。这些人来往于枪林弹雨之中，有不少人牺牲了性命。①

1938年，神府分区征收救国公粮800多石。1942年，在极端困难条件下，神府人民还贡献了650石公粮。此外，还给守河防的友军支援了部分粮草。

吴堡县地处抗日前沿。在县委统一领导下，农会、妇救会、青救会、工救会努力工作，吴堡县的人民群众积极动员和组织起来，通过各种方式倾力支援保卫河防的战斗。

1937年11月，八路军警备八团驻防吴堡后，群众将国民党军队抢剩无几的粮食、马铃薯、萝卜、酸菜，甚至极少有的猪、羊，都送给了部队，而群众自己只喝高粱、黑豆稀饭，吃糠炒面、野菜树皮。当年12月，吴堡县妇女一次为部队捐献棉鞋5000双。

1937年底至1944年9月，李家沟至岔上沿河一带主要由自卫军担任警戒、巡逻，只要发现日军过河，就在山头点火为号，通知守军。宋家川120名水手全部参加了自卫军，协助主力部队作战。

宋家川是河防线上遭受日军轰炸最多的地方。日军每次轰炸后，群众都迅速地把伤亡人员抬运到安全地带。被日军炸毁或被河水冲毁的工事，群众也全力以赴协助部队修复。1941年10月下旬至11月间，全县先后动员5.1424万名民工修复被毁的河防工事。1942年3月27日晚，有千余名群众协助河防部队抢修白天被日军炸毁的工事。1943年3月，1500名民工修好了宋家川经柳壕沟至李家沟被水冲坏的河防工事。1944年，全县两次动员民工4800人，由群众捐献木料250根、高粱秆3000斤，15天修复了沿河被

---

① 中共府谷县委史志办公室：《中国共产党府谷历史》第1卷（1924—1949），陕西人民出版社2020年版，第102—103页。

水冲坏的工事。

1942年，为了保证部队的后勤供应，仅有3.5万余人口、4000余劳动力的吴堡县，先后动员71844名人工、2493个驴工，进行支前运输等工作。1944年，又动用千余人和牲畜为驻军驮粮运炭。①

在绥德县，1938年春，绥德城民主人士霍子乐响应政府"有力出力，有钱出钱"的号召，带动地方开明绅士安文钦等商行人士和群众捐款两万元，支援守卫黄河防线的八路军，还为八路军代购大批布匹和粮草。1940年，绥德全县上缴救国公粮5687石，为八路军募捐寒衣代金5.561万元。1940年和1941年，全县先后为三五九旅守卫河防的战士做军鞋3000双，编制草帽1000顶。②

据《中共榆林历史（1919—1949）》记载：日军在侵袭河防期间，不断派飞机对河防周边的城镇实施狂轰滥炸。1938年9月至1939年10月，日军先后6次派出65架飞机轰炸榆林城，百姓伤亡惨重，许多民房毁坏。1939年，日军出动近90架飞机3次轰炸神木城，造成数十人伤亡，百多间房屋毁坏。清涧、米脂、佳县等县城均遭到日军飞机的轰炸。③

府谷县人民群众的损失也很惨重。据《中国共产党府谷历史》第一卷记载：从1938年3月到1940年6月，日军除一次过河、两次隔河用炮轰击府谷城川外，还先后派出飞机40余架次，分别在府谷、哈拉寨（当时哈拉寨驻扎着马占山的东北挺进军司令部）两地共投炸弹300余枚，炸毁民房1000余间，伤亡民众近百人。④

历史不能忘记，榆林地区河防沿线人民群众对保卫河防的支持，就是在如此严酷的战争环境下进行的！

全民族抗战时期，国共携手，军民勠力，使千里河防成为坚固的防线，

---

① 中共吴堡县委史志办公室编著：《中国共产党吴堡历史》第1卷（1921—1949），陕西人民出版社2018年版，第93—94页。
② 陕西数字方志馆·新编市县志·榆林市·绥德县志·军事志。
③ 中共榆林市委党史研究室、任德存主编：《中共榆林历史（1919—1949）》，陕西人民出版社2004年版，第233页。
④ 中共府谷县委史志办公室：《中国共产党府谷历史》第1卷（1924—1949），陕西人民出版社2020年版，第102页。

粉碎了日军侵占我河西领土的企图，胜利地保卫了中国半壁河山的安全，保卫了陕甘宁边区和党中央的安全。

河防保卫战是中国抗日战争历史中独特而辉煌的一页，将永载中华民族的史册！

磨擦与反磨擦斗争

⊙蒋介石："溶共""防共""限共"

⊙毛泽东："有理""有利""有节"

⊙顽固派何绍南

⊙王震"震动"何绍南

⊙反共分子黄若霖

⊙拔除磨擦据点

⊙米脂的磨擦与反磨擦

⊙两扰胡窖则塌村事件

⊙宋子元寻衅滋事

⊙苟池事件

⊙威慑何文鼎

⊙剑拔弩张的谈判

⊙为了巴图湾的归属

⊙洋教堂挑起事端

⊙武力解决阎寨子民团

磨擦与反磨擦斗争，是抗日战争进入相持阶段后国共两党斗争的一种特殊形式。这一斗争与抗日战争进入相持阶段后国际国内形势的发展变化有关。

抗日战争进入相持阶段后，日本侵略者在坚持灭亡中国的总方针下，面对战争转向长期化的形势，对侵华的战略策略进行了调整。在军事上，日军基本停止对正面战场的战略性进攻，采取以保守占领区为主的方针，逐渐将进攻的目标集中于打击和消灭中国共产党领导的抗日武装上；在政

治上，日本对以"军事进攻为主、政治诱降为辅"的方针进行了调整，转
变为"以政治诱降为主、军事进攻为辅"，企图诱使国民党政府妥协投降。
而美国、英国、法国等对日本侵略中国的行动采取绥靖主义①，也助长了日
本灭亡中国的野心。

在日本的诱降和美英等国家对日本采取绥靖政策的影响下，以蒋介石
为代表的国民党亲美英派表现出很大的妥协倒退倾向，开始将主要注意力
转为对付共产党及其领导的抗日力量。在1939年1月召开国民党五届五中
全会上，制定了"溶共""防共""限共"的方针，并且成立了专事反共的
"特别委员会"，相继制定和秘密颁发《限制异党活动办法》《共党问题处置
办法》《沦陷区防范共党活动办法》等一系列反共文件，由国民党党政军各
系统转发并饬令各地"加紧努力，切实执行"。

在这种情况下，中共中央及其领导的陕甘宁边区，成为蒋介石反共战
略的核心目标区域之一。蒋介石调集了胡宗南部和地方反动武装30余万人，
从北、西、东三面封锁陕甘宁边区，不断制造流血事件。

国民党中央的政策发生变化后，陕西省国统区的形势也随之发生逆转。
1939年1月25日，国民政府撤销西安行营，任命程潜为新设的国民政府军
事委员会委员长天水行营②主任，同意天水行营在西安设办事处，程潜可常
驻西安。天水行营本应是西北党、政、军最高指挥机关，但行营主任程潜
对于蒋介石的嫡系如胡宗南和军统戴笠等人的活动，以及马鸿逵等地方势
力，却基本上无权过问。担任天水行营政治部主任兼国民党特别党部书记
长的谷正鼎，原为任西安绥靖公署厅长、军事委员长，则是个坚定的反共
分子，也是蒋介石反共政策的积极执行者。

为了加紧反共活动，搞垮陕甘宁边区，天水行营政治部主任谷正鼎召
集国民党陕西省党部书记长、陕西省民政厅厅长、陕西省战时行政人员训
练班教育长等人，秘密拟定了《封锁陕甘宁边区计划》，分别从建立封锁

---

① 又称绥靖政策，指对侵略者姑息、退让，牺牲别国利益以求暂时的和平与苟安的妥协政策。
② 1938年10月，广州、武汉相继失守后，11月，蒋介石先后于南岳、武功召开军事会议，
决定撤销重庆、广州、西安三行营，另设桂林、天水两个行营。天水行营辖北方13省，统辖北方
第一、第二、第八、第十等战区及冀察战区、豫鲁战区、晋陕绥宁战区。

边区的领导机构、党务封锁、行政封锁、军事封锁、经济封锁、宣传封锁、教育封锁、民运封锁、特务封锁、执行封锁计划应注意的要点等十个方面，提出反共行动的一揽子计划。这个计划分别由天水行营、陕西省政府、国民党陕西省党部、第三十四集团军总司令部负责执行。

为了确保《封锁陕甘宁边区计划》的执行，天水行营还建立了党政军特种联席汇报制度，并以党政军特种联席汇报会作为最高领导机构，赋予其以天水行营的名义指导陕西、甘肃、宁夏、绥远四省对陕甘宁边区进行包围和封锁活动。行营汇报会先后由谷正鼎、胡宗南主持。洛川、彬县、榆林及所属各县的党政军特种联席汇报会设有专任汇报秘书，负责处理日常事务。所有封锁边区计划，统由各区联席汇报机构执行。

国民党在西安的反共中心形成后，迎合蒋介石作出的反共部署，指使陕西省各个国统区采取形式多样的反共行动，如袭击共产党领导的抗日武装、破坏共产党的组织、查封抗日救亡团体、捕杀共产党员和革命群众等。

针对国民党顽固派消极抗日、积极反共的嚣张气焰，1938年5月15日，毛泽东亲自起草了《陕甘宁边区政府、第八路军后方留守处布告》，严正指出：“当此抗战紧张期间，凡在边区境内从事阴谋破坏，或肆意捣乱，或勾引煽惑，或暗探军情的分子，准许人民告发。证据确实者，准许就地逮捕。一经讯实，一律严惩不贷。”[1]

1939年，面对国民党对日本侵略者动摇妥协和反共倾向日益加剧的情况，中共中央于7月7日发表《为抗战两周年纪念对时局宣言》，明确提出“坚持抗战，反对投降；坚持团结，反对分裂；坚持进步，反对倒退”[2]的口号。针对国民党集团既动摇妥协又不敢公开放弃抗日、既积极反共又不敢彻底破裂国共合作的两面态度，中共中央制定了革命的两面政策，即一方面坚持团结合作，帮助和推动国民党进步；另一方面对国民党妥协动摇和倒行逆施进行坚决斗争。[3]

---

①《毛泽东选集》第2卷，人民出版社1991年版，第402页。

②《朱德年谱（新编本）（1886—1976）》中卷，中央文献出版社2006年版，第896页。

③ 中共中央党史研究室：《中国共产党历史》第1卷（1921—1949）下册，中共党史出版社2011年版，第533页。

　　1940年3月11日，毛泽东在延安党的高级干部会议上作《目前抗日统一战线中的策略问题》的报告，明确提出"发展进步势力，争取中间势力，孤立顽固势力"①的策略方针，并规定了同顽固派进行斗争要把握的三条原则。毛泽东指出：

　　　　在抗日统一战线时期，同顽固派斗争，必须注意下列几项原则。第一是自卫原则。人不犯我，我不犯人，人若犯我，我必犯人。这就是说，决不可无故进攻人家，也决不可在被人家攻击时不予还击。这就是斗争的防御性。对于顽固派的军事进攻，必须坚决、彻底、干净、全部地消灭之。第二是胜利原则。不斗则已，斗则必胜，决不可举行无计划无准备无把握的斗争。应懂得利用顽固派的矛盾，决不可同时打击许多顽固派，应择其最反动者首先打击之。这就是斗争的局部性。第三是休战原则。在一个时期内把顽固派的进攻打退之后，在他们没有举行新的进攻之前，我们应该适可而止，使这一斗争告一段落。在接着的一个时期中，双方实行休战。这时，我们应该主动地又同顽固派讲团结，在对方同意之下，和他们订立和平协定。决不可无止境地每日每时地斗下去，决不可被胜利冲昏自己的头脑。这就是每一斗争的暂时性。在他们举行新的进攻之时，我们才又用新的斗争对待之。②

　　毛泽东把这三个原则概括为"有理""有利""有节"，并且指出，"坚持这种有理、有利、有节的斗争，就能发展进步势力，争取中间势力，孤立顽固派，并使顽固派尔后不敢轻易向我们进攻，不敢轻易同敌人妥协，不敢轻易举行大内战。这样，就有争取时局走向好转的可能"③。

　　根据毛泽东的指示，在中共中央和陕甘宁边区党委、政府坚强领导下，陕甘宁边区的共产党组织和抗日武装，针对国民党顽固势力的反共磨擦，进行了艰难曲折的反磨擦斗争。在榆林地区，磨擦与反磨擦斗争主要集中

---

① 《毛泽东选集》第2卷，人民出版社1991年版，第751页。
② 《毛泽东选集》第2卷，人民出版社1991年版，第749—750页。
③ 《毛泽东选集》第2卷，人民出版社1991年版，第750页。

在绥德警备区、神府分区、三边分区①。

一、绥德警备区的磨擦与反磨擦

绥德警备区位于陕甘宁边区的北部，辖绥德、米脂、佳县、吴堡、清涧五个县，是陕甘宁边区的北大门。1937年10月，日本侵略军进到山西柳林一带，企图渡河入侵陕甘宁边区。为了有效抵制日军可能对河西的侵犯，经国共双方商定，决定将绥德、米脂、佳县、吴堡、清涧五县划为绥德警备区。国民党同意把原驻该地的高桂滋部第八十四师调离，由八路军陈奇涵部接防，警备区司令部设在绥德城内。国民党在绥德警备区的地方行政机关称为"陕西省第二行政督察区专员公署"，也设在绥德城内，由国民党派出专员何绍南负责。

何绍南是一个极端顽固的反共分子，他秉承国民党五届五中全会精神，积极贯彻落实蒋介石反共的方针政策，多次制造磨擦，企图把抗日民主力量挤出绥德地区所管辖的范围。

何绍南以"确保地方治安"为名，调集保安队400余人，又收买了一些兵痞、匪徒，合编为五个保安队，分驻绥德专区所辖的绥德、米脂、佳县、吴堡、清涧五县，作为他制造磨擦的工具。同时，向五县联保增派由他直接控制的指导员，专门从事反共活动，还要求各县设社训总队，各联保设社训分队。总之，何绍南想尽一切办法要把绥德警备区变成反共的坚强堡垒。

在绥德县，何绍南组织了所谓"学联会"，煽动学生公开张贴反动标语、到八路军警备司令部请愿，狂妄地要求八路军撤出绥德。在安定县，他指示安定县长田杰生带领保安队袭击八路军驻地杨家园子，使驻军蒙受死伤数十人的损失。在吴堡县，他面谕吴堡县长黄若霖组织暗杀队，杀害八路军第七一八团三营副营长尹万生。在清涧县，他指使清涧县长艾善甫组织哥老会，串通土匪到处抢劫，破坏社会治安。他还伪造了八路军臂章和第

---

① 三边分区是陕甘宁边区五个分区之一，成立于1937年11月9日，结束于1949年9月27日，先后包括定边、盐池、安边、靖边、吴旗五个县和宁夏东部、内蒙古鄂前旗一部分，其首府设在定边。

——五师通行证，发给高步元等人，让他们冒充八路军私贩大烟土，损害八路军的声誉。1939年除夕晚，他派国民党特务暗杀队残忍地杀害了中共绥德县委书记崔正富。

绥德革命烈士陵园大门

起初，为了维护团结抗日的大局，中共绥德特委对何绍南还是采取克制的态度，向其晓以民族大义，力求通过谈判来解决磨擦。但何绍南及其帮凶却认为共产党软弱可欺，依旧毫无顾忌地进行反共活动，甚至变本加厉，多次煽动保安队袭击八路军河防部队，打死打伤八路军留守兵团机枪连连长和哨兵多人，并且不择手段地制造了一系列诋毁八路军声誉的事件，巧取豪夺民脂民膏以中饱私囊，破坏抗日民族统一战线。

为了加强陕甘宁边区北部的河防防御，同时反制和钳制国民党在榆林地区的反共势力，1939年8月，中共中央决定调八路军第一二〇师三五九旅（旅长王震）由山西抗日前线返回边区，驻防绥德警备区，担任守备任务。同时，陕甘宁边区党委作出决定，调中共神府特委书记张秀山到绥德，以加强党的领导。

毛泽东高度重视绥德警备区的反磨擦斗争。在王震、张秀山等人前往绥德之前，1939年9月的一天，毛泽东专门在延安杨家岭召开会议，研究如何反击何绍南等顽固反共分子制造的磨擦。参加会议的有中共陕甘宁边区党委书记高岗、八路军留守兵团司令员兼政委萧劲光、三五九旅旅长王震、绥德警备区司令员陈奇涵，以及即将担任绥德特委书记兼警备区政委的张秀山。会上，高岗首先报告了何绍南制造磨擦的情况。毛泽东接着明确指出，绥德警备区在抗日民族统一战线的工作中，进攻性不够。在顽固派面前，只是被动地交涉、谈判，一味地迁就、让步。结果，在客观上助长了反动派的嚣张气焰，将我们置于被动之地。统一战线不能是只讲团结，团结也不是一味地迁就，团结不到一起，就得斗；你不斗争，他就斗你，而且越发猖狂。

许多年后，张秀山还记得会议结束时，毛泽东对王震和他说的话：

> 会议结束时，毛主席对王震说：王胡子，你马上带部队去接防，要加强防卫力量。又对我说：秀山，你在神府反磨擦斗争搞得不错，绥德这个"磨擦专员"很顽固啊！你要多动动脑筋。毛主席指示，要在报刊上大量揭发国民党反动派制造分裂，破坏抗日的卑劣行径，为我党开展反磨擦斗争，做好舆论和道义上的宣传。[①]

当时，在绥德城内，中共绥德特委还是一个不能公开的组织，特委机关设在警备区司令部里，特委书记张秀山对外的身份是绥德警备区政治部民政科科长兼秘书室主任。警备区司令部归中共绥德特委和八路军后方留守兵团司令部领导，担负守备任务的是三五九旅和一个保安独立团，守备的区域为北至佳县万户峪、南至清涧河口，长达380里的黄河防线，随时准备抗击日军对河西的进攻。

当王震率三五九旅到绥德城接防时，何绍南根本没把共产党的部队放在眼里，非常骄横地对王震说：你们是从山西那边撤退下来的残兵败将，不能进绥德城。甚至还纠集了一帮地痞流氓和反动政客造谣诬蔑共产党的军队。王震见何绍南如此态度，便命令部队擦亮三八大盖，亮出歪把子机枪，脱掉九二步兵炮的炮衣，雄赳赳、气昂昂地开进了绥德城。接着，便发出通告：为了维护社会治安，防止日寇和反动分子捣乱，我军要进行日

---

①　张秀山：《我的八十五年——从西北到东北》，中共党史出版社2007年版，第120页。

夜巡逻。通过这样接连两招，给了何绍南一个下马威。①

为了打击何绍南嚣张的反共气焰，张秀山、王震等中共绥德特委和绥德警备区领导人多次研究如何开展反磨擦斗争。大家认为，解决磨擦最有效的办法，就是把以何绍南为首的反动势力挤出绥德。

1940年2月，何绍南集中了13个保安队偷袭警备区三五九旅七一七团，并占领了一部分阵地。中共绥德特委根据毛泽东"人不犯我，我不犯人；人若犯我，我必犯人"②的原则，决定立即反击，不仅全歼了这13个保安队，还在人民群众的配合下，相继解决了发生哗变的绥德、吴堡、清涧三县处于黄河沿线的反动保安团，严厉打击了顽固派的挑衅活动。

随后，中共绥德特委本着中共中央提出的"坚持抗战，反对投降；坚持团结，反对分裂；坚持进步，反对倒退"③的三大原则，又召开了有人民群众和社会各界人士参加的声讨大会，在会上公布了何绍南的八大罪状：

（1）破坏抗战。八路军、新四军积极抗战，战果辉煌。何绍南一伙到处诋毁、诬蔑八路军不打日本，专打国民党军队。指使特务勾引八路军战士开小差，千方百计分化、瓦解八路军部队。

（2）暗杀中共党政人员和八路军战士。

（3）成立土匪别动队，扰乱社会治安。

（4）破坏警备区土地政策。

（5）借禁赌为名，贪污巨额罚款。在他的影响、唆使下，国民党专署、保安司令部、保安团队、县政府等部门人员，大多混迹赌场，有的成为赌头赌棍，有的招赌抽头，从中渔利。

（6）借禁烟为名，搜查、没收烟土，却将大部分罚金和烟土私吞，又转手贩卖，获取巨利。

（7）破坏公路工程，贪污工人工资。何绍南一伙勾结整修咸榆公路工程处，扣压工人工资白洋数万元并责令停工，使数百名工人的生活陷于困境。

（8）借禁用银洋为名，指使秘书在绥德、米脂等地没收和罚没了十多

① 张秀山：《我的八十五年——从西北到东北》，中共党史出版社2007年版，第121页。
② 《毛泽东选集》第2卷，人民出版社1991年版，第590页。
③ 《毛泽东军事文集》第2卷，军事科学出版社、中央文献出版社1993年版，第479页。

家商号白洋十五六万元，大部分被何绍南等人私吞。[①]

2月15日，陕甘宁边区主席林伯渠、陕甘宁边区八路军留守兵团司令员萧劲光联名致电国民党最高当局，要求惩办何绍南，并要求委任王震为专员，将绥德、米脂、佳县、吴堡、清涧五县行政权隶属边区政府，以利保卫河防。紧接着，中共绥德特委又从吴堡调来三五九旅第七团第二营，加强了在绥德城的兵力。

何绍南在接连遭到打击的情况下，见大势已去，只得把专员公署从城内搬到城外二郎山上的寨子里，作逃跑的准备。就在他要逃跑的前两天晚上，三五九旅教导营在城外举行演习。听到演习的枪声后，何绍南吓得心惊肉跳，连忙给王震打电话："你们的部队把我包围了。"王震严词回击他："说你的鬼话，我们的部队根本就没有动，睡你的觉去吧！"[②]

2月28日深夜，惊恐不安的何绍南将积存在二郎山弹药库内的弹药全部放火烧毁后，带着7个保安中队向西逃窜而去。得知何绍南逃跑了，张秀山和王震等人立即在司令部召开紧急会议，决定成立讨逆兵团，由何平远任团长、张秀山任政委，追击何绍南。凌晨，讨逆部队出发，在苗家坪截住了何绍南的后卫部队，将其歼灭后，继续追击，在米脂县边境处抓到国民党专员公署的一些官员，何绍南仅带少数人逃到了榆林城。

至此，以何绍南为首的反动势力终于被挤出了绥德。后来，何绍南在给国民党当局的报告中不得不哀叹："几年来的心血尽付之东流了。"

何绍南逃跑后，在中共绥德特委领导下，绥德警备区又严惩了一批破坏抗日、制造磨擦的反动顽固分子，使绥德、吴堡、清涧三县全境相继得到解放，建立了抗日民主政权。中共绥德特委和绥德警备区联名向党中央和陕甘宁边区党委汇报了反磨擦斗争的胜利，毛泽东得知后称赞说："此次行动解决得好！"[③]

当时，绥德警备区所辖的五县中，共产党并没有建立政权机关，各县

① 中共榆林市委党史研究室、任德存主编：《中共榆林历史（1919—1949）》，陕西人民出版社2004年版，第209—210页。

② 张秀山：《我的八十五年——从西北到东北》，中共党史出版社2007年版，第122页。

③ 张秀山：《我的八十五年——从西北到东北》，中共党史出版社2007年版，第123页。

的政权还都由国民党人把持着。因此，磨擦与反磨擦斗争，不仅是在绥德城内进行，也在绥德警备区所属的县内进行。

在吴堡县，国民党县长黄若霖也是个顽固的反共分子。1938年8月，国民党吴堡县政府保安队无故逮捕八路军残疾人员，并严刑拷打，不予释放。吴堡地处河防前哨，是国共双方军政人员都过往的地方。但是，黄若霖向联保发出命令，不给八路军代表安排食宿，并将代表们的铺盖扔出门外。

1939年7月以后，国民党吴堡县政府组织了"石头队""暗杀队"等，故意制造事端，公开打击抗日力量，杀害共产党的干部和抗日积极分子，枪杀了八路军七一八团两名炊事员，将尸体抛入黄河。对于三五九旅奉命由华北回师加强河防，黄若霖却造谣说："三五九旅不服从中央，自由行动。""三五九旅是叛军，是土匪。"在黄若霖指使下，反动分子肆意制造白色恐怖，禁止民众互相低语，不准夜间点灯，违者以"神秘会议"罪名逮捕。

根据绥德警备区司令部的统一部署，由吴堡河防游击队队长慕明君和驻军代表耿如云负责，组织起"便衣队""打狼队"等，镇压了各联保的反共分子，惩处了"石头队""暗杀队"中有血债者。为了拔掉国民党顽固派制造磨擦的据点，动员群众在70多小时内，将国民党原来修筑的754个碉堡全部拆毁。[①]

1940年2月17日，慑于全县军民团结抗战、反对倒退、反对投降的强大威力，国民党吴堡县政府领导人黄若霖等和保安队队长崔义初步拟订了逃往绥德计划。得知此消息后，绥德警备区司令部进行了周密的部署，派三五九旅所属部队于2月28日拂晓突然包围了国民党吴堡县政府，除县长黄若霖和保安队长崔义潜逃外，其政府机关大部人员和保安队官兵被俘获，取得了吴堡县反磨擦斗争的彻底胜利。

3月28日，中共吴堡县工委在慕家塬村召开吴堡县抗日民主政府成立大会，中共绥德特委派特委宣传部部长李景波主持会议。会上选举产生了

---

① 中共榆林市委党史研究室、任德存主编：《中共榆林历史（1919—1949）》，陕西人民出版社2004年版，第208页。

吴堡县长，并宣布成立吴堡县保安大队，任命了各联保主任和县政府各科科长。从此，中共吴堡县工委由秘密转为公开。[①]

吴堡县抗日民主政府旧址（位于吴堡县任家沟村）

在米脂县，把持县政权的是国民党县长刘学海。1937年10月，八路军进驻米脂县城后，共产党组织了抗敌后援会，领导米脂人民团结抗日。刘学海作为米脂县长，不仅不组织全县力量进行抗日，反而指使米脂县的国民党顽固势力对共产党及其领导的抗日武装和积极抗日的人民群众采取敌视态度，蓄意制造事端，造谣中伤，损害八路军的声誉。国民党县党部指导员王道之还指使党部干事赵伯龄率领军警撕毁抗日救亡标语。

1938年7月15日，中共绥德特委书记刘澜涛派人给米脂县的民运股长黄静波送信，结果被国民党方面诱获。国民党县长刘学海和王道之借机大做文章，将篡改伪造后的信件作为所谓"依据"，下令驱逐八路军在米脂工作的干部，解散抗敌后援会。刘澜涛闻知此事后，向王道之提出抗议，并同骗取信件的赵伯龄进行了面谈，确认此事是王道之为破坏国共团结而为。在八路军驻米脂工作人员的强烈谴责下，王道之只得将原信交给黄静波。[②]

为了反击国民党顽固分子制造的磨擦，1940年，共产党人将抗敌后援会改名为"抗日救国会"，并将其作为共产党在米脂行使权力的抓手，由抗日救国会通过各级农会发动群众处理民事，逐渐代替了国民党县政府。

---

① 中共吴堡县委史志办公室编著：《中国共产党吴堡历史》第1卷（1921—1949），陕西人民出版社2018年版，第78—79页。

② 中共榆林市委党史研究室、任德存主编：《中共榆林历史（1919—1949）》，陕西人民出版社2004年版，第210—211页。

1942年7月7日，经陕甘宁边区政府批准，成立了由共产党员、国民党员和无党派人士各占1/3的联合政务机构——米脂县县务（政）委员会，改变了此前由国民党一党独霸县政权的局面。[①]

二、神府地区的磨擦与反磨擦

1939年2月，陕甘宁边区党委决定，将中共神府特委改为中共神府分区委员会（以下简称神府分委），辖神府地区的九个区委，分委书记由武开章担任。同月，神府分委组建了神府分区抗敌后援会和神府县警卫队。

在中华民族面临危亡的重大关头，神府革命根据地周边的国民党军队和被他们先前占领的插花地域中的国民党武装，不去积极抗日，而是不断制造反共磨擦。一些国民党武装还公然闯入抗日根据地，叫嚣要收回地盘。在国民党武装的支持下，农村的一些反动地主疯狂进行反攻倒算，不仅向农民收回已被分配的土地，而且索要租债。

为了反击国民党制造的磨擦，神府分委采取了以下三项措施：一是向根据地周边的国民党军队宣示，中国共产党坚持国共两党已达成的抗日民族统一战线政策，坚决抗日，反对投降；坚持团结，反对分裂。派出负责干部到国民党军队中做工作，并以开群众欢迎会、筹办粮草等方式，支持愿意抗日、反对投降妥协的国民党军队，以对反共分裂派造成巨大舆论压力，使其不敢轻举妄动。二是在自己队伍内部加强对党员、干部的教育，同时加强对广大群众的宣传组织工作，防止国民党顽固派散布的妥协论调涣散根据地军民的抗日斗志。三是明确了针对顽固派制造的磨擦事件的原则，即如谈判不通，要打就坚决打。[②]三项措施的实施，有力地遏止了反动分子的嚣张气焰。

全民族抗战爆发初期，神木县的县政权由国民党县长夏琼棠把持，他利用手中的权力，伙同国民党反共分子多次制造磨擦事件。

1938年秋，夏琼棠叫嚣"统一神木，收复失地"，借八路军战士因枪走

---

① 陕西数字方志馆·新编市县志·榆林市·米脂县志·政权志。
② 刘亮、武南耀：《武开章》，中央文献出版社2015年版，第100页。

火打死一名保长之事进行炒作，向各地发出通电，诬蔑八路军进占其统治区域等。1939年6月下旬，夏琼棠指使其手下集中400多兵力，袭击神府县边境的村庄。中共神府分区委员会为避免磨擦、一致抗日，派出河防司令员杨文谟和神府县长乔帅灵、二区书记李志清，分别到神木县、骑兵师司令部与对方进行谈判，及时制止了国民党顽固派的破坏活动。1942年，反动民团借口"保卫秋收"，先后进占任念功等地，掠夺财物，殴打群众。八路军河防司令部迅即派军队进驻上述地区，并逮捕了部分团丁。后经多次谈判，双方军队撤离。

在神木县反共势力制造的磨擦事件中，最著名的是两扰胡窖则塔村事件。

1938年秋，夏琼棠唆使大地主、民团团长解生龙带领团丁两三百人，越境进驻民主政府辖区——五区胡窖则塔村一带，大肆勒索民众。中共神府特委面对顽固派的嚣张活动，采取"又联合又斗争"的策略，也派了保安队的一个排进驻胡窖则塔村。夏琼棠随后调动数个民团进驻杨家沟、武家沟一带，企图消灭进驻胡窖则塔村的保安队。神府特委识破了夏琼棠的阴谋，又及时增派了两个排的保安队准备自卫。同时，派员与对方进行谈判。经过谈判，双方达成口头协议：双方撤军；救亡工作不停止；停止征款及抽丁。五区的磨擦初步得以平息。

1939年，国民党游击军张励生部进驻黄草塔，何柱国骑兵部队进驻黄河沿岸的马镇、合河等6个村子。经中共神府特委多次派员与之交涉，才自行撤走。与此同时，神木县的顽固派伙同解生龙民团，再次进扰胡窖则塔村。反动地主也乘机纷纷向农民夺回土地、收租索债。为了使反动民团撤出胡窖则塔村，中共神府特委派人与其进行了多次交涉，均未取得效果。在这种情况下，特委只得派出两连兵力进入胡窖则塔村以便自卫。这年秋天，著名爱国人士李公朴赴神木检查抗日救亡工作时，出面调停胡窖则塔村磨擦事件，双方遂达成四条协议：双方撤兵；释放被捕人员；已分配的土地不能翻案；有争议区平均分配管辖。

从1941年1月到1945年全民族抗战胜利前夕，神府地区国共两党之间的磨擦与反磨擦斗争一直没有中断。[①]

三、三边分区的磨擦与反磨擦

全民族抗战时期，三边分区由于其特殊的地理位置，国共两党两军之间的磨擦与反磨擦斗争进行得非常激烈。

三边分区地处陕甘宁边区的西北边缘，其东、西、北三面被国民党军所包围，中间插有国民党的安边和宁条梁据点。在三边分区的东面，靖边县的青阳区、青坪区与国民党横山县的石湾、柳桥、威武堡等地接壤，其中石湾据点常驻国民党第八十六师的一个营，并有专做特务工作的第二工作队。柳桥和威武堡平时驻有国民党一连兵力。靖边的新城区、镇罗区、镇靖区靠近国民党安边和宁条梁据点，其周围的毛团库伦、堆子梁、白泥井、砖井等地也都筑有堡垒。在三边分区的北面，靖边的长城区、定边的盐业区与国民党控制的绥远省乌审旗、鄂托克旗相邻，国民党军队与蒙古族兵经常在巴图湾、尔林川、王窑湾、大石砭等地驻扎。在三边分区的西面，盐池县惠安堡一线与宁夏马鸿逵的管区交界，马鸿逵部在沿边屯集重兵，设置了众多碉堡和据点，日夜有人执守、巡逻，并经常派出便衣队、民团、土匪、特务等到边区政府所属的边境区乡实行骚扰、抢劫、绑架、暗杀，秘密组建反动组织，进行反共宣传等活动，同时对边区实行经济封锁，限制和阻止边区与外界的物资交流。[②]

1936年12月，西安事变和平解决之后，国共经过谈判，实现了第二次合作，遂成立晋陕绥抗日联防军司令部，由邓宝珊任总司令，国共两方的军队，互称"友军"，在各自的营区内，驻扎联防。但国民党顽固派却不断制造磨擦，挑起事端。

对于国民党在边区制造的磨擦事件，中共三边地委、专署和军警三旅除了在政治上、舆论上予以揭露批驳外，在行动上一般采取克制忍让的态

---

① 神木县史志办公室编：《中国共产党神木历史》第1卷，陕西人民出版社2016年版，第127页。

② 中共靖边县委史志办公室编著：《中国共产党靖边历史》第1卷（1925—1949），陕西人民出版社2017年版，第173页。

度，或以确凿的证据与国民党进行谈判，据理力争；或召开群众大会进行公开声讨，迫使国民党顽固派退让。但在忍无可忍时，也采取坚决行动予以反击。这样，一方面维护了抗日民族统一战线，不使国共关系破裂，另一方面有效扼制了国民党顽固派的嚣张气焰，使其有所收敛，同时还教育了三边的人民群众，从而得到人民广泛的拥护和支持。

定边县城是陕甘宁边区三边分区和中共定边县委领导机关所在地。国民党的定边县政府和县党部则设在乡间。定边的反共顽固分子建立了特务组织，通过网罗社会渣滓，造谣诬蔑，争夺地盘，不断挑起磨擦事端。

宋子元磨擦事件

1939年7月前，八路军警备二团与国民党军第四九四旅均驻定边县城，双方警戒哨相距不过几十米远，互为友军，相处较融洽。7月，国民党军第四九四旅调离安边后，新十一旅即派其一团的宋子元第三营接防，进驻定边城的东关、西关和南关。宋子元部进城后，经常勒索群众，强迫商民贩卖烟土，强迫群众用白银调换其法币，以办学为名私造捐册，强行募捐；在多处设卡，敲诈往来客商；寻衅滋事，干扰地方行政；迫害抗日师生。此外，还不时装扮成八路军下乡抢劫，败坏八路军的声誉。

11月22日夜，宋子元以一个连的兵力偷袭驻定边城西门外的三边保安司令部骑兵营，打伤哨兵，抢劫客店，企图消灭留守的八路军骑兵分队。为解骑兵分队之围，八路军警备二团团长周仁杰、政委甘渭汉率部反击，经过近一小时的战斗，打死、打伤宋子元部多人，将其一个连全部缴械，俘虏70余人，缴枪70余支。后经陕甘宁边区八路军后方留守兵团司令员萧劲光与国民党驻榆林二十一军团军团长邓宝珊协商，新十一旅旅长刘保堂亲赴定边，承认此事完全是宋子元之错，决定撤销其职务，令宋子元部移防。三边保安司令部随即将俘获之人、枪全数归还。

章文轩磨擦事件

三边北部边境与内蒙古伊克昭盟接壤。距盐池县城东北约百里的阿拉庙，是国民党军伊克昭盟伊南游击司令部所在地，平时驻军一二百人。此外，在定边县的北之苟池驻有蒙兵一个连，在北部的北大池驻有蒙兵一个营。

1939年，国民党委任的鄂托克旗伊南游击司令章文轩受国民党顽固分子的挑唆，配合当地国民党驻军大搞反共磨擦。他不断派蒙地武装人员侵入定边县第一区第八乡的盐场堡、盐池县第二区（余庄子）第二、第四、第五乡，强编保甲、委派保甲长，强行征收运盐税和地税，并将三段地抗敌后援会摧毁，另组织区公所。当八路军三边保安司令部派员去苟池拉盐时，由于国民党绥蒙宣慰使署人员李藩林的造谣挑拨，蒙方当局多次派人阻挠，使拉盐任务不能完成，并导致双方武装冲突。

针对这样严重的磨擦事件，边区政府一面及时派人前往苟池与蒙方协商，一面召开群众大会揭露反共派的阴谋。1939年2月，边区政府主席林伯渠和八路军后方留守处主任萧劲光致函鄂托克旗政府，说明边区政府以互助合作共同抗日为主旨，一贯履行民族平等团结政策，"对于贵方行政系统始终尊重"，希望"顾全抗战大义，撤回侵入边区境内之武装，加以诚谕，勿令再有类似事件发生"。同时，讲明三段地的人民抗日团体应予以民主自由，"倘再听信谰言"引起严重事件，"则责任应由贵方完全负之"。

1940年12月4日，章文轩又派武装部队袭击驻定边附近苟池的八路军部队，打死打伤9人。八路军出于为共同抗日的民族利益计，未予还击。结果章文轩认为八路军软弱可欺，再次增兵进攻。出于自卫的目的，八路军给予坚决还击后将其包围，以示儆戒。后经谈判，双方订立条约，章文轩保证再不犯界。

然而不几日，章文轩又派兵30多名到盐池县二区高里乌苏村抢掠，强拉群众50多人给阿拉庙背柴。10月26日，又在大沙梁打死三边保安队战士3名、伤6名、失踪1名。同年11月，章文轩数次派兵袭击八路军苟池驻军、摊粮派款、殴打群众、抢劫群众财物，并摧毁边区行政机构。

为了给顽固派以严正教训，12月9日，八路军后方留守兵团三边警备区司令部派出三个连的兵力，对章文轩设于苟池东梁的三个据点进行武装还击，击毙、击伤章文轩部31人、俘虏8人，缴获枪、马各30余。12月10

日，三边警备区司令部发出《为苟池事件告各界同胞书》，说明事实真相。书中指出：

> 今春来，蒙古友军受人唆使，迭次武装进扰三边边境，铁蹄所至，村舍为墟，奸淫烧杀，横征暴敛，抢夺民财，强拉民夫。不仅使我无辜群众横遭涂炭奴役，且数次围攻我驻军，致我蒙受重大损失。我虽顾全大局息事宁人，百般容忍，步步退让，然彼等竟悍然不顾，节节进迫。我为顺群众之公意，求自身之生存，维持边区安宁，迫不得已，乃于本月九日晨将进占三边境内苟池一带之蒙军驱逐出境。[①]

事后，中共三边分委为了防止事态扩大，派赵通儒、周仁山等作为代表到阿拉庙，与章文轩面谈，晓以前途利害，最终达成盐湖所有权仍归蒙旗、释放俘虏、交还武器、蒙地盐业运销和边区粮食都放开的协议。苟池事件得以解决。

何文鼎磨擦事件

1941年10月，绥远伊克昭盟境内国民党新编第二十六师何文鼎部侵入边区境内，占领了部分地盘。三边分区是边区的北大门，盛产的食盐和甘草是边区对外贸易的主要物资，是边区财政的主要来源地之一。为了对付何文鼎部南下，确保三边分区的安全，中共中央一面向国民党中央连续发电，呼吁制止何文鼎部的行动，一面令三五九旅七一七团和第四支队、警备一团、保安司令部的保二团和骑兵团等部队组建成野战兵团，任命王震为司令员、贺晋年为副司令员。毛泽东在召见王震和贺晋年时，向他们下达中央军委的命令："盐池是边区的命脉，三边是延安的门户，绝不能让何文鼎占到丝毫便宜。要记住，你们此行绝不是做做样子，'何'（文鼎）来必打！"[②]

---

① 马骥主编：《陕甘宁三边分区史料选编》（上），2007年内部版，第72页。
② 王东仓：《"艰苦奋斗，不屈不挠"的贺晋年》，西宁党建网，2020年12月18日。

王震、贺晋年率野战兵团日夜兼程，抵达靖边后，于10月6日在靖边县张家畔召开参战部队动员大会，进行战斗部署，并派先头部队占据有利地形，准备给来犯之敌以迎头痛击。同时，开展对国民党地方派系邓宝珊部第十一旅的统战工作，取得了该部保持中立的承诺。何文鼎得知八路军已有充分准备，且士气高昂，严阵以待，故未敢继续向边区推进，于1942年1月14日退回原防地。

靖边县是双重政权，有共产党领导下的抗日民主政府，也有积极执行蒋介石消极抗战、积极反共方针的国民党县政府。靖边县的东、西、北三面属于国民党统治区域，国民党军在沿边屯集重兵，设置众多碉堡和据点，日夜巡逻。为了挤压共产党的力量，国民党县政府经常派出便衣队、民团、土匪、特务等，到靖边县抗日民主政府所属的区、乡实行抢劫、绑架、暗杀，秘密组建反动组织，并且编制保甲组织以"蚕食"解放区，对边区实行经济封锁、限制等，想方设法制造反共磨擦。共产党领导的靖边县抗日民主政府和抗日武装为了民族大义，从维护国共合作的抗日局面出发，尽可能通过谈判解决磨擦，对于一意孤行的反共分子，则采取坚决的武装自卫。

陈礼徐磨擦事件

1938年春，靖边国民党政府县长陈礼徐带领薛逢春等数人，前往靖边抗日根据地所属的四十里铺周围村庄，强行编制保甲。当地群众虽据理力争，但毫无效果。陈礼徐等人还用武力胁迫群众，将四十里铺行政村长谢九才强行拉回国民党县政府所在地宁条梁，进行严刑拷打，迫其承认四十里铺是国民党政府辖区。对此，靖边县抗日民主政府立即向宁条梁政府（即国民党靖边县政府，以下同）提出交涉，要求释放谢九才。宁条梁政府趁机提出双方进行谈判，企图通过谈判侵占边区地盘。

谈判地点设在四十里铺古庙，宁条梁政府派出陈礼徐（县长）、曹又参（国民军第十一旅二团一营营长）、常庚武（政府工作人员）、贾仲连（政府工作人员）四人，靖边县抗日民主政府派出王治邦（政府主席）、陈致中

（县委书记）、康建民（政府工作人员）、柴福俊（独立八营营长）等人。谈判当天，宁条梁政府带了一营兵力埋伏在古庙西侧，随时准备出击。抗日民主政府也早有准备，带了一营兵力埋伏在古庙东侧待命，以防不测。当时谈判气氛十分紧张，双方剑拔弩张，各不相让。谈判不仅是针对谢九才的问题，而且还涉及国共两党的根本分歧问题。据《中国共产党靖边历史》第一卷记载：

> 谈判期间，曹又参说："你们看靖边县这么大，你们占得地方多，宁条梁的地盘站在房顶上一眼就看完了，很可怜嘛！你们就让上一点吧。"王治邦当即反驳道："曹营长，陕甘宁边区有多大？我们全国有几十个省，两千多个县，陕甘宁边区只有几十个县，百八万人，你看这可怜不可怜？应该多给陕甘宁边区让一点地盘。我说宁条梁政府早就该取消。"贾仲连又说："十年安内战争（蒋介石'攘外必先安内'的方针）……"话音未落，柴福俊怒不可遏，反驳道："什么安内战争？那叫土地革命，是官逼民反。"就这样，互不相让……①

在谈判难以进行下去的情况下，双方只好各自呈请上峰。后经过协调，宁条梁政府索要了1000块大洋的赎金，才把谢九才释放回家。

榆林特务挑起的磨擦事件

国共合作共同抗日初期，国民党榆林特务机关即派人进入内蒙古与靖边县接壤的乌审旗进行破坏活动，以边界部分土地归属问题为借口，故意混淆是非，挑拨离间，制造蒙汉民族之间的矛盾，给抗日民主政府制造麻烦。

1938年7月上旬，乌审旗蒙古国民政府派大队长奇金山、秘书长高耀堂和大石砭喇嘛庙的喇嘛七八个人，前往陕甘宁边区政府所在地延安，向

---

① 中共靖边县委史志办公室编著：《中国共产党靖边历史》第1卷（1925—1949），陕西人民出版社2017年版，第83页。

边区政府提出关于巴图湾土地归属问题，声称巴图湾过去是他们的地盘，要求把该乡划归乌审旗管辖，并且提出巴图湾的群众要负担该旗的各项税务，汉民群众种的土地要按年缴纳租金，汉民群众放牧羊、马、牛等牲畜要按年缴纳水草费等。

陕甘宁边区政府明确答复，关于巴图湾归属问题，请与靖边县政府约定时间进行和谈，双方应拟订时间、地点、参加代表人员，并电告边区政府派代表参加。奇金山一行在延安期间，陕甘宁边区政府予以热情接待，不仅邀请他们参观延安，还赠送了5支七九式步枪和一些子弹。

奇金山等人到达靖边后，同样受到靖边县抗日民主政府的热情接待，双方确定了谈判地点和时间。靖边县抗日民主政府及时电告边区政府后，边区政府即派巡视员辛兰亭来到靖边。辛兰亭向王治邦等人传达了边区政府的指示：在同蒙古族尽力搞好关系的大原则下，对巴图湾的归属问题应根据从西安事变到卢沟桥事变期间管辖范围变化进行划分，在此期间如果我方已经组建乡政府，就不能划归乌审旗；至于汉族群众确实在蒙古族地区放牧牲畜的情况，应适当给予报酬。谈判时，理由要充足，证据要确凿，做到有理、有利、有节，以理服人。

遵照边区政府的指示，靖边县抗日民主政府参加谈判代表辛兰亭、王治邦、雷恩钧、邵选周、邵凤岐、魏达智等人，先期到达长城区抗日民主政府，调查了解情况。8月16日，双方在巴图湾开始谈判。蒙方代表首先提出，巴图湾属于他们的地盘，其根据是旧社会蒙方在该地区曾收过地租和放牧水草费。抗日民主政府一方的代表根据此前详细调查了解的情况予以反驳，指出：巴图湾等村在1935年以前归国民党横山县管辖，1935年以后归靖边县管辖，为靖边县长城区的第七乡，乡政府存有上下公文，有据可查。巴图湾一带的汉民群众，有人的确在波罗火神庙一带租种过蒙方土地，在该村以北地区也放过牧，出过地租和水草费，但这并不等于巴图湾就是由蒙方管辖。抗日民主政府代表在谈判中还强调，西安事变和平解决后，实现了国共第二次合作，蒋介石也承认团结一致、共同抗日，已承认各抗日根据地和陕甘宁边区政府的合法地位，巴图湾乡政府是合法的政府。我们双方应该团结起来，一致抗日，而你方现在提出索要巴图湾等地，是违背国共合作的原则的。而且，乌审旗和靖边县地界相接，你方所需的货物及粮食主要由我方供给，双方更应保持睦邻友好的关系。经过十多天的谈判，蒙方拿不出可信的证据，最后终于承认了巴图湾归属靖边县管辖这个事实。[①]

通过这次谈判，增强了蒙方代表对边区政府的信任，协调了靖边县抗日民主政府与国统区之间的关系，粉碎了榆林特务组织企图挑动民族纠纷的阴谋。从此，在靖边与乌审旗接壤的地方，蒙汉双方和睦相处，友好交往。

沙治林磨擦事件

位于靖边县草山梁一带的土地是依据1901年5月27日签订的屈辱丧权的《宁条梁和约》赔给小桥畔洋教堂的，规定抵押期15年，届期无条件归还。1935年底，靖边县苏维埃政府果断收回早已逾期的土地，分配给当地群众。但小桥畔教堂却多次阻止群众耕种收回的土地，对于未能阻止的则索要所谓"租粮"。

1938年4月21日，小桥畔教堂神甫沙治林在国民党县政府支持下，派出团队到镇靖区六乡的死羊湾（现名广羊湾）、金盆湾、死糜子圪坨一带的村庄，向群众索要租粮，并将群众的牛、驴、羊抢劫一空，还抓走交不起租粮的群众11人。4月22日，小桥畔教堂又派出骑兵数十人，抢走群众耕牛1头、驴4头。4月23日，再次出兵抢走群众耕牛30余头。

在忍无可忍的情况下，靖边县抗日民主政府派保安队将小桥畔教堂在毛团库伦放养的牛、羊赶回暂扣，并向沙治林提出严正警告，要求立即停止一切破坏活动，释放群众，归还物品。同时，派出代表与宁条梁政府和小桥畔教堂的代表进行谈判。

在谈判中，靖边县抗日民主政府的代表严正指出，国民党宁条梁政府和小桥畔教堂挑起事端，侵占边区土地，抢劫人民群众财产，是破坏统一

---

① 中共靖边县委史志办公室编著：《中国共产党靖边历史》第1卷（1925—1949），陕西人民出版社2017年版，第84—85页。

战线、扰乱安定团结的行为。宁条梁政府和小桥畔教堂代表虽竭尽所能胡搅蛮缠，但毕竟理屈词穷，最后只好释放了被抓的群众，归还了群众的牲畜。靖边县民主政府也送还了暂扣教方的牛、羊。[①]

阎寨子民团磨擦事件

阎寨子位于靖边县龙州乡东南约十里处，寨内据守的反动民团，是由国民党靖边县政府组建的一支地方武装。阎寨子民团倚仗国民党宁条梁政府和国民党第八十六师的支持庇护，凭借工事险固、武器精良，长期与共产党及其武装为敌。早在土地革命战争时期，阎寨子民团就曾与陕北游击队第七、第八、第十、第十三、第二十二游击支队和红二十六军、红二十七军、新五营、骑兵团、独立第八营、警备三旅和警卫大队等进行过多次战斗，打死打伤80余人。同时，袭击各级人民政府5次，抢劫人民财产，不断挑起武装冲突。

全民族抗日战争爆发后，1937年7月，阎寨子民团在刘家洼杀害了赤卫军大队队长汪德玉。7月9日，杀害了游击队员郝文秀等人，还在欧家沟、李家洼杀害无辜群众李三秃、王巨英、刘景峰等多人。八路军方面虽多次与其进行谈判，但这股民团依旧继续与共产党为敌，暗地侦察和搜集抗日根据地的信息，经常偷袭抗日政府机关，绑架甚至暗杀工作人员，还同抗日民主政府争夺地盘，强行在抗日根据地辖区内编制保甲组织，制造反共舆论，威胁群众，破坏抗日，不断挑起磨擦事端。

1939年3月2日，阎寨子保安队队长鲍占才率队到龙州区第八乡公开编制保甲，收粮收款，扰乱社会治安。靖边县抗日民主政府在与宁条梁政府交涉无果的情况下，于3月5日派民主政府的保安队前往龙州区担任保卫警戒任务，途中遭到阎寨子民团突袭，保安队队员高生礼不幸牺牲。

事件发生后，靖边县抗日民主政府向宁条梁政府提出严正交涉，宁条梁政府被迫派出常庚武、刘汉斌与靖边县抗日民主政府县长王治邦一同前

---

① 中共靖边县委史志办公室编著：《中国共产党靖边历史》第1卷（1925—1949），陕西人民出版社2017年版，第86页。

往阎寨子调查事件经过，并在阎寨子内进行谈判。王治邦等人在谈判中提出五项严正要求：（一）严惩凶手鲍占才；（二）负责埋葬抗日战士高生礼；（三）取消在边区建立的各种公开或秘密组织；（四）赔还抢劫群众的粮食及其他财物；（五）保证今后不再发生类似事件。常庚武、刘汉斌迫于事实真相和各界人士的压力，勉强表示同意，并答应付给高生礼十八元五角埋葬费。

然而，常庚武等人返回宁条梁后，却出尔反尔，不但不兑现承诺，反而变本加厉，对边区采取进一步侵扰行动。3月31日，宁条梁政府派保安队队长杜生堂带领40余人增驻阎寨子。增驻部队与阎寨子民团同流合污，不仅公开赌博、随便放枪威吓群众，还扬言从阎寨子至青阳岔以上都是他们的辖地，现在就要编制保甲等。与此同时，宁条梁政府县长常庚武还向靖边县民主政府发来一信，称在龙州向群众要粮是因为龙州是他们的辖区，收粮、要款是理所应当的。靖边县抗日民主政府遂派人交涉，无果。

为揭露国民党顽固派制造磨擦的反动伎俩，中共靖边县委、县抗日民主政府一面发动死者家属喊冤，散发控诉书；一面召开隆重的追悼大会，历数宁条梁政府和阎寨子民团的种种罪行，同时散发祭文、传单等，对人民群众进行教育。此后，根据"人不犯我，我不犯人；人若犯我，我必犯人"的原则，对阎寨子民团实行长期封锁和包围。

1940年春，贺吉祥率领八路军警备三旅第九团到来，加强了对阎寨子的围困。寨内因为长期受困，粮草短缺，再加上共产党的政策宣传的感召，许多团兵转变立场，不愿再为国民党卖命。1941年7月，寨内民团班长郑文明、司号员郑启华和士兵张林堂等人，经过与八路军警备三旅第九团秘密联系，决定里应外合消灭阎寨子民团。

7月7日早晨，郑文明、郑启华、张林堂趁团丁就餐之机，收缴了全部枪械。郑启华迅速打开寨门，郑文明、张林堂以鸣枪为号，迎接八路军警备三旅第九团进寨。民团团长赵子平听见枪声，一面急忙集合团兵，一面举枪准备顽抗，被郑文明一枪击成重伤。面对八路军的重重包围，团兵们纷纷举手投降。赵子平见大势已去，只好缴械受擒。至此，据守阎寨子23

年之久的反动民团被彻底消灭。①

　　榆林地区的磨擦和反磨擦斗争之所以比较尖锐复杂，其中一个主要原因，就是因为存在着双重政权的畸形状况。在反磨擦斗争中，共产党人逐渐认识到，国民党政府派往各县的县长，绝大多数就是磨擦事件的制造者。如果不把这些反动县长赶走，就不能根绝磨擦，甚至还会带来更大的危险。

　　1940年2月3日，八路军后方总留守处主任萧劲光致电国民党天水行营主任程潜和陕西省府主席蒋鼎文指出："国共合作已历三年之久，边区行政尚未确定，一县而有两县长，古今中外，无此怪事。且陕省所派县长及绥德专员等，专以制造磨擦，扰乱后方为能事。边区已忍让三年。""劲光为体念钧座息事宁人意旨，顾全边区与陕省之团结起见，故请钧座令知陕省府自动撤回，否则实行护送出境，义之尽也。"程潜回电表示，同意边区各县之县长由边区政府委派。据此，陕甘宁边区政府开始清理国民党的县长：对主张抗日又愿意留在边区的热情接待；对表现一般的予以放行；对制造磨擦的反动分子逮捕法办。从此结束了双重县级政权的局面。

　　但是，这并不意味着磨擦与反磨擦斗争就此结束。当时，整个陕甘宁边区仍然处在国民党政权的包围之中，解放区与国统区之间的封锁与反封锁、磨擦与反磨擦、抗日与妥协的斗争依然存在，有时甚至还很激烈。

抗战时期的榆林城钟楼

---

① 中共靖边县委史志办公室编著：《中国共产党靖边历史》第1卷（1925—1949），陕西人民出版社2017年版，第89—91页。

　　从1940年9月起，国民党顽固派在陕甘宁边区周围构筑了一条西起宁夏、南沿泾水、北接长城、东迄黄河的封锁线。封锁线构筑成以后，顽固派搞磨擦的形式发生了变化。在军事上，加强对边区的警戒，阻挠和袭击边区工作人员。在经济上，对边区实行封锁，公开扣留、没收一切运往边区的牲畜、财物。在思想文化上，规定榆林、洛川、耀县等县区为"特种教育施教区"，向老百姓灌输反动思想，抵制边区的政治思想影响。可见，在全民族抗战时期，特别是抗战进入相持阶段后，国共两党之间的磨擦与反磨擦斗争是十分尖锐和复杂的。

　　在中华民族遭受日本帝国主义侵略，面临可能亡国灭种的关键时刻，在国共两党中，谁是为了民族利益而忍辱负重地维持合作局面？谁是为了一党私利而一再制造磨擦，甚至不惜多次掀起反共高潮？通过榆林地区磨擦与反磨擦斗争的史实，就昭然若揭了。

榆林的抗日武装和拥军支前

⊙自卫军的"自卫"

⊙党政"一把手"领衔

⊙拥有万人的自卫军大队

⊙简陋的武器，沸腾的热血

⊙首创"双拥"模式

⊙拥军：赶着猪羊出了门

⊙优属：无微不至的关怀

⊙有钱出钱，有力出力

⊙千名船工战黄河

⊙送子当兵和劝郎归队

⊙倾其所有的支援

全民族抗战时期，由于榆林地区特殊的地理位置（黄河西岸）和行政区划（陕甘宁边区之重要组成部分），做好战争状态下的各项工作，特别是建立地方抗日武装和拥军优属、支援前线等工作，受到榆林各级党组织和政府的高度重视。当时，榆林地区的人口相对稀少，经济也相对落后。但是，在中华民族面临生死存亡的危急时刻，在全国人民同仇敌忾、坚决抵抗日本帝国主义侵略的背景下，榆林地区的共产党人和人民群众积极响应中共中央和陕甘宁边区党委、政府的号召，义无反顾地投入抗日救亡的行列之中，其中组建地方抗日武装和拥军、支前是具有代表性的工作。

一、组建地方抗日武装

抗战时期，榆林地区的地方抗日武装主要为自卫军等组织。这些组织是群众性的不脱离生产的抗日武装，平时生产劳动，值勤放哨，维护社会治安，战时配合八路军主力部队和地方保安部队作战，主要担任战勤服务工作。1937年10月1日，陕甘宁边区政府和陕甘宁边区保安司令部[①]联合发布命令，颁布《抗日自卫军组织条例》(草案)，规定自卫军的任务是：保卫边区，配合保安队或单独消灭汉奸、土匪，搜索零星匪徒，捕捉侦探，担任警戒，设置哨卡，侦察敌情，递送情报，进行抗战训练，为正规部队补充兵员，负责战时的有关军事工作等。这些任务说明，自卫军组织既是八路军部队和地方保安部队的主要兵源，又是维护社会秩序、保卫边区的地方重要武装组织。

根据陕甘宁边区政府和保安司令部的要求，榆林境内各县或数县联合，相继组建了自卫军等地方抗日武装。这些抗日武装几乎没有先进的武器，更多的是较原始的大刀、长矛等。但是，战士们就是凭借着如此简陋的武器，靠着坚决打败日本侵略者的信念，担负起了保家卫国的重任。

神府县[②]

1938年1月，神府县成立了保安司令部，辖保安第六大队，司令员为黄罗斌，政委为张秀山。3月，保安司令部改为第一河防司令部。1942年3月，神府县保安大队在盘塘村成立，县长毛凤翔兼任大队长，分委书记刘长亮兼任政委，贾兰枝任副大队长，下辖三个支队，属第一河防司令部领导。[③]此外，1937年全民族抗战爆发后，神府县的赤少队改称为抗日自卫军，以区编大队、乡编中队、村以下为小队，属县武装委员会领导。1940年，

---

① 1937年9月，中央军委发布命令，决定成立陕甘宁边区保安司令部。将边区各地的红军游击队、警卫队、独立营等地方武装，按地区集中，成立保安部队，由陕甘宁边区保安司令部统辖。陕甘宁边区保安司令部由高岗任司令员兼政委，周兴任副司令员，谭希林任参谋长，下辖直属教导营、警卫连、10个保安大队以及各县保安队，共计4000余人。1938年4月，中央军委决定边区保安司令部及所属的保安部队统归八路军留守兵团指挥。1942年底，按照中央军委命令，边区保安部队全部编入留守兵团建制。

② 1937年7月由神府特区苏维埃政府改名而来。

③ 神木县史志办公室编：《中国共产党神木历史》第1卷，陕西人民出版社2016年版，第74页。

神府县有普通自卫军2441人、基干自卫军722人。[1]

横山县

1937年9月，横山县抗日保安大队在青阳岔组建，由柴福俊任大队长，下辖三个中队，100余人，主要活动在龙湾一带。1938年3月，抗日保安大队在镇靖被改编为独立八营，营长为柴福俊，政委为陈治中，下辖两个步兵连，一个骑兵连。1940年3月，独立八营被扩建为保安二团。

1942年春，陕甘宁边区三边警备司令部决定，在靖横县长城区的五、六、七3个乡组建一支骑兵大队，大队长为曹动之，政委为惠志高，参谋长为边万富，有队员100余人。同年夏天，三边骑兵大队成立，下辖三个中队和一个通讯班，主要活动在蒙陕交界，西北至三段地、城川，南至安塞、保安一带，东至靖定、榆横辖区。

1945年1月，根据抗日根据地逐渐扩大的需要，为了保卫抗战成果、维护后方治安、支援前线作战，横山县遂成立了抗日自卫军大队，大队长由牛刚担任，下辖四个自卫队，主要在横山一带活动。[2]

靖边县

1937年10月，中共靖横（当年11月改为靖边）县委在青阳岔组建了县保安大队，辖三个中队，有队员100多人，属三边保安司令部领导。保安大队驻守在龙洲阎寨子附近，主要任务是协助三边军分区驻靖边的保三营和骑兵团作战，同时维护地方治安。1938年春，保安大队和米脂独立第五营合编为独立第八营，下设两个步兵连、一个骑兵连，共300多人，主要活动在靖边和米西部分地区。

1940年3月，独立第八营与延川独立营合编为三边保安第二团，团长为高维嵩，政委为黄永辉，主要活动在靖边。同时，靖边县又组建了一支30多人的自卫军大队，属三边警备区司令部领导，大队长由县长王治邦兼任，政委由县委书记贺建山兼任。

---

　　① 中共榆林市委党史研究室、任德存主编：《中共榆林历史（1919—1949）》，陕西人民出版社2004年版，第221页。

　　② 中共横山县委党史地方志研究编纂办公室编著：《中国共产党横山历史》第1卷（1921—1949），陕西人民出版社2018年版，第77页。

靖边烈士陵园中的革命烈士纪念碑

1942年6月，靖边县在掌高兔村成立了一支骑兵大队，辖两个中队，有200余人、战马200余匹、长短枪200余支。1945年，这支骑兵大队与盐池骑兵营、警三旅骑兵连合编为骑兵团，团长为曹动之，政委为惠志刚，下辖四个连。①

吴堡县

1937年8月22日下午，吴堡县共产党员冯崇道秘密联络冯学诚、冯维宁、薛英桂、秦茂芳等人举行起义，夺取了李家沟联保、李家塬联保、丁家畔联保、岔上联保组织的6个"铲共义勇队"的武器，队伍很快发展到200余人。9月初，起义队伍在绥德梁家甲被国民党第八十六师一个营包围，突围中冯崇道牺牲。起义队伍由薛英桂、秦茂芳带领，来到绥德和清涧交界处的枣嘴一带，向陕甘宁边区保安司令部汇报了起义情况。

9月下旬，陕甘宁边区保安司令部派慕生忠将起义队伍编为绥（德）米（脂）佳（县）吴（堡）清（涧）抗日游击支队，支队长先后由薛英桂、高锦鲜担任，政委由张驾伍担任，下辖两个分队，主要活动在吴堡、清涧、绥德一带。10月，八路军接替国民党军在绥德、清涧、米脂、佳县、吴堡

---

① 中共靖边县委史志办公室编著：《中国共产党靖边历史》第1卷（1925—1949），陕西人民出版社2017年版，第78页；中共榆林市委党史研究室、任德存主编：《中共榆林历史（1919—1949）》，陕西人民出版社2004年版，第220—221页。

吴堡县革命烈士陵园大门

的防务后，在吴堡县的慕家塬将该抗日游击支队改编为绥德警备区独立营。1938年春，独立营编入警备区第八团，驻吴堡，隶属绥德警备区司令部领导。

1938年3月，日本侵略军进犯黄河东岸山西省的军渡这一重要渡口，并对黄河西岸的渡口，特别是吴堡县境内的宋家川多次进行火力轰炸，企图渡河西犯。为配合河防部队警备第八团和警备第一团抵御日军的进攻，中共吴堡县工作委员会根据绥德警备区司令部党委的指示，于1938年12月成立吴堡县河防游击队，由慕明君任队长，队员有100余人，活动于宋家川至岔上沿河一带。

1940年3月，在吴堡县抗日民主政府成立[①]的同时，宣布将吴堡县河防游击队改编为吴堡县保安大队，由刘晶任队长，慕明君任指导员。6月，绥德警备司令部决定，将吴堡县保安大队改编为绥德警备区保安第二大队，主要活动于吴堡、绥德等地，受中共吴堡县委和绥德警备区司令部的双重领导。

1942年5月1日，中共吴堡县委常委会议根据中共中央西北局关于建立地方武装的决定，以及陕甘宁边区政府的指令，决定成立吴堡县自卫军大队，由县长王恩惠兼任大队长。之后，各区相继成立了自卫军营。

---

① 此前，吴堡县政权由国民党把持。

同年秋，吴堡县政府决定对全县自卫军进行整编，以乡建连，以县建团，以区建营。整编后的吴堡县自卫军大队有1.2616万人（女性3154人），占全县总人口的1/3，其中基干自卫军共35个连，有人员3088名。1943年12月，县委对自卫军大队再次进行整编，分为普通连、基干连两类。其中，普通连有35个，分为112个排，计有人员5278名；基干连4个，有人员603名。至于自卫军大队的武器，就是老百姓当时使用的比较原始的武器，有土枪11支、长矛4537支、大刀170把，还有自制的担架138副。[①]

同榆林地区许多地方的抗日武装一样，吴堡县自卫军大队也只有一些较原始的简陋的武器，但自卫军大队的队员们却有着更重要的精神武器，这就是沸腾的热血和爱国的激情，这才是战胜一切困难和一切敌人最重要的武器。

清涧县

清涧县在1933年即成立了赤卫军组织。1937年9月，根据陕甘宁边区政府《关于改造赤卫军的决定》，清涧县将赤卫军更名为"抗日自卫军"。抗日自卫军是不脱产的武装力量，农忙时参加生产劳动，农闲时集中训练，平时要协助地方政府禁烟禁赌、维护社会治安，战时则配合正规军作战，抬运伤员、运输物资等。

1940年春，清涧县正式成立自卫军大队，由栾成功任大队长，贺秉章兼任政委，下辖区自卫军营8个、乡自卫军连47个，属绥德警备区司令部和县委双重领导。1942年6月至9月，按照边区政府的要求，对自卫军进行了整编。整编后，全县有自卫军8829人，其中普通自卫军7448人、基干自卫军1381人。[②]

绥德县

绥德县的抗日武装由土地革命战争时期成立的赤卫军改造而来。1937

① 中共吴堡县委史志办公室编著：《中国共产党吴堡历史》第1卷（1921—1949），陕西人民出版社2018年版，第81—84页；中共榆林市委党史研究室、任德存主编：《中共榆林历史（1919—1949）》，陕西人民出版社2004年版，第219—220页。

② 中共榆林市委党史研究室、任德存主编：《中共榆林历史（1919—1949）》，陕西人民出版社2004年版，第220页；陕西数字方志馆·新编市县志·榆林市·清涧县志·军事。

年，中共绥德县委根据陕甘宁边区政府改造赤卫军的决定，将绥德县赤卫军改名为"抗日自卫军"，分为基干和普通两种。1940年冬，县委对全县自卫军组织进行整顿，并将国民党的原壮丁队经过淘汰和改造，扩充为自卫军组织。到1941年，绥德全县共组建自卫军营13个、连87个、排272个、班856个，总人数达9332名。与此同时，全县还建立了8个联保级少先队大队、90个联保级中队、270个行政村分队、810个小队，总人数达5216名。两个武装组织共有土枪67支、大刀1148把、梭镖9462支。

1943年，绥德县对全县自卫军进行整编，成立自卫军大队，大队长、政委分别由县长杨瑞霆和县委书记裴仰山兼任，各区、乡、行政或自然村分别编为营、连（每连附设地雷班）、排或班。同年，遵照《绥德地委关于整训自卫军的决定》，绥德各区分期分批将自卫军集中起来，进行"四会"（会投弹、会埋雷、会打枪、会侦察）训练。

到1945年，绥德全县的基干自卫军达2299人，分为24个连、86个排、232个班，有木手榴弹2299颗、梭镖1341支、大刀793把、土枪73支。同年冬，县、区、乡普遍对自卫军组织开展集中训练，进行地雷战的技术培训和军容军纪的教育。参加训练的自卫军有11个营、96个连、341个排、1094个班，总人数达1.4429万人。

绥德县的自卫军是一支不脱离生产的群众武装组织，其县级机构是自卫军大队部，接受中共绥德县委和县政府动员委员会的双重领导，主要任务是站岗放哨、带路探信、稽查缉私、锄奸反特、抓赌禁烟、支前工作、配合正规军作战等。

此外，1940年3月，中共绥德县委还组建了绥德县警卫队，由徐兴德任队长。1943年初，警卫队扩大为警卫大队，辖三个中队，大队长为王永胜，属绥德分区保安处领导。[①]

佳县

1938年8月，中共佳县县委按照中共陕甘宁边区委员会《关于改造赤

---

① 中共榆林市委党史研究室、任德存主编：《中共榆林历史（1919—1949）》，陕西人民出版社2004年版，第221—222页；陕西数字方志馆·新编市县志·榆林市·绥德县志·军事志。

少队的决定》，将全县赤少队改为自卫军，作为保家抗日的基础军事力量和支援前线的后备军。自卫军成立后，在各区设立了大队，乡设中队，村设小队。

1942年7月，中共佳县县委为了加强对自卫军的统一领导，成立了佳县自卫军大队部，大队长先后由倪伟、马义、魏希文、杜嗣尧、郝长荣、李德玉、李身修兼任，政委先后由刘增山、张俊贤、高峰、高增汉、王邦宁兼任，下辖螅镇、倍甘、店镇、城关、乌镇、神泉、响石、通镇、车会、古木共10个自卫军营，属绥德警备司令部和中共佳县县委双重领导。①

米脂县

1941年，中共米脂县委建立了米脂县保安团，由李仲英任团长。1942年，米脂县保安团改称米脂县保安大队，由县务委员会主任马济堂兼任大队长。5月，县委对全县的地方武装力量进行整编，组建成米脂县自卫军，由马济堂兼任队长，贺秉章兼任政委。

为了提高自卫军的军事和政治素质，1943年春，县武装科和自卫军部利用农闲时间，对各区、乡的自卫军骨干进行集中训练。训练内容以枪支的使用和保管、实弹射击和游击战术等军事科目为主，还进行以全民族抗日和建立民主政权等为主要内容的政治教育。4月，在县城召开了千人自卫军检阅大会，由各区选拔精干排、班进城参加队列、投弹、射击表演，评选出的优胜集体和个人，由县委和八路军驻军领导颁发了奖品。

1943年11月，中共米脂县委在自卫军的基础上，成立自卫军大队，由马济堂任大队长，县委书记冯文彬任政委。自卫军大队下辖9个营、51个连、177个排，共有队员1.0468万人。其中，基干自卫排26个、班80个，共1174人。自卫大队的武器为队员自备，共有土枪266支、大刀272把、梭镖1.0916万支。②

---

① 李小娜主编：《中国共产党佳县历史》第1卷（1923—1949），陕西人民出版社2021年版，第81页；陕西数字方志馆·新编市县志·榆林市·佳县志·军事。

② 陕西数字方志馆·新编市县志·榆林市·米脂县志·军事志。

子洲县①

从 1940 年开始，子洲县各区就陆续建立起一些不脱产的自卫小组。1943 年 11 月，子洲县自卫军大队部成立，由绥西办事处主任谢怀德兼任大队长，在各区设营部，由区长兼营长，区委书记兼营政委。自卫军分基干自卫军、普通自卫军两种，规定各区须有一个基干自卫军连。全县共组建了 9 个自卫军连、55 个排、165 个班，共有自卫军 1435 人，武器有长矛 7877 支、大刀 388 把、土炮 90 支，以及担架 206 副。②自卫军一方面配合正规部队打击顽固分子的挑衅，一方面维持地方治安，包括清查户口、禁烟禁赌、捉拿逃兵等。

1944 年 1 月，子洲县第一游击队在周家硷成立，第二游击队在石窑沟成立，各有 30 多人，属自卫军大队部领导，主要任务是对付国民党顽军的骚扰。1945 年 5 月，两支游击队合并为子洲县游击大队，辖两个小队，共 120 多人，由县长谢怀德兼任大队长。③

此外，在定边县和靖边县，分别有 1029 名和 1870 名青壮年参加了抗日自卫军，担负着抬担架，运送军粮、食盐、军用物资，以及配合部队打击日军等任务。在这些自卫军战士中，有一些因表现突出的被选拔入伍，成为八路军战士。④

二、拥军优属

为坚持持久抗战，解除抗日前线将士们的后顾之忧，同时使边区成为巩固的抗战后方，八路军留守兵团和陕甘宁边区政府首创并倡导开展了密切军政、军民关系的"拥政爱民""拥军优属"运动。这是只有中国共产党

---

① 子洲县的历史沿革很复杂。1944 年 1 月 1 日，为了纪念李子洲烈士，将原绥西办事处（为陕甘宁边区县级政权）更名为子洲县。本文为了叙述方便，故一律使用子洲县。

② 子洲县史志办公室编著：《中国共产党子洲历史》第 1 卷（1923.6—1949.9），三秦出版社 2017 年版，第 133—134 页。

③ 陕西数字方志馆·新编市县志·榆林市·子州县志·大事记；中共榆林市委党史研究室、任德存主编：《中共榆林历史（1919—1949）》，陕西人民出版社 2004 年版，第 222 页。

④ 中共靖边县委史志办公室编著：《中国共产党靖边历史》第 1 卷（1925—1949），陕西人民出版社 2017 年版，第 72 页。

领导下的人民军队和人民政权才能创造出的"双拥"模式。其中的拥军优属，就是动员和组织人民群众，对在抗日前线战斗的将士和牺牲的烈士家属等进行慰问、优待等。

为了有组织地开展拥军优属工作，1943年1月15日，陕甘宁边区政府发出《关于拥护军队的决定》《拥军公约》《"开展拥军运动月"的工作指示》，规定每年春节前后，各地都要隆重慰问驻军。此外，为推动拥军优属工作全面开展，陕甘宁边区政府依据《陕甘宁边区抗战时期施政纲领》，先后制定颁布了《陕甘宁边区义务耕田队条例》《陕甘宁边区优待抗属代耕工作细则》《陕甘宁边区优待抗日军人家属条例》等一系列制度和法规，明令各级政府，要继承土地革命战争时期优待红军的优良传统，切实保障抗日军人家属的生活，提高其社会地位。这些规定为陕甘宁边区的拥军优属工作提供了制度保障。在陕甘宁边区政府的领导下，榆林地区的拥军优属工作在各县逐渐铺开。

神府县

在中共神府县委领导和各级党组织的号召下，全县广大青年、妇女，以及抗日救国会等群众团体，积极动员和组织人民群众开展各种拥军优属活动，如义务缝军衣、做军鞋，看护伤病员，为部队捐赠慰问品等。1940年，仅有240户人家的刘家坡村（今属沙峁镇），就为部队募集到救国公粮40余石，做军衣300套、军鞋2000双，还有群众捐献了西北边币200万元。[①]

三边地区

三边地区的拥军优属工作，在陕甘宁边区都是非常出色的。《解放日报》在1944年曾多次发文报道三边地区的拥军活动，如《边府规定新年放假三天，三边筹备军民联欢会》《拥军运动周今日开始，三边各界热烈慰劳部队》《三边陇东纪念"八一"，人民献旗献金慰劳驻军》《定边优待贫苦抗属，包耕土地发给衣物，号召所有抗属生产做到丰衣足食》《定边市二千余

---

① 中共府谷县委史志办公室：《中国共产党府谷历史》第1卷（1924—1949），陕西人民出版社2020年版，第116页。

人举行劳军大会》《三边分区机关负责同志座谈拥军月工作》等。

在三边地区的定边、靖边，每年都举办"拥军运动月"。每到春节时，人民群众都要抬着猪、赶着羊，扭着秧歌，敲锣打鼓，到当地驻军、警卫部队、伤病员、伤残军人以及抗日军人的家里进行慰问，还开展各种军政、军民联欢活动。

为了解决抗日前线将士的后顾之忧，鼓励其英勇杀敌，中共定边县委、县抗日民主联合政府号召并组织全县人民广泛开展优待军属、干属（抗日干部家属）、烈属的活动。首先，给予充分的政治荣誉优待，为所有军属、干属、烈属（合称"三属"）挂光荣匾门牌，开会戴大红花，倡导全县人民都要敬重"三属"。其次，给予必要的物质优待，保障"三属"的生活水平不低于一般群众的生活水平。

组织代耕队是优属工作的一个重要内容。代耕队以乡为单位，乡设总队，行政村设分队，自然村设小组。凡农村的青壮年男劳力均须参加代耕组，分担代耕任务。在靖边县，还详细规定为抗日军人的家属（简称抗属）代耕要达到成人三垧、儿童两垧。①代耕队每年都要为"三属"进行春耕、夏锄、秋收。对毫无生产能力者实行全代耕，稍有生产能力者则采取扶助代耕的办法，完全有生产能力者就免予代耕。如果"三属"临时有生产困难，政府和群众便随时帮助解决代耕等问题。此外，还组织了为"三属"担水、砍柴等做杂活的什（杂）务队等。边区政府对抗属还有其他优待规定，如免纳捐税、在公营商店购物享受九折或九五折优惠、有病由公家医院免费治疗等。优属工作长期的大规模的开展，使三边地区的广大人民群众已经把优属工作当作自己应尽的一项义务，逐渐成为当时的一种社会新风尚。②

吴堡县

---

① 中共靖边县委史志办公室编著：《中国共产党靖边历史》第1卷（1925—1949），陕西人民出版社2017年版，第72页。

② 中共定边县委史志办公室：《中国共产党陕西省定边县历史》第1卷（1926—1949），中共党史出版社2019年版，第178—180页；中共靖边县委史志办公室编著：《中国共产党靖边历史》第1卷（1925—1949），陕西人民出版社2017年版，第72页。

在吴堡县，为鼓舞抗日将士的士气，从1943年起，每年春节，各县、区、乡都要组织秧歌队，为驻军部队演出和为抗属拜年，此外还有实物慰问。如1944年春节，全县共慰劳部队和抗属猪肉、羊肉698斤，小米、白面、挂面等3232斤，米馍1.3772万个，粉条141斤，各种蔬菜、果品2229斤，煤炭690斤，鞋2000双，袜垫50双，边币51.5万元。据统计，从1941年至1945年，吴堡县捐交的抗属优待粮等达800石。[①]

子洲县

抗日战争时期，由于子洲是陕甘宁边区的北大门，因此，子洲县境内的驻军也比较多。1941年10月至1942年8月，独立第一旅第七一五团驻双湖峪、马蹄沟；1942年9月至1945年8月，第七一四团接管第七一五团防务；1942年，第三五八旅第一连驻老君殿张家坪；1942年至1943年，抗大第四大队驻双湖峪、马蹄沟、苗家坪、周家硷。为了密切军民关系，驻军协助维护社会治安，清剿政治土匪；地方政府也组织群众，调剂出山地536垧、川地541垧、水地88.5垧给部队耕种。

每逢春节，子洲县都举行大型的群众拥军优属活动。1943年春节时，双湖峪区召开了拥军大会，人民群众赶着猪、羊，带着黄酒、蔬菜等慰问品到部队驻地进行慰问。马蹄沟村有一个姓栾的烧炭工，想表达对子弟兵的拥护，但家里又实在没有什么好的东西，便让儿子拿了豆腐和洋芋去送给"队伍上的同志们"。

1944年农历正月，子洲县开展了拥军月活动。除召开联欢会和组织秧歌队慰问部队外，还慰劳部队羊14只、猪11头、鸡44只、猪肉480斤、麦子12石7斗9升、米6石9斗1升、盐1石5斗5升、粉条386斤6两、各种菜1868斤、大葱400斤、馒头2900斤、豆腐1350斤、白酒92斤、醋195斤、酱26斤、南瓜96个、瓜子1斗6升，以及煤炭7300斤。

对于抗日军人的家属，子洲县则实行实物代耕制，规定大人1石2斗、儿童8斗，并根据抗属的实际经济状况，分为半代耕和全代耕两种办法。

---

① 中共吴堡县委史志办公室编著：《中国共产党吴堡历史》第1卷（1921—1949），陕西人民出版社2018年版，第94页。

此外，还为抗属调剂了瓜菜地、耕地，帮助抗属做一些零碎活等。[①]

佳县

佳县把每年的农历正月至三月确定为"拥军优属月"。从正月开始，人民群众就给当地驻军和抗属拜大年，还举办拥军优属大会、军民联欢会、座谈会等形式多样的活动。在这些活动中，县党政机关和群众组织都要募集大量慰问品，送给驻军、抗属和退伍军人。

佳县的店镇有个村子叫犉牛沟，1940年时全村有194户、855人。这年5月，八路军一二〇师晋绥军区修械厂600余人进驻该村，开始在这里建厂。为了解决修械厂工兵的吃住问题，在村党支部的号召下，村民们腾出130多孔窑洞、80间房子和数十间马棚，还匀出锅碗瓢盆、桌椅板凳等各种生活用品。建厂房的木料是村民们多年积攒的准备用来建房、做寿材和家具的，没有木料的村民则伐倒自家成材的树木用来建厂。犉牛沟村原本就是水源欠缺的地方，村里的人畜用水并不宽裕，为了工厂的生产和工兵生活用水，村民们就积极帮助寻找新的水源。

修械厂的建设工程量很大，需要打地基、建厂房、修路建桥等，村民们便带着自家的工具参与建厂。不到半年时间，就把原来的旧窑洞改建成数十个车间，架桥两座，新修和拓宽道路20余里，新建职工宿舍窑洞17孔。修械厂的运输任务也很艰巨，村民们便成立了运输队，赶着自家的毛驴帮助搞运输。

当时，修械厂的工兵生活很艰苦，每天只吃两顿黑豆糁糁饭，加之劳动强度很大，有十多人因病而故。为了解决工兵的伙食单一问题，村民们把全村最好的20多亩地划给兵工厂种蔬菜，把全村最好的5亩水浇地送给兵工厂。

兵工厂的官兵们对待村民也亲如一家人。每逢春节，官兵们主动为村民们写春联、送年画，组织军民联欢。同时，积极参加地方政府组织的减租减息、反霸反特和改造"二流子"工作。厂医务所的大夫经常为村民免

---

① 子洲县史志办公室编著：《中国共产党子洲历史》第1卷（1923.6—1949.9），三秦出版社2017年版，第135—136页。

费看病，解决了村子缺医少药的问题。①

三、支前

支前工作是全民族抗战时期榆林地区人民群众普遍参与的一项工作。在"抗战高于一切，一切服从抗战"的总原则下，人民群众在党组织和政府的动员下，有钱出钱、有粮出粮、有人出人、有力出力、有牲口出牲口，不计报酬、不计代价地倾力支援抗日前线。

神府县

1938年，神府人民群众上缴公粮达800多石。1940年1月至8月，神府县为晋绥机关部队代购粮食804.58石，为神府机关部队购粮898.65石，为在神府县休整的国民党军购粮42石，另购饲草3466斤。1942年，全县上缴救国公粮650石。

神府县还组织了担架队、运输队，一旦战事发生可随时出发，随军服务。1938年2月，日军侵占山西兴县，神府县组织大批担架队员，把一二〇师的伤病员和三十五军的辎重抢运到河西。1938年秋，县政府动员2000多名民工配合部队抢修河防工事。仅1939年上半年，就出动畜力工1.9427万天、人工1.2859万个。据统计，全民族抗战八年期间，神府县每个劳动力每年出军勤约有40～50个工日。②

此外，为使前线将士的日常穿戴得到改善，神府县政府在贺家川的孟家沟村创办了一个小型手工纺织厂，集中了20多名工人，主要生产为部队做衣服急需的土布，以及毛巾、手套、袜子等。在沙峁、贺家川、花石崖、太和寨、万镇、马镇等地，还开设了股份制的供销合作社，入股的社员有5961人，集股达2.4855万股。供销合作社的成立，繁荣了农村市场，也使

① 李小娜主编：《中国共产党佳县历史》第1卷（1923—1949），陕西人民出版社2021年版，第101—102页。

② 中共府谷县委史志办公室：《中国共产党府谷历史》第1卷（1924—1949），陕西人民出版社2020年版，第116页。

为前线提供的必需品更为丰富。[①]

据不完全统计，从1937年到1945年抗战胜利，神府县人民共上缴粮食10余万石，棉花50余万担，布匹30余万丈，军衣、军鞋50余万件。此外，组织担架5万余副，抢救伤员5000余名；组织运输队40余个、船工200余名，运送来往于黄河两岸的人员近5000名、战争物资10余万吨。神府县人民还向前线输送兵员1000余人。[②]

1940年6月，日军开始疯狂扫荡晋西北边缘地区的兴县、临县和保德一带。为保证反"扫荡"的核心指挥机关和后勤机关的安全，中共晋绥分区党委，晋绥分区行署，公安总局，边区参议会，工青妇团，党校，晋绥日报社，洪涛印刷厂，吕梁印刷厂，新华书店，造纸厂和一二〇师的司令部、政治部、后勤部、总医院、被服厂、荣誉队、特务团、交通科、百团大战手术医院及12个卫生所等单位，共约2万人，需要紧急转移到河西的神府县。神府县水手工会遂组织了1000多名船工，冒着枪林弹雨，往来穿梭于黄河之上，不分昼夜地抢渡，将这约2万人及其所带的物资装备等全部运到河西。之后，在神府县委领导下，人民群众又想尽办法，妥善解决了移至河西的所有人员的衣食住行问题。[③]

横山县

全民族抗战爆发后，横山县的党、团组织就积极宣传和动员群众支援抗战，一些共产党员和游击队员响应号召，报名参加了八路军，走上抗日战场。

1941年12月，中共横山中心县委领导人陆续调离后，横山县的各级党组织归中共靖边县委领导。在靖边县委领导下，横山县人民群众通过兴修水利，垦荒种地，发展养殖业和畜牧业，成立合作社，开展以运盐、榨油为主的生产经营，以及组织运输队等，积极发展经济，为抗战前线准备粮

---

① 神木县史志办公室编：《中国共产党神木历史》第1卷，陕西人民出版社2016年版，第76页。

② 刘亮、武南耀：《武开章》，中央文献出版社2015年版，第100页。

③ 中共府谷县委史志办公室：《中国共产党府谷历史》第1卷（1924—1949），陕西人民出版社2020年版，第117页。刘亮、武南耀：《武开章》，中央文献出版社2015年版，第100页。

草。据不完全统计，全民族抗战八年期间，全县人民群众为八路军提供粮食30余万斤、饲草100余万斤。①

三边地区

为了坚持抗日和保卫抗日民主根据地，三边人民尽其所能，动员人力、物力、畜力，积极参加运输队、担架队，参与支前活动，还为部队募送鞋袜、慰劳食品、供应军马饲料等。为了使群众的负担公平合理，三边成立了有党、政、军、民代表参加的动员委员会，具体商讨各项动员工作的进程，避免违法乱纪的现象发生。

在定边县，1939年，全县为抗日募捐大洋1527元，上缴粮食1476石、羊皮203张、羔皮53张、羊毛338斤、毛袜手套1.0432万双，还为部队输送马100匹。此外，组织了1.373万名群众义务参加修筑城防的劳动。1942年，定边县组织47个担架队上前线抬运伤员。为促进生产的大发展，解决边区群众和部队的穿衣缺布、制造小农具缺原材料等困难，定边县组织起一支拥有2000多头毛驴的运输大队，在七区区委书记、自卫军营负责人杨正喜的带领下，赴陇东长途运输食盐、棉花、布匹和钢铁等。广大家庭妇女也不甘落后，为支援前线纺线织布、缝棉衣、做军鞋。

1938年11月，中央军委、陕甘宁边区党委和边区保安司令部作出两个月内扩军5000人的决定。定边县积极响应，采取自愿报名与内定兵员相结合的扩军方案，规定凡年满18岁至45周岁的男性公民均可报名，经区、乡人民政府审定批准后入伍。具体征兵办法有三种：一是民主评议式。区、乡接到上级征兵命令后，召开村民大会宣传动员，适龄青年自愿报名，民主评议，从中选出合适的兵源；二是选拔式。区、乡自卫军经过训练，从中选出符合征兵条件和军事动作熟练的自卫军入伍；三是点名式。区、乡接到征兵命令后，根据家庭男青年或劳力多少等情况，动员有条件的自愿应征，并在征得家中父母同意后入伍。为了增强动员参军的效果，定边县组织剧团经常在城乡演出《送子当兵》《劝郎归队》等小戏剧，宣传"一人

---

① 中共横山县委党史地方志研究编纂办公室编著：《中国共产党横山历史》第1卷（1921—1949），陕西人民出版社2018年版，第75、78页。

参军，全家光荣"，从而在全县形成了抗日救国的热潮，送子参军、劝夫当兵的事迹屡见不鲜。遇有开小差脱队回家者，家中父母或亲友则视为耻辱，及时劝其归队。

从1938年起，定边县进行过数次规模较大的扩军运动，许多青壮年响应号召，保家卫国。1938年11月，定边县扩兵200人，补入到各县保安部队。1939年12月，定边县动员210名青年入伍，补充到留守兵团和保安部队。1945年，全县承担了输送兵员310名的任务，实际完成330名。张崾崎乡刘湾湾村的46名青年入伍后，参加了八路军一二九师二团在甘肃田水坡的战役，其中张守山在战斗中冲锋在前，英勇杀敌，最终牺牲在与敌人搏斗的战场上。全民族抗战时期，定边县有31位像张守山这样的英雄战士为国捐躯。

在靖边，在中共靖边县委领导下，全县人民在全民族抗战八年期间为部队输送了兵源560余人，为八路军提供饲草120万余斤、粮食300多万斤，赠送各种慰问品（鞋、袜、手套等）4000余件，以及皮袄120余件，还向部队贡献军马60匹。[①]

中共靖边县委旧址（位于镇靖）

吴堡县

1941—1945年（缺1943年资料），吴堡县共缴纳抗日公粮5344石、公

---

① 中共靖边县委史志办公室编著：《中国共产党靖边历史》第1卷（1925—1949），陕西人民出版社2017年版，第73页。

草48.7万斤、盐代金60万元，为驻军做军鞋2.93万双，代纺棉7202斤，捐粮300石、草15万斤，售低价粮500石。①

子洲县

子洲县的人民群众组织了担架队、运输队，为前线将士运粮、运菜和武器弹药，救护伤病员等。1942年，绥西办事处动员民工3377人、牲畜7721头支援前线。1943年，又动员支前民工3826人、牲畜4504头，并有7203人参加了修筑防御工事的劳动。全民族抗战期间，子洲全县妇女克服一切困难，积极为部队做军鞋。据不完全统计，1942年共做军鞋500双、1943年3635双、1944年达8500双。②

抗日战争时期，陕甘宁边区既是敌后抗日民主根据地的战略总后方，同时又处在河防的最前线，因此榆林地区人民群众倾其所有对抗战的支援，就有着非同一般的特殊意义。遗憾的是，由于历史资料的缺失，尽管笔者尽了最大努力，但仍然难以对榆林人民为夺取抗日战争胜利作出的贡献和牺牲作出一个全面的记述和准确的统计。不过，从上述这些并不完整的记述中，我们还是可以看出，在那个特殊的战争年代，榆林人民为抵抗日本帝国主义的侵略，实现中华民族的独立而作出的巨大努力和牺牲。

---

① 中共吴堡县委史志办公室编著：《中国共产党吴堡历史》第1卷（1921—1949），陕西人民出版社2018年版，第93—94页。

② 子洲县史志办公室编著：《中国共产党子洲历史》第1卷（1923.6—1949.9），三秦出版社2017年版，第135页。

榆林解放区的文化建设

⊙独具特色的民间文化

⊙新秧歌运动和新说书

⊙拓开科的"练子嘴"

⊙李有源和《东方红》

⊙蒙汉文化的交融

⊙定边民众教育馆

⊙延安文艺工作者到榆林

⊙李季和他的《王贵与李香香》

⊙为抗战而生的《抗战报》

⊙《三边报》得到毛泽东、周恩来赏识

⊙西北抗敌书店

⊙前所未有的小学教育热潮

⊙形式多样的扫盲组织

⊙习仲勋力挺"一揽子冬学"

地处陕西北部的榆林地区，由于其独特的地理位置，民间文化也独具特色且源远流长，早在两三千年的《诗经》中就曾收有《六月》《出车》《采薇》等当时流行于榆林地区的民歌。榆林地区民间艺术的种类繁多，有音乐、舞蹈、曲艺和工艺美术四大类。仅以音乐中的"声乐"而言，就有在全区普遍流行的社火歌曲、信天游；在神木、府谷两县流行的二人台民歌、爬山调；在绥德、米脂、定边、靖边等县流行的碗碗腔民歌；在清涧、横山、子洲、定边、靖边等县流行的道情民歌；在榆林城内流行的榆林小曲等。

全民族抗战时期，由共产党领导的榆林解放区①大力发展文化教育事业，使古老的民间文化艺术焕发出新的活力，赋予了新的时代特色。1942年5月，毛泽东《在延安文艺座谈会上的讲话》发表后，榆林解放区各县积极贯彻落实毛泽东的讲话精神，进一步推动文化事业的发展，通过形式多样的文化艺术，宣传中国共产党的抗日政策，鞭挞国民党顽固派的妥协投降。同时，大力发展教育，通过创办学校，成立夜校、扫盲班等，提升青少年和人民群众的文化水平，推动社会新风尚的形成。解放区革命文化的发展和繁荣，成为鼓舞抗日将士奋勇杀敌和人民群众努力生产、积极支前的战斗号角，对抗日根据地的巩固和取得抗战胜利起到了重大作用，也在榆林地区的文化史上形成了一道亮丽的风景线。

一、文艺事业

榆林解放区文艺事业的发展与繁荣是两个方面的力量合力推动的结果，一是榆林解放区所属县域内的文艺力量，二是来自延安的文化艺术工作者的力量。

（一）榆林解放区的文艺工作

新秧歌运动

秧歌是榆林地区历史悠久的一种艺术形式。全民族抗战时期，榆林解放区对传统的秧歌从内容到形式都进行了改革和创新，形成了规模空前的新秧歌运动。新秧歌摒弃了旧秧歌谒庙敬神等具有封建迷信色彩的内容，增添了具有鲜明革命特征的内容。在队员的角色上，领头的不再举花伞，而是举着象征工人、农民的斧头和镰刀，队员们则分别装扮成工、农、兵、学、商等形象。在队伍行进的图案上，创造性地运用了"五角星"等，从而使秧歌这一古老的民间艺术有了新的时代色彩，成为既服务现实同时又深受老百姓喜爱的民间歌舞艺术。

当时，新秧歌运动几乎遍及榆林解放区的每一个乡镇，平均每1500人

---

① 榆林解放区，是指全民族抗战时期，榆林地区在陕甘宁边区党委、政府领导下的区域。

当中就有一个秧歌队。在子洲县，基本上每个乡都有一个秧歌队，演出的内容都是紧贴时代、回应老百姓的精神需求。例如，马蹄沟区秧歌队演出的《二流子转变》《减租》《组织起来》等，就是以现实生产、生活为基础创作出来的新秧歌。①

在三边地区，通过文化干部的宣传辅导，形成了一批形式新颖、内容丰富的新秧歌舞和秧歌剧，成为"社火"的一种重要表演形式。因其内容新颖、形式活泼，很快便在群众中传播开来。每逢新年春节或重大庆祝活动，如举行群众大会、慰问驻军等，都有秧歌队、高跷队、社火队的表演。②

在新秧歌运动的带动下，陕北民歌、诗歌、说书、戏剧，以及快板、剪纸等民间艺术也紧跟时代，在改革创新的过程中得到迅速发展。

新说书

原籍横山县的民间艺人韩起祥，带头组织了"陕北说书组"，自编自演了《刘巧团圆》《四差捎书》《反巫神》等许多思想性、艺术性很强的新说书，受到广大群众的欢迎。绥德县的石维俊也编了一些新说书，内容包括宣传边区的民主生活、提倡生产自救、破除封建迷信、歌颂新人新事等。定边县的冯明山以新说书的形式反映边区人民开展大生产运动、英模运动、文教运动的火热场面。这些说书人以走村串户的方式，把新说书送到老百姓中间，因而收到良好的宣传教育效果。1943年春节，在延安举行的汇演中，三边分区杜芝栋的陕北说书《破除迷信》、民间艺人李卜的《张连卖布》等，都获得了好评。③

这里要特别介绍子洲县的拓开科（原为清涧县人）。拓开科是一个编说练子嘴④的民间艺人，他才思敏捷，可以即兴说唱，但又押韵合拍、流利

---

① 子洲县史志办公室编著：《中国共产党子洲历史》第1卷（1923.6—1949.9），三秦出版社2017年版，第125页。

② 中共榆林市委党史研究室、任德存主编：《中共榆林历史（1919—1949）》，陕西人民出版社2004年版，第269页。

③ 中共榆林市委党史研究室、任德存主编：《中共榆林历史（1919—1949）》，陕西人民出版社2004年版，第269页。

④ 顺口溜。民间流行的一种曲艺形式。

顺畅，被誉为"练子嘴英雄"。1931年，拓开科参加了南川农民到清涧县的抗粮斗争，将斗争的经过和胜利后的喜悦心情编成练子嘴《闹宫》，在南川的民间广泛传播。全民族抗战时期，他自编自说了宣传抗战、解放妇女、禁洋烟的快板和秧歌等。1943年，鲁迅艺术学院的文艺工作者在清涧县深入生活时发现了他，并把他推荐到边区文教会上表演，结果一下子就引起了轰动。延安的文化工作者萧三在采访拓开科后，专门写成《练子嘴英雄拓老汉》的人物通讯，发表在1944年11月9日的《解放日报》上。拓开科著名的练子嘴是《闹官》，给观众留下了极其深刻的印象。① 当年任鲁艺工作团团长的张庚，1987年在《光明日报》发表文章时，还特意提到了拓开科的练子嘴《闹官》：

> 我们在清涧县遇到一个老汉，我至今还记得他的名字叫拓开科，他不仅说得好，而且还会编词。他的词显然是用陕北方言编的，但并不是随编随说，而是经过推敲而成一首首的叙事朗诵诗。诗的形式和白居易的《长恨歌》《琵琶行》是十分相像的，是七言诗体，所不同的是一韵到底。他曾经给我们演过一段记述某次清涧农民反对地主非法闹工派款，自发引起暴动的故事，文辞雄壮动人，也像白居易一样，在叙事的末尾有几句作者的评语作结。②

新民歌

这一时期，陕北民歌也有了鲜明的时代特色，起到了鼓舞抗日军民的战斗号角作用。流传在清涧的《五月赞》、佳县的《红旗》、绥德的《何绍南大赃官》《三十里铺》等，真切地反映了榆林解放区人民拥护抗日、保卫河防、反对顽固派磨擦的具体情况。吴堡县辛家沟的薛茂荣、束塔村的王世元、张家墙的张天恩，也创作了许多脍炙人口的民歌。流传三边的《走

---

① 陕西数字方志馆·新编市县志·榆林市·子洲县志·人物。
② 子洲县史志办公室编著：《中国共产党子洲历史》第1卷（1923.6—1949.9），三秦出版社2017年版，第126页。

三边》，则反映了解放区人民开展大生产运动的火热场面。①

在米脂县，以旧曲填新词的民歌因为反映现实生活而深受群众欢迎，并通过人民大众的传唱迅速流传开来。这些新民歌的内容非常丰富，有歌颂共产党和毛泽东的《跟上毛主席闹革命》《边区政府好主张》《毛主席送来幸福粮》《边区好》，有鼓励抗日将士的《鬼子又行凶》《抗日救国歌》，有号召群众发展边区生产的《解放区十二月小唱》《下乡去宣传》《移民歌》《驮盐调》等。②

在榆林解放区的民歌创作中，产生重大轰动效应并具有重大政治意义和历史意义的，是佳县农民李有源创作的《东方红》。李有源是一位著名的创作型民间歌手，他创作的民歌都是根据亲身经历而来。1936年红军东征途经佳县时，以及1938年八路军驻绥德警备区部队进驻佳县时，李有源就编了不少痛斥国民党、热情歌颂共产党和红军的民歌。中共中央落脚陕北之后，随着陕甘宁边区政府的成立和各项有利于民生政策的落实，佳县老百姓的生活发生了巨大变化，李有源也从一个放羊倌在政治上翻身作了主人，过上了能吃饱穿暖的日子。因此，他发自内心感激共产党、感激党的领袖毛泽东。

李有源

1942年冬的一个清晨，李有源看到一轮朝阳冉冉升起，顿时心潮澎湃，借用陕北民歌《骑白马》的曲调，将酝酿已久的感激之情编成了《东方红》：

> 东方红，太阳升，
> 中国出了个毛泽东。
> 他为人民谋幸福，

---

① 中共榆林市委党史研究室、任德存主编：《中共榆林历史（1919—1949）》，陕西人民出版社2004年版，第269—270页；中共吴堡县委史志办公室编著：《中国共产党吴堡历史》第1卷（1921—1949），陕西人民出版社2018年版，第105页。
② 陕西数字方志馆·新编市县志·榆林市·米脂县志·文化志。

　　他是人民大救星。

　　…………

　　1943年春节，李有源的侄子李增正带秧歌队进佳县县城演出时，第一次将《东方红》公开唱了出来。从此，《东方红》开始在佳县附近的广大农村流传。1944年春，佳县有许多人移居延安，李增正担任了移民队队长。在去延安的路上，李增正一路唱着《东方红》，使这首歌在沿途的米脂、绥德、清涧、子长等县得以更为广泛的传唱。后来，经过延安文艺工作者的加工整理，形成了现在的《东方红》。抗战时期，李有源还编了《捉特务》《种棉花》《小女孩放哨》等小剧目和民歌《边区办的呱呱叫》等，感谢党的领导，宣传党的政策，鼓舞人民群众进行抗日斗争，受到佳县城乡群众的好评。①新中国成立后，1952年，李有源参加了陕西省文艺创作代表会议，并获得奖旗、奖章和奖金，被誉为"人民歌手"。

　　新戏剧

　　神府县是陕甘宁边区的"前方"。为了宣传抗日，神府县的文艺工作者成立了一些不脱产的业余剧团，如七月剧团、大众剧团、文化剧团等。这些剧团通过对传统戏剧进行改造，充实抗日救亡的新内容，编演了《血泪仇》《八大锤》《反徐州》等剧，经常在解放区巡回演出。为了促进国共合作、共同抗日，有时还送戏到国统区。②

　　在靖边县，群众性的文艺创作也比较活跃，先后创作和演出了《王玉川防荒》《反巫神》《冯马驹结婚》《张玉莲参加选举会》等现代戏剧，以及《刘志丹打寺儿畔》《打镇靖》《毛主席和咱手拉手》等新民歌。③

　　在定边县，民族学院的蒙古族学员克力根、白彦道尔吉等人，通过学习秧歌和话剧的表演形式与技巧后，吸收了汉文化的精华，采用蒙古民歌

---

　　①　中共榆林市委党史研究室、任德存主编：《中共榆林历史（1919—1949）》，陕西人民出版社2004年版，第270页。

　　②　中共榆林市委党史研究室、任德存主编：《中共榆林历史（1919—1949）》，陕西人民出版社2004年版，第271页。

　　③　陕西数字方志馆·新编市县志·榆林市·靖边县志·文化志。

原始朴素的音乐旋律和"跳鬼"的舞蹈动作，在蒙汉文化交融的基础上，创造出蒙古文化艺术的一种新形式——蒙古民族戏剧，还编排出反映蒙汉团结、军民团结、民族平等和乌审旗人民向往延安新生活的歌舞戏剧《赶会》《找八路军去》《到好地方去》《反抗》等节目，在三段地、盐池、定边骠马大会上巡回演出，受到蒙古族人民的欢迎。[①]

定边县民众教育馆

定边县民众教育馆以其涉及内容广、形式多样、持续时间长，在榆林解放区的抗日文化建设中有着重要的一席之地。

定边县民众教育馆创建于1937年8月全民族抗战刚爆发之时。在战争年代要丰富人民群众的文化生活，并不是很容易做到的。但是，在战火中诞生的民众教育馆，却在极其艰苦的环境中，把活动安排得丰富多彩。除日常开展图书、报刊阅览和图片展览，组织业余剧团进行演出外，每逢节假日都要搞灯谜、歌咏、球类、象棋等比赛活动，每年春节还组织群众文艺爱好者扭秧歌、跑旱船、耍龙灯、踩高跷等。

在群团组织和乡政府（当时定边城内有南乡、北乡）的紧密配合下，民众教育馆还开展群众扫盲识字的活动，先后在手工业者和城市居民（特别是妇女）中开办了工人夜校、民众夜校、妇女半日班、家庭院落识字组等，一方面教识字，一方面讲解爱国抗日的道理。此外，民众教育馆还办了七个职业补习学校，学生在校既学文化知识又学技术。

1937年10月，民众教育馆组织成立了有20多人参加的民众业余剧团，以不脱产的形式进行活动。1939年10月，三边分区文教会议提出剧团要固定化和职业化之后，这个业余剧团遂改为专业剧团，团长孙芳山，演出队队长王玉玺。1940年，为了纪念全民族抗战爆发三周年，剧团被正式命名为"七七剧团"。七七剧团成立初期，主要演一些小型秧歌剧、活报剧、小舞蹈等，后来在延安民众剧团和八路军留守兵团政治部宣传队的指导和帮助下，排演了《穷人恨》《中国魂》《那太刘》《查路条》等新秦腔剧，还

---

① 中共定边县委史志办公室：《中国共产党陕西省定边县历史》第1卷（1926—1949），中共党史出版社2019年版，第212页。

排演了眉户剧《夫妻识字》《十二把镰刀》，以及秧歌剧《兄妹开荒》等现代剧。

1943年，为了加强剧团的演职员队伍，新进了19名知识分子和文艺骨干，七七剧团也改名为"三边文工团"，团长为马力中，副团长为吴坚，协理员为丁光明。当时，剧团分成三个演出队，按专长划分美术、音乐、创作、戏剧四个小组。1944年春天，由三边文工团与警备第三旅宣传队合排的新编评剧《三打祝家庄》在东教场大礼堂公演了七天，受到三边地区党政军民各方面的一致好评，不仅轰动了三边，还震动了延安文艺界。[①]

（二）延安文艺工作者的推动

1942年5月23日，毛泽东发表《在延安文艺座谈会上的讲话》后，中共中央宣传部接着发出《关于执行党的文艺政策的决定》。广大文艺工作者响应毛泽东和中央有关部门的号召，提出"到农村去，到部队去"的口号，纷纷深入基层，践行党的文艺政策和文艺路线。地处河防前线的榆林解放区，就成为延安文艺工作者体验生活、服务基层，为夺取抗战胜利而发挥作用的一个重要基地。延安的文艺团体深入榆林解放区各县，以及当时尚为国统区的榆林县等地，进行演出、采风，辅导民间文艺工作者，有力推动了当地文艺事业的发展。[②]

1942年1月，延安鲁迅艺术学院组织的"河防将士慰问团"到达米脂，为驻军和群众演出新编剧，慰问抗日将士和人民群众。1943年前后，鲁艺工作团活动在榆林解放区的绥德地区，一边为群众演出，一边收集陕北民歌。在三个月的时间内，这个工作团在各地收集到数千首民歌，并将其整理出版，极大地提高了陕北民歌的知名度。

1943年3月，艾青、古元、于兰等一批专业文艺工作者到三边地区体验生活。他们深入定边的盐湖、盐池的火凤子山、靖边的镇靖等地，指导

① 中共定边县委史志办公室：《中国共产党陕西省定边县历史》第1卷（1926—1949），中共党史出版社2019年版，第210—211页。

② 参见中共榆林市委党史研究室、任德存主编：《中共榆林历史（1919—1949）》，陕西人民出版社2004年版。

当地文艺工作者提高文化艺术水平，推动三边的群众文艺在发展中得到提升。许多作家在深入生活的过程中积累了丰富的素材，创作了大量的小说、散文、特写等，发表在延安《解放日报》和《三边报》等报刊上。[①]

1943年春，诗人李季奉命到三边分区靖边县镇靖小学任教，后来又担任了盐池县政府秘书以及《三边报》编辑、主编等职。在三边工作期间，李季经常深入农村、基层单位去体验生活，终于把自己"磨炼成了一个地道的三边人"[②]。他依据在三边流行的"信天游"的形式，创作了长篇叙事诗《王贵与李香香》，描写了在共产党领导下，劳动人民翻身解放，"革命救了你和我，革命救咱庄户人"的故事。李季的这一长篇叙事诗发表后，得到广泛好评，成为延安文艺座谈会后诗歌发展的一个重要标志。在三边期间，李季还创作了宣传定边崔岳瑞的《卜掌村演义》（鼓词）、破除迷信的小说《老阴阳怒打"虫郎爷"》（新今古传奇）和《救命墙》等作品。[③]

1943年12月，鲁艺秧歌队来到绥德分区，青年剧团来到三边。这些文艺工作者一边演出文艺节目，一边帮助群众组织变工队，制订生产计划等。同时，延安联防军政治部宣传队也到三边各县，慰问演出了《夫妻识字》《兄妹开荒》《夫妻难》《送郎当兵》《刘顺清》《抓壮丁》《好同志有错就改》《三边风光》等剧目。这个宣传队新编的《贺保元得奖荣归》《刘生海转变》《反巫神》《孙克嵝岭防奸》和《退租大会》等秧歌剧，因紧贴群众生活实际，也很受观众欢迎。[④]

从1944年12月到1945年1月，鲁艺工作团田方、王大化、华君武、张水华、贺敬之、于兰、孟波、唐荣牧、张平、张鲁、马可等42人，由团长张庚率领，来到子洲县采风。张水华、王大化、马可、贺敬之以朱永山兄

① 中共定边县委史志办公室：《中国共产党陕西省定边县历史》第1卷（1926—1949），中共党史出版社2019年版，第213页。

② 李季：《我是怎样学习民歌的》，张器友、王宗法编：《李季研究专辑》，海峡文艺出版社1986年版，第103页。

③ 中共定边县委史志办公室：《中国共产党陕西省定边县历史》第1卷（1926—1949），中共党史出版社2019年版，第214页。

④ 中共榆林市委党史研究室、任德存主编：《中共榆林历史（1919—1949）》，陕西人民出版社2004年版，第272页。

弟①为原型，编成秧歌剧《周子山》。诗人公木在深入生活后，创作了诗歌《十里盐湾》。在此过程中，鲁艺工作团团员们也对当地的群众文化艺术工作给予了帮助和指导。

1943年春，作家柳青来到米脂县深入生活，并在民丰区的吕家硷乡政府担任了一名文书。在米脂工作的三年时间里，他亲自参与到如火如荼的斗争生活中，使创作有了许多新的素材和灵感，写出了很接老百姓生活地气的短篇小说《土地的儿子》《地雷》等，还有长篇小说《种谷记》。同年5月8日，柳青在《解放日报》发表长篇报告文学《一个女英雄》，介绍了燕家圪台劳动模范郭凤英的先进事迹。

二、新闻出版事业

新闻出版行业在宣传和动员人民群众响应党和政府号召，自觉地投入抗日救亡运动，发展生产、积极支前，努力学习、提高素质，鼓励先进、鞭策后进等方面，发挥着重要的教化作用。当时在榆林解放区，由于条件的限制，新闻出版业并不发达，主要以报纸、刊物、图书为主。

创编报纸

1936年，三边特委在定边创办了《蒙古报》，专门承担对内蒙古伊克昭盟地区蒙古族同胞的宣传任务。中共伊盟工委建立后，《蒙古报》改由伊盟工委主办，社址迁往城川，易名为《伊盟报》，分蒙文、汉文两种版，四开油印，不定期出版，约每月一期。

1939年7月1日，陕甘宁边区绥德分区创办了《抗战报》，为中共绥德特委、地委的机关报。《抗战报》八开二版，为五日刊。到1946年7月1日改名为《大众报》之前，《抗战报》在7年间共出刊536期。王震司令员、

---

① 朱永山，1912年生，子洲县马蹄沟镇老圪塔村人。少年时家境贫寒，以揽工为生。1928年加入中国共产党，1934年参加陕北红军。1935年11月中共米西县委成立后，任白区部部长兼抗日救国会主任。1936年自首叛变，同其弟朱老二活动在国民党统治区，皆为政治土匪。1943年绥西办事处将其抓获，拟判死刑。报绥德专署公安处后，公安处将其释放，让其做地下工作，此后在三边、宁夏、内蒙古、甘肃一带以揽工为生。1958年到新疆哈密化名"高增亮"当了工人，至1982年退休。退休后到陕西公安厅公开了自己的身份，未予追究，回家乡定居。1944年12月，鲁艺工作团到狱中采访了朱永山，以他为原型写成秧歌剧《惯匪周子山》，也叫《周子山》。

袁任远主任经常到报社和印刷厂了解情况、指导工作。《抗战报》紧紧围绕"坚持抗战，反对投降；坚持团结，反对分裂；坚持进步，反对倒退"的办报方针，激励全区人民的抗日斗志，揭露国民党"磨擦专员"何绍南等假合作、真反共的面目，成为绥德分区60万人民的喉舌，为夺取抗日战争的胜利，推动边区建设发挥了积极作用。①

　　1940年5月，由三边分委、专署与警备一团合办的《新边墙报》在定边创刊，为四开油印，逢星期一、星期四出版，有作战消息、时局短讯、专载、评论、三边教育等栏目，内容多为反映当地部队和群众生活的情形，1941年6月停刊。

　　1941年夏，中共三边分委创办了机关报《三边报》，报头由毛泽东亲自题写，社址设在三边分委的西院。《三边报》初为四开油印版，后发展为四开石印，为五日刊。主要发行于定边、盐池、靖边、吴旗四县，约为2000份。其内容主要为宣传贯彻党的路线、方针、政策、决议和指示等。著名诗人李季曾任《三边报》的编辑，他的长诗《王贵与李香香》最早就发表于此报。1943年，因经济困难，《三边报》暂时停办。1944年复刊。据《中国共产党陕西省定边县历史》第一卷记载，1947年8月，毛泽东转战陕北途中在靖边小河村遇见《三边报》记者刘山，表扬《三边报》办得好，并说最近没有看到《三边报》。周恩来也问，《三边报》以后能否给他们寄送。此后，直到1949年4月党中央进北京前夕，《三

《三边报》

---

　　① 陕西数字方志馆·新编市县志·榆林市·榆林地区志·文化；陕西数字方志馆·新编市县志·榆林市·绥德县志·文化志。

边报》一直给党中央寄送。[①]

此外，在榆林解放区，几乎每个县都创办了自己的报纸，如《米脂报》《子洲报》《靖边报》《佳县报》《新神府》等。晋绥解放区创办的《抗战日报》，也经常报道神府县党、政、军、民加紧生产，积极抗日救亡的消息。同时，驻军各部队普遍以黑板报、墙报的形式进行宣传工作。如驻三边的警三旅，每个班都办有一个《练兵小报》。[②]

成立书店

1938年5月1日，在中共绥德特委的领导下，由常紫钟负责成立了西北抗敌书店。书店经销的主要是延安出版的书报和从西安生活书店购来的进步书刊，如《铁流》《毁灭》等苏联小说，《全民抗战》《文艺阵地》《新知识》《解放》《中国青年》《中国妇女》《大众文艺》等刊物。

1939年，西北抗敌书店在米脂、佳县和山西省的临县开办了支店，在兴平建立了代销点。随着业务的扩大，西北抗敌书店又与四川重庆的生活书店、新知书店、读书生活出版社、立信会计出版社、国讯出版社以及广西桂林的三户书社、文化供应社等建立了购书关系。在图书销售上，为了方便边远地区群众购买，书店组织了"流动书担"，担着书籍到农村去出售，并兼营文化用具。1940年，西北抗敌书店还兼办了报纸、课本、年画和领袖像的印刷业务。1945年抗战胜利后，西北抗敌书店改名为大众书店。[③]

三、教育事业

中共中央和陕甘宁边区政府非常重视学校教育和人民群众的文化素质教育。1942年6月25日，边区政府第二十五次政务会议通过《陕甘宁边区政府关于调整边区各直属学校的决定》，明确规定绥德师范、定边师范为培

---

① 中共定边县委史志办公室：《中国共产党陕西省定边县历史》第1卷（1926—1949），中共党史出版社2019年版，第213—214页；陕西数字方志馆·新编市县志·榆林市·榆林地区志·文化。

② 中共榆林市委党史研究室、任德存主编：《中共榆林历史（1919—1949）》，陕西人民出版社2004年版，第276页。

③ 陕西数字方志馆·新编市县志·榆林市·绥德县志·文化志。

养地方国民教育师资的中等学校，米脂中学为培养青年知识分子的中级学校。1943年3月19日，徐特立和柳湜联名在延安召开陕甘宁边区国民教育座谈会，绥德、三边分区的专员参加了会议。会议提出，边区教育应从实际出发，改变教育方式，依照老百姓的生产、生活情况和需要编写教材。4月19日，边区政府发出指示，要求将大多数甚至全部小学交给地方群众办，做到每村有一个民办村学，在村学协助下办冬学、夜校、识字班，尽力扫除文盲。为了落实上述要求，榆林解放区加强了对教育工作的领导和部署，在推动学校教育和群众教育两方面都取得了长足的进展。

（一）学校教育

榆林解放区的学校教育主要是小学教育，大体经历了三个发展阶段：1937年至1941年为第一阶段，着重小学数量的发展；1942年至1944年为第二阶段，主要是整顿小学，实行精简；1944年10月至1945年8月为第三阶段，主要是改造提升教学质量。

当时，榆林解放区的小学有四种办学形式：一是中心小学，一般设在区政府所在地；二是完全小学，一般设在城镇；三是普通小学；四是民办小学。1944年，是陕甘宁边区教育的全盛年。当年，吴堡县小学增至23所，学生699人；佳县小学增至75所，学生1552人。米脂县在1942年时有小学73所（其中完全小学8所、中心小学5所、普通小学60所），到1944年，小学增加到113所（其中民办小学2所），有学生4296人。[①]

在靖边县，1938年，全县有小学22所，学生469人（其中女生27人）；1939年，有小学26所，学生554人；1940年，有小学25所，学生439人；1941年，因灾害歉收，人民生活困难，学校减为19所，学生328人。此外，全县还有一所完全小学，1938年有学生42人，1939年50人，1940年72人。[②]1942年，抗日民主政府提出"减少小学数量，提高教学质量"的口号后，靖边的小学实行合并、裁减。由于没有充分考虑到边区地广人稀、居

---

① 陕西数字方志馆·新编市县志·榆林市·榆林地区志·文化。

② 中共靖边县委史志办公室编著：《中国共产党靖边历史》第1卷（1925—1949），陕西人民出版社2017年版，第79页。

住分散的特点，结果导致学生大量减少。1943年后，靖边县小学教育又逐步兴盛起来，各地创设了"轮教小学""村民公学""民办变工小学""家庭小学""民办公助小学"共五种形式的小学。① 总之，到1944年，三边分区（吴旗、盐池除外）共有小学60所，有学生1738人。1945年，小学又增至116所，有学生2654人（不包括安边）。②

1937年3月，神府县才创办了正规小学11所，有学生213名（其中女生32名）。1938年，小学发展到23所，有学生413名（其中女生59名）。1942年，全县有小学18所，虽然学校数减小了，但学生增加到590名（其中女生195名）。1943年以后，神府县归晋绥边区管辖，因相应资料缺少，难以呈现。③

1940年春，清涧县全境解放后，根据教育为工农劳苦大众服务、为抗战服务的方针，开始大办小学，吸收适龄儿童入学，并且采用了贴近时代的新编教材。到1941年，清涧县的适龄儿童入学率达到27.8%。到1942年9月，全县有各类小学45所，其中完全小学5所（含女校1所）、中心小学4所、初小34所、村小2所。1944年，全县小学增至51所，有学生1680人。④

1940年秋，绥德县各联保均创办了中心小学。1942年秋，将中心小学改称为完全小学。当时，全县有小学127所，学生6008人，教师179人。1943年，绥德县将文庙小学改为实验小学，分6个年级，12个班，有400余名学生。县政府对这个实验小学高度重视，由县长亲自兼任校长。1944年，绥德县各类小学发展到116所，有学生4256人。当年，陕甘宁边区政府教育工作会议在延安召开，五龙宫女子小学校长张敬斋、吉镇崖马沟村小学教师马汝忠、崔家湾区王梁川中心小学校长马骥、城郊柳湾村小学教师高承让四人被选为代表出席了会议，并获甲等奖。⑤

---

① 陕西数字方志馆·新编市县志·榆林市·靖边县志·教育志。
② 陕西数字方志馆·新编市县志·榆林市·榆林地区志·文化。
③ 陕西数字方志馆·新编市县志·榆林市·榆林地区志·文化。
④ 陕西数字方志馆·新编市县志·榆林市·清涧县志·教育科技。
⑤ 陕西数字方志馆·新编市县志·榆林市·绥德县志·教育志。

（二）群众教育

为普遍提高民众的文化素质，榆林解放区各县把扫除文盲和推行新文字（指汉语拼音）教育结合起来，通过组织识字组、夜校、半日校和冬学等，广泛开展了扫盲教育。

1940年上半年，神府县政府第三科曾对全县的扫盲组织作过一个统计。当时，全县共成立识字组228个，参加识字的男性1287人、女性918人。此外，还有半日班8处，学员中男性46人、女性33人；夜校2处，学员为男性，共30名。通过学习，有许多人在脱盲后参加了革命工作。[①]1941年，神府县成立了识字冬学37处，参加学习的有男性801人、女性97人；成立新文字冬学17处，参加学习的有123人。同年，神府县曾派出13名青年到绥德参加为期三个月的新文字训练。这些人在学成回县后成立了新文字协会神府县分会，还翻印了新文字课本1000册，在县、区各级机关干部和保安部队中进行推广。经过两年的努力，到1941年底，全县有2081人（其中女性25人）脱了盲。[②]

1940年，吴堡县创办了冬学137处，有2620人参加学习。后来还办了其他类型的识字扫盲组织，如常年读报组、识字班等。到1944年，常年读报组已有123组，729人参加；常年识字班86个，986人参加。[③]任家沟村的小学教师任逢华，从1935年起就在村里组织识字班。后来，他又把识字班办到了吴堡县的其他村子，甚至还办到了绥德县城。到1940年，他已经在绥德、吴堡两县的85个村庄办起了有1701人参加的识字大军，被誉为"千余农民的教师""农民识字运动家"，多次受到边区、分区和吴堡县政府的表彰和奖励。鉴于任逢华的工作成就，吴堡县政府委派他担任了吴堡县社教督导员、督导团团长。[④]

---

① 陕西数字方志馆·新编市县志·榆林市·神木县志·文化、教育志。

② 陕西数字方志馆·新编市县志·榆林市·榆林地区志·文化。

③ 中共吴堡县委史志办公室编著：《中国共产党吴堡历史》第1卷（1921—1949），陕西人民出版社2018年版，106—107页。

④ 陕西数字方志馆·新编市县志·榆林市·榆林地区志·文化。

1940年，绥德县作过一个统计，全县人口有14.8950万人，其中文盲就有13.6507人，占总人口的92%以上。1940年冬，陕甘宁边区政府作出《关于开展国民教育工作的决定》后，为了使广大群众尽快脱盲，绥德县随即开展了一场声势浩大的识字运动，共创办冬学220所，有7318名青壮年农民参加学习。当时，最有名的是四十里铺王家沟的识字组，共有146人参加学习。1944年6月，陕甘宁边区政府发出《今年冬学的指示信》后，全县又掀起了创办冬学的热潮，仅在绥德城内成立的儿童妇女识字组就有51个，参加学习者达700多人。①

1941年，子洲县开始创办冬学，当时有22处。到1944年，冬学发展到195处，有6106人参加学习。其中最有名的识字组是苗区五乡小苗家沟村的"苗子兴识字组"。这个识字组以教农民看《群众报》《大众报》的方式教农民识字。到1946年，苗家沟村变成了"文化村"，《解放日报》还作了专门报道。②

1943年，三边分区统计共有冬学461处，其中全日冬学28处、半日冬学12处、夜校186处，参加学习的有6292人。此外，还有读报识字组和家庭识字组403个，参加学习的有2865人。③其中，靖边县的扫盲工作可谓卓有成效。1935年，靖边大部地区解放后，党和政府就开始部署扫盲工作。1937年，县政府设立了文化教育委员会、民众教育馆，在各区设文教助理员，各乡设文化主任，专门抓文化教育工作，主要是大力兴办冬学、夜校、识字组、读报组等，并利用闹秧歌、演戏、说书等文艺宣传形式，开展扫盲工作。1938年，全县有冬校23所，学员295人；半日学校5所，学员41人；夜校15所，学员165人；识字组223个，学员1756人。1939年，全县有冬学26所，学员452人；半日校4所，学员235人；夜校5所，学员64人；识字组225个，学员328人。1940年，有冬校22所，学员326人；半日校4所，学员235人；夜校6所，学员62人；识字组211个，学员261人。

① 陕西数字方志馆·新编市县志·榆林市·榆林地区志·文化；陕西数字方志馆·新编市县志·榆林市·绥德县志·教育志。

② 陕西数字方志馆·新编市县志·榆林市·榆林地区志·文化。

③ 陕西数字方志馆·新编市县志·榆林市·榆林地区志·文化。

此外，在张家畔还创办了妇女轮校，有女学员48人，每5—7天上一次课，农忙放假，农闲学习。到1944年，全县有各种形式的扫盲组织287个，有2874人脱盲。①

1944年，米脂全县有识字读报组830个，参加者有9298人。1944年春，印斗区第七乡的高家沟村在村民高怀山的倡导下，采用变工合作的方式办起了一所民众学校，参加学习的共有33人（其中女性19人）。当年8月，民众学校采用"民教民"的方式，即由学生深入村民家庭，或组织识字组教群众识字，使民众学校逐渐成了全村的文化堡垒和活动中心。《解放日报》曾评价说："高家沟民众学校，是群众所创造而又生根在群众中的学校，它经过了变工合作的方式，达到了人民自办自教的目的，应该说，这是人民文化翻身的标志。"②

在榆林解放区，冬学办得最有特色，且得到时任中共绥德地委书记兼警备司令部政治委员习仲勋专门撰文介绍的，是子洲县苗家坪区五乡周家圪崂村创造的"一揽子冬学"。

所谓"一揽子冬学"，就是把冬学和冬季生产相结合，和训练自卫军等工作相结合，做到学习和生产、训练都不误。具体到学习、生产两不误，其做法是：分成不同的劳动小组，如运输组、熬硝组、推粉组、茶饭组、拾粪组、杂务组等，每组由组长负责，规定劳动时间和学习时间，学习的内容与自己的劳动有直接关系，学习的形式又分全日、半日、夜学、间日、个别教、送字条等。为了鼓励大家的积极性，在组与组、个人与个人之间，还订立了各种学习、生产竞赛条约。

中共绥德地委书记习仲勋在看到子洲县关于上述"一揽子冬学"的报告后，深受启发，亲自撰写了《关于开展冬学运动的正确方向——周家圪崂一揽子冬学介绍》一文，发表在1944年11月23日的《解放日报》上。他在文章中详细介绍了周家圪崂"一揽子冬学"的具体情况，还根据自己受到的启发，提出办冬学的七个方针：

---

① 中共靖边县委史志办公室编著：《中国共产党靖边历史》第1卷（1925—1949），陕西人民出版社2017年版，第79页；陕西数字方志馆·新编市县志·榆林市·靖边县志·教育志。

② 陕西数字方志馆·新编市县志·榆林市·榆林地区志·文化。

一、坚决贯彻"民办公助"的方针，必须经过群众，把群众自觉自愿的积极性发动起来才能把冬学办得好。如果有同志提起办冬学，开头便是"经费困难，地址困难，教员困难，学生困难……等"。总怪冬学不能如愿以偿，这是官办的强迫命令作风，势必办不好冬学，并会发生很多困难。或者认为要民办就让群众自己搞去，这也是一种不加领导的自流现象，也必然会使冬学办不起来。上述两种认识都是不正确的，要知最大困难是没把群众发动起来，只要取得群众拥护，加上我们的正确领导，没有不能够克服的困难。

二、冬学运动首先要和群众的冬季生产相结合。今天边区的经济发展了，人民需要文化是事实，然而发展文化必须和发展生产相辅前进。特别在警备区今年谷多毁坏，收成不好，如果我们办冬学，忘记了群众冬季生产的问题，哪怕就是把其他问题都解决了，这个冬学还是办不好，原因就是发展生产比学习文化更为重要。我们不能以为"现在是办冬学的时期，生产可以暂时停顿一下"。群众不乐意，反说"群众落后"。这样下去，就会造成"脱离群众"或吃力不讨好的情景。

三、这样的冬学，就不能抄袭一套旧的教学方法，必须学与用一致。群众做什么，我们就教什么。这不仅使群众有兴趣，容易学，并能够学一下就会用，长期不会忘，同时还能够打下向前发展的基础，提高学习情绪，巩固学习信心。

四、冬学运动，要和冬季训练及闹秧歌、医药、卫生、组织妇纺、植树等，取得有机联系。这样使得冬学会更有内容，人民可在冬学内学到更多更有用的实际知识，并用以进行边区各项长期建设。

五、开展冬学运动，注意团结农村内参加冬学运动的一部分积极分子是非常重要的。他们是农村内成千成万的文教干部，假如把他们通通提高一步，对于长期的开展边区经济，巩固边区，建设边区，是一支骨干力量。

六、对训练冬学教员，应采取开会式，研究典型，交换经验，不要一般灌注。教员到农村，尽可能由群众自愿聘请，不一定要全派。实行"民教民"的方针。冬学课本，也应征求群众愿意学什么教什么。对于某些含有封建迷信毒素较少旧书本，如《千字文》《百家姓》等，有时群众要念，可不完全拒绝。

七、在开展冬学运动中，必须普遍地建立若干的强固据点，而不是平均地分散力量；必须把计划放在群众力量、群众觉悟的基础之上，而不是单纯地凭借于我们自己主观上的臆想。只要办好一处冬学，就可推广起来，办好许多处冬学。周家圪崂一揽子冬学就是我们今年开展冬学运动的正确方向。①

中共绥德地委书记习仲勋对冬学的重视和指导，促进了绥德地区所辖各县冬学的健康发展。

---

① 子洲县史志办公室编著：《中国共产党子洲历史》第1卷（1923.6—1949.9），三秦出版社2017年版，第123—125页。

横山起义

1945年8月，全国抗日战争取得胜利后，国家迫切需要一个和平安定的环境，使人民得以休养生息，重建家园。中国共产党顺应国家的需要和人民的需求，主张团结一切爱国民主力量，将中国建设成为独立、自由、民主、统一的新国家。这也是中国人民所期盼的光明的前途。然而，国民党统治集团却企图依靠美国政府的支持，继续维持其一党专政的统治，使中国社会继续处于半殖民地半封建状态。这对于中国人民来说，则是黑暗的前途。

此时，两种命运、两种前途正处于决战的紧要关头。

为了推动国内和平，1945年8月28日，毛泽东、周恩来、王若飞在国民党代表张治中、美国总统特使赫尔利的陪同下，从延安抵达重庆。从8月29日至10月10日，国共两党代表在重庆就国家的前途命运和两党之间的重大问题进行谈判。谈判期间，蒋介石就在加紧部署内战。因此，虽然谈判结束后两党公布了《政府与中共代表会谈纪要》（即双十协定），但和平建国的问题并没有得到解决。内战的阴云依然笼罩在全国人民头上。

1945年8月中旬以后，国民党军队分东、中、西三路开始向解放区逐步推进。与此同时，国民党在陕北的部队也迅速行动起来。为了应对可能爆发的大规模内战危机，中共中央确定了"针锋相对，寸土必争"的政治方针，采取一切可能的措施，制止内战的爆发，同时要求全党提高警惕，随时准备坚决粉碎蒋介石消灭共产党及其军队的图谋。

在大规模内战即将来临之际，毛泽东非常重视"统一战线"这个法宝的运用。他在要求各个解放区党政领导加强战备的同时，还要求必须重视统一战线工作，重视对国民党军队的分化瓦解工作。1945年10月25日，中共中央发出"建立国军工作部"的指示，决定在中央军委、各中央局和中央分局设立"国军工作部"，以加强对国民党军队的政治宣传和策反活动。

12月15日，毛泽东在为中共中央起草的《一九四六年解放区工作的方针》中，在谈到1946年各解放区工作"必须注意"的问题时，特意强调要开展"高树勋运动"①。毛泽东指出：

> 开展高树勋运动。为着粉碎国民党的进攻，我党必须对一切准备进攻和正在进攻的国民党军队进行分化的工作。一方面，由我军对国民党军进行公开的广大的政治宣传和政治攻势，以瓦解国民党内战军的战斗意志。另一方面，须从国民党军队内部去准备和组织起义，开展高树勋运动，使大量国民党军队在战争紧急关头，仿照高树勋榜样，

---

① 1945年10月30日，国民党第十一战区副司令兼新八军军长高树勋率一万余人起义，在全国产生很大影响。为进一步加强分化、瓦解国民党军队，争取国民党军人的工作，中共中央决定对国民党军队开展宣传运动，号召国民党军队中的官兵学习高树勋部队的榜样，拒绝进攻解放区，在内战战场上实行息工，和人民解放军联欢，举行起义，站到人民方面来。这个运动被称为"高树勋运动"。

站到人民方面来，反对内战，主张和平。为使此项工作切实进行和迅速生效起见，各地必须依照中央指示，设置专门部门，调派大批干部，专心致志，从事此项工作。各地领导机关，则要给以密切指导。①

1946年4月，全国内战已迫在眉睫之际。4月12日，中共中央决定，在加强战争准备的同时，全党都要做统战工作，并派最得力而有经验的干部到白区去争取一切可能反蒋反内战的人，孤立好战分子，粉碎国民党反动派的军事进攻。

当时，位于国民党统治区的横山县，在蒋介石加紧部署内战的情况下，形势变得异常严峻。国民党第二十二军②的骑六师被编入新编第十一旅，以加强控制横山的力量。当时，新编第十一旅第一团的团部就驻在横山城，其第一营驻武镇、第二营驻韩岔、第三营驻威武堡；第二团的第一营驻响水。此外，国民党陕北保安指挥部及其所属部队分驻波罗、高镇、石湾等地。这些布防的国民党军队对陕甘宁边区的北线安全构成了严重威胁。此外，国民党横山县党部组成了专门反共的特工队伍，凡是被怀疑者，均受到严刑拷打；米脂、绥德、安定三县的国民党联合党部与驻石湾的国民党军队狼狈为奸，使石湾成为反共的顽固堡垒。

在这样一种情况下，毛泽东和中共中央认为，夺取横山最好的办法，就是从敌人内部打开缺口，争取对共产党友好的陕北保安部队副总指挥胡景铎率部起义。1946年4月，毛泽东亲自找时任中共中央西北局书记兼晋绥联防军政委习仲勋谈话，指示习仲勋和西北局要在胡宗南部还没有大规模进犯边区之前，集中精力，组织北线战役，策动胡景铎率部起义，解放榆林、横山地区，为陕甘宁边区的自卫战争取得较大的回旋余地，以便对付胡宗南的进攻。③

胡景铎与习仲勋都是富平县人，也是习仲勋在立诚中学读书时的同班

---

① 《毛泽东选集》第4卷，人民出版社1991年版，第1174—1175页。
② 时军长为左协中。
③ 《习仲勋在陕甘宁边区》编委会编：《习仲勋在陕甘宁边区》，中国文史出版社2014年版，第376页。

同学，是一个具有爱国情怀的进步军人。土地革命战争时期，胡景铎就同共产党人有着密切往来，全面抗战爆发后即率部奔赴山西抗日前线。胡景铎的五哥胡景通，是国民党第二十二军副军长兼陕北保安指挥部指挥官，两人又是陕西著名的爱国将领胡景翼的胞弟。此外，在榆林的国民党军中还有胡景翼的儿子胡希仲，时任国民党晋陕绥司令部参议。做好胡景铎的统战工作，就意味着可能争取到胡景通、胡希仲共同起义。

1945年3月，胡景铎到横山担任陕北保安指挥部副指挥官，统辖保安第九团和第二十二军第八十六师、新编第十一旅各一部。因为他此前同共产党有一定联系，思想进步，故受到反共势力的防范，国民党中央直接派特务钟慎予、秦仲堂到胡景铎保安部队任国民党总干事，以监视胡景铎的言行。此外，胡宗南也派出西安战干团（"中国国民党中央委员会战时工作干部训练团"的简称）十余人到胡景铎部，专门从事防共、反共活动。这些措施更增加了胡景铎对蒋介石国民党的不满。

一场由习仲勋亲自部署的策动胡景铎部在横山举行起义的斗争，就是在这样的背景下拉开了帷幕。

1946年4月，习仲勋特意将与胡景铎为同乡兼同学关系的师源由关中地委调到绥德地委任统战部副部长，以专门从事对胡景铎部的统战工作。

师源的回忆是简略的，但实际工作是相当复杂和曲折的。

根据《中国共产党横山历史》第一卷记载，师源以国民革命军第十八集团军参谋身份，借谈判边界纠纷问题，公开进入榆林城后，先是接触到胡景铎的五哥胡景通，从胡景通处了解到胡景铎的一些情况，打听到了其驻防地。在初步了解到胡景铎的情况后，师源返回绥德，向中共绥德地委作了汇报。经过研究，决定先派武启政到波罗堡同胡景铎取得联系，然后再由师源面见胡景铎。①武启政的任务完成得很顺利，肩负重任的师源便从绥德出发前往波罗堡。

师源在波罗堡与胡景铎见面后，先介绍了中共中央于1946年4月12日

① 中共横山县委党史地方志研究编纂办公室编著：《中国共产党横山历史》第1卷（1921—1949），陕西人民出版社2018年版，第88页。

作出的《要加强自卫战争的准备工作，全党都要抓统战工作》的决定精神，以及毛泽东对习仲勋作出的动员胡景铎起义的指示要求。胡景铎则明确表示了对国民党发动内战的不满。了解到胡景铎的态度和要求后，师源遂向习仲勋作了汇报。

与此同时，习仲勋还派出延属分区专员曹力如和绥德地委副书记刘文蔚到榆林同胡希仲会面，了解驻榆林的国民党军上层人士的情况。胡希仲向他们介绍，第八十六师是第二十二军的主要力量，新任八十六师师长徐之佳是军统特务，受蒋介石指派监视晋陕绥边区总司令邓宝珊的活动。目前邓宝珊对国共纷争持观望态度，尚无公开反蒋迹象，而胡景通则听命于邓宝珊。有鉴于此，胡希仲认为，目前起义条件尚不成熟。[①]

习仲勋经过综合分析师源和曹力如、刘文蔚了解到的情况，决定将策反的重点放在胡景铎身上。于是，继第一次同胡景铎会面后，师源按照习仲勋的部署，于当年4月以国民革命军第十八集团军参谋的身份，第二次到波罗堡与胡景铎见面。这次，胡景铎再次表示了对蒋介石消除异己、打压杂牌军做法的不满，表示愿意把部队拉到解放区去，并要求西北局派干部来帮助他组织武装起义。

根据胡景铎的要求，习仲勋经请示中央后，为加快促使胡景铎的起义进程，决定吸收胡景铎为中国共产党特殊党员，由习仲勋、师源、范明[②]为其入党介绍人。当师源向胡景铎传达了西北局的这个决定后，胡景铎十分激动地说："组织问题解决了，我就毫无牵挂了，就一心跟共产党走了。"

为了协助胡景铎做好起义的准备工作，习仲勋提出胡景铎部"建党建军，准备力量，长期隐蔽，待机而动"的方针。为此，西北局先后派出王玉、王直、任强、孟长海、杨万军、朱光等40多名党政干部进驻波罗堡、石湾等地的国民党陕北保安团队，以合法身份安排到各个连队，有的当兵，有的当班长、排长，主要任务是向士兵和连、排级军官做工作，联络起义人员，培养起义骨干，掌握部队动态，做好起义前的组织准备工作。

[①] 《习仲勋传》编委会编：《习仲勋传》上卷，中央文献出版社2008年版，第444页。

[②] 范明（1914.12.04—2010.02.23），原名郝克勇，陕西临潼县人，1938年加入中国共产党。时任中共中央西北局统战部处长。

　　与此同时，胡景铎遵照党的指示，依靠共产党员，在部队中开办军干训练班，对思想进步的班长、排长和士兵进行民主和反内战教育，并秘密发展张亚雄、许秀岐、杨汉三、李振华、姚绍文、丁彦荣等人入党。[①]

　　1946年6月26日，蒋介石不顾全国人民的强烈反对，以围攻鄂豫边宣化店为中心的中原解放区为起点，向中国共产党领导的中原、东北、华北、晋察冀、晋冀鲁豫、晋绥等解放区发动大规模进攻，全面内战爆发。

　　陕甘宁边区形势也随之紧张起来。胡宗南在南线加紧调集兵力，把战线推向边区的门口，同时命令北线的部队向边区进攻，企图对边区形成南北夹攻的态势。不过，此时胡宗南还有六个师远在河南和陕南，一时不能到达进攻边区的前线，因而胡宗南在短时间内还无力对陕甘宁边区发动大规模的进攻。有鉴于此，当习仲勋向毛泽东汇报边区战备情况和对北线敌军进行统战工作的情况时，毛泽东指示要抓住时机，进一步加强对北线敌军的统战工作，同时集中兵力组织北线战役，用军事与政治相结合的办法解决北线问题，以便集中力量对付胡宗南的进攻，并为边区自卫战争扩大回旋余地。

　　7月1日，在习仲勋主持下，西北局在延安花石砭召开党委扩大会议。会上，习仲勋传达了毛泽东的谈话精神和中共中央北线作战的意图，研究了组织横山起义事宜。大家一致同意习仲勋的分析，认为榆横地区的国民党军队虽然力量比较薄弱，但与胡宗南互相配合，南北呼应，是对我后方的严重威胁。特别是横山县内的石湾、高镇、武镇等地，是国民党第二十二军和陕北保安指挥部的前哨据点，像插进边区的几把刀子，战时将直接妨碍我军在陕北的活动。因此，策动横山起义，组织北线战役，消除北线国民党军对边区的直接威胁，进而为解放整个榆横地区创造条件，这对于边区自卫战争具有十分重要的战略意义。会议决定，一方面由陕甘宁晋绥联防军代司令员王世泰、副政委张仲良负责北线战役的准备，趁胡宗南正在进行整补和调整部署的机会，调教导旅、新四旅、警三旅和绥德军

---

　　① 中共榆林市委党史研究室、任德存主编：《中共榆林历史（1919—1949）》，陕西人民出版社2004年版，第307页。

分区第四团、第六团集结在绥德以北地区，支援和接应横山起义，乘机夺取榆林；另一方面派西北局统战部处长范明去绥德，适时去波罗堡直接同胡景铎协商起义的具体事项。

会后，习仲勋向毛泽东作了汇报。毛泽东当即予以批准，并指示边区部队乘势发起榆（林）横（山）战役，相机夺取榆林城。为使起义能够顺利进行，习仲勋在范明动身到胡景铎部之前，曾三次找范明谈话，研究起义的方案，对可能遇到的各种情况都进行了充分考虑，并拿出了周密的应对措施。

7月5日，范明带着习仲勋在白绫子上写给胡景铎的一封信，从延安动身。7月下旬，范明到达绥德后，向绥德地委传达了西北局关于组织横山起义的决定和开展北线工作的计划，同时做好进入胡景铎部的各项准备工作。

9月中旬，范明扮作立诚中学的教员，经过在沙漠中两天的艰难跋涉，来到驻波罗堡的国民党陕北保安指挥部，将习仲勋的亲笔信交给胡景铎。范明还向胡景铎传达了党中央对目前形势的分析和党的基本方针，以及西北局关于发动横山起义的决定和基本方案。胡景铎听后激动地说："我与习是同窗好友，莫逆之交，早有起义的决心，今幸得世兄来真诚会谈，真乃天助人愿，了无疑义。"[1]

在讲到蒋介石发动内战，中国共产党还将经历一段困难的时候，胡景铎明确表示了自己的态度。他说：我们就是要在党和革命尚有困难的时候参加革命，决不做蒋介石的一抔黄土；如果在革命形势顺利的情况下参加革命，或者在自己不得已的时候才起义，那还有什么光彩？蒋介石向陕北人民进攻，是陕北杂牌军队伍死亡的宣告，现在是一切非嫡系部队转变的决定时刻了。为了救自己、救国家而脱离内战呢？还是与蒋介石藕断丝连，甘心充当内战的炮灰呢？前面已出现了高树勋、曹又参[2]走过的道路，只有从这条路上走。蒋介石祸国殃民，跟着他走只能亡国，我们要革命，要弃

---

① 范明：《记习仲勋的革命业绩》，中共甘肃省委编：《习仲勋与甘肃》，甘肃人民出版社2013年版，第247页。

② 曹又参（1901—1970），又名汉杰，陕西怀远（今横山）人。1944年4月任国民党第二十二军新编第十一旅少将代旅长，1945年10月率部在安边起义。起义后的第十一旅，被中共中央军委改编为八路军新编第十一旅，仍任命曹又参为旅长。毛泽东称赞新十一旅起义是国民党军队弃暗投明的"火车头"。

暗投明，要跟着共产党解放全中国。

于是，范明和胡景铎一同商定了有关起义的十条计划：（1）起义日期定为1946年10月10日；（2）起义部队番号称西北民主联军骑兵第六师；（3）在起义部队中建立党的组织；（4）起义后的干部任职名单；（5）起义时我方派出接应的部队；（6）起义的行动方案；（7）起义的口号："打回关中去，驱逐胡宗南"；（8）起义后的三种方案；（9）起义中的其他具体问题；（10）联络办法。[①]

有关起义的具体事项商定后，胡景铎派人护送范明回到边区，向习仲勋作了汇报。习仲勋在详细审查了起义的行动计划后，同范明一起向毛泽东作了汇报，起义计划得到毛泽东的批准。

再说胡景铎。在同范明商量好起义的具体计划之后，他立刻分头通知所部骨干加紧起义前的准备，并要求严格保守机密。正在这个关键时刻，胡景通突然电召胡景铎到榆林总部。原来，部队中的国民党特务以及胡景通的亲信们怀疑胡景铎举办军干训练班有图谋不轨之嫌，就向胡景通报告了此事。胡景通了解胡景铎的政治倾向，自然也担心胡景铎会有异动，便命他到榆林来以便亲自查问。

在即将起义的前夕被胡景通召见，胡景铎马上警惕了起来。他意识到如果应对失误，将给起义带来严重影响。但为了不打乱起义计划，经过深思熟虑后，他还是决定前往榆林。一见面，胡景通就非常严厉地质问胡景铎，在波罗堡办军干训练班是何用心。胡景铎则以"整饬军容，提高士气，消除各种不良现象"等理由为自己辩白。因没有拿到胡景铎要"反水"的真凭实据，胡景通也就相信了他的话。这样，胡景铎才得以脱身。眼看预定起义的时间日益迫近，胡景铎只得飞马离榆，日夜兼程返回波罗堡。

10月5日，陕甘宁晋绥联防军北线指挥部在绥德召开会议，为了在胡景铎部起义时做好响应，会议研究制定了榆（林）横（山）战役的作战方案。会议决定，联防军北线总指挥王世泰、政治委员张仲良指挥教导旅、

---

① 《习仲勋在陕甘宁边区》编委会编：《习仲勋在陕甘宁边区》，中国文史出版社2014年版，第377页。

警备第三旅、新编第四旅、新编第十一旅二团一部和绥德军分区、三边军分区等地方部队共1万余人，另以3000余名民兵配合，对国民党军驻榆横部队发起进攻，以协同国民党陕北保安指挥部副指挥胡景铎在横山的起义行动。根据会议的部署，10月11日至12日，陕甘宁晋绥联防军北线各部队由米脂、子洲等地，分路向国民党军驻地镇川、武镇、石湾、横山县城、响水堡等地进军。

10月12日夜，胡景铎以在波罗堡指挥部召集会议的名义，将立场反动的主要分子全部集中软禁起来。10月13日清晨，胡景铎亲自到城外迎接范明率领的接应部队进城，随即召集全体官兵大会，正式宣布起义。会上，宣读了《反对蒋胡卖国内战，为和平建国而奋斗》的通电。电文指出："职等不忍见我陕甘父老重历刀兵之劫，再不忍见我靖国军仅存之部队毁于一旦，为自救自保计，不得已拒绝乱命，退出内战，清除特务，还我纯洁。……并望我西北胞泽，幡然猛省，奋起图存，驱逐徐贼①，拒绝内战，则西北军幸甚，西北同胞幸甚。"②

横山起义发生地波罗堡

---

① 指国民党整编第七十六师师长徐保。
② 《横山驻军五千起义胡景铎将军等率部发表通电》，《解放日报》1946年10月23日。

横山起义纪念馆

胡景铎在会上发表了慷慨激昂的讲话。他说："蒋介石、胡宗南发动反共内战不得人心，我们不能给他们当炮灰。我们是英雄的三秦健儿，三秦健儿的热血要洒在为正义而战的疆场上！现在，我们是西北民主联军，解放军是我们的友军，我们有一个共同的目标，就是要打倒蒋介石，推翻南京政府，解放全中国！"①

受横山起义的影响，驻扎在波罗附近的国民党第十一旅的骑兵连，也在连长杨汉三率领下参加了起义队伍。

10月13日凌晨，驻石湾的陕北保安部队第九团副团长张亚雄、军需主任范止英、机枪中队队长许秀岐等人奉胡景铎之命，打开了城东暗道，把绥德军分区副政委高朗亭率领的接应部队两个营迎进城。经过激烈战斗，解放军控制了各制高点，逮捕了所有企图抗拒的武装人员，包围了保九团团部，迫使团长张子亚缴械投降。

当天上午，国民党米（脂）绥（德）子（长）三县联合党部总书记叶秀卿等反动分子被俘。石湾，这个横山东南交通要点，最靠近陕甘宁边区的军事重镇，宣告解放。

10月13日晚，绥德军分区一个营从石湾进抵保九团的另一驻地——高镇的外围。此时，驻守高镇的保九团中校团副秦悦文接到胡景铎的密信，信中要求他听从绥德警备区副政委高朗亭的命令。秦悦文便立即召集连以

---

① 曹谷溪：《横山起义的前前后后》，《解放军报》2012年4月23日。

上干部开会，宣布了起义的决定。14日凌晨，秦悦文和大队长吴凤德将各据点的700余人集合起来，迎接解放军进入高镇。高镇起义后，其外围海流兔庙、五龙山、韩家岔等小据点的驻军也宣布起义。

至此，横山起义按预定计划取得了完全胜利！

在胡景铎率领下，国民党陕北保安指挥部第九团和第二十二军八十六师、新编十一旅的起义官兵，共5000余人，从此走上了革命道路。

10月15日，在胡景铎的部队驻地波罗堡举行了各界联欢大会，庆祝起义成功。胡景铎在大会上的讲话中揭露了蒋介石、胡宗南奴役百姓、压迫人民、发动内战的罪行，会场不时响起"反对内战，驱逐胡宗南"的口号。习仲勋得知胡景铎起义成功的消息后，即同西北局后方工作委员会书记马明方等，联名向胡景铎致电，表示祝贺：

横山起义纪念碑

将军举反内战之大旗，率部起义，谨致慰问之忱！当此蒋介石一面召开其一手包办的伪国大，一面积极布置进攻延安之际，陕甘宁边区军民誓为抗击蒋胡进攻，保卫民主和平而斗争，深愿团结一致，共谋西北人民之安宁，以慰三秦父老之期望。①

10月23日，《解放日报》在头版以醒目的标题《胡景铎将军率五千义旅通电全国成立西北联军骑六师，解放土地5000平方公里、人口12万，誓为粉碎蒋、胡进攻实现民主而战》，向外界报道了胡景铎率部在横山起义的壮举。

10月下旬，胡景铎的起义部队到武镇集结进行整训，后改编为西北民

---

① 《习仲勋传》编委会编：《习仲勋传》上卷，中央文献出版社2008年版，第447—448页。

主联军骑兵第六师，胡景铎任师长，李振华、姚绍文为正、副参谋长，范明、师源为政治部正、副主任，张亚雄、魏茂臣、杨汉三分别为团长。[①]

11月4日，起义部队在武镇召开庆祝西北民主联军骑兵第六师成立誓师大会。贾拓夫代表中共中央西北局、边区政府、边区参议会及各群众团体到会，祝贺民主联军骑兵师成立，祝贺横榆地区十余万人民解放。横榆各地群众、龙镇第六乡自卫军、瓜园区基干民兵队、绥德分区文团秧歌队等携礼道贺表演。胡景铎宣布率部退出反革命内战，参加保卫陕甘宁边区的战斗行列。

12月17日，奉毛泽东之命，胡景铎率领由2100余名官兵组成的西北民主联军骑兵第六师调驻延安，部队所到之处受到边区各界的热烈欢迎。12月22日下午，部队到达延安时，受到西北局、边区政府、陕甘宁晋绥联防军司令部、西北财经办事处，以及延安党政军民代表的列队欢迎。周恩来、朱德看望了起义部队，并作了重要报告。12月24日，中央军委在延安枣园小礼堂举行了胡景铎和骑六师营以上干部参加的欢迎会，中共中央、中央军委领导人亲切接见了胡景铎等起义部队的领导干部。毛泽东在会上讲了话，对胡景铎和骑六师的起义给予了高度评价。

在欢迎会上，毛泽东拉着胡景铎的手，风趣地说：景铎同志，你能在

1946年12月17日，骑兵第六师高举"向毛主席、
朱总司令致敬"的横幅向延安进发

---

① 1947年，当胡宗南准备进入延安时，西北民主联军骑兵第六师奉命西进，不久编入第一野战军第四纵队，转战在关中一带。

敌强我弱的情况下，下邓宝珊的船，上习仲勋的船，你这个道路选择的是正确的。你们的行动给西北的旧军队指出了一条光明大道。毛泽东还说：美蒋那只船虽然大些，但是一只破船，一遇风浪就会沉没，德、意、日军国主义的失败就是明显的例证。我们这只革命的船现在还小些，但是崭新的，能够乘风破浪，胜利地前进！欢迎你们下大船上小船，克服困难，将革命进行到底！[①]

当时在延安的著名民主人士、爱国将领续范亭得知横山起义的消息后，特为胡景铎赋诗表示祝贺：

> 关中豪杰胡景铎，
> 意志如钢最坚决。
> 革命诚无愧乃兄，
> 义旗高揭横山缺。[②]

不久，西北局召开骑兵第六师党委委员和主要领导干部会议，习仲勋在会上传达了中共中央军委的指示，决定骑兵第六师移往甘泉县清泉沟继续整训，同时加紧军事训练，准备参加边区自卫战争。他特别要求师党委选拔一批干部到联防军去学习，再派一部分干部到兄弟部队参观，以提高他们的军事政治素质。

对于横山起义的重大意义，习仲勋后来曾作出这样的评价：

从整个解放战争的全局看，横山起义的规模不算大，但它的意义不可低估。因为这个起义发生在陕甘宁边区的北部战线上，发生在直接包围边区的国民党军队中，发生在敌强我弱，敌攻我守，敌人气焰十分嚣张的时候，发生在一些同志和朋友对中国革命的前途感到忧虑的时候。正是在这样的形势下，胡景铎响应党的号召，率领数千名官

① 《习仲勋在陕甘宁边区》编委会编：《习仲勋在陕甘宁边区》，中国文史出版社2014年版，第379页；《习仲勋传》编委会编：《习仲勋传》上卷，中央文献出版社2008年版，第448页。

② 《习仲勋传》编委会编：《习仲勋传》上卷，中央文献出版社2008年版，第448页。

兵高举正义的旗帜，义无反顾地投向党领导的革命队伍中来，这就不能不在政治上和军事上产生重大的影响。[①]

在胡景铎部横山起义的带动下，1945年10月到1946年10月的一年时间里，陕西国民党军队有近万人因反对国民党统治集团的独裁、内战政策而举行起义，参加到人民军队的行列。

在胡景铎率部发动起义的同时，人民解放军发起了榆（林）横（山）战役。

10月13日，边区主力部队在东线和北线同时发起进攻。当天，即扫清了横山城外围的敌人据点，横山城被陕甘宁晋绥联防军副政委张仲良率领的黄龙部队和三边部队所包围。14日至15日，全歼了前来增援的段德明部，并开展了强大的政治攻势，向守军新编十一旅骑兵团（团长王永清）交代了解放军的政策。15日，胡景铎又派王永清的好友乔国俊、杨俊享去横山给王永清送信，传达要王永清起义的命令。16日，王永清团以及地方势力共500多人宣布起义。横山县城解放。

10月15日，人民解放军攻占武镇，歼灭了国民党八十六师保安团何电营200多人和地方反动武装上百人，捣毁了流亡在此的米脂县县党部、县政府。

10月17日，边区主力部队和起义的胡景铎部队包围了无定河以南唯一残留的敌人据点响水堡，此处驻有国民党第二十二军的一个营。此时邓宝珊急令两个营增援。敌援军进至白界时，遭到解放军主力部队的包围。经过四个多小时的战斗，除敌指挥官及卫兵逃跑外，全部被歼。10月21日，解放军攻克响水堡。

至此，北线战役取得胜利。当时，鉴于邓宝珊部还有争取的可能，另外胡宗南在南线有发动大规模进攻的迹象，中央决定暂时放弃原定的攻占榆林计划。[②]

---

① 李凤权：《横山起义》，中国文史出版社1996年版，序，第3页。
② 《新民主主义革命时期陕西大事记》，陕西人民出版社1880年版，第389页。

横山起义和北线战役的胜利，解放了无定河以南12万人口、5000平方公里的地区，为陕甘宁边区军民保卫解放区的作战创造了广阔的回旋余地。

为了巩固横山起义后形成的榆横新解放区，中共中央西北局和陕甘宁边区政府决定设置榆横特别区。1946年10月31日，中共榆横特区委员会（以下简称榆横特委）在米脂县龙镇正式成立，刘文蔚为特委书记，白耀明为组织部部长，任秀明为宣传部副部长，朱侠夫为统战部部长，高凤山为民运部部长，李子川为军事部部长，薛克明为公安处处长。

10月31日至11月2日，榆横特委举行第一次会议，讨论了北线形势与新区方针问题、政权问题、地方武装人民自卫队问题、减租问题、对外工作问题，以及建党问题等，并作出相应的决议。会议决定，榆横特区内设镇川、横山两个县，各辖6个区；成立榆横政务委员会，暂时不归边区，将来视情况由人民决定之，其成立可由民主联军发起，召集各县代表会议选举之。[①]

根据榆横特委第一次会议决议，11月上旬，由西北民主联军骑兵第六师发起，经镇川、横山两县代表会议选举产生的榆横政务委员会成立，由胡景铎兼任主任[②]，王恩惠、曹雨山为副主任，赵彦卿、史文秀为委员，姬也力为政务秘书，杨沛琛为民政秘书，古国英为经建秘书，李丕仁为财政处副处长。榆横特区的军事领导机关——榆横军分区也同时成立，隶属榆横特委和陕甘宁晋绥联防军司令部，司令员由绥德军分区司令员吴岱峰兼任，政委由高朗山担任，副司令员由王心珉担任。

榆横特区所属的镇川、横山两县，都是新设的县制。镇川县以榆林县南的镇川、盐湾、鱼河、吴庄四个区和横山县东的响水、武镇两个区为辖区，全县共42个乡、171个行政村、542个自然村，常住人口5万多。县委

---

① 中共榆林市委党史研究室、任德存主编：《中共榆林历史（1919—1949）》，陕西人民出版社2004年版，第310—311页。

② 1949年3月，胡景铎受组织派遣，到榆林做国民党第二十二军官兵的统战工作。1949年5月5日任中国人民解放军陕北军区第二副司令员。新中国成立后，先后担任中国人民解放军第一野战军第四军副军长、军党委委员，中国人民解放军第一步兵学校训练部副部长，中国人民解放军天水步兵学校训练部副部长、干部训练队队长，陕西省交通厅副厅长等职。1972年8月任陕西省交通厅顾问。1977年7月6日逝世。

书记为李广业，副书记为黄志诚，县委辖镇川市委和吴庄等五个区委，全县共有党员300多名。县行政领导机构，先设政务委员会，由史文秀任主任，后改设为县人民政府，由王恩惠兼县长，辖镇川市政府和吴庄等五个区公署。新设的横山县，以县城、石湾、李先、威武、韩岔、波罗等六个区为辖区。县委书记为赵文献，副书记为郝玉堂，县委辖六个区委；县长李坤润，副县长李东原，县政府辖六个区公署。

榆横特委成立后，确定的发展总方针是"迅速巩固"，巩固的基础必须建立在发动群众、加强武装、改造政权、肃奸反特等基本工作上。根据这个总方针，横山、镇川两县的党、政机关迅速行动起来，领导人民摧毁、废除了国民党的各级保甲制度，建立了区、乡、村各级党、政、群组织。区设区公署，代表县政府处理辖区政务，配备正副区委书记、正副区长各1人；党内下设组织、宣传等科；行政下设生产、民政、教育委员，群众组织有妇救会和青救会等。

为了培养新政权的领导干部，特别是提高乡村基层领导干部的思想觉悟和工作能力，两县组织了乡村干部短期培训班，选送青年知识分子到榆横特委学习。为了进一步发动群众，巩固乡村民主政权，榆横特委领导两县开展了减租减息、土地改革运动和整党、地方武装建设、备战支前、对榆林国民党军的统战，以及培训两县基层干部等工作，取得了显著成绩，使榆横特区得以巩固和发展。①

---

① 中共榆林市委党史研究室、任德存主编：《中共榆林历史（1919—1949）》，陕西人民出版社2004年版，第311—312页。

解放榆林

榆林地处毛乌素沙漠南缘，西面和北面是茫茫沙漠，东南面遍布丘陵与沟壑。全国抗日战争胜利后，国民党部署在榆林的军队有左协中第二十二军、胡宗南集团第七十六师第二十八旅，以及地方保安团队，共有1.5万余人，其西、北、南三面还可分别与宁夏马鸿逵集团、绥远傅作义集团、胡宗南集团其他部队呼应。

国民党军驻守的榆林城，西临榆溪河，南、东、北三面环山，是贯通陕北、连接山西、绥远的重要交通枢纽。环绕榆林城的城墙十分坚厚，易守难攻，是军事防守的重要关隘。在城的周围，国民党军还建有不少坚固的据点。

中国共产党为了解放榆林城，进行了长达三年的斗争，期间经历了谈判—攻打—再攻打—再谈判的艰难曲折的过程，也付出了巨大的牺牲和代价，最终使榆林回到了人民手中。

一、争取邓宝珊未果

从1916年始，榆林城就一直是陕北镇守使井岳秀的驻地。到1936年2月井岳秀因枪走火去世时，他的部队为国民党第八十六师，全师约1.5万人，一度控制了陕北23个县。继井岳秀之后，由对共产党有好感、不赞成内战的高双成[①]担任第八十六师师长。1937年4月，国民政府令高桂滋部和高双成部对府谷、神木地区内的红军采取联合行动，企图切断晋西北与西北红军的联系。朱德、彭德怀得知此事后，联名致电高双成，希望他停止行动。随后，中共中央派周小舟与高双成在榆林会谈，双方达成了榆林和延安互不侵犯、共同抗日的秘密协议。高双成还在延安设立第八十六师办事处、在绥德设立第八十六师联络处，双方建立了友好关系。全面抗战爆发前，鉴于高双成的政治倾向，为了控制第八十六师，蒋介石派遣他的亲信徐之佳任第八十六师参谋长、包介山任政治处主任。从此，榆林守军与共产党的武装一直战事不断。

1937年10月，邓宝珊率部进驻榆林。当时邓宝珊任国民党第二十一军团军团长，统辖第一军并任军长。第一军实际含新十旅、新十一旅、第一六五师和第八十六师，共2万余人。1938年7月，为加强西北地区的防御力量，国民政府将第八十六师扩编为第二十二军，由高双成任军长（1945年1月，高双成病故后，由左协中继任），隶属第二十一军团。1938年10月，国民政府将第二十一军团部改为晋陕绥边区总司令部，由邓宝珊任总司令，总部仍驻榆林城。

邓宝珊是甘肃天水人，曾参加过同盟会和反对袁世凯的斗争。1924年，第一次国共合作形成后，时在冯玉祥国民联军第二军任师长的邓宝珊，就

---

① 高双成（1888—1945），陕西渭南（今渭南市临渭区）人。

在自己的部队中任用共产党员担任一定领导职务，如担任秘书长的葛霭云、担任副官长的杜汉山、担任军需部部长的杨晓初等。正因为有这样的背景，邓宝珊驻榆林后，与陕甘宁边区保持互助互让、和谐相处的睦邻关系，保持着友好的统一战线局面。

1938年5月，邓宝珊利用去西安之便，来到延安，受到毛泽东、李富春、周小舟等人的热情款待。此后，邓宝珊每次到西安、重庆开会，在途经延安时，总要停留数日。1943年，他还到了绥德，受到时任中共绥德地委书记习仲勋的热情接待。在邓宝珊的支持下，榆林和陕甘宁边区的友好往来也日益频繁。

邓宝珊明知自己的机要秘书汤昭武是中共秘密党员，但从不干涉汤昭武的活动，汤昭武甚至可以在晋陕绥边区总司令部的大院内召开党的秘密会议。邓宝珊的二女儿邓友梅秘密进入延安上学，并加入了中国共产党。她多次返回榆林，以半公开的共产党员身份在榆林活动，邓宝珊亦未加干涉。

全面抗战期间，邓宝珊所部与共产党领导的抗日部队密切配合，积极主动打击日本侵略者，共同守卫黄河防线。由邓宝珊指挥的国民党二十一军团伊东（内蒙古伊克昭盟东部）游击纵队，在黄河两岸与日伪军作战近百次，保护了陕北、伊克昭盟和陕甘宁边区的部分地区，与共产党领导的河防部队一起挫败了日军企图西渡黄河，进而占领西北的恶毒计划。

当时，邓宝珊与中国共产党领导人相互信任和相互支持的情况，可从毛泽东给邓宝珊的一封信中反映出来。1939年12月，当毛泽东得到日军可能侵犯西北的消息后，于当月5日致信邓宝珊。信的内容如下：

宝珊仁兄左右：

　　近日敌侵西北之消息又有传闻，谅尊处早已得悉。不论迟早，敌攻西北之计划是要来的，因之准备不可或疏。高明如兄，谅有同情。特嘱陈奇涵[1]同志趋调麾下报告防务，并将敝党六中全会之报告、决

---

[1]　陈奇涵（1897—1981），江西兴国人。时任八路军留守兵团绥德警备区司令员。

议、宣言等件带呈左右，借供参考。倘有指示，概祈告之奇涵。专此。

敬颂

戎绥

弟毛泽东　上

十二月五日①

在与共产党合力抗日的同时，邓宝珊还努力消除自己辖区与邻区的国共摩擦，使胡宗南、阎锡山对陕甘宁边区的几次包围、封锁均告落空。毛泽东对邓宝珊的友好行动十分赞赏。

在甘肃省档案馆里，保存着一封毛泽东在1944年12月22日写给邓宝珊的一封信。信是这样写的：

宝珊先生吾兄左右：

去年时局转换，先生尽了大力，我们不会忘记。②八年抗战，先生支撑北线，保护边区，为德之大，更不敢忘。去秋晤叙，又一年了。时局走得很快，整个国际国内形势都改变了，许多要说的话，均托绍庭兄专诚面达。总之只有人民的联合力量，才能战胜外寇，复兴中国，舍此再无他路。如果要对八年抗战作一简单总结，这几句话，鄙意以为似较适当，未知先生以为然否？何时获得晤叙机会，不胜企望之至。

专肃，敬祝

健康

毛泽东

十二月二十日③

---

① 《毛泽东书信选集》，中央文献出版社2003年版，第120页。

② 1943年，国民党反动派掀起第三次反共高潮。蒋介石于4月至7月，命胡宗南撤出与日军对峙的河防部队主力，在陕甘宁边区南面之邠县、铜川等地集结；命陕甘宁边区东北部傅作义之邓宝珊部准备夺占神木东南之盘塘等地，然后南北夹击陕甘宁边区。当陕甘宁边区的东、南两面国民党军进攻陕甘宁边区时，唯有邓宝珊从抗日的大局出发，没有积极进攻边区，有力地配合了陕甘宁边区打退国民党的第三次反共高潮。

③ 张全有：《毛泽东致邓宝珊的两封信》，《档案》1993年第12期。

全面抗战胜利后，蒋介石一面玩弄"和谈"阴谋，一面准备反共内战，最终于1946年6月发动对解放区的大规模进攻，并加强了对陕甘宁边区的包围和封锁。

为了改善陕甘宁边区的周边环境，拓展边区的发展空间，根据毛泽东的指示，中共中央西北局书记兼晋绥联防军政委习仲勋组织领导了北线工作，加强对国民党榆林驻军的统战工作，最终于1946年10月成功实现了陕北保安指挥部副指挥官胡景铎在横山率部起义，并通过榆（林）横（山）战役解放了无定河以南广大区域。

遭到沉重打击的邓宝珊，一时产生了报复心理。在胡宗南指挥下，紧急向陕甘宁边区调动部队。这一情况可以从高岗给邓宝珊的一封电报中得到证明。1946年10月17日，时任陕甘宁晋绥联防军政委的高岗，从延安向榆林的邓宝珊发去一封电报，其主要内容是："贵军刘迈千副团长率戴清芬营及杜大仁营、杨拂云、孙俊甫、景文棋等连，协同奇玉山部，猛攻靖边属巴兔湾一带，且有继续大举进攻模样。""已知榆林大修机场，部队纷纷调动，并传闻傅作义下令贵军南进，贵军亦有进攻边区计划，友谊破裂。不得已增调一部分兵力，以防万一。"[1]

在策动胡景铎横山起义成功后，中共中央西北局及时讨论了对驻榆林国民党军开展统战工作的必要性和可能性。习仲勋在会上指出：现在榆林工作比过去任何时候的条件都对我们有利。因为，榆林国民党方面目前面临三大无法解决的矛盾：第一，国民党政权与人民的矛盾。横山起义以后，邓宝珊失去了1/5的军队、1/4的地盘、1/3的人口，力量削弱了，而人民的负担加重了，人民对国民党越来越不满。第二，邓宝珊与胡宗南两大集团的矛盾。胡宗南企图拉拢邓宝珊，南北夹击陕甘宁边区，不断向榆林派兵派特务，名义上是加强榆林的防守力量，实际上是监视和控制邓宝珊，使得邓宝珊与胡宗南的矛盾激化。第三，榆林守军内部的矛盾。胡景铎率部

---

[1]　电文保存在甘肃省档案馆。见姜洪源：《毛泽东笑解邓宝珊"两打榆林"之惑》，《档案春秋》2009年第12期。

起义，在国民党第二十二军中产生很大影响。我们优待起义官兵和俘虏的政策，对第二十二军中、下级军官产生了很大的吸引力，他们许多人希望与我们保持联系，对邓宝珊、左协中的幻想逐渐在消退。而随着我军的胜利，解放区的扩大，榆林城会有越来越多的人愿意弃暗投明，各种可资利用的关系也会越来越多。

会议根据习仲勋的意见，经过讨论后确定对榆林的统战政策是：以军队为中心，巩固与加深已有的力量和关系，并利用新区与榆林军队众多的家庭与社会关系，发展新的力量，特别应加强榆方军队在新区的家属工作。[1]

在甘肃省档案馆里，保存着续范亭在1946年给邓宝珊的信和电报。这可以证明，为了争取邓宝珊早日起义，在延安的国民党爱国将领续范亭曾亲自出面向邓宝珊作说服工作。在续范亭10月21日给邓宝珊的信中，详细阐述了中国共产党领导人对他的殷殷之情。信中说："大家一致认为你是西北众望所归，惟一无二的适当人物。""以你的多年资望，智勇足备，清白高风，必能转易西北颓废之民气也。"希望"西北革命又树一帜"。11月6日，续范亭又致电邓宝珊，其中对榆林军队与西北野战军发生的小规模冲突作了解释。电文说："此次之误解与纠纷，实因种种原因凑成。""此间自得到兄之手函，毛、朱急命绥德前习（仲勋）政委赴绥（德）、米（脂）勘察一切，解决纠纷，现已大体就绪，并于前几日发表声明：并非进攻榆林。"[2]

11月3日、6日，中共中央西北局派罗明两进榆林城，同第二十二军谍报课长张旨晟（罗明的妻兄、左协中的连襟）分别在米家园子、鱼河峁进行会谈，并让张旨晟带去续范亭、胡景铎、曹又参、杨和亭、吴岱峰分别给邓宝珊、左协中和张云衢的信。

11月15日至16日，罗明又到榆林城，与邓宝珊、左协中、张云衢（第八十六师副师长、城防司令）面谈。经过交谈，具体了解到榆林驻军领导

---

① 汤家玉：《习仲勋与"榆林模式"》，《金秋》2018年第7期。
② 彦生、孟春霞：《一段"围榆打援"的史实钩沉》，《档案》2006年第4期。

人的情况：邓宝珊有起义之心，无起义之力；左协中有起义之心，无起义之胆；张云衢有起义之胆，无起义之门；徐之佳（第八十六师师长、蒋介石的嫡系、军统特务）顽固不化，坚持反动立场。

1947年1月，刘绍庭①与邓宝珊在榆林城南的刘官寨会谈，向邓宝珊面交了延安方面的函件。邓宝珊当即表示，不打内战，各守原防，但对起义一事不置可否。2月，罗明等再次到榆林同邓宝珊、左协中会谈，但两人对起义的态度仍不明朗，试图继续拖下去。3月，当榆横特委派人同邓宝珊、左协中等人接触时，邓宝珊、左协中虽然表示不进攻解放区，只坚守榆林，但又说如果蒋介石、胡宗南有命令要他们配合南线行动时，他们也需要应付一下，并且要求释放被关押的200名特务和反动分子。

这年3月，胡宗南部对陕甘宁边区发起了重点进攻。为了南北夹击陕甘宁边区，国民党决定加强榆林驻军的力量。4月，胡宗南将整编第二十八旅徐保部的两个团空运到榆林，同时在榆林军队中安插了众多的特务，对邓宝珊进行监视和控制。在这种情况下，毛泽东、朱德希望邓宝珊迅速起义，并希望他起义后能出任西北民主联军总司令。

为了争取邓宝珊起义，刘绍庭携朱德和续范亭的信再到榆林拜见邓宝珊，劝他当机立断，毅然起义，彻底归向人民阵营。但邓宝珊依然犹豫不决，一方面不想充当蒋介石反共内战的炮灰，一方面对国民党政权又有留恋，不愿意立即起义，只是在复信中表示："只要有机会，决当为人民革命事业尽一番力。"

在举棋不定的情况下，邓宝珊为了策应胡宗南的军事行动，命令其所部对陕甘宁边区采取了一些军事行动，并占领了边区的一些地方。

1947年7月21日至23日，中共中央在靖边县的小河村召开扩大会议（又称小河会议）。会议认真分析了战场形势，总结了全面内战爆发一年来的作战经验，并根据战局的变化，调整了战略部署，提出用五年（从1946年7月起）时间打败蒋介石集团。

---

① 刘绍庭（1893.9—1973.8），陕西绥德人。为爱国民主人士，是习仲勋的朋友，与邓宝珊熟识。

　　小河会议决定，原定开赴陕北的陈谢（陈赓、谢富治）纵队，改为南渡黄河挺进豫西，与刘邓（刘伯承、邓小平）、陈粟（陈毅、粟裕）三军并发，形成"中央突破，两翼牵制，三军挺进，互为犄角"的战略进攻态势，把战争引向国民党统治区，西北野战军由战略防御转入战略进攻。

　　为加强陕北战场的力量，小河会议决定，晋绥军区重新并入陕甘宁晋绥联防军，由贺龙任联防军司令员，习仲勋任政治委员；决定由彭德怀、习仲勋、张宗逊、王震、刘景范组成西北野战军前线委员会，以彭德怀为书记，西北野战兵团定名为"西北野战军"，彭德怀任司令员兼政委，张宗逊任副司令员，习仲勋任副政委，负责讨论政策与执行战略任务，使西北野战军进一步发挥吸引、牵制和逐步歼灭胡宗南集团的战略作用。

　　小河会议是解放战争时期处于转折关头召开的一次十分重要的会议。对于小河会议的意义，习仲勋后来有如下评价：

　　　　小河会议是在全国解放战争处在伟大时刻召开的，这次会议形成的指导人民西北野战军大举出击，经略中原，发展战略进攻的正确方针和加强西北战场的重要措施，反映了毛泽东等中央领导人关于把中央的决心与前线指挥员的见解有机结合起来的战争指导艺术。对我军在陕北战场迅速转入战略进攻，解放大西北，夺取全国解放战争的胜利有着重要的历史意义。[①]

　　为了实施在小河会议上制定的战略进攻总部署，调动胡宗南部主力北上，力求在运动中歼灭国民党军，中共中央和毛泽东命令晋绥军区第三纵队西渡黄河，归西北野战军建制。同时，指示西北野战军主力攻打榆林。

　　7月26日，彭德怀召集旅以上干部会议，对进攻榆林作出具体部署。他指出："在我围攻榆林时，如果胡宗南部按过去行进速度北援榆林，我军则有充裕时间攻克该城；如敌军增援迅速而未克，亦可调动其主力北上。"[②]

① 《习仲勋传》编委会编：《习仲勋传》上卷，中央文献出版社2008年版，第522页。
② 王焰主编：《彭德怀年谱》，人民出版社1998年版，第348页。

7月29日，彭德怀在位于马蹄沟的西北野战兵团司令部再次召集旅以上干部会议。他在讲话中指出："榆林战役的目的主要是诱敌深入，配合刘、邓及陈赓纵队南渡黄河，打烂敌人整个部署。我们拖住胡宗南主力深入榆林，有利于陈纵在陇海路站住脚和发展。"[1]

就这样，在邓宝珊依然犹豫不决之际，出于战争全局考虑，西北野战军只能以"打"的方式解决榆林问题。

二、一打榆林城

按照西北野战军前委的部署，进攻榆林的部队有：第一纵队（司令员张宗逊）、第二纵队（司令员王震）、第三纵队（司令员许光达）、新编第四旅（旅长张贤约）、教导旅（旅长罗元发），以及绥德军分区警备第四、第六团等，共有8个旅，约4.5万人。

西北野战军围攻榆林的具体部署：

（1）王震第二纵队、张贤约新编第四旅、罗元发教导旅向镇川堡、鱼河堡、归德堡、三岔湾、赵庄等外围据点攻击，然后第二纵队绕过榆林城东，向北、西北的城垣突击；新编第四旅向城东南攻击；以教导旅为预备队。

（2）张宗逊统一指挥第一纵队、绥德军分区警备第四团、第六团，以一部兵力攻击响水堡外围据点后，向榆林南、西南城垣攻击。

（3）许光达第三纵队独立第五旅，由沙家店经杏树塔、银匠崑攻击刘千河、青云山，独立第二旅西渡黄河后，攻击高家堡、乔岔滩，然后两个旅均向榆林城东攻击。

7月22日，西北野战军主力从靖边东移到子洲县的双湖峪、周家硷、水地湾集结。7月30日至8月4日，部队先后向指定战场攻击前进，决定于8月6日发起总攻。

获悉西北野战军分三路向榆林挺进的消息后，邓宝珊于8月2日紧急召开军事会议，决定放弃除神木城以外的所有外围据点，集中兵力固守榆林

---

[1] 王焰主编：《彭德怀年谱》，人民出版社1998年版，第348页。

城，并作出如下具体部署：

（1）第二十二军第八十六师负责东、西、北三面城防和城外东岳庙、官井滩的防务，由副师长张云衢任东城、北城指挥官。西城分为两段，大西门由保安第十三团团长张子亚任指挥官，小西门由警备司令部参谋长张博学任指挥官。

（2）第二十八旅防守榆林南城和城外的凌霄塔、三义庙、飞机场等据点。以八十二团团长刘松山任南城指挥官，八十三团团长敖明权任城外据点指挥官。

（3）八十四团团长王菊村率部驻城内南街，为总预备队。

（4）新十一旅二团由三岔湾撤回，防守金刚寺邓宝珊总司令部所在地桃林山庄。

8月6日清晨，各部进入指定防区后，邓宝珊亲自检查了城防工事。他要求守军在城墙上每隔300米堆放10多箱手榴弹；每夜在城墙外边间隔10米悬挂一个燃烧的炭笼；在城墙下端的炮台里布置重机枪，对城外构成交叉火力。全体守军严阵以待，坚守榆林城。

8月6日，西北野战军主力各部开始向榆林城外围据点发起进攻。第一纵队向城南九一八高地和飞机场逼近，新编第四旅攻占了青云山、金刚寺。第二纵队迅速将撤至赵庄、三岔湾一带的国民党新十一旅二团和二十八旅一个营包围，战至下午三时，将其全歼，俘团长周效武，并乘胜攻占了城北的镇北台、红石峡、北岳庙等阵地。

第三纵队在8月6日发起进攻前，司令员许光达专门召开作战会议。会上，许光达强调：这是三纵调入陕北的第一次战斗，是保卫党中央、毛主席的战斗，一定要打好。根据会上拟订的作战计划，二旅旅长唐金龙命令三十六团攻击乔家岔，十七团攻击高家堡，二十一团作为预备队，于当日晚发起攻击。

战斗打响后，敌军凭借坚固工事负隅顽抗，激战一天，未分胜负。许光达认真分析敌情后，决定改变打法，部队合力攻打高家堡。经过紧张激烈的战斗，高家堡最终被攻克，毙伤敌200余人，俘国民党陕北警备司令张子英、第二十二军二五六团团长李含芳以下1400余人。[①]

蒋介石深恐丢失榆林影响整个西北战局，急忙于8月7日飞抵延安，召开紧急军事会议，部署保卫榆林的计划。会议决定：命令邓宝珊固守待援；命令胡宗南调整编第一军、第二十九军共八个旅，从安塞、保安分路向绥德、佳县方向急进；另以钟松第三十六师由左翼沿长城东进，侧击西北野战军，待榆林解围之后再南下与北上的主力会合，在榆林、米脂、佳县之间的三角地区围歼西北野战军主力。钟松得令后，急率两个旅组成快速兵团，轻装疾进，经靖边出横山县城北上，沿长城星夜兼程驰援榆林。

8月7日晚10时，西北野战军第一、第二纵队分别向榆林城外重要据点凌霄塔、官井滩发动进攻。同时，在西沙梁架起数门迫击炮向城内轰击。当晚攻占了飞机场、三义庙、东岳庙和官井滩等阵地，基本完成了对榆林城的包围，唯有凌霄塔未能攻破。

凌霄塔是榆林城南的最高点，站在塔上榆林全城便可尽收眼底，其地理位置非常重要，塔上的火力射程可覆盖半个城区，因此国共双方的军队均不惜一切代价展开争夺战。从8月7日至9日，凌霄塔几次易手，双方均有很大伤亡。西北野战军最终未能攻下凌霄塔。

榆林城内的凌霄塔

8月8日下午，国民党第八十六师副师长张云衢率两个营反攻城北东岳庙、官井滩阵地，双方激战至9日零时，张部在死伤惨重的情况下，即将东岳庙、三义庙、官井滩的民房和小西门外的龙王庙，一律放火焚毁。北关居民的房屋就此损失殆尽，被迫移入城内。

8月9日，彭德怀向中央军委报告：榆林城坚，东、北两面沙漠，西、南两面水坑水道，不易进行攻城。现钟松增援甚急，决以两个旅继续围城，

---

① 贺斌：《许光达率第三纵队扬威西北》，《湘潮》2017年第5期。

集中六个旅先歼灭援军后再攻城。[①]同日，中央军委同意以一部围城，主力先打钟松，后打榆林。

10日晚10时，西北野战军主力开始对榆林城发起进攻。负责从北城和东城进攻的第二纵队、第三纵队和新编第四旅，采取强攻和爆破的方法，但均未奏效。11日凌晨3时许，进攻西城的第一纵队三五八旅七一五团用炸药炸开了小西门，三营九连在连长薛占魁带领下猛扑进城，与守军展开激烈巷战。但因敌人的炮火十分猛烈，加之后续部队进城受阻，九连战士受到敌军的四面包围，陷于孤军奋战的境地，30多人当场牺牲，最终有80多人经苦战后突围到城外。连长薛占魁受伤后被俘，最后壮烈牺牲。

8月11日，彭德怀致电中央军委报告："如董（钊）、刘（勘）两军徘徊不进，今日晚再攻城；如（援）敌在13、14日可到，决围城打援。"[②]当晚，西北野战军再度攻城。在夺回凌霄塔高地（塔身仍未夺回）的同时，利用重机枪和西沙梁增设的平射炮交叉火力，向小西门附近城墙上猛烈扫射、轰击，掩护部队架云梯攻城和组织爆破。但因爆破未成功，攻城部队遭到重机枪火力网的封锁不能靠近。由高家堡进抵榆林参战的第三纵队独二旅负责进攻东门，也因地形不熟、云梯缺少未能成功。

鉴于这种情况，中央军委在给彭德怀电报中指出："榆林非急攻可下，似宜决心暂停攻城，集结七个旅准备于12日夜或13日打钟松。"[③]

8月12日，国民党军钟松部第三十六师的快速兵团已抵达榆林西南15公里的苏庄子、天鹅海子一带，胡宗南部第一、第二十九军也已经越过青阳岔、安定向榆林急进。在这种情况下，西北野战军原拟于运动中歼灭国民党第三十六师的战机已失。

不过，通过攻打榆林城，调动胡宗南主力北上的战略目的已经达到。为争取主动，另寻战机，西北野战军根据中央军委的指示，于12日黄昏时分主动撤围榆林城。第二纵队向常乐堡、神木方向移动，以诱敌继续北上；其他部队向榆林东南及米脂沙家店一带集结待机。

---

① 王焰主编：《彭德怀年谱》，人民出版社1998年版，第348页。

② 王焰主编：《彭德怀年谱》，人民出版社1998年版，第349页。

③ 王焰主编：《彭德怀年谱》，人民出版社1998年版，第349页。

此次攻打榆林城的战役为期六天，西北野战军以伤亡1890人的代价，歼灭国民党第二十二军两个团和第二十八旅两个营，毙伤2000余人，俘虏3200余人，收复和解放了横山、响水堡、归德堡、高家堡等地区，完成了调动胡宗南主力部队北上和配合陈谢兵团[①]南进的任务。

三、二打榆林城

西北野战军主动撤围榆林后，主力隐蔽地撤到榆林东南、沙家店西北地区，待机歼敌。同时，以一部分后方机关一部伪装成主力，从佳县以北东渡黄河，给国民党军造成西北野战军主力已经放弃榆林，到了黄河以东的错觉。

国民党方面果然上当，认为西北野战军主力已"仓皇逃窜"，遂令其援榆部队加紧追堵。1947年8月15日，国民党军进占绥德后，除以整编第一师留驻绥德外，其余由援榆集团总指挥、第二十九军军长刘戡率领，分路向佳县方向推进。

8月17日，中共中央和西北野战军总部根据国民党军调动和前进的方向，部署了沙家店战役。从8月18日开始，敌我双方在沙家店一带展开激战。至20日结束，西北野战军取得歼敌6000余人的战绩。

沙家店战役是扭转陕北战局的关键一仗，"对西北战局有决定意义，最困难的时期已经过去了"[②]。以沙家店战役的胜利为标志，边区军民基本粉碎了国民党军对陕北的重点进攻，西北野战军从此由内线防御转为战略反攻。

榆林、沙家店战役结束后，西北野战军又进行了黄龙战役、延清战役等，在陕北、关中、陕南多次消灭国民党军队。胡宗南不得不一再调整军事部署，不断向南收缩战线，将徐保的整二十八旅调离榆林，与董钊、刘勘所部一道南撤。如此一来，榆林城守军已经不足9000人，而且面临孤悬陕北、就近无援的局面。

---

① 陈谢兵团成立于1947年7月27日，由陈赓任司令员，谢富治任政治委员，其主力为晋冀鲁豫西北野战军第四纵队、第九纵队。

② 《毛泽东年谱（1893—1949）（修订本）》下卷，中央文献出版社2013年版，第220页。

于是，西北野战军决定二打榆林城。

10月13日，西北野战军司令员兼政治委员彭德怀致电中共中央军委，提出集中六个旅攻打榆林、神木的计划。①当日，毛泽东为中共中央军委起草了复彭德怀并告贺龙、习仲勋电，同意彭德怀于本日提出的集中六个旅北上打榆林、神木的作战计划，并指示：

> 行动时间，须待刘戡南下到达延安附近时，我军开始北进为有利。如刘戡在现地徘徊，则似宜先打宜川引其南退，然后打榆神。②

10月15日，彭德怀与张宗逊致电西北野战军第一纵队司令员贺炳炎，以及廖汉生、许光达、罗元发、徐立清、张贤约，指出：野战军主力以夺取榆林、神木之目的，18日由现地出发，20日集结绥德附近。敌侧向侦察已收成效。为保障战役之秘密，本部及各纵、旅、团电台，一律停止联络七天。③

10月下旬，西北野战军准备发动第二次攻打榆林的战役。

根据毛泽东和中共中央军委的指示，西北野战军此次进攻榆林，目的是消灭国民党第二十二军，进而解放神木、府谷，彻底解决北线问题，为中共中央及西北野战军创造一个稳固的后方。然后，再挥师南下，先收复延安，再解放西安。这一作战任务确定后，在中共中央西北局和西北野战军总部统一领导下，西北野战军、陕甘宁晋绥联防军、绥德地方部队以及民兵，立即开始进行二打榆林的战役准备。

得知西北野战军即将再打榆林的消息后，邓宝珊急忙指示由第二十二军军长左协中、第八十六师师长徐之佳、总司令部参谋长俞方皋和总部高参胡景通共同指挥部队，由左协中负全责。然后，他亲自乘飞机从榆林赶往张家口，找到华北"剿总"司令傅作义，请求增兵榆林。傅作义决定派出一个暂编师前往榆林，同时说服了宁夏的马鸿逵派出部队支援邓宝珊。

---

① 王焰主编：《彭德怀年谱》，人民出版社1998年版，第357页。
② 《毛泽东年谱（1893—1949）（修订本）》下卷，中央文献出版社2013年版，第243页。
③ 王焰主编：《彭德怀年谱》，人民出版社1998年版，第358页。

10月22日至24日，西北野战军第一纵队、第三纵队、第六纵队（由教导旅和新四旅组建）及绥德军分区第四、第六团，先后由绥德向榆林开进。

10月27日拂晓，西北野战军开始对驻三岔湾的国民党军新十一旅第二团二营发起攻击。守军在西北野战军强大火力的打击下，很快败退至飞机场。经过激烈的争夺战，飞机场被西北野战军占领，一架运输机被击毁。

10月29日，榆林城外围的据点归德堡、三岔湾、五里墩、九一八高地、青云山、金刚寺、无量殿、常乐堡、红石峡等，均被西北野战军攻占。为了就近指挥战役，西北野战军司令部由绥德的清水沟移至榆林东南的韩家畔。

此时，国民党晋陕绥边区总司令邓宝珊尚远在张家口，担任榆林城防守备的军队是：第八十六师高凌云二五七团，防守城外东南的凌霄塔阵地；第八十六师副师长张云衢指挥二五六团和军师直属部队，防守东城和北城；新十一旅第一团防守西城，第二团一营防守南城，第二团第三营防守北门外解振翔住宅和官井滩。

10月30日晚5时许，西北野战军第一纵队三五八旅、独一旅和第六纵队新四旅的七七一团，分别对三义庙、凌霄塔发起攻击。守军凭借明碉暗堡与地道相结合的强固工事，进行顽强抵抗。西北野战军采用坑道爆破、排炮轰击、肉搏冲锋等战术反复争夺，战至次日晨8时，才将三义庙、凌霄塔攻占。守军二五七团被歼过半，残部由石佩玖团掩护逃回城内。第二十二军军长左协中见情况危急，紧急电令驻神木城的二五八团星夜援榆。11月1日拂晓，当敌二五八团进至城郊时，被西北野战军歼其一部，余部窜入城内。

11月2日黄昏，西北野战军利用凌霄塔、三义庙有利阵地，集中火力进行强攻。第一纵队和第六纵队向城南和城东南主攻，第三纵队向城东和城北助攻。由于事先未发现城上有很多暗火力点，西北野战军的数次冲锋皆因遭到侧射火力的狙击而受阻，再加之攻城云梯长度不够，以及守军从城墙上甩下的手榴弹和迫击炮弹使部队受到伤亡等原因，使攻城部队难以突破。与此同时，支援榆林守城部队的国民党空军，奉命从归绥（今呼和浩特）、太原、延安、西安起飞，对西北野战军阵地进行狂轰滥炸，也大大增加了攻城的困难。战斗进行到11月3日3时许，西北野战军仍未能突破城防，遂决定停止强攻，改挖坑道。

根据战役的进展情况，11月2日，毛泽东致电彭德怀、张宗逊，指示他们置有力部队于榆林城北，准备打邓宝珊所率的傅作义绥远援兵。当天晚上8时，毛泽东为中共中央军委起草致彭德怀、张宗逊电，指示："邓宝珊东晚①八时抵扎萨克，据称援兵陆续赶到。你们除以主力攻城外，必须以有力兵团准备打邓援兵，务不使入城。"11月4日，毛泽东又为中共中央军委起草致彭德怀、张宗逊电，电文说："你们应将重心放在打援方面，只要援敌歼灭榆城可从容解决。"可见，毛泽东和中共中央军委的意图主要在于打敌援军。

11月5日，毛泽东再为中共中央军委起草致彭德怀、张宗逊电：

> 如十个团打邓、八个团攻城确有把握，并于灰日②以前取得打邓、攻城两项胜利，则可照你们原定计划执行不变；否则应改变计划，停止攻城，集中全力先打邓再打马③，然后攻城。④

11月8日，西北野战军冒着敌人飞机的轰炸扫射和守军的火力封锁，在城东南角魁星楼附近完成了长达60米和120米的两个坑道。当晚12时，第二次发起攻城战斗。

独一旅采取坑道爆破的方式取得成功，炸塌南城墙宽约20米的缺口，西北野战军在炮火掩护下随即发起冲锋。战斗进行得异常激烈，敌我双方均有较大伤亡，最终守军以死伤700余人的代价守住了阵地。

新四旅所挖的坑道，因炸药包距坑道尽头远了一些，引爆后在城墙外三四米处爆炸，未能将城墙炸开缺口，但却把守城敌军震昏约半小时。不

---

① 即1日晚。

② 即10日。

③ 即先打邓宝珊再打马鸿逵。

④ 《毛泽东年谱（1893—1949）（修订本）》下卷，中央文献出版社2013年版，第248—249页。

过，因西北野战军后续攻击部队未能及时登城，错过了战机。

此时，宁夏马鸿逵部整编第十八师、骑兵第十旅、宁夏保安第一总队共约3.5万人，在第十八师师长、马鸿逵之子马敦静率领下，正在经三边东进援榆。根据中共中央军委指示精神，西北野军主力于11月12日黄昏放弃攻城，移兵西进，准备伏击宁夏马鸿逵的援榆部队。

1947年11月，西北野战军在元大滩
阻击马鸿逵部援榆军

11月13日下午，西北野战军第一纵队三五八旅七一四团、七一五团与马鸿逵援榆的先头部队遭遇，经激战后将其击退。14日，西北野战军第一纵队与马鸿逵第十八师在榆林巴拉素乡的元大滩展开了激战。敌军借着骑兵优势，在旷野上东突西冲、左砍右劈。参战西北野战军皆是步兵，又因缺乏与骑兵作战的经验，因而被敌军骑兵肆意追杀，致使伤亡惨重。正在形势危急之时，忽然狂风大作，黄沙扑面，敌军的人马被风吹沙打得睁不开眼睛。西北野战军将士乘势进行反击，敌军只得向西撤去，准备寻机再行援榆。此次伏击战，马鸿逵部死伤、被俘、逃散约5000人，野战军缴获敌迫击炮10多门、轻机枪70多挺。

再说邓宝珊，在得到傅作义的支援后，他亲率傅作义部暂编第十七师约6000人从包头出发，于11月1日晚抵达扎萨克旗，后又日夜兼程，急速奔赴榆林，于11月12日在榆林城北的庙嘴子、三道河则一带，与马敦静率领的援军会合，共同支援榆林城。

　　根据这一情况，11月16日，毛泽东为中共中央军委起草致彭德怀、张宗逊电，指出："在十八师向榆林靠拢情况下，我军宜乘虚进攻三边。该地只有几个保安团，较易解决，并吸引十八师回援，歼其一部。该地为十八师准备的粮食必不少，吃的问题可能解决。"[1]

　　据此电，彭德怀命令由黄龙山区北上的第四纵队经安定向三边挺进，与三边军分区部队共同作战，夺取了三边部分地区，迫使支援榆林城的马鸿逵部回援三边。西北野战军也撤离榆林战场，进行休整。

　　第二次攻打榆林城的战役结束。

　　此役，西北野战军共歼敌6800余人。而西北野战军自身也付出了重大代价，伤亡4300余人。

榆林烈士陵园大门

四、和平解放榆林

　　西北野战军发起的两次攻打榆林城的战役，虽均未将榆林城攻克，但极大地削弱了榆林城国民党军的防守力量，也动摇了守军的抵抗意志，为和平解决榆林问题创造了重要条件。

　　为了加速和平解放榆林的进程，中共中央西北局于1947年12月15日在镇川刘家湾村召开会议，决定撤销中共榆（林）横（山）特委，成立中共

---

　　[1]　《毛泽东年谱（1893—1949）（修订本）》下卷，中央文献出版社2013年版，第251页。

榆林工作委员会（简称榆林工委），由朱侠夫①任工委书记，吴岱峰、罗明、常远亭、高林为委员，专门负责对榆林国民党第二十二军的统战工作。在会上，习仲勋为榆林工委确定了"政治上争取，军事上围困，争取其起义"的工作方针。

1948年3月17日，陕甘宁晋绥联防军改称"中国人民西北野战军陕甘宁晋绥联防军区"（同年11月改称"西北军区"），贺龙任司令员，习仲勋任政治委员，下辖晋绥、吕梁、绥蒙军区和延属、绥德、三边、陇东、关中、黄龙等六个军分区。

4月，西北野战军收复延安后，西北局统战部改称城市工作部，由习仲勋兼任部长。为了达到和平解放榆林的目的，习仲勋两次致函邓宝珊和左协中，要他们认清共产党必然胜利、国民党必然失败的趋势，希望他们速下决心脱离国民党阵营，率部起义。但是，邓宝珊和左协中仍顾虑重重，犹豫不决。

从1948年5月开始，西北军区所属第三十九团先后进行了耳林滩、三卜树、忽惊兔、三岔湾、尤家峁、野目盖、十八墩等战斗，解放了榆林城以南刘千河、古塔、刘官寨、余新庄等地，迫使驻榆林的国民党军只能龟缩在榆林城内。同时，伊盟、三边军分区合作，铲除了流窜陕西、宁夏、绥远交界地带、祸害百姓的张廷芝、高怀雄、马甫、周玉清、郭振华、王二娃、鲁仰尼等反动组织自卫团和土匪武装，发动和组织群众建立了人民政权。

这年8月，榆林城的防守力量因两个方面的变动发生了重大变化：一是邓宝珊奉华北"剿总"司令傅作义之命，离开榆林前往北平，就任华北"剿总"副司令，并调第二十二军第二二八师移驻包头；二是马鸿逵将协防榆林的宁夏保安第二纵队的两个团调回宁夏。如此一来，榆林城内仅剩下国民党晋陕绥边区总司令部、第二十二军军部及下属的第八十六师，共5000余人，守备力量更加薄弱。

---

① 朱侠夫（1911—1977），陕西榆林（今榆林市榆阳区）人，1927年加入中国共产党。时任中共榆横特委副书记。

此时，榆林城内人心惶惶，传言四起。有人说，共产党就要杀进榆林城了，要"共产共妻"，对资本家的财产要没收、人要坐大牢。还有人造谣说，投降中共的胡景铎、田子亨、李含芳、周效武等人被共产党活埋了；共产党对战场上投降的国民党军，无论是长官还是士兵，一律枪杀。也有人传播，第二十二军和西北野战军打了两仗，西北野战军死了好多人，要和第二十二军秋后算账，有许多人已经上了共产党的"黑名单"，等等。

在这种情况下，榆林城守军的将领们人心动荡，莫衷一是。第八十六师二五七团团长高凌云等人提出，尽早与中共谈判，和平解决榆林问题；晋陕绥边区参谋长俞方皋主张不战不和，北撤到绥远，保存实力；也有人主张，像前两次一样，坚守榆林城，等待外援，与西北野战军血战到底。

此时，肩负防守榆林城重任的国民党第二十二军军长左协中也是左右摇摆，举棋不定。一方面，他深知榆林这块弹丸之地，最后肯定是守不住的；另一方面，他认为前两次与西北野战军作战，他自己是指挥官，恐怕起义后共产党会追究他的罪责，因而更倾向于俞方皋的方案。

在榆林城军心浮动，军长左协中又左右为难的情况下，必须给予榆林守军必要的军事打击，才能迫使其接受和平谈判。在中共中央西北局和西北军区领导下，以榆林军分区第三十九、第四十团共2000多人为骨干，三边、绥德军分区部队、武工队和民兵积极配合，在榆林城周围构建起一个严密的军事封锁圈，将榆林城包围得水泄不通。

同时，经过战斗，消灭榆林城外围敌军500多人，从而进一步扫清了榆林城外围的国民党军据点。到1949年3月，围城的西北野战军对榆林城东南的炭窑和飞机场实行了军事封锁，中断了榆林守军唯一的军饷和武器来源。在榆林城处于孤立无援的情况下，晋陕绥边区参谋长俞方皋决定实施他的不战不和方案，遂率领部分人员试图突围出城，然后北上，结果被西北野战军打了回去。

在进行军事围困的同时，榆林工委还积极采取措施，从不同方面加强对榆林守军的统战工作。

对于国民党第二十二军高层领导的争取。榆林工委派遣罗明等人多次冒着生命危险潜入榆林城，与左协中、高凌云、张云衢等守军高级将领秘密会谈，宣传中国共产党的有关政策，劝说他们顺应大势，弃暗投明。起义军官胡景铎等也带着习仲勋给左协中的信件进入榆林城，亲自找左协中谈心。

在第二十二军内部的秘密工作。榆林工委通过共产党员、时任晋陕绥边区总部秘书的汤昭武，在第二十二军官兵中秘密发展党员，建立起党的地下组织。地下党员利用亲朋关系私下开展活动，争取到第二十二军军部的程蔚青、赵德义和无线电排、电台、有线电总机班官兵叶裕民、丁炎熙、崔文水、黄英侠、刘营财等，以及军部译电员杨根铭等参加了地下工作，从而可以利用第二十二军的电台，建立地下情报通讯队伍，将榆林地下党搜集的有关驻榆部队的驻防、调动、官兵思想动态，以及国民党上级给第二十二军的指示等重要情报发往延安，使中共中央对第二十二军的情况了如指掌。榆林工委还建立起多渠道、多层次的情报队伍，使得城内、城外的情报组织密切配合，加强了情报转送、掩护地下工作人员活动等工作。

对榆林城内群众的工作。1948年12月，榆林工委遵照西北局的指示，为了制止第二十二军北逃，争取该军就地起义，发动群众开展了榆林和平促进运动。在地下党员周济信、汤昭武、高广昌的领导下，由李文正、张文炳负责，公开成立了"榆林和平促进会"，成员有曹鸿义、武震九、郭季宁、尤德、黄义君等。这些人经常深入街头巷尾和居民家中，传播西北野战军在全国取得大捷的消息；向守军官兵及其眷属宣讲"和平解放榆林是人心所向，战争解放榆林是民怨沸腾"，鼓动守军官兵要求榆林军政当局立即派出代表与西北野战军谈判，解放榆林。此外，还在城内到处散发、张贴《告榆林同胞书》《促进榆林和平解放宣言》等，发动群众参加"反饥饿，反内战""反对拉壮丁，反对摊派军粮"等游行示威，甚至还组织了向毛泽东、党中央发致敬电的万人签名运动。

加强军民联系及护城工作。1949年4月，榆林和平促进会组织榆林师范、榆林中学、榆林职业中学的学生代表团，出城慰问西北野战军，表达了欢迎西北野战军早日解放榆林的愿望，受到刘长亮、吴岱峰、黄罗斌等党政军领导人的热情接见和激励。榆林和平促进会还根据榆林工委的指示，在邮电局、修械所、印刷厂、职中等单位秘密组织护厂队、护校队、治安队，进行反破坏斗争。

动摇国民党军心的工作。为了促进榆林尽快实现和平解放，榆林工委广泛开展了"寻人运动""二十二军自救运动"等，组织人员向驻军营地散发传单，并印发"解放官兵通行证"，设立"解放官兵招待所"，对反战投诚的官兵实行优待奖励政策。组织国民党军中起义或被俘的军官胡景铎、田子亨、郝登阁、贾世柄、李含芳、周效武等，到第二十二军军部现身劝说。当现身劝说人员讲到伊盟乌审旗国民党军司令奇玉山三次被我军俘虏，又三次被释放，其妻、女、儿仍获优待的事实，使第二十二军官兵深感震惊。在攻心战术的实施和共产党政策的感召下，驻三岔湾国民党别动队的一个中队40人，驻金刚寺晋陕绥边区总部特务营侦察连副排长旦云章率80人，总部留榆机关团（驻三岔湾）孔芳亭、郑义厚、苗洛山、甄载明等50多名官兵，举行起义，弃暗投明。

在榆林守军内外交困之际，中共中央西北局书记习仲勋、西北野战军副司令员赵寿山、边区政府副主席杨明轩，先后致函邓宝珊和左协中，说明起义是大势所趋、人心所向，劝告他们早日举义，完成大业。但邓宝珊、左协中仍然是坐观动态，不置可否。

1949年1月，平津战役进入尾声。邓宝珊受傅作义之托，与中国共产党代表进行和平谈判。1月31日，傅作义、邓宝珊在北平宣布起义。至此，邓宝珊才彻底放弃了坚守榆林的幻想。2月21日，邓宝珊向左协中发电指示：榆林问题已与中共中央交谈过，着转你们加强保卫地方，听候安排。

左协中此时才开始清楚地认识到，摆在他面前的只有两条路，要么起义，要么被消灭，没有第三种可能。当月，左协中即派第二十二军主任秘书孔芳亭作为自己的个人代表，秘密到镇川与榆林工委进行谈判。榆林工委当即明确表示，不接受私人代表的谈判，谈判代表必须是第二十二军派出的高级军官，而且谈判必须以三个条件为基础：一是真诚执行毛泽东主席的八项和平条件，听共产党指挥；二是逮捕徐之佳等首要特务分子，为整个和平解决榆林问题扫除障碍；三是释放赵通儒[①]等一切革命的"政治犯"。

左协中得知共产党的要求后，为了表示和谈诚意，很快释放了赵通儒以及同时被关押的米国选、王耀清等人。左协中还特意设宴为他们饯行，然后派人将他们送到驻三岔湾的西北野战军驻地。然而，由于第二十二军主要负责人意见有分歧，特别是徐之佳坚决反对，起义之事一直处于议而未决的状态。

在这种情况下，中共中央西北局决定继续围城，在军事上向城内国民党军施加压力，同时继续采取力争榆林和平解放的方针，在政治上进一步争取其上层开明人物，孤立打击少数死心塌地的反共分子，影响教育下层官兵。

2月25日，根据中共中央西北局的指示，榆林地委和榆林工委派罗明、田子亨进入榆林城，分头接触中上层军官和部分政教人员，联系军中的共产党员，掌握第二十二军的动态。3月，榆林工委发动驻榆部队官兵的家属、亲戚、朋友等，通过各种渠道动员官兵投诚起义。[②]

4月上旬，榆林工委、榆林地委根据中共中央西北局的指示，派罗明、田子亨等人再进榆林城，敦促第二十二军尽快派人谈判。左协中虽然举棋不定，可是在各方的压力下，又看到国民党大势已去，终于同意派人进行谈判。

4月21日，人民解放军横渡长江。4月23日，人民解放军占领了国民党的统治中心南京，国民党在大陆的末日即将到来。这种情况对于争取左协中起义十分有利。于是，习仲勋再次委派胡景铎带着自己的亲笔信到榆林，督促左协中派代表进行谈判。与此同时，邓宝珊也力促左协中速下决心。直到此时，左协中对国民党的幻想才彻底破灭，决定率部投诚。

---

① 赵通儒（1909—1969），陕西子长县人。1925年加入中国共产党。1946年，时任中共伊盟工委书记兼伊盟东进指挥部总指挥的赵通儒，被叛徒以"共商解放乌审大计"为诱饵，骗至乌拉尔林后，与他同去的十几人均遭王永清逮捕，被押送榆林，关在狱中。

② 中共榆阳区委党史编纂办公室：《中国共产党榆阳历史》第1卷（1925—1949），陕西人民出版社2012年版，第159页。

4月下旬，左协中委派第二十二军参谋长张之因、军部军务处处长鱼勃然、军部谍报科科长张旨晟、军部秘书雷无尘四人组成榆林和平谈判代表团，并拟定四条谈判原则：（1）起义后暂住榆林，短期训练完再调动；（2）政工人员随时另派，其余人事暂维现状，必要时再调整；（3）请延安立即补给粮秣；（4）原榆林专署旧人员，除特工人员外，量才录用。

鉴于双方代表即将进行实质性接触，中共中央西北局书记习仲勋遂致电中共中央，提出力争和平解决榆林问题的设想："一则我们一个相当时期内尚无可能抽出足够兵力解决榆林问题，如榆林问题获得解决则宁马势必撤出三边，而伊盟亦可早日解放。二则得以和平完善地接管榆城，减少破坏。三则对榆左（协中）这样与我有十多年关系的军队，如果解决得适当，政治影响会更好些。"①中共中央批准了习仲勋的请示。

5月2日，第二十二军和平谈判代表团随罗明南下镇川。榆林地委、榆林工委按照中共中央西北局和西北军区的指示，力争就地谈判，但是第二十二军代表团却执意要在延安进行谈判。5月5日，朱侠夫、罗明与第二十二军和平谈判代表团同赴延安。5月6日，习仲勋接见了国民党第二十二军的代表团，对该部屡失良机表示惋惜，希望这次能够最终解决问题。

为了加快谈判进程，西北局随即组成以西北军区参谋长张经武为团长，西北局副秘书长曹力如为副团长，李启民、朱侠夫、罗明为团员的代表团。从5月10日开始，遵照中共中央公布的《国内和平协定》（最后修正草案）的条款精神，西北局军区代表团同第二十二军代表团正式进行谈判。

5月12日，习仲勋致信榆林分区领导，提出谈判的具体政策：（1）榆林问题已接近最后协议，第二十二军仅先就左世允可控制的整编一个师，余侯将来再说，其地方团队不在该师整编之内，统归榆林分区接收处理。（2）地方团队经郝、雷进行工作，争取主动改编极为重要，其编制原则以我军为基干编组消化，而不是原建制不动或单独编一支队伍，其军官选择好的留用，坏人资遣，其他集训，予以改造，务希妥为安置。其士兵老弱

---

① 转引自汤家玉：《习仲勋与"榆林方式"》，《党史纵览》2017年第12期。

残废及有嗜好传染病者，或个别地富反动分子，统予遣散，其中罪恶重大者务须向人民悔过并交回地方人民监督转变，其坚决不愿干者准予解甲归田。编制时间不宜过早，侯榆林代表归后再动，如此，则他们互相挟制，更对我解决问题有利。否则，该团队可能提出过高要求，或以早起义来抬高价钱。总之，榆林问题已接近最后解决，务须妥善掌握。"①

不料，5月15日，左协中突然电告张之因停止谈判，即日返榆。过了一天，5月17日，左协中又复电张之因，令其继续谈判。鉴于左协中态度的反复，双方代表团商定并经中共中央西北局同意，决定同往榆林继续进行谈判。

5月22日，当代表团赴榆途经镇川时，中共中央西北局城工部副部长曹力如召开西北野战军营以上干部参加的军事会议，传达了西北局、西北军区和平解放榆林的部署，即加强城外围攻，促进城内和谈。5月24日，参加太原战役后的西北军区警二旅回师镇川。5月28日，该部与榆林前线部队在城外战壕里会师。此时，围困榆林城的西北野战军已达8000余人。

就这样，榆林谈判在西北野战军兵临城下的情况下开始了。

5月27日，以曹力如、朱侠夫、张汉武、罗明、石达康、田子亨为代表的西北军区代表团同以左协中、张之因、高凌云、张博学、鱼勃然、黄镇威为代表的国民党第二十二军代表团，在榆林城正式开始谈判。双方代表围绕起义的名义、第八十六师师长人选、城防归属、协议书和起义宣言中的措词等问题，进行了充分协商。

5月29日，谈判双方达成《榆林局部和谈协议》，曹力如、左协中分别在协议书上签字。遵照中共中央、毛泽东提出的八项和平主张，决定第二十二军改编为"中国人民西北野战军西北军区独立第二师"。

6月1日，榆林城守军正式宣布起义。

同日，西北野战军举行了盛大的入城仪式。

6月2日，榆林军事管制委员会和榆林市人民政府成立。

---

① 转引自汤家玉：《习仲勋与"榆林方式"》，《党史纵览》2017年第12期。

庆祝榆林和平解放
（摄于1949年6月1日）

6月14日，左协中、张之因、张博学、高凌云、黄镇威、黄正谊等联名致电毛泽东、朱德和全国各界，宣布：与国民党反动派完全断绝关系，坚决拥护中国共产党各项主张，服从中共中央、毛泽东、朱德及人民解放军西北军区之领导，依照民主原则，在指定地点改编为中国人民解放军，脱离黑暗，走向光明，永远为人民服务。

7月11日，毛泽东和朱德复电原国民党第二十二军军长左协中及全体官兵，对他们于5月29日在陕西榆林接受和平改编表示欢迎。[①]

8月，左协中作为中国人民西北野战军第一野战军代表，赴北平参加中国人民政治协商会议第一届全体会议，受到毛泽东、朱德、周恩来等领导人的接见。会后，左协中[②]出席了10月1日天安门城楼的开国大典。

和平解放榆林，是解放战争时期中国共产党在西北战场上用和平方式解决国民党军队的成功范例，对此后宁夏、新疆两省及酒泉、武都等地的和平解放提供了重要借鉴，加速了西北地区人民解放战争的进程。

新中国成立后，榆林人民在中国共产党领导下，艰苦创业、奋发有为。经过不懈的努力，榆林面貌发生了翻天覆地的历史性巨变。改革开放以来，榆林充分利用和发挥其资源优势突出、人文优势独特、区位优势明显的特点，经济建设、政治建设、文化建设、社会建设、生态文明建设取得重大成就。一个充满活力、充满魅力的榆林正展现在世人面前！

---

① 《毛泽东年谱（1893—1949）（修订本）》下卷，中央文献出版社1993年版，第531页。

② 中华人民共和国成立后，左协中历任陕西省军区副司令员，陕西省人民政府委员，政协西安市第一、二、三届委员会副主席。1960年8月17日在列席西安市人代会期间，因高血压病突发逝世。

榆林人民为解放战争作出的贡献

⊙参军上前线

⊙参加地方武装

⊙灵活机动的游击战

⊙坚壁清野

⊙"胡祸"和天灾

⊙吃糠咽菜缴公粮

⊙繁重的支前任务

⊙担架队和运输队

⊙了不起的榆林妇女们

⊙共产党的初心和人民的拥护

1946年全面内战爆发后，在陕北的胡宗南紧随蒋介石，频繁发动对解放区的进攻。从1946年7月到11月，国民党军进攻解放区竟达70余次，几乎到了疯狂的程度。面对胡宗南部的猖狂进攻，中共中央向陕甘宁边区人民发出"保卫延安""保卫边区"的号召。11月11日，中共中央专题召开保卫延安与保卫边区干部动员大会，朱德、杨尚昆到会讲话。11月13日，中共中央西北局召开干部动员大会，习仲勋、林伯渠、李鼎铭、刘景范到会讲话，号召边区全体军民立即行动起来，保卫边区、保卫延安。同时，边区政府宣布成立总动员委员会，进一步加强对战备工作的领导。

11月18日，中国共产党致电各中央局、中央分局，指出要以人民解放战争，建立民主的中国。11月21日，中共中央召开会议，决定以"打倒蒋介石"来最终解决国内问题。在会议讨论通过的《迎接中国革命的新高潮》的党内指示中明确指出，由于美国和国民党反动派采取变中国为美国殖民地的政策、发动内战的政策和加强法西斯独裁统治的政策，"迫使中国各阶层人民处于团结自救的地位。这里包括工人、农民、城市小资产阶级、民族资产阶级、开明绅士、其他爱国分子、少数民族和海外华侨在内。这是一个极其广泛的全民族的统一战线。它和抗日时期的统一战线相比较，不但规模同样广大，而且有更加深刻的基础。全党同志必须为这个统一战线的巩固和发展而奋斗"①。在中共中央的领导下，各解放区的人民以多种方式积极投入以"打倒蒋介石、解放全中国"为目标的人民解放战争之中。

1947年3月，国民党军把进攻的重点放在山东解放区和陕北解放区。国民党军之所以要进攻陕北解放区，是"妄图首先解决西北问题，割断我党右臂，并且驱逐我党中央和人民解放军总部出西北，然后调动兵力进攻华北，达到其各个击破之目的"②。针对国民党的这一企图，中共中央号召陕北解放区全体军民切实做好坚壁清野等工作，为保卫边区而战斗。

在榆林地区，各级党组织积极贯彻执行中共中央、中共中央西北局和陕甘宁边区政府的指示和要求，广泛宣传动员人民群众，使"一切为了保卫边区""一切为了自卫战争的胜利"，做到了家喻户晓、妇孺皆知。在党组织的领导、动员和组织下，人民群众积极投入保卫边区、保卫解放区的战斗之中，以各种方式配合主力部队作战，如参军，参战，参加地方武装，抬担架，救护伤员，当向导，缴纳公粮、公草，为部队做衣服、鞋和手套等，为陕北解放战争乃至全国解放战争的胜利作出了重大贡献。

榆林人民在支援解放战争过程中所做出的可歌可泣的事迹，是十分丰富而多彩的。下面主要从参军、参加地方武装、坚壁清野、缴纳公粮、支援前线五个方面予以呈现。

一、参军上前线

参加人民解放军，拿起武器抵抗国民党军队对陕北解放区的进攻，保卫中共中央和陕甘宁边区，是榆林人民支持解放战争的重要方式。

---

① 《毛泽东选集》第4卷，人民出版社1991年版，第1213页。
② 《毛泽东选集》第4卷，人民出版社1991年版，第1221页。

1947年5月27日，陕甘宁边区政府发出《参军动员令》，决定从6月至9月底，动员2.6万人参军。除独子外，边区17岁至30岁的青壮年均列入报名应征的对象。《参军动员令》号召边区人民，无论男女老少都要鼓起参军、拥军的热情，将边区最优秀、最坚强的青年、壮年动员到游击队中去，到地方兵团中去，为加速消灭胡宗南、收复延安及一切失地、解放大西北而奋斗。[①]

在陕甘宁边区政府的号召下，1947年成为榆林地区各县人民群众参军的高潮年。这一年，在绥德县义合区，7天内自愿参军者达100人。在合水县边境区，20天内有250人参军。在佳县，有1600余人参军。在三边分区，有700人参军。在横山县，有600多名青年男性和200名女性（应征为护士）参军。在子洲县，当年全县人口119646人，参军的有2500人，平均每47人中有1人参军；全县有2.4781万户，平均4.8户中有1人参军。

横山烈士纪念碑

值得一提的是，这年，子洲县除动员2500余名青年农民参军外，还进行了离队战士的归队工作。当年7月，中共子洲县委发出关于战士归队的通知，动员离开部队的战士归队。至当年底，全县离队的883名战士有423名归队。

在三边地区，各级党组织和政府把增强部队实力，动员广大青年参

---

① 陕西省档案馆、陕西省社会科学院合编：《陕甘宁边区政府文件选编》第11辑，档案出版社1991年版，第163页。

军、复员人员归队作为一项重要任务。定边、安边两县的党政组织采取宣传动员、调查研究、民主讨论、解决困难、慰劳欢送、党员干部带头等方法，动员青年农民参军。1945年冬，部队在三边扩兵1000人，其中定边县有330人参军，超额完成了扩军任务。1947年5月27日，陕甘宁边区政府发出《参军动员令》后，三边分区及各县地方武装纷纷整编，有计划地从独立营、游击队、自卫军中抽调部分人员补入人民解放军，有的基干游击队和自卫军则整排整队地转入西北野战军。据统计，从1946年7月到1948年12月，三边分区有6041人参军入伍，其中在解放战争中阵亡296人、伤残252人。①

在吴堡县，1945年12月，吴堡县承担了征兵80名的任务，县内适龄青壮年踊跃报名应征，在很短时间内便完成了任务。1946年蒋介石发动内战后，吴堡人民积极响应政府号召，在1个月内有103名青年自愿参军上前线。1947年，吴堡县承担了三次征兵任务，分别是4月150名、6月580名、9月110名，总计840名，这些任务均顺利完成。②

在镇川县，1947年1月，首次为部队征兵就有856名青壮年参了军。为了激励参军人员，全县许多家户都争先恐后地请新兵吃饭或赠送慰问品，共向新兵赠送慰问品价值达800多万元法币。③

据陕甘宁边区政府1948年12月的统计，解放战争以来，绥德分区有1.9121万人参军、三边分区有6041人参军。④其中，清涧县参军的有2100多人、佳县有3000多人、绥德县有3859人。在米脂县，有3328人参军和参加地方武装。榆林地区这些参军的人员中，有许多人为了解放战争的胜利献出了宝贵生命。

---

① 中共定边县委史志办公室：《中国共产党陕西省定边县历史》第1卷（1926—1949），中共党史出版社2019年版，第326页。

② 中共吴堡县委史志办公室编著：《中国共产党吴堡历史》第1卷（1921—1949），陕西人民出版社2018年版，第123—124页。

③ 中共榆阳区委党史编纂办公室：《中国共产党榆阳历史》第1卷（1925—1949），陕西人民出版社2012年版，第131页。

④ 房成祥、黄兆安：《陕甘宁边区革命史》，陕西师范大学出版社1991年版，第542页。

二、参加地方武装

在解放战争时期，除了正规主力部队针对国民党军队的战役战斗外，由各地党组织和政府成立的地方武装也是对敌作战不可或缺的重要力量。当时，榆林地区各县都成立了地方武装，如游击队、自卫军、独立营、侦察大队、武工队、民兵等，这些地方武装在配合主力部队作战、侦察敌情、押送俘虏、查获敌探、追捕逃散敌兵、为部队输送兵员、清除地方反动势力，以及保卫红色政权和人民群众生命财产安全等方面，都发挥了重要作用。

1947年3月23日，陕甘宁边区政府发布紧急动员令，号召"民兵游击队员们，拿起刀枪、毛（矛）子、手榴弹，广泛开展游击战，放哨盘查，捉拿敌探逃兵，消灭小股敌人，保护父母老人、婆姨、娃娃，保护粮食、牛羊、财产，用袭击困扰、破路、牵制等办法配合主力作战，使敌人陷入游击战争的火海之中，寸步难行"[①]。1948年11月，中共中央西北局和陕甘宁晋绥联防军司令部为进一步搞好地方武装建设，加强对敌斗争的武装力量，开展新区支援老区，完成解放大西北的任务，发出《关于陕甘宁军区民兵工作指示》，对民兵的领导机构、组织编制、指挥关系等作了明确的规定。

在中共中央领导下，在陕甘宁边区有关部门要求和组织下，榆林地区各级党委和政府积极行动起来，广泛动员人民群众，组建起多种地方武装，因地制宜，采取灵活多样的方式，大力支援解放战争。

横山县

早在1946年10月，横山县就在减租减息、回赎土地和清算斗争的群众运动中，以区为单位成立了游击队。武镇、响水等区的游击队成立之初，称为"自救队"。石湾区的游击队是在检查站的基础上建立起来的。在各区游击队的基础上，成立了横山县游击队，下辖两个支队，有队员116人、

---

① 陕西省档案馆、陕西省社会科学院合编：《陕甘宁边区政府文件选编》第11辑，档案出版社1991年版，第136页。

长短枪100余支。到当年年底，横山县游击队发展到300余人、300余支枪。这些游击队队员被配备在不同的地方和岗位上，其中波罗、响水、城关区各50人，石湾、武镇区各30人，韩岔、威武、李先区各20人，县警卫队60人，警察20人，秘密警察10人，其主要任务是袭扰敌人、侦察敌情、捕捉特务、埋设地雷等。

1947年6月25日，中共横山县委、县人民政府将横山县游击队扩编为横山县基干游击队，下辖三个中队。同时，成立横山县人民武装科，隶属中共横山县委和县人民政府，其主要任务是统一指挥基干游击队和各区游击队，科长先后为杜秉德、赵国运、李世蕃，副科长先后为王治华、张成祥、马尚龙。

除游击队外，1946年11月，根据榆横特委①指示，横山县组建了横山独立营，由倪立功任营长兼政委，景志昌、李恩清分别任副营长、副政委。横山独立营隶属榆横特委武装部，主要活动在内蒙古和陕西的交界处，以及横山境内的城关、波罗、威武一带。1948年12月，根据西北局和西北军区决定，横山独立营被整编为中国人民解放军榆林军分区步兵第三十九团。

横山县地方武装成立后，为了提高武装人员的素质和整体战斗力，对地方武装进行了数次整顿和清洗。对国民党统治时期的持枪队队员和自卫队队员进行审查，凡是政治上不可靠、思想动摇的队员一律清除出队；对贫雇农出身的干部、战士，一面加紧战备训练，一面加强以阶级教育为中心的政治思想工作。同时，注重在地方武装队伍中发展党员，成立党支部，以加强党对地方武装的领导。通过这些举措，提高了武装人员的思想觉悟，培养了勇敢顽强的战斗作风。武装人员利用熟悉地形等优势，对驻榆林的国民党小股部队及其别动队、还乡团、便衣队、暗杀队等实施打击，配合西北野战军主力部队两次攻打榆林，还参加了沙家店战役，为解放榆林全

---

① 1946年10月，镇川、横山等地相继解放。为了统一领导和巩固新区，尽快恢复新区各级党组织，中共中央西北局决定建立榆横特别委员会。10月31日，榆横特委在米脂龙镇成立，刘文蔚、王恩惠先后任书记。特委辖镇川、横山两个县委。1947年5月4日，中共河西工作委员会成立后归榆横特委领导（5月底河西工委撤销）。1947年12月，西北局决定撤销榆横特委，镇川、横山两个县委归绥德地委领导。

境作出了贡献。

此外，在横山县所属的波罗、韩岔、李先、威武等区乡，还组织了民兵自卫军。民兵自卫军分为基干、普通两个层次，主要承担平时放哨、盘查行人、清查户口、维护社会治安，战时参加区里组织的担架队和运输队，负责战地救护和运送伤兵，以及运送弹药、粮草、服装、医药、通讯物资等任务。到1947年6月，全县共组建自卫军连37个、排107个、班535个，其中普通自卫军有2553人。[①]

镇川县[②]

1946年10月，镇川县解放后，各级人民政权迅速建立。但是，南线的胡宗南军队和北线的榆林国民党驻军不断集结兵力，随时准备进犯。为了巩固新生的人民政权，中共镇川县委根据中共榆横特委的指示，相继建立起脱离生产的独立营、侦察大队、游击队、武工队等地方武装。

1947年2月，中共榆横特委在镇川县分别组建起吴庄独立营和鱼河独立营（也称侦察大队）。吴庄独立营下辖三个连，分别是由米脂县民权区游击队改编的第一连、由镇川堡镇则湾武工班改编的第二连、由上盐湾游击队改编的第三连。吴庄独立营营长为白伟章、政委为高富民，全营有500余人，除执行特殊任务外，主要在榆林东南面活动。鱼河独立营下辖三个连，营长王巨才，全营约500人，主要活动在上盐湾、鱼河、刘官寨等榆溪河两岸地区。两个独立营均归榆横特委军事部（对外称"榆横武装部"）指挥。1948年12月，吴庄独立营和鱼河独立营一同整编为中国人民解放军榆林军分区步兵第三十九团。

相对于独立营，镇川县的游击队更为普遍。1947年2月，镇川县所属的鱼河、上盐湾、吴庄（后改称清泉）、响水、武镇等区均组建了游击队。具体情况：鱼河游击队有21人、步枪17支；上盐湾游击队有21人、步枪13支；吴庄游击队有25人、步枪19支；响水游击队有48人、步枪3支；武

———————

① 中共横山县委党史地方志研究编纂办公室编著：《中国共产党横山历史》第1卷（1921—1949），陕西人民出版社2018年版，第112—114页。

② 1946年9月成立，辖镇川、上盐湾、清泉、鱼河、武镇、响水。1950年撤销时，镇川、上盐湾、清泉、鱼河归榆林县，响水、武镇归横山县。

镇游击队有43人、步枪31支。各游击队均设有队长、政治指导员（由中共区委书记兼任），隶属榆横特委武装部指挥。同年6月，根据榆横特委指示，镇川县设游击大队部，上述各区游击队则改编为中队，40人以上的中队下设分队。

在游击战争中，游击队不断扩大。8月底，镇川县游击大队又扩兵350名。全县各游击队统一由县游击大队部和榆横特委武装部指挥，主要任务是袭扰敌人、侦察敌情、捕捉特务、埋设地雷等。1948年12月，镇川县游击大队被整编为中国人民解放军榆林军分区步兵第三十九团。

在成立游击队的同时，镇川县政务委员会又在陈家坡村成立了县警卫队。起初，这个警卫队仅有9人，到当年5月即发展到64人，扩编成4个班，主要任务是维护社会治安、看守犯人、侦察敌情。1949年3月，镇川县警卫队改称榆林县警卫队。

此外，镇川县在各区乡均组建了民兵自卫军组织，分基干和普通两种，主要负责维护地方治安，参加担架队和运输队，运送伤兵和弹药、粮草、服装、医药、通讯物资等。1947年5月，为统一领导各区自卫军，镇川县设立了自卫军大队部，政委、大队长分别由县委书记、县政务委员会主任兼任。县自卫军大队部规定，各区设立自卫军营，各乡、村设自卫军连或排等。按照规定，全县共组建了自卫军连41个、排145个、班524个，共有7903人。

1948年1月，镇川县按照绥德地委《关于当前民兵自卫军工作的指示》规定，凡年龄17岁至35岁、政治可靠、身体健壮者全部参加民兵；16岁至45岁、政治无问题者，皆参加自卫军组织，属县人民武装大队部领导。为了提高民兵自卫军的素质和能力，镇川县对基干自卫军和普通自卫军采取了不同的训练措施。对于基干自卫军，主要以集中起来进行政治、军事训练为主；对于普通自卫军，则采取以数个自然村（班）为单位，分别进行轮训的方式。

当年11月，镇川县成立民兵大队部，要求自卫军一律改称民兵，规定凡16岁至45岁的男子，除重残疾和政治面目不清者外，一律参加普通民兵，基干民兵则从普通民兵中选拔，主要由18岁至30岁的精干且可靠的人员组成。

1947年，在西北野战军主力部队两次围攻榆林城的战役中，镇川县组织了民兵担架队1375个、运输队2867个参加支前工作，并派遣民兵到敌占区侦察敌情415次、给解放军带路875人次。此外，民兵们还承担了配合解放军守护物资、放哨巡逻、解押战俘等任务。

1947年5月，胡宗南部进攻陕甘宁边区时，镇川、上盐湾两区民兵坚壁清野公粮209石，帮助群众埋藏了大量粮食，并协助政府机关转运公文和大批财产。同时，镇川县的民兵组织还普遍设立了各种哨站，到1948年10月，先后查获敌特、逃兵、罪犯共98人。①

佳县

在1946年春，中共佳县县委即成立了县保安队，队长为任亚鸿，指导员为王振汉，有队员119人，驻守通镇（当时通镇以北毛谷川一线仍属国民党政府统治区）。同年秋，当得知县保安队即将编入绥德分区第四、第六团时，佳县县委于9月9日成立了游击队，队长为刘汉荣，指导员为刘玉亭，全队有80人。同年11月底，县游击队被编入绥德分区独立团。县游击队改编后，1947年3月，佳县县委又组建了佳县独立营，下辖两个连，有200人。1948年3月，独立营被编入绥德分区第六团第三营。

1947年8月，佳县县委决定将响石、城关、车会三支游击队合编为县游击大队，队长为张宏才，政委为刘宏胜，队员有300人，主要活动在佳县东北部的边境地区。当佳县独立营于1948年3月编入绥德分区第六团后，佳县县委又将县游击大队改编为独立营，营长为任邦厚，政委为张宏才，属中共佳县县委和绥德分区双重领导。1948年12月，佳县独立营被编入榆林军分区第三十九团。②

子洲县

全面内战爆发之初，1946年8月，子洲县就组建了民兵游击队。为提高队员的实战能力，在民兵游击队成立后即举办训练班，训练队员的投弹、

---

① 中共榆阳区委党史编纂办公室：《中国共产党榆阳历史》第1卷（1925—1949），陕西人民出版社2012年版，第120—122页。

② 陕西数字方志馆·新编市县志·榆林市·佳县志·军事。

刺杀、埋雷等技术。1947年3月至4月，子洲县组建起8支游击队，共有队员180人。这些游击队活跃在县域各地，机动灵活地对敌作战。

5月7日，老君殿区游击队在四乡葛家河村与国民党军一个班发生遭遇战，经过十多分钟的战斗，即将敌军全部解决，击毙敌班长，俘敌9名，缴获步枪7支、子弹535发、手榴弹13枚、枪榴弹5枚、枪榴弹筒1支、手电筒2把、刺刀6把。裴家湾区游击队在对敌作战中，缴获步枪3支、迫击炮弹20多发，还有不少子弹和手榴弹。苗家坪区游击队在对敌作战中也收获了相当数量的战利品。石窑沟区、瓜园则湾区的游击队则奔赴横山，积极配合北线兵团作战。

1946年秋，解放横山等地的北线战役发起后，警备第三营首先解放了高家沟，然后配合教导旅和新四旅的一个团解放了横山县城、响水堡、波罗堡等地。战役结束后，绥德军分区成立了警备第四团和第六团。在第四、第六团中，有相当一部分是子洲籍的青年人。这两个团在太原战役和解放大西北的战斗中英勇善战，由中国人民解放军第七纵队授予一面"能守能攻"的奖旗。

米脂县

1945年12月19日，在报请陕甘宁晋绥联防军司令部和绥德警备区司令部批准后，绥德军分区警备第十团在马蹄沟成立，赵立业任团长，张铭科任政治委员，李有益任副团长，贺治国任副政治委员。1946年春，绥德军分区精简整编，撤销团一级机关，警备第十团整编为直属军分区的第三警备营。

全面内战爆发后，米脂县即组建起自卫军，承担锄奸、维护地方治安、支援前线等任务，同时也是地方部队和正规部队的主要兵源。1946年至1948年，西北野战军9次在米脂县扩军，自卫军（后为民兵）中多数人都参了军。

1948年10月上旬，绥德军分区在米脂城内举办为期50天的民兵干部训练班，各县民兵副大队长、营长均参加。这个训练班结束后，米脂县在当年冬天即对各区、乡的民兵开展行军、运输、抬担架等方面的训练，以便提高支援解放战争的能力。此外，米脂县还成立了警卫队，分5个班，有

63人、长短枪56支、机枪3挺，主要任务是维护治安、看守犯人、侦察敌情。[①]

吴堡县

1946年全面内战爆发后，吴堡县组建了自卫军。同年9月，以班、排为单位，对4000名不脱产的自卫军进行了为期10天的战备训练，并抽出400名基干赴绥德集训了一个月。

1947年4月8日，吴堡县成立战争动员委员会，县委书记杨子蔚兼任主任，县长魏希文兼任副主任，薛建民、张润田、于万枝兼任委员。同时，组建起吴堡县游击队总指挥部，由杨子蔚任总指挥，王德明任副总指挥。吴堡县的四个区分别成立了20人左右的游击队，各游击队由区委书记任指导员，区长任队长。7月，又组织了两个河防游击队。为了提高支持战争的能力，吴堡县对游击队员进行了制造炸药、地雷等方面的训练。[②]

三边地区

解放战争时期，三边地区五县[③]的人民群众积极参军参战，配合西北野战军主力部队和地方部队英勇作战，掩护革命干部和人民群众，为此不惜牺牲自己的生命。据统计，在解放战争中，三边的五县有296人阵亡、252人受伤或致残。

1946年9月，三边地委[④]动员五县的616名青年人参军，分别补入当地的警备部队。10月，随着解放战争形势的发展，三边地委决定将各县的自卫军改组为民兵，要求各县成立民兵大队，设大队部；各区成立民兵中队，各乡、村成立游击小组、武工队等。区中队、乡队均配正、副队长和指导员。民兵和游击队员均为"劳武结合"的武装力量。

民兵大队成立后，在当年冬天进行了为期一个月的集中训练，着重练习投弹、射击、刺杀、爆破、守城、近战、夜战、侦察、利用地形地物等

① 陕西数字方志馆·新编市县志·榆林市·米脂县志·军事志。

② 中共吴堡县委史志办公室编著：《中国共产党吴堡历史》第1卷（1921—1949），陕西人民出版社2018年版，第114页。

③ 解放战争时期，中共三边地委下辖定边、靖边、盐池、吴旗、安边五县县委。

④ 1942年12月，西北中央局决定将中共三边分区委员会改称为中共三边地方委员会（简称三边地委）。1943年1月，三边地委正式成立，王世泰任书记，隶属西北中央局领导。

中共定边县委旧址——张嶬崄村
（1947—1949）

技术与战术，同时对队员进行组织纪律教育，以及如何配合主力部队作战和抬担架、运输、盘查、放哨、维持地方治安和防特务等方面的训练。

1947年3月28日，为了加强地方武装，彭德怀、习仲勋致电中共三边地委和三边军分区，强调以警备第八团和新编第十一旅为主力，放手发动群众开展游击战争，对入侵之敌实行困扰，封锁城镇，寻机歼敌。① 按照彭德怀、习仲勋的要求，三边地委进一步加强了地方武装力量的组建和训练工作。

1947年4月3日，马鸿逵部侵占定边城后，定边县警卫队随同地、县党政机关转移到东南山区。根据三边地委指示，定边县委决定在原县警卫队的基础上，吸收部分区、乡干部和基干民兵，组成定边县游击中队（即第一中队），王维新任中队长，邬怀礼任指导员，下辖三个分队，计70余人，由县保安科科长惠锡礼直接领导和指挥。不久，又以定边四区民兵为主，组建了定边县游击第二中队。安边县在保安二营的基础上，组建了安边县游击队，队长为张化楠，指导员为董怀月，下辖三个分队，共100多人。

各县游击队成立后，坚守在本县山区开展游击战争，主动袭击小股"清乡团"，此外还承担了侦察敌情、配合政府镇压敌特分子、保卫后方生产等任务。1947年8月，定边县城二次失陷后，定边县游击中队同定边保安营（一营）合并，扩编为定边县游击大队，由县武装科科长白天章任大队长，县委书记郝玉山任政治委员，下辖第十一、第十三、第十五、第十七、第十九（骑兵）5个支队，有200余人。②

---

① 梁星亮、姚文琦主编：《中共中央在延安十三年史》（下），中央文献出版社2016年版，第1085页。

② 中共定边县委史志办公室：《中国共产党陕西省定边县历史》第1卷（1926—1949），中共党史出版社2019年版，第298页。

　　定边县游击大队成立后，首战柳上梁取胜，接着又进行了平庄、梁湾、范围梁、李崾崄等战斗。其中，李崾崄战斗是一场遭遇战。第十一支队与张廷芝清乡团田润钧连狭路相逢，经过激烈战斗，将田润钧连击溃，击毙敌人5名，缴获一定数量的枪支和弹药。定边县游击大队在斗争中迅速发展壮大，到1948年春，队员增至400余人。

　　1947年9月9日，马鸿逵部以两个团配合"清乡团"一部200余人，分两路从定边县城出发，一路经定边三区白湾子向吴旗四区的张阳湾和定边四区的罗高杆、哨头、王北湾，一路进至杨井镇兔窝子，经孙克崾崄大路湾直至吴旗四区的武大湾。两路会合后，向吴旗五区（黄砭）王沟门一带进发，沿途抢劫扰民。三边军分区得知敌人动向后，以一部兵力插入马鸿逵部后方，攻击盐场堡镇莲花池，迫使进击吴旗的敌两个团不得不放弃原定计划，仓皇回守定边。9月13日，马鸿逵部驻宁条梁的两个团配合"清乡团"一部，分两路进至乌审旗大石砭、掌高图，受到蒙汉支队的坚决抗击。经过三小时激战，马鸿逵部损失数十人后，逃回宁条梁。

　　三边军分区数次反"清剿"斗争的胜利，迫使马鸿逵部龟缩在据点内，不敢轻易出动，仅以小股"清乡团"不断出扰驻地附近，此所谓"窝边清剿"。1947年9月27日，定边"清乡团"百余人进至黄羊墩，被游击队击溃，"清乡团"有9人受伤。10月1日，"清乡团"200余人进至孙克崾崄，三边军分区主动转移，准备寻机歼敌，然而被打怕了的"清乡团"不敢冒进，便主动撤回。

　　10月7日，"清乡团"一部窜至张崂沟湾一带抓兵、抢粮。定边游击大队闻讯后，于8日跟踪追击，敌人不敢抵抗，一再窜移。12日，当游击大队追到冯崾崄时，敌人正在吃饭，得知游击队已到，便狼狈逃窜，游击队趁机夺回敌抢去的油2驮、毛驴1头，救回被抓的乡长1人、群众6人。

　　10月16日，定边游击大队分为五组，分别进入敌占区的五个乡开展群众工作，并帮助群众夺回了被敌人抢劫的布5驮、米和糖16驮，活捉了反动保甲长和特务

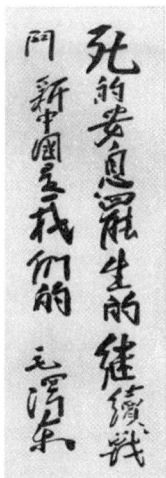

毛泽东为三边革命烈士纪念塔的题词

分子17人，发动和组织群众斗争了恶霸地主，从而打击了反动势力的嚣张气焰。

总之，从1947年9月9日至10月底，在一个多月的时间内，定边县游击队粉碎了敌人数十次的"清剿"，歼敌百余名，并进一步扩大了游击区，有了更大的活动空间。[①]

1948年4月，三边军分区主力部队奉命转战陇东，配合西府战役。三边地区仅留下五个县的游击队，由分区副司令员牛化东、副政委惠世恭负责指挥，坚持三边的山地游击战争。在"巩固山地，开展滩地"的斗争方针下，三边军分区决定：定边游击队之一部在定边二区、三区（红柳沟、白湾子）的山畔一带活动，侦察警戒马鸿逵部的动向，争取和瓦解"清乡团"，寻机歼灭出扰的小股敌人，组织边沿区的群众，监视敌特活动；安边、吴旗、定边、靖边游击大队集结于吴旗罗涧与定边孙克嵚崾之间，相机活动，歼灭敌人；同时，以回汉支队[②]活动于西线，伊盟三大队活动于靖边县。各游击队活跃在边沿游击区域，打击马鸿逵部，摧毁保甲，建立游击政权，逐渐使游击区变为巩固区，又进一步伸到敌占区去开辟游击区，使敌占区日渐缩小。

从1948年11月至1949年6月，三边军分区地方部队、游击队深入滩地游击区，先后经高山墩、刘窑头、安边袭击敌人30余次，毙、伤、俘马鸿逵部350余人，收复了广阔的滩地，迫使马鸿逵部彻底放弃宁条梁镇一带，仅困守在安边、定边、盐池等几座孤城，从而为进一步瓦解敌军和全部光复三边创造了有利条件。

1948年10月28日，三边地委向各县发出指示，针对三边地区敌强我弱的态势，决定采取积极争取、瓦解敌军，特别是"清乡团"的政策，为此成立了"瓦解敌军委员会"，由三边地委副书记贾怀济任主任、保安处长邓国忠任副主任，牛化东、曹动之、王云五为成员，直接领导全分区的瓦解敌军工作。在瓦解敌军委员会领导下，三边各县也相应成立了以县委书

---

① 中共定边县委史志办公室：《中国共产党陕西省定边县历史》第1卷（1926—1949），中共党史出版社2019年版，第299—300页。

② 成立于1946年底。

记任组长、政府及保安科负责人为成员的"瓦解敌军领导小组"。

瓦解敌军委员会确定的工作总方针是：军事上不放弃一切可能消灭与打击的机会，主动灵活的尽力消灭；政治上亦不放弃一切可能争取、瓦解的机会。在这一总方针指导下，对起义者进行改造，对缴械者从宽处理，对有罪者可让其立功赎罪，对罪大恶极且坚决不悔改者予以法办，对坚决顽抗与我为敌者则坚决消灭。为使瓦解敌军的工作有效开展，委员会还制定了四条具体的工作方法：一是组织家属和亲友等写信、捎话、探望；二是打入敌人内部，伺机发动起义；三是瓦解下级官兵；四是宣传毛泽东"不问其过去行为如何"[①]的原则和"首恶者必办，胁从者不问，立功者受奖"[②]的政策。在具体政策上，一是分清是被强迫还是死心塌地，要区别对待；二是对于自愿返回者保证人身安全，对于顽固不化被我方俘虏者，组织群众揭发其罪行，由民兵镇压。

要瓦解敌军，除思想政治宣传外，主要手段还是以乡情、亲情说服敌军中的官兵弃暗投明，这就必须首先要了解敌军的内部情况。于是，各县派出侦察人员深入马鸿逵部，具体侦察有关情况。经侦察，了解到在马鸿逵部共有三边籍人员844人，这些人的任职情况是：营长10人、连长24人、排长32人、便衣队队长38人、班长及以下740人。

侦察员还了解到，这844人中，有70%的人有回归乡里的愿望，但不了解共产党的政策，因而处于两难选择之中，一方面怕回乡后被共产党杀头，另一方面又怕被马鸿逵部带往宁夏，远离家乡。了解到这些情况后，三边从事瓦解敌军的人员就向有回乡愿望的人反复做思想动员工作，宣传共产党的政策，最终取得了良好效果。1948年，有48人脱离马鸿逵部回乡。1949年春，又有85人回乡。[③]

组建回汉支队，也是三边分区在解放战争时期发展地方武装的一个重大举措。

---

① 《建党以来重要文献选编（1921—1949）》第18册，中央文献出版社2011年版，第242页。
② 《建党以来重要文献选编（1921—1949）》第25册，中央文献出版社2011年版，第520页。
③ 中共定边县委史志办公室：《中国共产党陕西省定边县历史》第1卷（1926—1949），中共党史出版社2019年版，第312—313页。

1946年6月，在国民党准备大举进攻各解放区的情况下，中共宁夏工委根据中共中央西北局作出的《紧急动员准备战争保卫边区的指示》，领导组织各工委和据点干部，动员移民、难民和国民党军逃兵中的回族、汉族青年参军参战，建立游击武装。是年冬，分别组建了有80余人的余庄子游击队、有50余人的红井子游击队、有10余人的三段地游击队。这三支游击队建立后不久，三段地游击队即合编到余庄子游击队。同一时期，金三寿、马立凯、杨占彪、彭华庵（均系回族）等在定边城的西关回民乡和盐场堡打盐队的回族群众中，组织了一个回民游击支队，有队员100多人。

1946年底，为适应战争形势发展的需要，经中共中央西北局批准，中共三边地委、三边军分区决定将余庄子游击队、红井子游击队和定边回民游击支队合并，组建成"回汉支队"。1947年1月10日，在定边城南关召开了回汉支队成立誓师大会。三边地委副书记、宁绥工委书记朱敏①，三边军分区司令员曹又参、副司令员郭宝珊，三边地委统战部部长赵忠国等出席成立大会并讲话。朱敏在讲话中指出，打击和消灭进犯三边的宁夏马鸿逵部队及其扶植下的反动民团，保护宁绥工委开展宁夏党的工作，控制三边西部要地，是回汉支队的重要任务。

1月17日，中共中央西北局指示宁绥工委，应把回汉支队看成自己的干部训练队，继续不断地抽调与培养其中的积极分子，派到宁夏去工作。鉴于回汉支队承担的此项特殊任务，西北局决定，回汉支队在政治上属宁绥工委领导，在军事上属三边军分区领导。

回汉支队为团级建制，刘振宇任支队长，梁大钧任政委，金三寿（回族）任副支队长，赵光祖任参谋长。其他干部有：政治干事汪毓斌、副官张凤元、书记员孙克人、军医赵文章、司务长李生福、上士高明。回汉支队成立时共有234人，经过整编后保留了222人，其中回族65人，共产党员47人，宁夏籍干部、战士约占70%。回汉支队下辖三个中队，每个中队又有二至三个分队，计有步枪130支（能用的只有81支）、驳壳枪2支、轻

---

① 朱敏（1912.11—1981.11），原名朱国藩，陕西省榆林县人。1928年加入中国共产党。1947年1月，中共中央西北局决定将宁夏工委和伊盟工委合并为宁绥工委，朱敏以三边地委副书记兼宁绥工委书记。

机枪1挺、手提式机枪1支、掷弹筒2个、手榴弹60多枚、大刀8把、各种子弹2000余发，部分战士是徒手。

回汉支队成立后，宁绥工委和支队部把提高队员的军事和政治素质放在首位。为此，在盐池县第四区政府驻地雷家沟专门开办了为期一个月的训练班，一方面对队员进行思想政治工作和组织纪律教育，另一方面开展军事训练，使队员们了解基本的政治常识和军事技术要求。

1947年3月下旬至1949年，回汉支队艰苦转战在三边地区，抵御马鸿逵部的进犯，打击"清乡团"，在围剿土匪、瓦解敌军、开辟游击区和新区恢复、建立人民政权等方面作出了重要贡献。其中，在定边境内与马鸿逵部进行过两次较大规模的战斗，队员们在兵力、武器均与敌人悬殊较大的情况下，英勇奋战。还在定边东山畔的海底涧、阳山涧、油坊涧等半山半滩的地区，多次击退团匪的骚扰，保护了群众的生命财产安全。1948年3月，回汉支队奉命配合三边军分区第二团、伊盟支队和安边游击队，合力攻打安边县的宁条梁，一举拔掉了宁夏至榆林地区必经之路上，敌人在安边和靖边之间安插的这颗钉子。1949年9月，回汉支队配合第十九兵团参加了解放宁夏的战役。1950年1月，回汉支队和定边原游击大队在银川市合编为宁夏军区独立团。①

建立武装工作队，也是中共定边县委建立地方武装的一个重要举措。1947年6月底，中共定边县委决定派高满禄和汤铭鉴领导二区（红柳沟一带）的工作。8月上旬，定边县城二次失陷后，定边县党政机关转移到南部山区坚持斗争，二区便成为敌我争夺的"拉锯"地带。为适应战争环境的需要，高满禄、汤铭鉴等遵照县委指示，以区、乡干部为骨干，吸收基干民兵中的积极分子，组建起二区的武装工作队，坚持开展边沿区和敌占区的工作。

武装工作队成立后，积极活跃在对敌斗争的战场上。1947年10月下旬，武工队秘密潜入红柳沟，镇压了敌人安插在红柳沟的特务李三阴阳等。

① 中共定边县委史志办公室：《中国共产党陕西省定边县历史》第1卷（1926—1949），中共党史出版社2019年版，第314—318页。

11月底，武工队在板窑、蔡圈到沙场东部一带逮捕了反动地主、敌保长赵文翰、赵六等人，没收了反动分子的财产。12月下旬，在定边县游击大队的配合下，武工队深入敌占区的原二区所属第四乡和第五乡，将敌保长、甲长30余人全部押到山区冯地坑，进行短期教育后放了回去。

武工队在进行对敌斗争的同时，还关心群众的疾苦。1948年3月间，为帮助群众解决生活上的困难，武工队组织了两个驮盐队，下湖驮盐到山里换粮度荒。人民群众也把武工队看作自己的队伍予以大力支持，敌人一旦有行动，人民群众就会主动而及时地向武工队报告，甚至一些敌特人员的家属，也会主动向武工队报告敌人的动向。

三边革命烈士纪念塔及朱德的题词

此外，武工队还在定边建立了三条专门的情报联络线：一条从宪儿庄经红柳沟到任塬；一条从沙场经贺圈到沙涧；一条从定边城内经蔡圈到郭圪崂。这样，在定边县城和二区一带就形成了一个情报网络，敌人一有动静就会被武工队知晓。武工队便及时采取行动，给敌人以有力打击。

在广大人民群众的支持下，从1947年冬到1948年底，武工队单独行动，或者配合县游击大队共同行动，积极寻找战机，打击敌人，计同敌人作战达20余次，击毙、击伤、俘虏敌人40余名。经上级批准，镇压敌、特、反、坏分子48人。在打击敌人的斗争中，武工队发展到70余人，有枪50余支。[①]

除武工队外，定边县还组建了民兵自卫军，其中，基干自卫军10个连、

---

① 中共定边县委史志办公室：《中国共产党陕西省定边县历史》第1卷（1926—1949），中共党史出版社2019年版，第301—303页。

30个排，有754人；普通自卫军8个营、43个连、136个排、382个班，有5115人。为提高作战能力，还举办了基干自卫军训练班、民兵骨干培训班、爆破训练班等，主要培训刺杀、侦察、近战、夜战和爆炸、投弹等实战技能，特别要求人人掌握投弹、射击、埋地雷和骑马射击等技术。此外，还对队员进行政治思想和理论教育，内容主要包括边区历史、时事政策、拥政爱民、治安、缉私等。

在靖边县，1947年6月前，各区就成立了民兵营。同年6月，为迎击国民党对陕甘宁边区的进攻，保卫党中央顺利转战陕北，保卫靖边人民生命财产安全，靖边县委、县政府从各区民兵营抽调200名精壮骨干，组建了靖边县游击大队。大队长由王成信担任，政委先后由县委书记李维钧、郝志伟兼任。

1948年3月，三边军分区将靖边游击大队改编为三边军分区第三游击大队，大队长先后为李生业、徐学道、惠巨财，政委为王成信。1949年9月，三边军分区第三游击大队更名为靖边县游击大队。同时，中共靖边县委根据陕北军分区指示，建立靖边县武装科，专门负责地方军事工作，科长为高振铎，政委为王怀仁（兼），下辖青阳、青坪、长城、镇靖、龙州、新城、镇罗、巡检等区民兵营。

解放战争时期，靖边县以区为单位，共组织起8个民兵营，人数达3000余人。民兵营归县保安科指挥，各区民兵营的指导员均由区委书记兼任。

关于解放战争时期榆林地区各县地方武装的组建情况，据目前所掌握的资料，还有清涧县于1947年4月成立了4支游击队，分别由李文斗、白启胜、吴景春、朱家厚为首任队长。同年冬，清涧县游击队撤销。同月，清涧县还成立武工队，由任月江为队长，郝登洲兼政委。当年12月，清涧县武工队撤销。

三、坚壁清野

1946年11月19日，针对胡宗南部即将对陕甘宁边区发动进攻的情况，边区政府发出《关于坚壁清野的指示信》(以下简称《指示信》)，要求边区各级政府"必须切实领导群众进行坚壁清野工作，所有尚在场上的粮食，必须快打快藏"，"尤其在接近前线的地区，一定要雷厉风行地做好坚壁清野工作，把一切可资敌人利用的物资工具，特别是粮食，及早选择不易为敌人发现或到达的秘密地点(如山沟、崖窑、地窖等)分散埋藏起来"。《指示信》提醒大家"特别注意的是，在敌人进犯的地区，必须在敌人侵入之前将所有水井填塞，将所有的碾磨埋藏，将所有带不走或来不及掩埋的东西(如锅、盆、碗、盏、水缸、菜瓮)全部加以毁坏，务使冒险侵入的敌人饥不得食，渴不能饮，无地立足，无处安身。这样会一定大大增加我们胜利的把握，缩短胜利到来的时间"①。《指示信》发出后，边区各级政府立即组织群众进行具体落实。中共中央在撤出延安前夕，周恩来、朱德等人曾亲自布置检查落实的情况。

榆林地区广大军民积极响应边区政府的号召，把坚壁清野作为同胡宗南部战斗的另一种形式予以高度重视。

在吴堡县，为了不让胡宗南军队抢走粮食，1947年5月4日，中共吴堡县委经过讨论决定，全县在三天内完成坚壁清野任务。按照县委的要求，全体军民紧急行动起来，如期完成了任务。9月中旬，当吴堡县再次面临胡宗南部的进犯时，在县委要求下，全县军民再次进行坚壁清野，将所有公粮、公草等全部转藏，部分妇女、儿童东渡黄河到山西避难。为保证坚壁清野的有效执行，县委还指示各区乡清理政治上不可靠的人员，并有组织地把清理出来的140个不可靠的人员转移到黄河对岸的山西境内，派专人监管。②

在镇川县，1947年4月，当国民党胡宗南部和驻榆第二十二军夹击榆横解放区时，镇川游击队掩护从响水运来的90多石公粮，经敌占区转移到后方。镇川县的干部冒着生命危险将机关的公文和财产安全转移，并动员

---

① 陕西省档案馆、陕西省社会科学院合编：《陕甘宁边区政府文件选编》第11辑，档案出版社1991年版，第26页。

② 中共吴堡县委史志办公室编著：《中国共产党吴堡历史》第1卷（1921—1949），陕西人民出版社2018年版，第114—115页；陕西数字方志馆·新编市县志·榆林市·吴堡县志·军事志。

群众坚壁清野，将粮食埋藏起来，将牲畜赶到远离村庄的地方，使敌人所到之处无粮可抢、无牛羊可拉。同时，组织群众自造地雷5400多颗，埋在村庄、院落等敌人必经之路上，以保护家园，迫使敌人无法在当地立足。

在绥德分区，广大军民响应陕甘宁边区政府的号召，把坚壁清野工作做得非常周密彻底，尽最大可能做到了把粮食运光、牲畜牵光、人口走光，仅留下干部、游击队就地坚持斗争，从而有效地应对了胡宗南部的破坏，大大减少了损失。

榆林地区各区县的坚壁清野工作确实给胡宗南部的军事行动带来了重大困难。胡宗南部一方面要竭尽全力同共产党的武装力量进行战斗，并力图消灭共产党的地方组织，另一方面又得不到必需的粮食供应，在多数情况下只能忍饥挨饿进行军事行动，导致部队的病员日益增加，逃亡现象也不时出现。部队的这种状况使得胡宗南进攻陕北解放区的战略部署难以收到预期的效果。

四、缴纳公粮

保证人民解放军在前线官兵的粮食供应，是取得解放战争胜利的重要条件之一。解放战争期间，榆林地区的人民群众在遭受严重灾荒的情况下，宁肯自己吃糠咽菜，也要以最大努力满足人民军队的粮食需求。

1947年，陕北遭遇春旱秋涝的严重灾荒，边区荒芜土地达360万亩，而敌人的入侵和破坏，更使人民群众困苦的生活雪上加霜。当时，胡宗南部由南向北、马鸿逵部由西向东对陕北解放区进行"清剿"和"扫荡"，祸及90%以上的村庄。1947年5月1日，彭德怀、习仲勋在给中央军委的电报中指出，敌军所到之处，木器门板大都烧光，牲畜杀光，一切工具损坏，壮丁抓走亦不少，与日本"三光"政策同样残酷。当时，人们把胡宗南部对老百姓生活的破坏就称为"胡祸"。

据1947年《镇川县生产救灾工作总结报告》载："仅鱼河、吴庄、镇川、盐湾四个区不完全统计，八月被胡匪抢劫牲畜和食物，计骡马96头，驴400余头，羊3132只，猪20头，鸡5471只，小米151石，白面6000余斤，其他践踏庄稼700多地，拆烧门窗800余件。""胡祸"和天灾的侵袭，致使多种传染病也蔓延开来，死亡人口日益增加。1948年农历一月至五月二十五日，在不到5个月的时间内，镇川县因饥饿病疫死亡的竟达1733人。[①]

据有关记载，在子洲、米脂、佳县、清涧、镇川、靖边六县，被胡宗南部和马鸿逵部强拉壮丁，死伤345人；因胡、马两部抢劫，损失粮食3.79万石、毛驴3572头、牛194头、骡马106匹、猪羊鸡鸭5.51万只；因胡、马两部四处骚扰，被踏坏的麦苗达98.92万亩，被强奸妇女的有174人，生产、生活物品损失无数。

胡宗南和马鸿逵部的进犯，给陕北解放区人民造成巨大的灾难和空前的浩劫。当时流传着这样一首民谣：

> 国民党、坏中央，
> 胡匪来了民遭殃，
> 吃了你的米和面，
> 砸烂你的酸菜缸，
> 又牵牛驴又牵羊，
> 强奸妇女烧民房。[②]

天灾人祸并行，给陕北人民生产生活造成严重威胁。

中共中央转战陕北时，西北野战军约6万人，中共中央、陕甘宁边区各机关、部队、学校及游击队约2万人。8万余人每月需粮食1.6万多石。[③]随着解放战争的进展，政府工作人员和军队的数量日益增加，对粮食的需求也越来越大。特别是到1947年8月时，国共双方十万大军挤在佳县、米

---

① 陕西数字方志馆·新编市县志·榆林市·榆林市志·群团党派志。
② 中共榆林市委党史研究室、任德存主编：《中共榆林历史（1919—1949）》，陕西人民出版社2004年版，第344—345页。
③ 梁星亮、姚文琦主编：《中共中央在延安十三年史》（下），中央文献出版社2016年版，第1085页。

脂、榆林相对狭小的地区，吃粮成为部队最大的困难。

为了支援解放战争，榆林人民宁肯自己吃糠咽菜，也尽可能满足部队的粮食需求。遗憾的是，一些县缴纳公粮等的完整统计数字还未找到，也许历史上就没有统计过，但从现有的资料也可以看出，人民群众的付出是巨大的。如吴堡县，在解放战争时期缴纳公粮3650石、附加粮200石，缴纳烈属的代耕粮1886石，缴纳公草8.5万斤[1]；三边分区的五个县缴纳公粮73.7431万石、公料11.6174万石、公草1067万斤、羊和猪3万多头。其中，靖边县缴纳公粮4700余石。[2]

沙家店战役期间，清涧县人民群众为了解决部队粮食短缺的问题，冒雨把地里还未成熟的高粱穗子割回来，在饭锅里烘干，再放到碾子上压成面，然后加工成干粮送往前线。佳县人民也是倾其所有支援战争，有的村子曾多次动员群众缴公粮，有的村子动员群众拿出籽种（留作下一年作种籽的粮食）支援部队。[3]特别是战役所在地米脂县，更是全力以赴。在战役打响的头一天，70多万斤粮食，13万多斤肉食已经全部加工成现成的食品，按时、按地送到部队。[4]在波罗战斗中，横山县人民群众为参战部队提供粮食158.8石、军马料37.4石、军马草2.1305万斤。[5]

为了支援西北野战军两次围攻榆林城的战斗，神府县委、县政府动员人民踊跃缴公粮，许多群众在没有余粮的情况下，将刚从地里收下的谷子，掐下穗子，放进锅里炒干后，碾成细米，作为公粮缴纳。为了保证公粮及时运送到部队，全县还出动了3000名青壮年，以每人使用1头（共3000头）牲畜的方式组成运输队，往榆林方面的刘千河、三岔湾运送粮食。在半个月内为西北野战军提供军粮120万斤、饲料12万斤。当时，设在刘千河、

---

① 中共吴堡县委史志办公室编著：《中国共产党吴堡历史》第1卷（1921—1949），陕西人民出版社2018年版，第125页；陕西数字方志馆·新编市县志·榆林市·吴堡县志·军事志。

② 中共靖边县委史志办公室编著：《中国共产党靖边历史》第1卷（1925—1949），陕西人民出版社2017年版，第99页。

③ 陕西数字方志馆·新编市县志·榆林市·佳县志·群众团体。

④ 艾有为主编：《中共米脂历史》一卷本（1925—1949），陕西新华出版传媒集团、三秦出版社2017年版，第307页。

⑤ 陕西数字方志馆·新编市县志·榆林市·清涧县志·党派群团。

三岔湾的军粮店里，人民群众缴纳的公粮堆成如小山一般。

此外，为了保证参军入伍的战士安心歼敌，榆林地区一些县还组织了大规模的以捐献食物为重点的拥军活动。在横山县，石湾、石窑、威武、李先、城关、波罗、高镇、韩岔8个区，共捐赠小米6斗、麦子2.8石、肉584.斤、粉条448.5斤，还有豆腐、蔬菜等慰问品。据统计，1948年，横山县各区用以接济贫苦军烈属的粮食861石，为缺柴少炭的军属送去柴、炭共18.105万斤，还帮助军属解决种麦、除草、刨耕等困难。1948年，绥德全县有烈属、军属和荣退军人2.3002万人，人民群众为其代耕土地1.965万亩，帮工折合小米1.3312万斤。全区共优待军烈属2362人。[①]

五、支援前线

解放战争期间，榆林地区的人民群众承担了繁重的支前任务，抬担架、搞运输、修道路、修工事、打扫战场、带路、做军鞋、炒干粮、护理伤员……战争所涉及的一切后勤工作，都有人民群众的参与。为了完成这些名目繁多的支前任务，榆林人民群众付出了巨大的代价和牺牲。

为确保中共中央转战陕北期间的安全和解放战争战略任务的完成，中共中央西北局和陕甘宁边区政府制定了《陕甘宁边区自卫战争勤务动员暂行办法》，对于人民群众支前的任务作出如下规定："边区人民，不论全劳动力或半劳动力，凡能担任战勤的男子，均有担架、运输、带路、修道路、工事、打扫战场等义务；能劳动的妇女，均有缝补、拆洗、炒干粮等义务。""凡能驮70斤以上之牲畜及运输工具，均有服役战时运输之义务。"[②]

为了保证部队需要的各种物资，在交通不便的情况下，榆林地区的人民群众承担了超常的负担。

子洲县

1947年1月到1948年8月，子洲县所组织的战勤担架运输统计有：（一）担架队。（1）长期担架队：人数4208，天数1.45076万，担架副数

---

① 陕西数字方志馆·新编市县志·榆林市·榆林市志·群团党派志。

② 房成祥、黄兆安：《陕甘宁边区革命史》，陕西师范大学出版社1991年版，第542页。

66；（2）短期担架队：人数3252，天数4.6854万，担架副数546；（3）临时担架队：人数2.7475万，天数8.6937万，担架副数3473。（二）运输队。（1）长期运输队：人数1188，天数5.1100万，运畜头数1253；（2）短期运输队：人数3775，天数6.1056万，运畜头数3867；（3）临时运输队：人数1.5978万，天数9.9154万，运畜头数1.8809万。①

在战争状态下，人民群众的支前会不时遇到敌人轰炸和敌军冲击，因此人畜时有伤亡。据1947年1月到1948年3月的统计，子洲县支前的人员中有15人死亡、6人受伤，有19头牲畜死亡。②

这里特别要提到的，是由刘伏昌领导的子洲县二中队担架队。1947年5月27日，子洲县共组建担架120副，集中出发上前线。由于表现突出，刘伏昌率领的二中队担架队荣获"模范担架队"称号。其主要表现在：一是队员工作责任心强。不仅全部完成了担架队的任务，而且很好地完成了护理任务。在战斗中，经常不等战士把伤员从火线上拉下来，就冒着敌人的炮火前去抢救；在转运时，表现得非常耐心、细致，把自己的被褥给伤员垫，袄子给伤员枕，干粮给伤员吃，像亲兄弟一样。二是爱民工作做得好。曾先后在曲子、环县等地帮助群众收割菜籽45亩、锄草78亩。发现随便拿碗、打盆、要油盐等行为，立即制止并给予赔偿。因此，群众也纷纷自动送酱、醋、蔬菜给他们。这支担架队在服役期满回县时，其支援的部队特地为担架队奖马2匹、驴3头、长枪12支、子弹200发、手巾39条、帆布43块，还有一些衣服、被褥等，并在给二中队队长刘伏昌的信中说："你带的二中队是最好的模范，你老汉吃苦耐劳，特奖马一匹，枪一支，你有何困难希提出，我们愿意帮助解决。"③

吴堡县

1946年到1949年，吴堡县共7次组织担架队支援前线。其中，1947年

---

① 子洲县史志办公室编著：《中国共产党子洲历史》第1卷（1923.6—1949.9），三秦出版社2017年版，第188页。

② 子洲县史志办公室编著：《中国共产党子洲历史》第1卷（1923.6—1949.9），三秦出版社2017年版，第187页。

③ 子洲县史志办公室编著：《中国共产党子洲历史》第1卷（1923.6—1949.9），三秦出版社2017年版，第188—189页。

4月，组织担架100副，共500人，编为一个大队，随军行动；6月，组织担架50副，共250人，去榆林、佳县、米脂一带支前，历时两个多月，在沙家店战役后返回；11月，组织500人的担架大队，分设4个中队，16个分队，每分队有担架7副，随军行动；1948年1月，组织担架30副，共150人，前往关中地区支前，于6月返回；12月，组织担架25副，共130人，前往西安附近，于次年6月返回；1949年2月，组织担架60副，共300人，编为1个大队，2个中队，开赴关中、甘肃等地，随军行动，于10月大西北解放后返回。

这样频繁的支前行动，使得吴堡县几乎所有的青壮年都参与其中。据统计，全县共有男劳动力7400名，其中有2230人抬过担架，共支付劳动日27.03万个，平均每个男劳动力支付36.3个劳动日。为保证担架队能够完成支前任务，每次担架队支前时，吴堡县都派有干部带队，兼任大队长、中队长等，以便临场指挥，使救护伤病员、协助清扫战场、掩埋尸体等工作顺利完成。因此，吴堡县的担架队多次荣获"随军支前模范"的光荣称号。

除了担架队外，人民群众也积极参加了其他支前工作。1947年3月，宋家川兵站建立后，从华北运往陕北战场的军用物资先是在宋家川渡口集中，再靠人民群众用人背或畜驮运往绥德。一次，卸在岸上的四船弹药将渡口结的冰压破，吴堡支前的群众不畏严寒，将其全部打捞上来。在解放军两次攻打榆林期间，吴堡县派出民工900人、驴400头，到前线运送粮草和弹药。同年7月，人民群众徒步数百里，到山西永和、石楼、隰县等地背粮，供应驻吴堡的部队。

1948年，吴堡县共动员民工1.1874人万（次）、牲畜1.0759万头（次）从事支前运输。当年4月，动员群众用木船从碛口向宋家川运输弹药及其他物资140万斤，从宋家川向禹门口运送军用器材70万斤。1949年，人民群众驾木船20只，由山西碛口给宋家川运输弹药和其他物资14万斤，给禹门口运输军用物资70万斤。此外，还多次运送过往部队渡河。

1947年10月，吴堡县为了支援延清战役，分散胡宗南部的注意力和兵力，上演了一幕"假渡"的好戏。1日至4日，吴堡县组织干部、学生伪装成中共中央机关工作人员，从吴堡向山西东渡。胡宗南部不辨真假，便向吴堡进发，先后进入宽滩、马蹄岔、温家湾、寺沟、吉针庙、裕连坡、郭家崾、杨家店、前庙山、宋家川、旧城等村，结果不仅没有找到中共中央机关，一时还被困在这一狭小地带。因人民群众已经坚壁清野，胡宗南部士兵要粮没粮、要柴炭没柴炭，甚至找不到做饭的锅，饿极了只能把东西放在石板上烧着吃。[①]

横山县

1947年5月，为支援西北野战兵团独五旅围攻波罗堡的战斗，横山县组织了100多副担架、400多头毛驴随军服务。由群众组成的伤员转运站分别设立在武镇区的狗牌梁、杨石畔、范高梁和韩岔山的白岔、五龙山，凡是接到的伤病员都能够顺利地转移到后方。在波罗堡战斗中牺牲的指战员大部分也由人民群众抬到五龙山、强新庄一带，由韩岔、波罗的群众捐出33副棺材予以安葬。

1947年8月，中共中央、毛泽东在转战陕北的过程中，宿营石湾区小水沟、肖崖等地，干部和群众保守秘密，坚壁清野，全力以赴保卫党中央的安全。同时，动员大批人力、物力、畜力到前线抬担架、搞运输，做好部队机关和伤病员转移、护理等工作。为此，毛泽东、周恩来等中央领导人在接见横山县委书记张汉武、石湾区委书记曹怀文时，充分肯定了横山县的战勤支前工作。

1947年，在两次攻打榆林城的战役中，横山县的人民群众冒着随时可能在国民党飞机的狂轰滥炸中丧失性命的危险，沿着榆（林）绥（德）公路给部队运粮运草，转移伤病员，构筑防御工事。为了保证伤病员能够及时转运并得到治疗和护理，各乡普遍建立了伤兵转运站，由乡长具体负责，每个转运站还由县政府派驻两名干部以加强工作。根据县政府的要求，较大的转运站常备担架30副、牲口15头；小一些的转运站常备担架20副、牲口10头。此外，还在石湾、波罗、李先等区建有哨站，随时掌握国民党军队的动向，开展防奸反特工作，确保机关团体和群众得以安全迅速转移。

① 中共吴堡县委史志办公室编著：《中国共产党吴堡历史》第1卷（1921—1949），陕西人民出版社2018年版，第125—127页；陕西数字方志馆·新编市县志·榆林市·吴堡县志·军事志。

据统计，1947年至1948年的两年时间内，为支援解放战争，横山县组织了长期、短期两种担架队。其中，长期担架队有担架373副，担架队员1876人，共出工10.4235万天；短期担架队有担架1559副，担架队员6363人，共出工3.2879万天。此外，还动用民工2.2329万人（次）和畜力3.1776万头（次）投入其他支前工作之中。[①]

镇川县

解放战争时期，镇川县为了随时掌握敌情和进行反特的需要，建起了响水—武镇—瓜园区、鱼河—党岔—武镇、吴庄—镇川市葛家圪捞川口、鱼河峁—镇川市共四条山头哨。在这四条山头哨上，不分昼夜都有人值勤，一旦发现敌情便呐喊或放火。此外，还建了30处村庄哨站，负责检查来往行人的证件、盘查可疑人员。在国民党军侵占地区，则将山头哨转为秘密联络点，与县有关部门直接联系。同时，各乡还普遍建立了伤兵转运站，由乡长具体负责。县政府向每一个转运站派驻两名干部。在国民党军进犯时，这些转运站会迅速将伤病员转移到安全地带。

镇川县委还组织了形式多样的拥军活动。1947年元宵节，群众载歌载舞到部队驻地慰问，捐赠的米、面、猪、羊等慰问品价值500多万元边币。1947年4月，在波罗堡战斗中，有一部分伤病员从阵地上撤下来，经镇川县的狗牌梁、张石畔、高梁伤兵转运站运往后方。镇川县随即组织慰问团来到刚参加完战斗的人民解放军驻地傅家坪（今横山县傅家坪乡）慰问解放军官兵，赠送了白面、猪肉、鸡、粉条、菠菜等慰劳品。

据统计，从1946年10月镇川县建立至1949年3月改称榆林县，镇川县共有1228名民工参加长期担架队、9252名民工参加临时担架队，共计支前工日达13.3万个；先后有6722人参加拆毁国民党军队军事设施的劳动；有1830人为解放军抢修道路、桥梁、工事，共计投入工日2.9万个；有3200人次参加为解放军带路、抬云梯，给兵站医院洗衣服、看护伤员等工作。同时，为了给解放军运送军需物资，长期投入牲畜460头、临时投入牲畜

---

①　中共横山县委党史地方志研究编纂办公室编著：《中国共产党横山历史》第1卷（1921—1949），陕西人民出版社2018年版，第117—118页。

9629头，共计畜工57.6万余个；支援部队畜草180.7万余斤、农具47.6万余件、口袋和大绳3677条。^①

清涧县

1947年4月，清涧县组成由苏振云任大队长、黄钵任政委，有2000多名队员参加的担架大队。到10月，担架大队连续完成了蟠龙、榆林、沙家店、清延等战役的支前担架任务。据统计，1947年全年，清涧县参加担架队的有4.7152万人（次），参加支前运输的有22.6937万人（次），动用畜力22.8147万头（次），共运送军粮（包括救灾粮）10.9062万石。

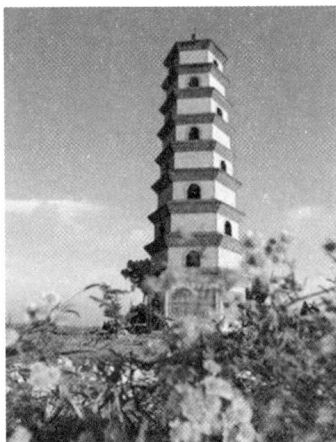

位于清涧县笔架山上的
红塔（原名英烈塔）

1948年春，中共清涧县委遵照中央西北局关于抽调干部去新区工作的指示，先后4次动员300多名区、乡党员干部到甘肃、青海等地开辟新区，并组织360副常备担架队、500多副临时担架队，参加解放大西北的支前工作。据统计，1948年，全县参加担架队的2.0415万人（次），参加支前运输的1.1899人万（次），动用畜力9640头（次），为部队运送军粮2304石。为此，清涧县被西北野战军政治部、后勤部授予"西北支前模范县"称号。^②

绥德县

1947年3月，胡宗南部对陕北发动重点进攻，陕甘宁边区政府决定开展献财、献力运动。绥德县一位名叫霍子乐的，一个人便捐献皮大衣100件、洋布数10匹，以及大量钱款，所有捐献价值白洋万元以上。同年8月，在沙家店战役中，据不完全统计，绥德县支援部队和地方武装的人数达4.1961万人，计80.9771万天；用来搞军运的牲畜达1.4903万头，计12.2187

---

① 中共榆阳区委党史编纂办公室：《中国共产党榆阳历史》第1卷（1925—1949），陕西人民出版社2012年版，130—131页。

② 陕西数字方志馆·新编市县志·榆林市·清涧县志·党派群团。

万天。这一年，全县共有3000多户人家，平均每户负担人工245个，每头牲畜负担畜工30个。全年共征送公粮7次，平均每个劳动力负担493.8斤。①

神府县

1947年，为了配合西北野战军两次围攻榆林城的战斗，县委、县政府广泛动员全县青壮年参军，发动妇女群众缝军衣、做军鞋、看护伤病员等，同时还以各种形式慰问部队指战员。参与支前的民工组成了数十支运输队，使用3000多头牲畜，顶着敌机的轰炸和扫射，昼夜不停地向榆林的刘千河、佳县的大会坪运送军粮。另以1000多名青壮年组成担架队，随军救护。有的群众将刚从地里收下的谷子，掐下穗子，放进锅里炒干后，碾成细米，送给部队。贾家沟村有个农民叫贾怀旺，一次用自己的耕牛驮送自己家产的细米送往榆林刘千河粮站，不料在途中耕牛被飞机炸伤，贾怀旺便自己背着粮食送到前线。②

综合神府县1946年至1948年的支前情况，全县每人每年平均出差10次，全县畜力出差平均每头5次；全县每人平均做军鞋1双；每户平均熬硝6斤（用来制火药）。三年中，神府县共有988人参与抬担架等支前工作。1947年，陈毅经山西兴县和神府县赴延安，刘少奇由此东渡赴华北解放区，以及其他领导干部的过往和部队的接送任务，均由神府各渡口的船工完成。③

三边地区

在解放战争期间，特别是人民解放军展开全面战略反攻，向宁夏、大西北进军以后，为支援人民解放军的军需供给，三边地区的广大群众尽自己的最大努力，圆满完成了战勤支前任务。

1947年7月22日，西北野战兵团主力由陇东经三边向榆林进军。三边军分区发出"一切为了胜利""一切为了支援前线"的号召，动员青壮年

---

① 陕西数字方志馆·新编市县志·榆林市·绥德县志·党派群团志。

② 神木县史志办公室编：《中国共产党神木历史》第1卷，陕西人民出版社2016年版，第94页。

③ 陕西数字方志馆·新编市县志·榆林市·府谷县志·党派群团志；陕西数字方志馆·新编市县志·榆林市·神木县志·党派群团志。

5000余名，出动担架1000副以及其他运输工具，运送粮草、军鞋、慰劳品等，支援西北野战兵团主力进军榆林。

1948年4月，西北野战军在西府（今陕西宝鸡）战役后，撤至陕西的韩城进行休整。为准备后续战役，中共三边地委和专署奉命组织起三边民兵担架大队，随军进行后勤保障。三边民兵担架大队由定边县委派出科级干部带队，从盐池、定边、靖边三县民兵中抽调优秀分子组成，计有1100余人，由陈志鹏任大队长、王宪章任政治委员、郭怀仁任副大队长、吴明山任副政治委员。担架大队下设三个中队，各中队长均由区级干部担任。担架大队组成后，首先对队员进行了深入的思想政治工作，使大家很快消除了因远离家乡而带来的顾虑。经过20多天的行军，行程达700余公里，顺利到达西北野战军前线总指挥部的所在地韩城。为使担架大队队员能够迅速适应战争环境的要求，对队员进行了短期整训，并更换着装，配备部分武器弹药，更名为"民力大队"，配属王震司令员指挥的西北野战军第二纵队统一行动。

民力大队在8个多月的支前和随军作战中，不论是在前沿阵地抢救伤员，还是给部队运送武器弹药，或是押送俘虏、看管战利品等，能够严格执行命令，遵守纪律，全体队员都表现良好。在完成任务返回三边之前，前线总指挥部召开了庆功大会，给民力大队颁发"成绩显著，支前光荣"的奖旗一面，赠送100余支武器和部分弹药；给陈志鹏等人颁发了"模范工作者"的奖状。1949年元旦，三边民兵担架大队胜利返回，所获赠的枪支弹药如数交给当地政府。

1948年夏，在整个大西北的战场上，几乎每次战斗都有三边的支前运输队和担架队。据不完全统计，三边五县投入西北战场的支前人员有5100余人（次），其中绝大多数是民兵；投入支前的牲畜有3120余头（次）。人民群众为部队捐赠和运送粮食4700余石、军鞋10万余双、毛手套1万余双。

1949年6月，定边县的支前民兵随军到达关中。队长罗光廷带领民兵40余人行至眉县与周至县境内的河湾时，与国民党第三十九军的溃军遭遇。罗光廷当即命令民兵占领有利地形，断其退路。敌军数次冲锋，民兵都能沉着应战，与敌对峙许久。当听到解放军的炮声由远及近时，罗光廷当机立断，率队冲下山去，打得敌军晕头转向，误以为遇上了解放军的主力部队，纷纷举手投降。这次战斗，共缴获大炮5门、轻重机枪30挺、短枪15支、步枪200支、子弹3万发、手榴弹80枚、无线电台1台，俘敌官兵200余名，其中，师长2人、参谋长1人、团长2人、营长4人。为了表彰罗光廷和民兵英雄们的战绩，西北野战军第一兵团第二师赠定边县支前民兵队奖旗一面、奖罗光廷坐骑一匹。

从1946年7月至1949年9月，三边五县累计动员担架运输48.6万（次）、牲畜41.4万头（次）、民工269.5448万人。三边地区的盐池、安边沦陷后，战勤工作主要由定边、靖边、吴旗三县担负。在荔北和永丰两次战役中，上述三县涌现出了83个"模范民工"，随军担架队有406人获得"支前模范"锦旗。

在定边县，先后支援解放大西北的战役有7次，参加担架队、运输队的有1万余人（次），支前运输的牲畜1.27万头（次），涌现出了阎吉、张成仁、李文焕、温苓萱等众多拥军支前模范。在沙家店等战役中，有5名担架员为救护战士献出宝贵生命。仅1949年6月，定边县就有1029名青年农民组成担架队奔赴前线，为解放战争的胜利提供了有力的后方支援。①

在靖边县，1945年至1948年，参与支前的有5100人（次）、牲畜3120头（次）。此外，还派出支援新区建设的党政军干部360余名，分赴内蒙古、甘肃、宁夏、青海、新疆、四川等新解放区。1949年6月，靖边县组织了一支900多人的担架队，随解放大西北的人民解放军转战甘肃、青海等地，历时70余天。8月，在途经甘肃省的甘草店夜宿时，因土窑崩塌，有11人被压死。

在靖边县的支前工作中，规模较大的一次是到城川挖、运粮食。1947年春夏时节，靖边县久旱无雨，农作物歉收，群众生活困难，驻三边的部

---

① 中共定边县委史志办公室：《中国共产党陕西省定边县历史》第1卷（1926—1949），中共党史出版社2019年版，第326—328页；陕西数字方志馆·新编市县志·榆林市·定边县志·政党 政协 群众团体。

队经常只能以玉米粒、瓜菜和黑豆糊充饥。为解决部队吃粮问题，三边军分区首长决定利用战斗间隙，把1946年秋部队在城川埋下的三万斤细粮挖出来救急，要求靖边县政府动员群众组成运输队支援。靖边县政府接受任务后，随即动员群众组成50峰骆驼的运输队，支援部队运粮。

8月下旬，群众运输队先于部队出发，提前到城川去挖粮。蒙汉支队、三边军分区骑兵团、西乌审1000多骑兵则在尔林川集中，待军区副司令员高峰（高增培）作了简短的战斗动员后出发，于午夜抵达城川。待部队到达时，先到的群众已经把地下所藏的粮食挖了出来，随即采取每峰骆驼驮200斤，部队的骑兵每马捎20斤的办法，于次日下午5时许将粮食运回靖边。由于时机选择得好，又有群众积极支援，且保密工作做得好，这次运粮任务得以顺利完成，部队急需的吃粮问题得到解决。[①]

在榆林地区的支前工作中，妇女们发挥了不可替代的重要作用。

做军鞋是边区妇女们承担的一项既繁重又无可替代的任务。据统计，解放战争期间，吴堡县的妇女共做军鞋5.1万余双、佳县10.9万余双、清涧县3.6万余双、米脂2.9万双、镇川县1.3万余双、子洲县5.1万余双。靖边县的妇女除做军鞋10余万双外，还做了袜子和手套各1万余双。

在承担繁重的做军鞋任务的同时，妇女们还担负了其他许多方面的支前工作。

1946年10月，解放横山北线的战斗打响后，横山县的妇联动员全县妇女碾米推面，支援西北野战军。为方便转运伤兵的需要，横山县在从吴庄到米脂、镇川到米脂两条路线上设了水站、饭站，有100多名妇女参加了这两站的服务工作。横山龙镇区的童冠花带领妇女小组精心救护子弟兵，受到表彰。解放横山的战斗结束后，杜玉兰和另两名妇女受委托看护、收养了一批烈士子女。她们对孩子十分关心爱护，被群众誉为"革命妈妈"[②]。

1947年，国民党马鸿逵部进攻陕北期间，定边县的妇女推米磨面，为

----

① 中共靖边县委史志办公室编著：《中国共产党靖边历史》第1卷（1925—1949），陕西人民出版社2017年版，第99页；陕西数字方志馆·新编市县志·榆林市·靖边县志·党派群团志。

② 陕西数字方志馆·新编市县志·榆林市·横山县志·党派群团志。

西北野战军准备口粮。在下闇门战斗和红白"拉锯战"中，上百名妇女参加了水站、饭站的服务，甚至还承担了转送接应伤员、传递情报的工作。在此过程中，有一些妇女或受伤或病倒，还有的献出了自己的生命。谢兰英不幸被人俘虏后，英勇不屈，最后光荣牺牲。①

1947年，佳县在乌镇区设立了伤病员转运站，有40多名妇女组成4个小组，承担着过往军队的食宿和伤病员的护理、转移任务。她们给伤病员拆洗被褥、喂饭喂药，关怀备至。在转运站设立的3个多月里，佳县的妇女们共护理了500多名伤员。在支前工作中，佳县乌镇区有个叫刘海兰的妇女，为了方便部队将士食用，将麦子制成炒面后再装入精心缝制的小布袋里送上前线。在她的榜样带领下，全区有80多名妇女也采取同样的方法，不辞辛苦地缝出一个个小布袋用来装炒面，共为部队捐献了5.4石炒面。②

1947年10月，在攻打横山、波罗堡的战斗中，镇川县妇联组建了一支有21名妇女参加的战地救护队，在枪林弹雨中救护了100余名伤员。同时，县妇联还发动了大批妇女为战地送水、送饭，慰劳部队。1947年冬至1948年，镇川县妇女除为解放军做军鞋7456双外，还缝军衣1300件、缝军被2400件。③

绥德县吉镇区王家坪村的妇女支前队，不仅为部队做军鞋，还组建了妇女擀面队、洗衣组为部队服务。妇女们出色的表现，使王家坪村成为全县闻名的支前模范村。义合区有一个妇纺合作社，社员们用一年纺的棉、织的布，共换回80石小米，全部捐献给了部队。许多此前只在自家锅台转的妇女，成了支前模范。如清水沟的刘三老婆（很可惜，史书上连她的姓名都未曾记载）出席陕西省纺织能手代表大会；孙家塬的刘金英3次出席陕甘宁边区和全国劳动模范大会。④

1948年，靖边县的妇女联合会和区乡专职妇女干部，积极领导妇女生产支前。在青杨岔区，妇女干部组织了14名妇女，为部队伤病员洗衣服、

① 陕西数字方志馆·新编市县志·榆林市·定边县志·政党 政协 群众团体。
② 陕西数字方志馆·新编市县志·榆林市·佳县志·群众团体。
③ 陕西数字方志馆·新编市县志·榆林市·神木县志·党派群团志。
④ 陕西数字方志馆·新编市县志·榆林市·绥德县志·党派群团志。

伺候大小便等。在水利乡，组成有84名妇女参加的担架队，为过路的解放军部队抬送伤员。①

中国共产党是全中国人民根本利益的忠实守护者和捍卫者，全心全意为人民服务、保持与人民群众的血肉联系、紧紧依靠人民群众是中国共产党战胜各种困难和艰险，取得革命胜利的根本保障。也正是因为中国共产党坚持一切为了人民群众、一切依靠人民群众的初心，才得到人民群众的衷心爱戴和拥护。解放战争期间，榆林人民对中国共产党及其领导的人民军队倾力支持，就是因为他们深切体会到，只有中国共产党才是真正为老百姓谋幸福的党。

中国共产党执政陕甘宁边区期间，中共中央和边区政府制定了涉及人民群众生产、生活各方面的政策、法规、办法、条例等，广大党员干部坚持全心全意为人民服务的根本宗旨，坚持一切从实际出发，切实执行毛泽东提出的"必须给人民以看得见的物质福利"②的要求，密切联系群众、深入调查研究，带领人民克服和战胜自然灾害造成的生产、生活上的困难，开垦荒地、组织变工队、安置移民、发展教育、改造"二流子"、解决边区出生率低死亡率高的问题等，极大地调动了人民群众的积极性，提高了生产效率，改善了人民生活。同时，中共中央和边区政府以严格的法律和法规等约束党政机关工作人员，坚决处分贪污浪费、脱离群众的领导干部和危害人民群众利益的行为。

人民群众从亲身经历中真切地认识到，中国共产党领导的陕甘宁边区政府同历史上任何一个朝代的政府都不一样，确实是一心为老百姓谋利益的政府，从而在心底里信任并拥护中国共产党和边区政府，相信只有中国共产党才是人民的救星，跟着中国共产党才能过上好日子。因此，人民群众愿意倾其所有，甚至不惜献出生命来支持中国共产党和其所领导的军队。

也正是有了人民群众的大力支持，全面内战刚爆发时，与国民党的实力相比，在各方面都处于弱势的中国共产党，仅以三年多时间就打败了国

---

① 陕西数字方志馆·新编市县志·榆林市·靖边县志·党派群团志。
② 《毛泽东文集》第2卷，人民出版社1993年版，第467页。

民党，取得了新民主主义革命的胜利，成立了中华人民共和国，实现了近代以来无数仁人志士为之奋斗的实现民族独立和人民解放的历史任务，使得不断遭受列强侵略而受尽屈辱的中华民族一洗百年的奇耻大辱，从此站起来了！

后 记

　　《丰碑：榆林革命纪实》是一部记述新民主主义革命时期发生在榆林地区的重大事件的专题性著作。笔者在搜集资料的过程中，得到中共榆林市委党史研究室和有关县、市、区党史部门的大力支持，使本书的写作有了雄厚的资料支撑，本书在写作过程中充分利用了这些资料。其中，由中共榆林市委党史研究室、任德存主编，陕西人民出版社2004年出版的《中共榆林历史（1919—1949）》，为本书的写作提供了重要的思路和资料。

　　值此书出版之际，特别感谢中共榆林党史研究室主任赵晓亮、原主任任德存以及榆林市的广大党史工作者；感谢为本书提供了重要资料的中共陕西省委党史研究室原巡视员姚文琦、副主任梁月兰和延安大学任学岭教授；感谢陕西省史志办公室在其主办的陕西数字方志馆里收入了大量相关资料，使笔者得以十分便利地查阅和利用。

编　者

2024年7月